rororo

Hinter dem Pseudonym Jule Maiwald verbergen sich zwei Hamburger Autorinnen, die als Journalistinnen für diverse Frauenzeitschriften sowie als Redenschreiberinnen arbeiten. Sie sind seit vielen Jahren befreundet und haben schon diverse Beziehungskatastrophen und Trennungen zusammen durchgestanden. Sie waren auch schon mal auf einer Scheidungsparty. Zum Glück nicht auf ihrer eigenen. Inzwischen leben sie beide in glücklichen Patchworkfamilien mit insgesamt zwei Männern, fünf Kindern und einem Hund.

Jule Maiwald

NACH IHM DIE SINTFLUT

Roman

Rowohlt Taschenbuch Verlag

2. Auflage Januar 2017

Originalausgabe
Veröffentlicht im Rowohlt Taschenbuch Verlag,
Reinbek bei Hamburg, Januar 2017

Redaktion Sarah Tober
Umschlaggestaltung any.way,
Barbara Hanke / Cordula Schmidt
Umschlagabbildungen Yulia Kim,
perevezencev, Maud B / shutterstock.com
Satz Dolly Roman, InDesign,
bei Pinkuin Satz und Datentechnik, Berlin
Druck und Bindung CPI books GmbH, Leck, Germany
ISBN 978 3 499 27233 2

Für Luzie, die angehende Schriftstellerin.
Wir glauben an Dich!

1. UNTER DIE ERDE MIT IHM

Ich ging einen Schritt vor. Nur ein Fußbreit weiter, und man hätte mich gleich mitbeerdigen können. Vor mir tat sich eine tiefe Grube auf. Schon beim Gedanken daran, dass wir in wenigen Minuten die Überreste meines Mannes bestatten würden, sackten mir die Knie weg. Nur gut, dass sich Lissie bei mir eingehakt hatte. In dieser dunklen Stunde waren alle gekommen, um mir Halt zu geben: Lissie als meine beste und älteste Freundin, meine ehemalige Mitbewohnerin Jana, meine Lieblingskollegin Yvonne, und auch meine Tante Martha nahm Anteil – soweit es Gorbatschow zuließ. Der Pekinese sprang unentwegt an ihr hoch und bettelte mit solcher Hingabe um Hundekuchen, dass ich mir wünschte, mit ihm zu tauschen. Seit Richard nicht mehr da war, schien mir alles freudlos und leer.

Als würde der Himmel mir ein Zeichen senden, riss das erste Mal seit Wochen die Hamburger Wolkendecke auf, und die Sonne schien strahlend auf uns herunter. Das nasse, welke Novemberlaub glänzte im Licht. Inzwischen hatten sich auch die letzten Bäume von ihren Blättern verabschiedet. So wie ich jetzt Abschied nehmen würde von meinem Mann, dachte ich traurig.

Um uns herum herrschte Totenstille. Es war windstill wie nur selten, kein Rascheln war zu hören. Dem Anlass entsprechend trugen wir alle schwarze Kleider und Sonnenbrillen. Yvonne hatte einen riesigen Hut auf und war mit Stilettos den Schotterweg entlanggestakst. Viel zu dramatisch, fand ich, und musste unwillkürlich an Richards Worte denken, meine Freundin würde für einen guten Auftritt sogar ihre Mutter verkaufen.

Während ich mich zwang, diesen Gedanken wieder zu verscheuchen, stellte Lissie eine Holzkiste vor mich. Sie war bis zum Rand gefüllt mit Dingen, die mich an meinen Mann erinnerten.

«Bitte», sagte sie leise und trat einen Schritt zurück.

Zögernd griff ich nach Richards Lieblingsanzug. Der weiche Stoff glitt durch meine Hände. Kurz hielt ich inne, dann ließ ich das graue Jackett in die Grube fallen. Ebenso die Anzughose. Nach und nach landete alles in dem schwarzen Loch: das Schachbrett, sein Yale-Pulli, sein Lieblingspyjama, sein letzter Bestseller und unser Hochzeitsfoto. Als die Kiste leer war, konnte ich mir einen tiefen Seufzer nicht verkneifen. Ich merkte, dass ich schwankte. Beim Versuch, das Gleichgewicht zu halten, bohrten sich die Absätze meiner Pumps in den feuchten Rasen.

«Halt durch, Anne. Gemeinsam schaffen wir das», raunte mir Lissie ins Ohr und legte ihren Arm um meine Schulter.

Ich brachte ein Lächeln zustande, aber meine Hände zitterten. Immerhin lag der schwierigste Teil noch vor mir: meine Abschiedsrede. Um mich zu beruhigen, legte ich eine Hand über die Augen und tat, was ich immer tat, wenn sich meine Kehle vor Panik zusammenschnürte: Ich atmete tief ein und ging in Gedanken die Alternativen durch. Nein, ich war Richard und mir diese letzten Worte schuldig. Wofür hatte ich mich sonst tagelang vorbereitet, mir Zitate und einen roten Faden zurechtgelegt? All das wäre sinnlos gewesen, wenn ich jetzt kniff.

«Ich bin so weit», flüsterte ich Lissie zu und umklammerte dabei meine Handtasche, als ob ein Dieb hinter mir her wäre.

Sie nickte und gab mir einen Zettel. Während ich einmal um die Grube herumging, damit die anderen mich bei meiner Rede ansehen konnten, warf ich einen ersten Blick auf die unsagbaren Worte in meiner Hand. Langsam und kontrolliert holte ich Luft.

«Mein lieber Richard», begann ich mit zitternder Stimme. «Wie heißt es so hoffnungsvoll? *Jeder Abschied ist ein Neuanfang* oder *Das ganze Leben ist ein ewiges Wiederanfangen.* Wer, frage ich mich, kann so etwas behaupten, der von einem Moment auf den anderen seine Vergangenheit, Gegenwart und Zukunft begraben muss? Wie kann man so etwas sagen, wenn man gerade seine große Liebe verloren hat? Und wie soll ich neu anfangen, wenn ich nicht mal weiß, wie ich den nächsten Tag beginnen soll? Denn jeder Tag beginnt mit dir, Richard. Wenn auch nur noch in Gedanken. Erinnerst du dich daran, wie wir uns getroffen haben? Ich hatte meinen ersten Tag im Verlag, als deine neue Lektorin. Was hatte ich für einen Bammel, dir, dem bekannten Romanautor, zu begegnen. Und dann war alles so einfach: Du kamst in den Raum, sahst mir tief in die Augen, nahmst meine Hände zwischen deine und sagtest: Ich freue mich, mit Ihnen zusammen arbeiten zu dürfen. Du mit mir? Du wirktest vom ersten Moment an so bescheiden, zugewandt und freundlich – fast so wie der Held deiner Arztromane, Dr. Steven Stark. Ich glaube, ich war sofort verliebt. Für mich warst du einfach alles, Freund, Mentor und Liebhaber in einem. Und seit sechs Jahren auch der Vater unserer süßen …»

Bevor ich den Satz beenden konnte, blies eine kräftige Böe die Seiten aus meiner Hand. Gerade eben hatte noch kein Lüftchen geweht, und nun konnte ich nur noch zusehen, wie der Wind meine Notizen davonjagte.

Mit ausgestreckten Armen versuchte Lissie die Blätter zu erwischen, doch sie flogen hoch in die Luft, bis sie ganz zwischen den Bäumen verschwanden.

Ratlos blickte ich auf meine leeren Hände und fragte mich

mit pochendem Herzen, wie ich meine Rede nun mit Würde über die Bühne bringen sollte. Ich musste an Richard denken, der jede noch so heikle Situation mit gespielter Gelassenheit gemeistert hatte. Wie ich ihn darum beneidet hatte!

«Schaffst du es auch ohne Vorlage?», fragte mich Lissie. «Oder wollen wir zum nächsten Programmpunkt übergehen?»

«Schon gut, ich versuch's aus dem Stegreif», sagte ich und schluckte einen dicken Kloß im Hals hinunter. «Wo war ich stehengeblieben? Richtig, bei Maja. Lieber Richard, mit Majas Geburt wurde unser Glück perfekt und ... und ... und ...» Ich geriet ins Stottern. Denn plötzlich spürte ich eine unbändige Wut in mir aufsteigen. Glück? Ohne dass ich es wollte, wurde meine Stimme laut: «Was rede ich da überhaupt? Wir – das perfekte Glück? Dass ich nicht lache! Einfach abserviert hast du mich ... für ... für diese junge Schnepfe!»

Jetzt, wo ich mich nicht mehr an meinen vorbereiteten Text halten konnte, schienen meine Worte ein Eigenleben zu entwickeln. Mein ganzer Frust platzte ungefiltert aus mir heraus.

«Dr. Steven Stark lässt du in deinen Schmonzetten ja schon seit Jahren die halbe Damenwelt flachlegen, nur um frischen Wind in deine Bücher zu bringen», improvisierte ich weiter. «Und so machst du es jetzt auch im wahren Leben, du Möchtegerngigolo.»

Lissie starrte mich mit offenem Mund an. Sie kannte die Urfassung meiner Rede und wunderte sich offensichtlich darüber, wie wenig davon noch übrig war – oder wie ausfallend ich werden konnte.

Egal, ich war nicht mehr zu stoppen. Gerade wollte ich zum nächsten verbalen Schlag ausholen, da hörte ich Jana hinter mir pöbeln: «Elendes Männerpack, elendes!» Nachdem sie von ihrem Mann Hannes gegen eine Jüngere ausgetauscht worden war, identifizierte sie sich mit allen weiblichen Verlassenen, was mir bislang immer gehörig auf die Nerven gegangen war. Doch in diesem Moment konnte ich ihr nur recht geben.

«Wer nicht mehr liebt», versuchte ich es trotz der Unterbrechung noch einmal, «der lasse sich begraben. So oder so ähnlich hat Goethe das mal gesagt. Und das ist tatsächlich die beste Idee seit langem: dich zu begraben, Richard. Das hätte ich schon viel früher tun sollen! Vielleicht in dem Moment, in dem du aufgehört hast, mit mir zu reden, und stattdessen lieber mit deinen ehegefrusteten Leserinnen gechattet hast.» Bei der Erinnerung daran, mit welchem Stolz er mir pausenlos aus seiner weiblichen Fanpost vorgelesen hatte, schüttelte es mich.

«Ich hätte dich begraben sollen, als du mich nach dem immer kürzer werdenden Liebesakt nicht mehr in den Armen gehalten hast, sondern *nur kurz checken* musstest, auf welchen Amazon-Verkaufsrang dein neuester Groschenroman gerade geklettert war. Und ich hätte dich begraben sollen, als du anfingst, die Sonntage zum familienfreien Tag zu erklären, um beim Spazierengehen Romanideen zu sammeln – ganz für dich allein, wie du stets beteuert hast. Aber in Wahrheit schon längst mit ... Babette.» Bei der Erwähnung meiner Nachfolgerin überschlug sich meine Stimme, und aus meiner Kehle drang nur noch verächtliches Lachen.

Babette – erst jetzt spürte ich, wie abgrundtief ich sie hasste. Grundgütiger, woher kam auf einmal dieser Zorn? Es war doch schon ein ganzer Monat vergangen, seit Richards Betrug aufgeflogen war – und er mir ins Gesicht gesagt hatte, dass er sich in diese zwanzig Jahre jüngere Lolita verliebt hatte.

Lissie nahm mich in den Arm. «Ich weiß, ich weiß», sagte sie und reichte mir ein Taschentuch.

Ich verzog das Gesicht und wischte mir die Wuttränen weg. Während sie mir liebevoll über den Rücken strich und ich ihren vertrauten Geruch einatmete – schon seit Teenagertagen verwendete sie diesen süßen Vanilleduft –, beruhigte ich mich langsam. Es machte ohnehin keinen Unterschied mehr. Für mich war Richard gestorben, auch wenn er sich zurzeit bestimmt lebendiger fühlte denn je. Die Erinnerung an ihn zu beerdigen verdrängte zumindest vorübergehend das ohnmächtige Gefühl in mir.

Beherzt hob ich das Kinn und fing Marthas tröstlichen Blick auf. Dankbar lächelte ich ihr zu und suchte in Gedanken nach einem krönenden Abschluss für meine Rede.

Doch kaum hatte ich mit einem Räuspern um Ruhe gebeten, da erklärte Jana: «Lass es bleiben, Schätzchen, mehr Worte machen es nicht besser. Lass lieber Taten folgen.» Mit triumphierendem Blick griff sie in ihre große schwarze Handtasche und zog einen undefinierbaren Gummilappen heraus, der in der Sonne schimmerte wie helles Gold.

«Willst du baden gehen?», fragte Lissie, die das Päckchen für eine Luftmatratze zu halten schien.

Jana faltete das Teil auseinander und grinste. «Ich sage nur: Keine Beerdigung ohne Leiche.» Dann setzte sie den Mund an das Ventil und begann, wie wild hineinzupusten.

Ich traute meinen Augen nicht. Langsam formte sich eine menschliche Silhouette, eine männliche Gummipuppe, lebensgroß, mit schwarzen Locken und strahlend blauen Augen. Statt eines Mundes klaffte ein großes Loch im Gesicht des Mannes. Dafür besaß er zwischen den Beinen eine umso beeindruckendere Erhebung.

Der Anblick war so grotesk, dass ich laut losprusten musste und die anderen damit ansteckte.

Lissie, die sich gar nicht mehr beruhigen konnte, wischte sich die Tränen mit dem Ärmel ab und kicherte: «Wär ich nicht glücklich verheiratet, dann –»

«Contenance, die Damen!» Jana schloss das kleine Kunststoffventil mit zwei Fingern. «Wir haben einen Gentleman unter uns!» Dann hakte sie sich bei der Puppe ein, als handele es sich um ihren neuen Freund. «Darf ich vorstellen: Loverboy Luciano», hauchte sie auf die gleiche sündige Weise wie einst Erika Berger in *Eine Chance für die Liebe.*

«Sehr erfreut», gab ich zurück und streckte dem Gummimann meine Hand zum Kuss hin.

Jana sah mich streng an, warf ihren langen dunklen Zopf zurück und sagte: «Nicht so voreilig, junges Fräulein. Noch muss Luciano metamorphosieren. Damit aus unserem feurigen Italiener der rammelnde Richard wird, fehlt ihm schließlich noch das passende Outfit.» Bei diesem Stichwort schaute sie eindringlich zu Yvonne, die gerade dabei war, ihr Handy zu checken, und ihren Einsatz verpasst hatte.

Man sah Yvonne eigentlich nie ohne ihr Smartphone. Ständig schielte sie auf das Display, als erwartete sie jeden Moment einen wichtigen Anruf vom Papst, der ihr eine Kampagne für mehr sexuelle Freizügigkeit andienen wollte. Als Inhaberin einer florierenden PR-Agentur müsse sie eben auf allen Kanälen erreichbar sein, behauptete sie. Ich hatte eher den Verdacht, dass sie nomophob war: Sie hatte Angst, vom Handy verlassen zu werden – so sehr, dass sie sogar über Phantomschmerzen in der linken Hand klagte, sobald sie in einer Handyverbotszone war.

«Wo ist Richards Kittel?», fragte Jana leicht gereizt. Als Theaterregisseurin war sie es gewohnt, dass alle auf ihr Kommando hörten.

Erschrocken blickte Yvonne auf, verstaute rasch das Telefon und zog einen Arztkittel aus ihrer Tasche.

Langsam wurde mir klar, was meine Freundinnen vorhatten. Das war nicht die besinnliche Abschiedsfeier, die wir zusammen geplant hatten. Es war viel besser als das: Es war eine knallharte Abrechnung mit meinem künftigen Exmann, der als lächerlich aussehende Gummipuppe mit einem gigantischen besten Stück in die Geschichte eingehen würde.

Ich sah über die Grube hinweg zu Martha. In ihrem Gesicht war abzulesen, dass die Zeremonie ganz nach ihrem Geschmack war. Meine Tante, die es mit Dr. Steven Stark aufnehmen konnte, was den Verschleiß an Sexualpartnern anging, hatte ihr frivoles Lächeln aufgesetzt.

«Wenn ich gewusst hätte, wie viel Spaß Trennungen machen», erklärte sie lachend, «dann hätte ich mich viel öfter getraut – und gleich eine ganze Fußballmannschaft Loverboys abonniert.»

Für Martha war das Ganze sowieso ein Heimspiel: Wir befanden uns im riesigen Garten von *Amaroo*, wie sie ihr Kapitänshaus im Blankeneser Treppenviertel getauft hatte. Amaroo, so nennen die Aborigines in Australien einen «wunderschönen Platz». Martha hatte mit Edward, ihrem dritten Mann, einige Jahre in der Nähe von Sydney gelebt und statt eines Eherings lieber den Namen mit nach Hamburg gebracht. Edward war in Down Under geblieben.

So heruntergekommen ihre Villa inzwischen war – mit efeuüberwucherten gelben Hauswänden bis zum Dach und abblätternden Holzfensterrahmen –, den riesigen, wunderschönen Garten pflegte sie mit großer Sorgfalt. Es war ein wildromantischer Ort, den ich genauso liebte wie Martha, seit ich nach dem frühen Tod meiner Mutter für längere Zeit in Amaroo untergeschlüpft war. Zwischen den leuchtend bunten Herbstblättern der prächtigen Traubenheiden und knorrigen Obstbäume eröffnete sich ein überwältigender Blick auf die Elbe. Direkt vor dem Haus stand auch die alte Buche, mit der ich viele Kindheitserinnerungen verband.

Durch den Auftritt von Loverboy Luciano hatte der Garten allerdings gerade seine Unschuld eingebüßt.

«Kann ich helfen?», bot ich mich eilig an, als Jana die Gummipuppe aus der Hand rutschte.

Ohne mich zu beachten, hob sie Luciano wieder auf und zog ihm mit sicheren Handgriffen – ohne jeden Zweifel hatte sie vorher geübt – den Kittel über, wohl als süffisante Anspielung auf «Dr. Steven Stark, den Arzt für alle Fälle».

Während wir anderen wie Statisten danebenstanden, sah es so aus, als wären die tragenden Rollen an Yvonne und Jana vergeben. Im Grunde hatten die beiden nie viel gemeinsam gehabt. Aber die Lust an der Inszenierung schien sie zusammenzuschweißen.

Mit wiegendem Schritt trat Yvonne jetzt vor und übernahm mit ausgestreckten Armen feierlich den aufgeblasenen Richard aus Janas Händen. Dann trug sie ihn im Kreis herum, damit wir uns alle von ihm verabschieden konnten. Salbungsvoll strich ihm eine nach der anderen über seine aufgedruckten Augen, bis Yvonne vor mir zum Stehen kam. Sie blickte mir tief in die Augen und hielt mir die Puppe auffordernd hin.

«Hinein in die Grube mit ihm», feuerte Yvonne mich an, aber ich war mir nicht ganz sicher, was ich mit dem Gummimann anstellen sollte. Meine Freundin, die mein Zögern anscheinend als Weigerung missverstand, sah mich kritisch an und entschied sich dafür, den Druck zu erhöhen. «Denk einfach dran, mit wem Richard gerade Spaß hat, dann wird's einfacher.»

Diese Vorstellung traf mich wie ein Keulenschlag, also schnappte ich mir die Puppe, legte sie vor mich auf den Boden und nahm Anlauf. In hohem Bogen kickte ich den Gummimann in seine letzte Ruhestätte, mitten rauf auf Richards alten Plunder.

Jana hatte sich derweil mit einer Schaufel an der Grube aufgestellt. «Und nun: Asche auf sein Haupt!», rief sie im bewährten Kasernenton. Dann nahm ihre Stimme einen feierlichen Klang an, als wäre sie die Pfarrerin persönlich: «Erde zu Erde, Asche zu Arsch.» Sie wedelte mit ihrer rechten Hand, als wollte sie der Gummipuppe, die so kläglich in ihrem Grab lag, tatsächlich den letzten Segen geben. Doch sie konnte sich ein Grinsen nicht verkneifen, als sie eine Handvoll Erde aufhob, um sie Richards Alter Ego hinterherzuwerfen.

Ha! Was für eine Genugtuung! Ich fühlte mich großartig. Das war ein würdiger Abschied von meinem Ex. Viel besser als dieses depressive Geflenne der letzten Wochen. Aber warum kribbelte meine Lippe so bedenklich? Zuverlässig wie eine Schweizer Uhr suchte mich dieser fiese Herpes immer dann heim, wenn ich auf eine Katastrophe zusteuerte. Es war eine Art Frühwarnsystem, das Unheil ankündigte – und das mich vor einigen falschen Entscheidungen hätte bewahren können, wenn ich darauf gehört hätte. Wie auch immer: Schuldgefühle konnte ich später immer noch entwickeln.

2. BÖSES ERWACHEN

Marthas Getzwitscher: ++ Entwarnung: Bin noch unter den Lebenden + Gestern nur Tzwitzscherpause gehabt ++aus Pietätsgründen ++ Schließlich hat meine Nichte Anne ihren Mann beerdigt ++ vorerst nur im symbolischen Sinne, aber was nicht ist … ++ Ich sage immer: Lieber ein Ende mit Schrecken als mit dem Falschen verrecken ++

«You've lost that lovin' feeling, whoa that lovin' feeling …»

Als mich der Radiowecker am nächsten Morgen aus dem Schlaf riss, tastete ich hektisch nach der Schlummertaste. Radio Blue war in meinem Zustand wirklich eine Zumutung: Noch keine Minute wach, und schon war mir zum Heulen zumute – ausgerechnet heute, an meinem vierzigsten Geburtstag. Und das Kissen neben mir war unberührt.

Ich fühlte mich wund, als läge ich in einem Bett aus Brennnesseln. Am liebsten hätte ich mich in Luft aufgelöst, dann wäre endlich Schluss mit dem Schmerz. Richard war seit vier Wochen weg, und jede Nacht plagte mich der gleiche Albtraum: Ich sah ihn Arm in Arm mit seiner neuen Freundin, der ehemaligen Volontärin des Verlags. Sie war jung, schön und erinnerte mich ein wenig an Keira Knightley. In meiner Ahnungslosigkeit hatte ich Richard sogar noch davon erzählt. In meinem Traum liefen die beiden verliebt vor mir her und nahmen keine Notiz von mir. Richard hatte den Arm um Babettes Schulter gelegt, und immer wieder blieben sie stehen, um sich zu küssen. Ich rief hinter ihnen her, laut und immer lauter, damit sie aufhörten – doch sie küssten sich weiter und immer inniger. An dieser Stelle wachte ich meistens auf und hörte mich selbst laut schreien. Ausgerechnet Babette! Die Jugend dieser Frau ließ Richard alles andere vergessen: unsere Tochter, unsere Arbeit, unser Zuhause, unsere Reisen – unser ganzes gemeinsames Leben.

Offenbar hatte ich in Sachen Liebe ein genauso schlechtes Händchen wie meine Mutter. Dabei hatte ich genau das immer vermeiden wollen. Meine Mutter war mit nicht einmal 50 Jahren an Bauchspeicheldrüsenkrebs gestorben. «Kummer-Krebs» hatte Tante Martha damals gesagt. Und das, obwohl alles so hoffnungsvoll begonnen hatte: Als junge Frau arbeitete meine Mutter als Assistenzärztin im Hamburger Universitätskrankenhaus. Irgendwann tauchte ein hübscher Kanadier auf, verheiratet. Er war für ein Jahr als Gastarzt nach Deutschland geschickt worden, um später die Gynäkologie in seiner Heimatklinik auf Vordermann zu bringen. Für meine Mutter war es Liebe auf den ersten Blick. Was es für ihn war, würde ich wohl nie erfahren. Jedenfalls ging alles ganz schnell. Meine Mutter wurde schwanger, trotz ihres bestens ausgebildeten Liebhabers – und mein Vater ging zurück in seine Heimat. Erst mal nur für ein paar Monate, wie er ihr versprach, bis er mit seiner Frau alles geregelt hatte. Doch aus Monaten wurden Jahre. Er ließ sich nicht mehr blicken und brach ihr das Herz. Dann, kurz nach meinem dritten Geburtstag, überfuhr ihn ein Auto – auf dem Weg von seiner neuen Geliebten zu seiner Frau. Was für eine Ironie des Schicksals! Statt des Treue-Gens hatte mein Vater offensichtlich eine Leerstelle gehabt.

Genau wie Richard, dachte ich und versuchte mühsam, die Ereignisse des gestrigen Tages in mir wachzurufen. Vieles sah ich nur noch verschwommen: Meine Freundinnen und ich im Garten von Martha, im Schutz der hohen Hecken. Niemand sollte Zeuge sein von dem, was wir taten. Nur ein paar Möwen hatten ihre Kreise über uns gezogen und misstrauisch hinuntergeblickt. Langsam erinnerte ich mich wieder: Richards teurer Anzug, seine kitschigen Romane – es war alles in diesem Erdloch gelandet. Und diese Gummipuppe ... Wir schippten Erde auf sie drauf, mehr und immer mehr, bis die Grube wieder zugeschüttet war. Bis nur noch sein bestes Stück herausragte und mit jedem Windstoß hin und her pendelte. *Like A Candle In The Wind.* Und dann war ich mit Yvonnes Hutnadel darauf losgegangen und hatte dem Riesengemächt die Luft rausgelassen. Ganz verschrumpelt lag es da – und kam der Realität so schon deutlich näher. Sollte doch Babette damit glücklich werden, Himmel noch mal!

Bei der Erinnerung an die Beerdigung durchfuhr mich ein Schauer. Hatten wir das tatsächlich alles getan? Vor Scham zog ich mir die Decke über den Kopf. Aber auch im Dunkeln kreisten meine Gedanken weiter. Oder lag es an dem vielen Alkohol?

Nach dem Begräbnis-Spektakel war ich eigentlich schon auf dem Weg nach Hause gewesen, total erledigt von der ganzen Aktion. Und zwar nicht nur von dem anstrengenden Aufbuddeln und Zuschütten des Lochs, sondern auch von den Erinnerungen, die mich einholten. Als Yvonne anfing, Andrea Bocellis *Time To Say Goodbye* zu schmettern, wollte ich nur noch weg. Denn das war das Lied, das sie auf der Beerdigung meiner Mutter gespielt hatten. Ich murmelte ein kurzes «Danke, ihr Lieben» und ging mit eiligen Schritten davon. Mein Auto stand direkt vor Marthas Haus, ich war schon dabei, die Fahrertür aufzuschließen, als Yvonne mir nachgerannt kam.

«Entschuldige, das mit dem Lied war gedankenlos von mir», sagte sie zerknirscht und zückte eine Trinkflasche aus ihrer Handtasche. «Du brauchst jetzt erst mal einen Moscow Mule.» Sie strich ihren wasserstoffblonden Pixie-Cut, der bis eben unter ihrem Hut versteckt gewesen war, zurecht und drückte mir die Flasche mit dem Mix aus Ingwerbier und Wodka in die Hand. Yvonne wusste eben, wie man meine Laune heben konnte.

Zufrieden sah sie zu, wie ich die Flasche in einem Zug leerte, hakte sich bei mir ein und zog mich zurück in den Garten. Die anderen hatten mittlerweile auf Marthas Terrasse Platz genommen und kümmerten sich ebenfalls um ihre Getränke. Nur Jana als überzeugte Veganerin schüttelte angewidert den Kopf, als Yvonne ihr einen Becher vor die Nase hielt.

«Weißt du etwa nicht, dass Wodka über Milch filtriert wird?», motzte sie und schob den Cocktail mit finsterer Miene von sich weg.

In Rekordzeit kippte ich noch einen weiteren Drink herunter. Und es sollte nicht der letzte sein. Denn meine Freundinnen hatten sich vorgenommen, in meinen Geburtstag reinzufeiern.

Das Vibrieren meines Handys riss mich aus meinen Gedanken an den Vorabend. Ich sah auf das Display, vielleicht war es Maja, die mir zum Geburtstag gratulieren wollte. Sie verbrachte das Wochenende bei ihrer Freundin Lena und würde erst heute Abend zurückkommen. Ich hatte Maja vorsichtshalber verabredet, weil ich nicht einschätzen konnte, in welchem Zustand ich von dieser Beerdigungszeremonie zurückkommen würde. Doch die Nachricht war nicht von meiner Tochter, sondern nur einer der vielen Posts, die Martha tagtäglich absetzte. Natürlich ließ sie unsere Show-Beerdigung nicht unkommentiert. Meine Tante war schon seit einigen Monaten bei Tzwitscher aktiv und veröffentlichte besonders gerne bissige Alltagsbeobachtungen und kryptische Weisheiten. Mittlerweile hatte sie schon 1200 «Verfolger», wie sie es nannte, und war in einem Zeitungsartikel über internetaffine Oldies vorgestellt worden. Nur gut, dass Martha gestern Nacht nicht mehr dabei gewesen war. So konnte sie wenigstens meinen Absturz nicht mit ihrer Fangemeinde teilen.

Wir waren zu später Stunde noch in irgendeiner Bar im Schanzenviertel gelandet, und ich hatte ordentlich weitergebechert. Wie durch Zauberhand stand immer ein frischer Drink vor mir. Offenbar gehörte das zum Plan: erst Begräbnis, dann Besäufnis. Tatsächlich war mein Stimmungsbarometer im Laufe des Abends gestiegen. Yvonne und Lissie ließen es richtig krachen und tanzten am Ende sogar auf der Theke. Die anderen Gäste pfiffen und johlten dazu. Vor allem bei den Männern kamen wir gut an. Ein junger Typ, Marke Seebär, mit Zehntagebart und penetrantem Deo-Geruch, hatte sich an mir festgekrallt und wollte mich gar nicht mehr loslassen. Yvonne eilte mir schließlich zu Hilfe.

«Hey Meister.» Sie zog ihre Stilettos aus und sprang von der Theke. «Deine Mami steht draußen und will dich abholen», sagte sie in strengem Ton zu meinem Verehrer und fuchtelte mit ihren hohen Absätzen vor seinem Gesicht herum. Grummelnd zog er ab.

Dankbar fiel ich Yvonne um den Hals. In dem Moment hätte ich sie vom Fleck weg geheiratet.

Kurz vor Mitternacht wollte ich aufbrechen, aber Lissie hielt mich zurück. «Mensch, Anne!» Sie schrie mir so laut ins Ohr, dass es sogar die Bar-Jungs hinter der Theke verstehen konnten, trotz der lärmigen Musik. Ich rückte ein bisschen von Lissie weg, um mein Trommelfell zu schonen.

Wenn Lissie einen Longdrink zu viel getrunken hatte, was nur selten vorkam, konnte sie ihre eigene Lautstärke nicht mehr angemessen regulieren – ebenso wenig wie ihre Aussprache. «So tapfer, wie du dich heute deinem Schmerz gestellt hast», lallte sie und ließ ihren Arm auf meine Schulter sinken, «das war ganz große Klasse. Das hätte ich nie gekonnt.» Das Wort «Schmerz» war mit so viel Nachdruck aus ihr herausgeplatzt, dass jetzt wirklich jeder hier wusste, dass ich in einer Krise steckte. Na, herzlichen Dank!

Ich ahnte, was jetzt kommen würde. Denn Lissie therapierte für ihr Leben gern. Sie führte eine kleine Buchhandlung in Eimsbüttel und las am liebsten psychologische Bücher von Oliver Sacks bis Irvin Yalom – einfach alles, was ihr zu dem Thema in den Laden flatterte. Deswegen hatte sie ein solides Basiswissen und machte sich gern unaufgefordert als Hobbypsychologin nützlich.

Auch die Begräbniszeremonie hatte ich vor allem ihr zu verdanken. Denn nachdem sie sich wochenlang meinen Kummer anhören musste – als beste Freundin war das schließlich ihr Job –, hatte sie beschlossen, mir eine Art «therapeutischen» Schubs zu geben. Und Richards «Beerdigung» für mich organisiert: eine Zeremonie für einen klaren Schlussstrich. Dass der Abschied dann zu einem «Feuerwerk der Extravaganz» geworden war, wie Jana am Ende des Tages stolz resümierte, war für Lissie nicht entscheidend. Für sie zählte allein, dass ich wieder auf die Beine kam.

«Ganz ehrlich, Anne: Alle Achtung! Großartig! Gut gemacht!», wandte sie das Prinzip der positiven Verstärkung gleich dreifach auf mich an. «Du hast dich deinem Trauma gestellt, und das war echt stark.» Bei dem letzten Wort fing sie an zu kichern, vermutlich wegen der Assoziation zu Richards Arztfigur.

«Ach, ich weiß nicht …», hörte ich mich sagen. Aber sie ließ mich gar nicht erst ausreden, vermutlich um mir nicht die Chance zu geben, wieder in schlechte Stimmung zu verfallen.

«Doch, doch, glaub mir», sagte sie mit ungewohnt schriller Stimme. Um ihre Worte zu unterstreichen, fuchtelte sie mit erhobenem Zeigefinger vor meinem Gesicht herum.

«Abschiednehmen von einer großen Liebe ist immer ein schmerzlicher Prozess. Aber nur wenn du dich durch die vier Trauerphasen kämpfst, kannst du die Trennung auch richtig verarbeiten», dozierte sie und winkte nach einem weiteren Getränk.

«Was denn für Phasen?», fragte ich verständnislos. Aus dem Augenwinkel sah ich, dass auch einer der Barmänner aufmerksam zuhörte, während er ihr einen Gin Tonic mixte.

«Die kennst du nicht?», sagte Lissie fassungslos und schwankte leicht, sodass ihr ganzes Gewicht auf meiner Schulter hing. Um sich zu fokussieren, blickte sie konzentriert auf ihr Glas und nahm einen kräftigen Schluck. «Ganz einfach: Schock, Wut, Loslassen und Neuanfang. Keine Sorge, die Hälfte hast du schon geschafft.» Lissie tätschelte aufmunternd meine Wange. «Phase eins hast du durchlaufen, als du Richard mit Babette in eurem VW-Bus erwischt hast.»

Ich räusperte mich nachdrücklich und warf Lissie einen strengen Blick zu. Mich hier in der Bar daran zu erinnern, wie mein Ex und seine Barbie auf dem Campingtisch kopulierten, fand ich nicht gerade einfühlsam. Außerdem würde diese Info, laut kundgetan, noch weniger dazu beitragen, meinen Marktwert zu steigern.

Doch Lissie redete einfach weiter. «Ihn sofort rauszuschmeißen war richtig. Du hast auf den Putz gehauen und diesem Dünnbrettbohrer gezeigt, wo der Hammer hängt.»

Mir fiel nur eine wenig originelle Antwort darauf ein: «Darf ich dich darauf festnageln?»

Doch Lissie überhörte meinen Baumarkt-Witz und fuhr fort: «Das Abschiedsritual heute hat dir bestimmt geholfen, deine ganze Wut herauszulassen – und damit Phase zwei hinter dich zu bringen. Das ist ein ganz großer Schritt nach vorn!»

Bevor ich einwenden konnte, dass ich immer noch eine Mordswut auf Richard hatte und nach wie vor mit dem Gedanken spielte, Nagellackentferner auf seinen babetteverseuchten Bus zu schütten, klopfte sie mir freudestrahlend auf die Schulter.

«Mensch Anne, du bist jetzt mitten in Phase drei: dem Loslassen. Da heißt es: mit Vergangenem abschließen und sich Neuem zuwenden.» Wie um diesen Satz zu unterstreichen, hielt sie mir mit einem aufmunternden Lächeln einen neuen Drink hin, den ich dankbar annahm. «Es kann nur aufwärtsgehen!»

Den letzten Satz brüllte sie so laut über die Theke, dass die Barmänner lachend applaudierten. Lissie lächelte ihnen voller Stolz zu, während ich verlegen auf den Boden des Glases starrte, als hätte ich dort einen Goldklumpen entdeckt. Aufwärts? Wenn sie doch nur recht hätte! In Wahrheit fühlte es sich an, als könnte es nur noch weiter bergab gehen. Ich steckte doch immer noch voll drin im Schlamassel. Wo stand noch gleich Richards Bus?

3. AUGEN ZU UND DURCH

Marthas Getzwitscher: ++ Sie spinnt Stroh zu Gold – das wäre ein passender Titel für meine Biographie ++ Überlege darum, einen Wegweiser für ein glückliches Leben zu schreiben ++ Denn ich glaube nicht daran, dass es Menschen gibt, die zum Glücklichsein geboren werden, und andere, die zum Unglücklichsein bestimmt sind ++ Alles nur Miesepeter, die das behaupten ++

Mein Schädel brummte, und das bisschen Tageslicht, das durch die Jalousien drang, bohrte sich schmerzhaft in meine Augen. Ich drückte mir das Kissen aufs Gesicht und wollte noch mal wegdämmern. Doch ich hatte die Rechnung ohne Tante Martha gemacht.

«Aaahhhh!» Ich stieß einen Schrei aus, als mir plötzlich das Kissen vom Kopf gerissen wurde und eine feuchte Hundezunge durch mein Gesicht pflügte.

Dank ihres Zweitschlüssels war Martha mit ihrem Pekinesen Gorbatschow in die Wohnung gekommen.

«Verdammt, müsst ihr mir so einen Schreck einjagen! Noch nie was von Klingeln gehört?», fluchte ich und fuchtelte vergeblich mit den Händen, um den Hund zu verscheuchen. Doch er schlabberte ungerührt weiter, und Martha ließ ihn wie üblich gewähren.

Ich mochte diese hyperaktive Töle nicht. Für mich war ein Hund erst ein Hund, wenn er einem Erwachsenen übers Knie reichte. Alles darunter gehörte in die Gruppe der Nagetiere – und ganz sicher nicht in mein Bett. Aber Martha liebte ihren Gorbi so innig, dass sie ihm keine Grenzen setzen mochte.

«Nimm deinen Köter weg», rief ich genervt und wurde dabei das Gefühl nicht los, dass dieses Vieh umso anhänglicher wurde, je mehr Abneigung ich ihm entgegenbrachte.

«Gorbi mag dich halt», sagte Martha, und damit war das Thema für sie erledigt.

Kaum zu glauben, dass Martha die Schwester meiner Mutter war. Schmeichelhaft formuliert war sie eine Diva – und eine überaus flatterhafte Person. Viermal war Martha verheiratet, mindestens zehnmal verlobt und fast ein Jahrzehnt lang die Geliebte von Johann, einem verheirateten Richter, gewesen. Die gängigen Moralvorstellungen konnten sie noch nie von etwas abhalten. Nach dem Tod seiner Frau heiratete sie Johann. Die beiden waren glücklich, bis er vor fünfzehn Jahren beim Äpfelpflücken tot von der Leiter fiel. Als pensionierter Richter hinterließ er ihr ein stattliches Auskommen. Der Überlieferung nach lauteten seine letzten Worte, bevor eine Böe ihn von der Leiter fegte: «Gut, dass der Wind nachgelassen hat.»

Martha nahm es, wie es kam, das Hamburger Wetter hatte eben seine Launen. Immerhin musste sie über Johanns Satz nicht noch jahrelang grübeln.

Anders als bei mir und meiner Mutter. Bis heute versuchte ich vergeblich, ihre letzten Worte zu verstehen.

«Die Dinge sind nicht so, wie sie sind», hatte sie mir damals vom Krankenhausbett zugeflüstert, bevor sie endgültig die Augen schloss.

Was wollte sie mir damit sagen? Wie sollten die Dinge denn sein, wenn sie nicht waren, wie sie waren? Und von welchen *Dingen* sprach meine Mutter überhaupt? Von sich selbst und ihrer Vorstellung vom Tod? Oder von uns beiden und unserem schwierigen Verhältnis zueinander? War es möglich, dass sie erst im Angesicht der Endlichkeit das Leben wirklich begriffen hatte?

So undurchsichtig und kryptisch wie alter Kaffeesatz waren ihre letzten Worte – und sie nahmen Besitz von mir. Sie zogen bei mir ein, machten es sich bequem in meinem Körper, ja sogar in meinen Träumen. Sie breiteten sich in mir aus wie ein großer Wasserfleck. Jahrelang zermarterte ich mir den Kopf über den Sinn oder Unsinn dieser Worte und suchte nach einer Erklärung. Ich wollte die Bedeutung dahinter verstehen, denn sie waren ihr Vermächtnis an mich. Doch so sehr ich auch nachdachte, ich wurde nicht schlau daraus. Ich nahm mir vor, mit etwas Besserem aufzuwarten, wenn irgendwann mein letztes Stündlein schlagen würde.

Martha hatte sich bereits die passenden Worte zurechtgelegt: Sie wollte sich am Sterbebett ein Zitat von Marlene Dietrich ausborgen. Die Schauspielerin soll in ihrer letzten Stunde einem Freund gesagt haben:

«Wir wollten alles, und wir haben es bekommen.» Das gefiel Martha natürlich. Sich alles nehmen, was man will, ganz nach der Devise: Ja, soll denn etwas so Schönes nur einem gefallen? Und zweifellos: Martha gefiel den Männern. Von ihrem Charisma, ihrer etwas drallen Figur, den grünen Katzenaugen, die so gut zu ihrem schon seit Ewigkeiten rot gefärbtem Haar passten, und ihrem sinnlichen Mund ... von ihrer ganzen Erscheinung ging ein Leuchten aus, dass nicht nur Männer ihres Alters anzog.

Frauen fänden ohnehin erst in der Mitte des Lebens zu ihrer wahren Sexualität, hatte sie mir einmal erklärt und dabei ihr kehliges Lachen gelacht. Damals war ich gerade zehn, und sie bereits am Beginn ihrer Menopause. Und nun, mit weit über 70, lebte und liebte sie noch immer mit einer Unbekümmertheit und Spontaneität wie die Hippies zu ihren besten Zeiten. Im sogenannten Herbst des Lebens noch auf «den einen» zu warten, wenn es doch weit mehr Kandidaten gab, die sie glücklich machen konnten, war aus ihrer Sicht verlorene Zeit: «Warten kannst du, wenn du tot bist, Liebelein.»

Bevor ich zum Studium nach Heidelberg gegangen war, hatte ich drei Jahre bei Martha in Amaroo gewohnt und mich von ihrer Lebensfreude inspirieren lassen. Nun war ich vierzig. Der Hochsommer des Lebens war vorbei, und ich spürte förmlich, wie die ersten Herbststürme aufzogen. Richard hatten sie bereits rausgefegt. Es war nicht mehr zu leugnen: Ich war eine alleinerziehende Mutter in der Mitte des Lebens und musste nur die Zeitung aufschlagen, um zu sehen, zu welcher Zielgruppe ich ab jetzt gehörte. Ich zählte nun zum Leserkreis der «Brigitte Woman». Von nun an würde ich wöchentlich meinen Ansatz färben, Ü40-Partys besuchen und jeden Monat eine neue Krampfader begrüßen müssen – und das alles ohne Partner an meiner Seite, mit dem ich gemeinsam in Würde altern konnte. Von der Aussicht auf «wahren» Sex, wie Martha es nannte, ganz zu schweigen. Richard war weg – und in meinem Alter noch einen Mann zu finden, der nicht verheiratet und kein Ladenhüter oder Psycho war, das schien mir unwahrscheinlicher als die Verleihung des Literaturnobelpreises an meinen Exgatten.

Ein ploppendes Geräusch riss mich aus meinen Gedanken. Martha hatte soeben einen Crémant entkorkt. Ihren Mantel hatte sie achtlos auf mein Bett geworfen, als käme es in meiner Wohnung nicht mal mehr auf den Versuch an, Ordnung zu halten. Mit der Sektflasche in der Hand bahnte sie sich einen Weg durch das Chaos in meinen vier Wänden. Mit ihren eleganten Stiefeletten kickte sie die ungelesenen Zeitungen zur Seite, die auf dem Boden verteilt lagen – ebenso wie mein schwarzes Kleid, die Strumpfhosen und die Wollstrickjacke. Mein BH hing am Fenstergriff, und meine elektrische Zahnbürste steckte zwischen Bergen ungefalteter Wäsche mitten im Raum. Man hätte meinen können, hier wären gestern zwei Liebeshungrige übereinander hergefallen. In Wirklichkeit war ich so weit entfernt von einer heißen Affäre wie meine vegane Freundin Jana vom Verzehr einer Currywurst.

«Kein Wunder, dass du den Weg ins Bad nicht mehr findest», sagte Martha kopfschüttelnd. «Du weißt, du kannst jederzeit mit Maja zu mir nach Amaroo ziehen. Ich bring' dich schon wieder auf Vordermann.» Was das bedeuten würde, wusste ich nur zu genau.

«Ich soll mich wegen eines kurzen Durchhängers wieder deinem strengen Regiment unterwerfen? Und mich morgens beim ersten Hahnenschrei von dir wecken lassen, um Callanetics zu machen, bis ich die Treppen nicht mehr hochkomme? Danke, aber nein danke», sagte ich schmunzelnd beim Gedanken an ihre manchmal doch recht bestimmende Art.

«Im Ernst, Martha: Ich weiß dein Angebot zu schätzen, aber ich kann nicht immer, wenn es schwierig wird, bei dir Schutz suchen, sosehr ich Amaroo auch liebe. Ich möchte auf eigenen Beinen stehen, auch wenn ich noch nicht genau weiß, wie», sagte ich. «Außerdem ist die Villa in dem jetzigen Zustand auch nicht wirklich geeignet für ein Kind, oder?»

«Wie du meinst, meine Tür steht euch jedenfalls immer offen. Und jetzt auf!» Martha hielt mir die Flasche hin. «Wir haben Anlass zu feiern!»

Beim Stichwort «feiern» fing Gorbatschow an zu bellen und Pirouetten zu drehen. Sie hatte ihn hervorragend abgerichtet oder besser: abrichten lassen. Bei «Detlefs Dogwalk», einer Kaderschmiede für Hunde, die etwas auf sich hielten. Der exklusive Club an der Alster kostete ein Vermögen, aber Martha sagte immer, bei der Ausbildung mache sie keine Kompromisse. Außerdem seien Lauf- und Posiertraining inklusive. Der Erfolg gab ihr recht: Auf sämtlichen Hundeschauen im Land war Gorbatschow ein Platz auf dem Siegertreppchen sicher. Kein Wunder, er war ein echtes Prachtexemplar: Sein langes, üppiges Fell glänzte champagnerfarben. Am Kopf wies sein Fell einen rostbraunen Fleck auf wie bei dem russischen Politiker, der bei der Namensgebung Pate gestanden hatte. Seine großen Kulleraugen ließen ihn keck und intelligent wirken, und sein Gang war fast so grazil wie der einer Gazelle. Nur dass seine Schlappohren dabei rauf und runter wippten, nahm dem Gesamtbild wieder etwas an Eleganz.

Ich rieb mir die Schläfen. Zum Feiern und Trinken war ich nicht aufgelegt. Mit meinem Kater von gestern hatte ich genug zu tun.

«Tut mir leid, Martha, ich bin nicht in Stimmung. Mein Geburtstag fällt heute aus», murmelte ich und zog mir die Decke über den Kopf.

«Papperlapapp», widersprach sie. «Deswegen bin ich nicht hier. Oder hast du mich jemals *meinen* Geburtstag zelebrieren sehen?»

Ich überlegte kurz – tatsächlich hatte ich nie eine Feier bei Martha erlebt. Genau genommen wusste ich nicht mal, wann sie überhaupt geboren war.

Neugierig schlug ich die Decke zurück.

«Warum dann der Sekt?», fragte ich. Martha würde ja doch keine Ruhe geben.

«Crémant, Liebelein. Crémant! So viel Zeit muss sein», berichtigte sie mich und beantwortete dann meine Frage: «Na, weil heute dein Schloschim zu Ende ist. Zieh dich an, wir gehen zum Friseur.»

Mein was? Aber bevor ich nachfragen konnte, hörte ich Martha schon in der Küche poltern. «Wo sind die Champagnergläser?», rief sie über den Flur.

Das konnte ich ihr ganz genau sagen. «Da, wo auch das Rosenthal-Geschirr, das nagelneue Rolf-Benz-Sofa, mein geliebter Teakschrank und die skandinavischen Designer-Stühle sind – in Babettes Wohnung in Eppendorf.» Dort war Richard nach unserer Trennung «vorübergehend» eingezogen. Ich war zu schockiert gewesen, um zu protestieren, als die Möbelpacker vor der Tür standen.

Martha trat wieder ins Zimmer und erklärte pragmatisch: «Mach dir nichts draus. Besitz macht nur unfrei. Also, auf deinen Schloschim!» Sie führte die Flasche an den Mund und besiegelte ihre Worte mit einem tiefen Schluck.

«Schloschim? Wovon redest du überhaupt?», fragte ich verwirrt, während ich Gorbatschow dabei zusah, wie er meine teuren Lederstiefel ableckte.

«Ach Anne, man merkt, dass du intellektuell etwas abgebaut hast in den Jahren mit Richard.»

Na toll, wie aufbauend, dachte ich und schob schmollend die Unterlippe nach vorne.

Martha reichte mir den Crémant, und ich griff zu. Protestieren war ohnehin sinnlos.

«Du erinnerst dich doch an Amos, meinen Exfreund?»

Natürlich erinnerte ich mich. Amos war so was wie mein Lieblingsonkel in Marthas Karawane von wechselnden Männern gewesen. Sieben Jahre lang war er ihre große Liebe. Er kam ursprünglich aus Israel, war Koch in einem jüdischen Restaurant in Berlin und konnte die köstlichste Matzeknödel-Suppe der Welt zaubern. Außerdem, und das fand ich als Kind noch viel beeindruckender, konnte er einen Luftballon so durch die Nase ziehen, dass er aus dem Mund wieder rauskam. Wie er das anstellte, begriff ich bis heute nicht.

«Was ist mit Amos, seid ihr wieder zusammen?» Ich wollte gerade einen ordentlichen Schluck auf diese Nachricht nehmen, als Martha mir die Flasche schon wieder aus der Hand riss.

«I wo, ich blicke niemals zurück, das weißt du. Nein, als wir gestern deine Ehe beerdigt haben, ist mir ein Trauerritus in den Sinn gekommen, den ich von ihm und seiner Familie kenne: Schloschim.» Sie nahm einen weiteren kräftigen Schluck. «Als seine Mutter mit 98 Jahren überraschend beim Gemüseputzen starb, hat er 30 Tage lang Schloschim gehalten. Der Tradition nach gehen die Trauernden in dieser Zeit nicht aus dem Haus, rasieren und frisieren sich nicht und tragen kein Make-up.»

So wie ich, dachte ich. Hatte ich mich nicht ganz ähnlich verhalten und unbewusst auch so etwas wie einen Schloschim eingelegt? Vermutlich dachte Martha bei meinem jämmerlichen Anblick genau dasselbe. Meine Haare sahen aus wie ein Vogelnest, und mein Gesicht hatte seit Wochen keinerlei Kosmetik zu sehen bekommen.

«Nach dem Schloschim soll man dann allmählich wieder in den Alltag zurückfinden. Ich denke, für dich wird es jetzt Zeit.» Sie prostete mir zu. «Zeit für einen neuen Haarschnitt! Denn so ist es Brauch: Nach dem Ritual nehmen Freunde den Trauernden mit zum Frisör. Und wenn ich richtig gerechnet habe, ist Richard heute vor 30 Tagen ausgezogen. Hab ich recht? Also los, zieh dein schickes rotes Strickkleid an! Schloschim ist vorbei!» Martha warf sich ihren Mantel über und stupste mich an. «Wenn ich bei jedem Mann so lange getrauert hätte, wäre ich noch immer ein so unerfahrener Backfisch wie du und um viele lustvolle Erfahrungen ärmer.»

Ihre blitzenden Augen machten mir Angst. Eine Schrecksekunde lang fragte ich mich, ob sie mir zusammen mit der neuen Frisur auch noch einen Mann für gewisse Stunden spendieren würde. So wie an meinem Junggesellinnenabschied.

Bei dem Gedanken daran wurde mir immer noch ganz anders. Damals hatte meine Tante zur großen Begeisterung meiner Freundinnen gleich ein ganzes Orchester strippender «Ordnungshüter» nach Amaroo bestellt. Als ich am Morgen danach mit schmerzendem Kopf in Marthas Gästezimmer aufgewacht war und das Fenster öffnen wollte, schlüpfte gerade einer der halbnackten «Polizisten» verstohlen durch die Gartenpforte. Martha wusste, was ihr guttat – so viel stand fest. Und sie meinte, das auch für mich zu wissen.

Mit einem Stöhnen erhob ich mich aus dem Bett, schlurfte durch die seltsam leere Wohnung Richtung Badezimmer und warf einen prüfenden Blick in den Spiegel. Himmel! Ich hatte ja geahnt, dass ich übel aussah – aber dieser Anblick erfüllte mich derart mit Entsetzen, dass ich gleich wieder umdrehte und zurück zum Bett taumelte. Auf meiner Unterlippe hatte sich ein riesiger Herpes ausgebreitet. Ich sah aus wie nach einer misslungenen Schönheits-OP. In meinem alkoholisierten Zustand musste ich gestern Nacht vergessen haben, mein Wundermittel aufzutragen. Normalerweise half Teebaumöl, das Schlimmste zu verhindern.

Ich deutete auf mein Gesicht und sagte schwach: «So gehe ich nirgendwohin.»

Martha zog ihre linke Augenbraue hoch. «Papperlapapp. Herpes hin oder her: Du kommst mit. Manche Leute geben viel Geld aus für so volle Lippen. Also aufstehen, Krönchen richten und weitergehen.»

4. UND: CUT!

Marthas Getzwitscher: ++ An den Männern scheiden sich seit Jahrhunderten die Geister ++ Nachdem ich viele ausprobiert habe, kenne ich die entscheidenden Kategorien: laues Lüftchen oder Orkan ++ Ich halte es darum mit meinem Lieblingsfriseur, der sagt: «Männer sind wie Frisuren. Wechsle sie, bevor sie tun, was sie wollen, ihre Form verlieren oder langweilig werden.» ++

Zwei Stunden später saß ich im Salon von Bodo Balz im edlen Pöseldorf. Üppige Kronleuchter hingen von der schätzungsweise sechs Meter hohen Stuckdecke. Die Wände schimmerten in Violett und Gold. Über dem Tresen am Eingang baumelten Dutzende von goldenen Scheren, angeordnet zu einem Kreis, der an eine gigantische Krone erinnerte. Wann immer sich die Tür öffnete, brachte der hineinfegende Wind die Scheren so hell und warm zum Klingen, dass ich mich fühlte, als sei ich in einem königlichen Kammerkonzert und nicht beim Friseur. Überhaupt ähnelte der Laden wenig den Salons, die ich sonst besuchte.

Windhunde aus Porzellan, behängt mit Diamanthalsbändern aus der eigenen Hundekollektion von Bodo Balz, flankierten die Friseursessel. Gorbatschow wirkte beim Anblick dieser hochkarätigen Konkurrenz sichtlich irritiert und wendete sich beleidigt ab. Zu allem Überfluss kam nun auch noch Poupette, der Windhund des Maestros, angelaufen und schnupperte Gorbi am Hinterteil. Martha nahm ihren Schützling schnell auf den Arm und tätschelte ihm beruhigend den Kopf.

Während ich noch darüber nachdachte, ob die Klunker

an den Porzellanhunden wohl echt waren, kam ein junger, metrosexuell wirkender Mann auf mich zu, dessen enge Jeans in Ugg Boots steckten. «*Bonjour*, ich bin Serge und werde alle Ihre Wünsche erfüllen.»

Er führte mich zu einem samtenen Thron. Der Kunde ist König – es schien, als interpretierten sie das Motto hier sehr streng. Kaum saß ich auf dem ausladenden Stuhl, da fragte mein persönlicher Assistent: «Ein Gläschen Lillet Rouge oder *quelque friandises?*»

«*Merci bien*», trällerte ich zurück, obwohl ich nicht genau wusste, wovon er eigentlich sprach. Langsam fand ich Gefallen an meinem Besuch in diesem unwirklichen Etablissement.

Mittendrin stand plötzlich der Maestro und betrachtete zufrieden sein Königreich. Sein fliederfarbenes Sakko wölbte sich über einem schwarzen, viel zu engen T-Shirt. Dafür glänzte sein volles weißes Haupt wie poliertes Tafelsilber – und seine Haare waren schließlich seine Visitenkarte.

Ohne Martha hätte ich natürlich niemals einen Termin bei ihm bekommen – schon gar nicht an einem Montag, wo Bodo Balz nur ganz besondere Kunden empfing. Meine Tante hatte eben beste Beziehungen. Als nebenberuflicher Designer für Hundeaccessoires war Bodo Balz nicht nur Exklusivausstatter bei «Detlefs Dogwalk», sondern mit Poupette auf denselben Hundeshows wie Gorbatschow unterwegs, auch wenn die beiden in unterschiedlichen Gewichtsklassen antraten.

«Bodo legt persönlich Hand bei dir an, Liebelein», flüsterte Martha mir stolz ins Ohr. «Und wenn einer weiß, wie man aus einer Promenadenmischung einen 1a-Rassehund macht, dann er!»

Besten Dank auch für diesen mal wieder aberwitzigen Vergleich. Aber wenn ich ehrlich war, wurde es höchste Zeit, etwas gegen das Büschelkraut auf meinem Kopf zu unternehmen.

Das sah Bodo Balz offenbar genauso. Kaum war er aus heiterem Himmel hinter mir aufgetaucht, griff er wortlos in meine Haare und warf sie ein paarmal schwungvoll nach oben, um zu zeigen: So sieht Volumen aus. Dabei zog er ein Gesicht, als hätte ihm jemand einen verdorbenen Hering in den Mund geschoben. Ein paar Sekunden, die mir wie eine Ewigkeit vorkamen, schaute er konzentriert auf mein Haupt und summte hingebungsvoll Whitney Houstons Song *I Have Nothing* mit, der im Hintergrund lief. Der Text schien wie für mich geschrieben zu sein.

Endlich platzte die erlösende Nachricht aus ihm heraus: «Das kriegen wir hin! Schließlich bin ich ...», er machte eine kunstvolle Pause, «... Bodo Balz!» Dann drehte er sich zu Martha, die neben mir stand. «Martha, meine Liebe», wandte er sich ihr zu und gab ihr drei Küsschen auf die Wange. «Wunderbar siehst du aus, wie frisch vom Friseur. Und das ist also dein Sorgenkind Anne?»

Ich war seltsam erleichtert. Auch wenn ich mich vor meinem inneren Auge bereits auf einem OP-Tisch liegen sah, gerupft und nackt und um den Tisch herum ratlose Gesichter, die auf mich hinabblickten, und allgemeines Kopfschütteln. Dann, in letzter Sekunde, betrat Dr. Steven Stark den Raum, in der Hand ein neues Herz für mich ...

Langsam dämmerte mir, dass es hier um mehr ging als nur um einen neuen Haarschnitt.

«Was hältst du von ein bisschen Aufhellung, Martha?» Bodo Balz sah meine Tante fragend an und wartete auf ihr fachmännisches Urteil. Meine Meinung galt hier offenbar nichts.

«Das würde definitiv ihrem Teint schmeicheln», stimmte Martha ihm zu. «Gibt gleich ein bisschen mehr Frische ...»

«Außerdem», unterbrach er sie, während er erneut durch meine Mähne fuhr ... müssen die hier radikal ab!»

Das Wort Haare war ihm angesichts meiner Frisur wohl im Halse steckengeblieben. Durch den Spiegel wanderte mein Blick von einem zum anderen, und ich kam mir vor wie eine passive Zuschauerin, über deren Schicksal längst entschieden war.

Aber es stimmte: Ich sah einfach farblos aus, mit meinem zerzausten, strähnigen Aschblond und so völlig ungeschminkt. Die blasse Haut, meine hellgrünen Augen von tiefen Schatten eingerahmt – alles wirkte mehr tot als lebendig. Unauffällig fasste ich mir an meine geschwollene Unterlippe.

Vom Stuhl neben mir blickte eine ältere Frau mit gebleachtem Lächeln zu mir herüber und deutete mit ihrem linken Zeigefinger auf ihre ebenfalls recht üppige Lippe. Schwer zu sagen, ob aus Mitgefühl, weil sie in mir ein weiteres bedauernswertes Opfer einer Botoxpanne sah, oder weil sie sich mit dem gleichen Virus rumschlagen musste. Oder machte sie sich etwa über mich lustig? Das wäre im Hinblick auf ihr momentanes Äußeres mehr als dreist gewesen: Auf dem Kopf trug sie einen silberfarbenen Aluball mit Antennen. Die straffe Haut auf Stirn und Wangen stand in krassem Gegensatz zu ihrem faltigen Hals. Alles in allem sah sie aus wie eine verdorrte Außerirdische.

Hinter ihr stand ein Mann mit Schiebermütze, vermutlich ihr Fahrer – oder war es ihr Toyboy? – und klammerte sich an die überdimensionale Designerhandtasche seiner Chefin. Vermutlich bestand ihr größtes Problem morgens in der Frage, ob sie mit der Luggage-Bag von Céline oder der Birkin-Bag von Hermès vor die Haustür treten soll. Im Vergleich dazu fand ich meine Probleme doch wesentlich existenzieller. Aber immerhin lief ich nicht herum wie eine Witzfigur. Also lächelte ich zurück, so warm und mitfühlend, wie es mir möglich war. Eine kleine solidarische Geste unter Frauen, gut fürs Karma.

«Ich sage immer, beim Hair-Design gibt es nur ganz teuer oder ganz billig, Schätzchen», erklärte Bodo Balz in seinem manierierten Singsang. Überflüssig hinzuzufügen, zu welcher Kategorie er sich zählte. Gut, dass Martha angeboten hatte zu bezahlen. Das Rundumpaket kostete vermutlich so viel wie meine Nettokaltmiete.

«Absolut zutreffend: Wer Klasse will, muss Klasse bezahlen», bestätigte meine Tante und musterte mich erneut, wobei sie ihr Gewicht von einem Bein aufs andere verlagerte. «Ich sehe Anne mit einem gestuften Bob mit Pony, bloß kein Beton auf dem Kopf. Wir wollen ja nicht, dass Anne aussieht wie eine Nachrichtensprecherin in den Wechseljahren.»

Bodo warf Martha einen strengen Blick zu. «Hast du je eine Nachrichtensprecherin auf meinem Stuhl gesehen?» Dann wandte er sich wieder an mich, die Hand unter das Kinn gestützt. «Also, warum bist du wohl hier, Anne?» Bodo geriet ins Philosophieren.

«Äh, weil ich eine neue Frisur brauche?»

Er schüttelte den Kopf. «Warum bist du bei mir?», setzte er sein Fragespiel fort. «Bei Bodo Balz?»

«Weil Martha mich hierhergeschleppt hat?»

«Falsch, du bist hier, weil du es dir wert bist!» Er machte eine bedeutungsschwere Pause. «Verstehst du, Anne, ein Haircut, das ist ein Versprechen.»

«Wofür?», fragte ich.

«Für eine bessere Zukunft! Deine Haare verkörpern nichts weniger als deine Wünsche, Träume und ein ganz besonderes Lebensgefühl», begann er zu dozieren, und ich dachte, dass dieser Mann an Wichtigkeit von Satz zu Satz wuchs.

«Zeig mir deine Haare, und ich sag dir, wer du bist. Oder einfacher ausgedrückt», fuhr er fort, als hätte er eben noch Latein gesprochen, «wenn die Fassade stimmt, dann klappt auch alles andere.» Was er mit *alles andere* meinte, ließ er nicht lange offen. «Vergiss nicht, selbst bei Aschenputtel kam der Prinz erst nach dem Makeover.»

Während er sich ohne ein weiteres Wort umdrehte, um sich seinem nächsten Härtefall, der Botox-Tante neben mir, zu widmen, blickte diese zu mir herüber und nickte so ausdauernd, dass ihr fast die Haube vom Kopf fiel.

Serge legte mir ein nach Lavendel duftendes Tuch übers Gesicht und begann, meinen Kopf zu massieren. Ich war froh, damit für eine Weile dem Vortrag zu entrinnen und ließ mich fallen. Aber so richtig entspannen konnte ich nicht. Seit Richard mich verlassen hatte, konnte ich einfach keinen klaren Gedanken mehr fassen. Da, wo ein Katastrophenplan hätte Gestalt annehmen sollen, herrschte das reinste Chaos. Wovon sollten wir leben, Maja und ich? Mit dem bisschen Unterhalt für meine Tochter würden wir nicht weit kommen. Ich musste selbst wieder Geld verdienen, und zwar schnell.

Als Richard in mein Leben getreten war, hatte ich mich im Rote-Rosen-Verlag gerade von der Praktikantin zur Lektorin hochgearbeitet. Ein Traumberuf! Ich liebte es, mich den ganzen Tag mit Büchern zu beschäftigen und dafür auch noch bezahlt zu werden. Ich war gut darin, die Autoren zu beraten und ihre Werke in Form zu bringen. Bis Maja sich ankündigte, hatte ich Richards Romanreihe betreut. Alle sechs Monate erschien ein neuer Fortsetzungsband über den gutaussehenden Arzt, der auf der Suche nach der großen Liebe Frauen verschliss, Tote zum Leben erweckte und Waisenkindern ein Dach über dem Kopf schenkte.

Auch wenn ich privat andere Bücher las: Dr. Steven Stark war erfolgreich, und die Romane machten meinen Mann von Jahr zu Jahr bekannter und wohlhabender. Denn Richard Surenbach, so schrieben die Zeitungen, war nicht weniger als die deutsche Antwort auf Rosamunde Pilcher – auch wenn seine Geschichten nicht an den Küsten Cornwalls, sondern am Chiemsee spielten.

Mit der Geburt von Maja änderte sich mein Leben von Grund auf. Als ich nach einem Jahr wieder arbeiten wollte, packte mich Richard bei meinem mütterlichen Gewissen. «Sie ist noch nicht bereit für eine Kita, sie braucht uns noch, merkst du das nicht?»

«Uns» hieß in dem Fall natürlich: mich. Denn er selbst verbrachte den ganzen Tag in seinem Schreibbüro. Meist kam er erst nach Hause in unsere Eimsbütteler Altbauwohnung, wenn Maja schon schlief. Dann drückte er mir seine neuen Manuskriptseiten in die Hand und ließ mich im Grunde dasselbe machen wie vorher als Festangestellte – nur ohne Bezahlung.

«Schau mal kurz drüber», sagte er, bevor er sich mit einem Glas Rotwein und seiner Zeitung an den Kamin setzte. Was heute unverschämt klingt, erschien mir damals irgendwie natürlich. Außerdem war ich glücklich. Ich mochte es, gebraucht und gefordert zu werden, und dachte gar nicht daran, ihm diese Bitte auszuschlagen. Rückblickend kann ich kaum glauben, wie naiv ich gewesen war. Denn letztendlich hatte nur einer von diesem Deal profitiert – und das war nicht meine Wenigkeit.

«Irrwege der Seele» – der Band zum 25. Jubiläum von Dr. Steven Stark, unser letztes Gemeinschaftswerk – hätte mir schon beim Überarbeiten eine Warnung sein müssen. Denn darin beschrieb Richard sehr genau, wie ein Gefühlsorkan den Halbgott in Weiß dazu brachte, seine fünfte Ehefrau und Praxisassistentin Hanna zu verlassen – für den «Engel mit den Samtaugen», eine Frau namens Barbara. Ein Pseudonym für Babette, wie mir zu spät klarwurde. Mit «Irrweg» war folglich ich gemeint.

Inzwischen war Maja sechs, und bis auf die Stark-Reihe und gelegentliche freie Projekte hatte ich nicht mehr in meinem Beruf gearbeitet. Was die Zukunft anging, war ich auch nicht viel aktiver. Abgesehen von ein paar halbherzigen Initiativbewerbungen bei diversen Verlagen hatte ich noch nichts in die Wege geleitet. Vermutlich wartete da draußen ohnehin niemand auf mich. Bislang hatte ich jedenfalls nur Absagen kassiert.

Doch an all das wollte ich jetzt lieber gar nicht denken. Ich seufzte tief, als Serge mir sanft das Tuch vom Gesicht nahm.

«Wer wird dann da so stöhnen?», fragte Bodo mit gespielter Empörung, während er gerade die Furchen am Hals meiner Sitznachbarin mit irgendwelchem Füllmaterial zuspachtelte. «Nur keine Sorge! Ein Bodo Balz ist bekannt dafür, dass er selbst aus dem ältesten Besen noch einen hinreißenden Feger machen kann.»

Die andere Kundin lachte verschmitzt. Ich musste ebenfalls grinsen, und mit einem Mal war sie mir sympathisch. So viel Selbstironie hätte ich ihr gar nicht zugetraut.

Als ich eine Stunde später in den Spiegel sah, war ich kaum wiederzuerkennen. War das wirklich ich? Die hellen Strähnen sahen tatsächlich ganz natürlich aus, und der stufige Schnitt bis zur Schulter passte auch wesentlich besser zu meinem schmalen Gesicht als die undefinierbare Länge vorher. Martha sah mich bewundernd an.

«Da hast du ganze Arbeit geleistet, Bodo.»

Er nahm sie in den Arm und deutete mit seiner goldenen Schere auf mich wie auf ein teures Œuvre.

«Wir, Martha, wir! Du solltest bei mir als Typberaterin anheuern.»

Martha lachte kokett: «Gar keine schlechte Idee, aber in puncto Typen berate ich erst mal exklusiv meine Nichte», sagte sie und sah mich prüfend an. «Wir wollen doch sichergehen, dass du in Zukunft einen weiten Bogen um Nieten wie Richard machst, nicht wahr, Anne?»

Ich bedachte die beiden mit einem besonders frostigen Blick. Jetzt kamen sie schon wieder mit dem Thema.

«Ein neuer Mann ist wirklich das Letzte auf meiner To-do-Liste. Erst mal brauche ich dringend einen Job.»

Bodo musterte mich kritisch. «Glaub mir, Mädchen», sagte er und gab noch etwas Wachs in meine Haare. «Vom Arbeiten ist noch keine reich geworden. Ich weiß, wovon ich spreche, ich habe hier schon viele Frauen kommen und gehen sehen. Du hast doch gute Anlagen! Frisch regelmäßig deine Fassade bei mir auf, zieh in das nobelste Viertel der Stadt und sieh zu, dass du auf den exklusivsten Partys auftauchst. Dann hast du schneller einen Millionär an der Angel, als du unbezahlte Überstunden sagen kannst.»

Jetzt war es an Martha, böse zu gucken. Entrüstet stemmte sie die Hände in die Hüften.

«Nichts gegen dich, mein lieber Bodo, aber ein Mann ist letztlich doch nur ein hübsches Anhängsel.» Und zu mir gewandt, erklärte sie: «Ich bin sicher, du wirst dein Leben ganz alleine meistern, Anne.»

Ein geheimnisvolles Lächeln umspielte ihre Lippen. «Und ich bin ja auch noch da. Wirst schon sehen …»

5. WORLD OF FANNY

Marthas Getzwitscher: ++ Spiele mit dem Gedanken, Gorbi einem Weibchen zuzuführen ++ so astreine Gene müssen doch weitergegeben werden ++ Pekinesinnen kommen natürlich nicht in Frage ++ alles, nur keine reinrassigen Nachkommen ++ Ein Golden Pekischnudel würde mir gefallen ++ Ich bin auch bei Hunden für Multikulti ++

Hamburg machte seinem Ruf alle Ehre. Es war Mitte November und seit Wochen kalt und ungemütlich in der Hansestadt. Ein trübes Grau hatte sich über die Dächer gelegt und wollte nicht mehr weichen.

Ich stand vor dem Spiegel im Flur und zupfte ein paar Flusen vom Ärmel meines schwarzen Blazers. Zwei Wochen war der Friseurbesuch nun her, und meine Haare saßen noch immer tadellos. Vermutlich lag das nicht nur am Schnitt, sondern auch an diesem sündhaft teuren Haarwellnesspflegeluxusspray, das mir Bodo beim Rausgehen noch aufgeschwatzt hatte. Ein Spritzer war so teuer wie ein ganzer Haarschnitt bei meinem Friseur um die Ecke – Färben und Föhnen inklusive.

Der Besuch beim Maestro hatte sich trotzdem gelohnt, ich fühlte mich zwar nicht wie neu geboren, aber beim morgendlichen Blick in den Spiegel erschrak ich nun wenigstens nicht mehr. Ich ließ neue Fotos machen und entwickelte einen gewissen Ehrgeiz bei meinen Bewerbungen.

«Du siehst aber schön aus, Mama», staunte Maja.

Sie stand neben mir und sah mir dabei zu, wie ich meine Frisur zurechtstrich.

So elegant gekleidet hatte meine Tochter mich lange nicht mehr gesehen. Mit Rock, weißer Bluse und hohen Schuhen kam ich mir zwar ein bisschen spießig vor. Aber immerhin passte ich durch die verlorenen Kummerkilos wieder in mein altes Kostüm in Größe 38. Heute musste ich auch perfekt aussehen: In einer Stunde würde ich mein erstes Vorstellungsgespräch seit zwölf Jahren haben – und war dementsprechend aufgeregt.

«Gerdi und ich gehen auch bald zum Frisör.» Maja hatte ihre Puppe mit dem struppigen Polyesterhaar im Arm, die sie von Martha zum ersten Geburtstag bekommen hatte. Gerdi war Majas große Liebe: Sie schlief mit ihr ein, stand morgens mit ihr auf und schleppte sie den ganzen Tag mit sich herum. Seit meiner Trennung von Richard redete Maja eigentlich nur noch von sich und Gerdi im Plural. Die beiden waren unzertrennlich geworden.

Kürzlich hatte Maja mich gefragt, ob ich mir auch bald jemanden Neues suchen würde, so wie ihr Papa. Und ob Gerdi und sie dann bei Tante Martha wohnen würden. Ich musste schlucken. Ich war mir nicht sicher, ob sie ein Ja fürchtete oder herbeisehnte, damit sie in Amaroo ein Lotterleben führen konnte. Das Ganze war jedenfalls eine Art Déjà-vu für mich, denn diese Situation hatte ich früher selbst erlebt. Damals war ich das Kind, das unentwegt versuchte, seine Mutter zu trösten. Ich hätte alles getan, um die Traurigkeit zu vertreiben, die meine Mutter umgab. Ich weiß noch, wie mir eines Tages bei der Fernsehserie «Ich heirate eine Familie» die Idee kam, meiner Mutter einen neuen Mann zu schenken. Ich war acht Jahre alt und überzeugt davon, mit einem Vater wie Peter Weck unser ganzes verkorkstes Leben verändern zu können. Im Film fand der Werbegraphiker sein Glück bei einer Familie mit drei Kindern. Als Einzelkind rechnete ich mir noch größere Chancen auf einen Vater wie ihn aus. Denn ich war ruhig, konnte mich mit mir selbst beschäftigen und half schon seit Jahren beim Tischabräumen. Da ich nicht wusste, woher ich einen Graphiker nehmen sollte, probierte ich es mit unserem Klempner: Während er unsere Toilettenspülung reparierte, berichtete ich ihm von den Vorzügen meiner Mutter. Leider war er nicht interessiert, weil er, wie er mir sagte, glücklich verheiratet war.

Erst als ich wenig später eine Heiratsanzeige in dem Wochenblatt unserer Region aufgab und meine Mutter daraufhin Dutzende schlüpfrige Offerten bekam und mir das Taschengeld strich, ließ ich endgültig von meinem Vorhaben ab. Jetzt, wo ich selbst Mutter war, wollte ich Maja ein ähnlich frustrierendes Erlebnis ersparen: Ich nahm mir fest vor, in ihrer Gegenwart ein wenig unbeschwerter zu sein. Auch wenn mir oft genug nicht danach war.

«Wie gut, dass ich dich habe, Maja», sagte ich und strich ihr über die Wuschelmähne. «Wer braucht schon einen Mann, wenn man so tolle Komplimente bekommt?»

Was ich dagegen wirklich dringend brauchte, war dieser Job. Denn die Reserven auf meinem Konto waren nahezu aufgebraucht. Nicht mehr lange, und ich wäre ein Fall für Hartz 4. Von Richard hatte ich nicht allzu viel zu erwarten. Er hatte bereits erklärt, dass er nur den Unterhalt nach Düsseldorfer Tabelle zahlen würde. Daher setzte ich große Hoffnungen auf diese Stelle.

«Mama?» Maja zupfte mich am Ärmel. «Bringst du uns das neue Fanny-Buch mit?», bettelte sie.

Innerlich rollte ich mit den Augen. Der Verlag, der mich eingeladen hatte, brachte seit Jahren die Kinderbuchreihe «Fanny mit der roten Zahnspange» heraus. Wie fast alle in ihrem Alter liebte auch Maja die Bücher über das wohlerzogene Mädchen mit den zahlreichen Hobbies und noch mehr Talenten. Mir persönlich ging Fannys heile Welt gehörig auf den Zeiger.

«Klar, Schätzchen, ich versuch's», sagte ich und lächelte gequält.

Ich hatte keine Wahl. Wenn ich nicht schnell etwas fand, würde ich beim «Kärntner Berghirten» anheuern müssen. Die suchten immer freie Mitarbeiter. Mir war aber bewusst, dass ich mit so einer Referenz dann fürs seriöse Genre ein für alle Mal verbrannt sein würde. Wenn ich das nach der Arbeit an den Arztromanen von Richard nicht ohnehin schon war. Denn die 20 Seiten dünnen Berghirten-Heftchen waren für Lektoren das, was RTL-Dokusoaps für Arthouse-Regisseure waren: Schundliteratur, die von Laienschriftstellern mit ABC-Schwäche geschrieben wurden und kostenlos in Altersheimen auslagen. Immerhin: Die Arbeit wurde einigermaßen angemessen bezahlt.

Als ich in meiner Verzweiflung gerade angefangen hatte, mir den Berghirten schönzureden, hatte eine ehemalige Kollegin vom Rote-Rosen-Verlag angerufen und von der Stelle als Lektorin für die Fanny-Bücher erzählt. Ich hatte sie gebeten, den Kontakt zu vermitteln. *Et voilà* – ein paar Tage später hatte ich einen Vorstellungstermin vereinbart: bei Gregor von Menzel, dem Verlagschef persönlich. Beziehungen waren eben alles.

Es klingelte an der Tür.

«Lissie kommt!», rief Maja begeistert.

Es war auch höchste Zeit. Meine Freundin hatte sich angeboten, auf ihr Patenkind Maja aufzupassen.

Als wir sie zusammen mit ihren beiden Kindern die Treppe heraufstürmen hörten, hüpfte Maja voller Vorfreude auf der Stelle.

An der Türschwelle umarmte ich Lissie schnell, strich Tobi

und Pauline über den Kopf und warf mir den Wintermantel über. Die vier würden einen schönen Nachmittag haben, da war ich mir sicher. Kein Grund also, auch noch ein schlechtes Gewissen Maja gegenüber zu bekommen.

Lissie drückte meiner Tochter gerade ein kleines Paket in die Hand. Hektisch riss Maja das Geschenkpapier auf, und zum Vorschein kam die nagelneue Ausgabe der kleinen Überfliegerin: «Fanny lernt Staubsaugen».

Maja juchzte vor Begeisterung, während mir bei dem Gedanken an das bevorstehende Gespräch schon jetzt der Angstschweiß ausbrach.

«Ganz frisch aus der Druckerei», lachte Lissie, die in ihrem Buchladen an der Quelle saß.

Früher hatte sie sechs Tage die Woche dort gearbeitet, doch irgendwann war ihr alles zu viel geworden: der schwächelnde Buchmarkt, die Verantwortung, dazu noch die Kinder und ein Mann, der auch nach zwölf Jahren Ehe noch Wert auf ihre Anwesenheit legte – sie hatte kurz vor dem Burnout gestanden. Vor einem Jahr hatte Lissie dann die Notbremse gezogen und eine Mitarbeiterin eingestellt, eine gelernte Buchhändlerin, die nach ihrer Elternzeit wieder einsteigen wollte. Mittlerweile nahm sich Lissie zwei Tage in der Woche, so gut es ging, vom laufenden Geschäft frei.

«Kinder, sollen wir schon mal üben, wie man die Staubsaugerbeutel wechselt?», fragte sie und zwinkerte mir verschwörerisch zu.

Ich lächelte dankbar, küsste meine Tochter, und als diese mir wie selbstverständlich ihre Puppe entgegenhielt, küsste ich auch Gerdi. Dann griff ich nach meiner Tasche und stürzte zur Tür.

«Und Anne», rief Lissie mir hinterher, «lass dich nicht über den Tisch ziehen. Zeig ihnen, was du wert bist!»

Als ich vor dem Haus mein Fahrrad aufschloss, hörte ich oben am Fenster Maja rufen: «Tschüss, Mama!»

Als ich hochsah, warf sie mir Handküsse zu. Ich spürte einen Kloß im Hals. Vor allem für meine Tochter musste ich diesen Job kriegen. Ich wollte ihr ein gutes Vorbild sein: eine unabhängige Frau, die allein für ihren Lebensunterhalt sorgen konnte.

Während ich in die Pedalen trat, betete ich, dass mein Rock knitterfrei blieb und nicht riss. Zehn Minuten später stand ich mit intaktem Outfit vor dem gläsernen Bürogebäude. Ich freute mich darauf, wieder Verlagsluft zu schnuppern.

«Frau Geiger?»

Eine große Blondine eilte durch die Eingangshalle auf mich zu und gab mir die Hand. «Nun aber schnell, Herr von Menzel wartet nicht gern.»

Ich linste auf mein Handy-Display. Eigentlich war ich auf die Minute pünktlich. Aber hier gingen die Uhren offenbar anders.

Mit wehendem Haar eilte die Assistentin voraus, vorbei an lebensgroßen Fanny-Pappfiguren und Schaukästen mit Merchandisingprodukten. Fanny strahlte den Besucher mit ihrer Zahnspange von Tassen, T-Shirts und Badetüchern an. Sogar die rote Originalzahnspange war wie eine Devotionalie in einer beleuchteten Glasvitrine ausgestellt.

Ich unterdrückte meinen Brechreiz und versuchte, mit der Assistentin Schritt zu halten.

Wir eilten durch ein paar Gänge und betraten kurz darauf das Büro von Herrn von Menzel, der missmutig hochsah und gar nicht daran dachte, sich von seinem Sitz zu erheben. Ich schätzte ihn auf Anfang vierzig, also etwa mein Jahrgang, und freute mich, dass ich mich im direkten Vergleich doch recht gut gehalten hatte. Sein blauer Blazer mit den großen goldenen Knöpfen und ein klobiger Siegelring am rechten Ringfinger machten ihn älter, als er war.

«Haben Sie keine Uhr?», fragte er in strengem Ton. «Oder sind Sie nicht aus dem Bett gekommen?»

Ich war sprachlos. Was redete der Mann? Es war 16 Uhr am Nachmittag, und ich war pünktlich.

Ich suchte noch nach einer freundlichen, aber schlagfertigen Entgegnung, als er aufstand und mir mit einem versöhnlichen Lächeln die Hand reichte.

«Na ja, Schwamm drüber. Herzlich willkommen bei den *Good Girls*. Frau Geiger, richtig?» Er faltete seine Arme weit auseinander, als wollte er mich umarmen. In Wahrheit präsentierte er mir nur sein großes Büro, eingerichtet mit schwarzen Designermöbeln und einer lebensgroßen bronzenen Fanny-Statue. «Nehmen Sie doch Platz.»

Unter dem Tisch lag ein Jagdhund, vermutlich so reinrassig wir Herr von Menzel selbst, und knurrte. «Keine Sorge, der ist sanft wie ein Lamm», sagte er. «Articus, Deutsch Langhaar, beste Papiere und direkter Nachkomme des mittelalterlichen Habichthundes.»

Ich nickte halbwegs beruhigt, und während ich Platz nahm, kam mir Marthas Tzwitscher-Meldung in den Sinn. Ein Golden Pekischnudel würde diesem Snob sicher nicht unter seinen altenglischen Mahagonitisch kommen.

Als er sich ebenfalls wieder gesetzt und Articus einen Hundekeks gereicht hatte, sah er mich durchdringend an. «Sie wurden mir vom Rote-Rosen-Verlag empfohlen. Da spricht man ja in den höchsten Tönen von Ihnen.» Er setzte sich eine runde Brille auf und blätterte in meinen Bewerbungsunterlagen.

«Ich habe auch sehr gern dort gearbeitet», erklärte ich mit bemüht fester Stimme, «bis ich aus familiären Gründen pausieren musste.»

«Machen Sie sich keine Gedanken, Frau Geiger. Bei anderen Arbeitgebern mag es von Nachteil sein, wenn eine Mutter zu Hause bei ihrem Kind bleibt. Aber wir begrüßen das sehr.»

Im Minutentakt schob er seine Brille nach oben, die ihm dann sofort wieder auf die Nasenspitze rutschte. Dieses Schauspiel machte mich ganz nervös. Und ich musste gegen den Impuls kämpfen, ihm das Gestell von seiner aristokratischen Nase zu reißen.

«Sie wissen ja sicherlich, dass auch Fannys Mutter erst wieder in den Beruf eingestiegen ist, als unsere Kleine in die Schule kam», sagte er.

Einen Moment lang wartete ich, ob er nur einen Scherz machte. Aber nein, es war sein voller Ernst. Insgeheim fragte ich mich, ob es der altklugen Fanny wirklich so gut bekommen war, mit einer dauerpräsenten Mutter gestraft zu sein. Doch nach außen hin pflichtete ich Herrn von Menzel bei. Ich faltete meine Hände und nickte wissend. Jetzt hieß es blenden, was das Zeug hält.

«Meine Tochter Maja ist auf jeden Fall Fannys größter Fan.»

«Da befindet sie sich in guter Gesellschaft – mit Mädchen aus aller Welt», sagte Herr von Menzel unbeeindruckt. «Ich hoffe, es ist Ihnen bewusst, Frau Geiger, dass unsere Fanny ein anderes Kaliber ist als Dr. Steven Stark.» Wieder wäre beinahe die Brille von der Nase gerutscht. «Eine globale Marke mit Übersetzungen in mittlerweile 37 Sprachen. Trauen Sie sich das zu, so groß zu denken, Frau Geiger? Das bedeutet eine Menge Verantwortung.»

«Was wäre denn mein Aufgabenbereich?», fragte ich eifrig.

«Sie müssten die Verträge mit aushandeln, die neuen Bände und alle relevanten Verlagspartner betreuen und Fannys Termine mit Werbung, Marketing und Presse koordinieren.»

Er machte eine kurze Pause und sah mich eindringlich an.

«Natürlich sollten Sie sich auch nicht zu schade sein, mir mal einen guten Kaffee zu kochen. Trauen Sie sich das alles zu?»

«Selbstverständlich, Herr von Menzel. Ich als Mutter kenne nicht nur die Fanny-Welt aus dem Effeff, ich bin auch Multitaskerin durch und durch – und sehr flexibel. Ich ...»

«Da geben Sie mir ein gutes Stichwort, Frau Geiger», unterbrach mich Herr von Menzel. «Flexibilität wird bei uns ganz groß geschrieben. Wenn Sie diesen Job haben möchten, sollten Sie sich auch am Wochenende und abends zu unserer Verfügung halten. Ich sage immer: ‹Unsere Fanny schläft nicht.›» Er lachte schallend.

«Ich verrate Ihnen etwas», entgegnete ich verschwörerisch. «Ich sage immer zu meiner Tochter: Nimm dir mal ein Beispiel an Fanny. Die geht schon lange alleine ins Bett. Dass sie gar nicht erst schläft, muss ich ihr ja nicht erzählen.»

Da hatte ich wohl zu dick aufgetragen, denn er betrachtete mich mit ernster Miene. Offenbar fand Herr von Wenzel nur seine eigenen Witze lustig.

Aber zum Glück war er nicht der nachtragende Typ: «Zwischen uns stimmt die Chemie, Frau Geiger, da trügt mich mein Gespür nie. Darum möchte ich Ihnen anbieten, ein vierwöchiges Praktikum bei uns zu machen – das ist für beide Seiten vorteilhaft, finden Sie nicht? So können Sie sich ganz in Ruhe auf unsere Fanny einstellen und sich gegenseitig beschnuppern.»

Ich versuchte, nicht allzu entgeistert auszusehen. Ein Praktikum? Selbst wenn ich den Mindestlohn bekäme, würde ich damit wohl kaum über die Runden kommen. Hektisch fuhr ich mir mit der Zunge über die Lippe, besorgt, dass sich augenblicklich mein Freund Herpes melden würde.

«Das ist ein ... äh, nettes Angebot, Herr von Menzel», sagte ich und gab mir Mühe, meine Enttäuschung zu überspielen. «Aber Sie wissen ja, ich habe ein Kind und kann es mir beim besten Willen nicht leisten, unbezahlt für Sie zu arbeiten. Das verstehen Sie sicher.»

Herr von Menzel hob die Hand, um mich zum Schweigen zu bringen. Ein wenig neidisch dachte ich, dass in Adelskreisen schon eine kleine Geste reichte, um sich Respekt zu verschaffen. Ein Praktikum auf diesem Gebiet wäre sicherlich aufschlussreich.

«Hatten Sie mir nicht gerade etwas von Ihrer großen Flexibilität erzählt?» Selbstgefällig lachte er mich an, beugte sich über den Tisch und hielt mir die Hand hin: «Also, einverstanden?»

Ich schluckte meine Enttäuschung runter, rang mir ein Lächeln ab und stand auf. «Vielleicht versuchen Sie es besser mit einer studentischen Hilfskraft.»

Damit hatte er wohl nicht gerechnet, denn mit einem Schlag verdüsterte sich seine Miene. «Wenn Sie da mal keinen Fehler gemacht haben, Frau Geiger.» Er klang beleidigt. «Wie sagt es Fanny so schön: Man sieht sich immer zweimal im Leben.»

Vielleicht war es Einbildung, aber es schien, als käme ein Knurren aus der Richtung des adeligen Habichthundes.

Doch ich würde nicht klein beigeben. Das hatte ich in der Ehe mit Richard zu lange gemacht.

Ich zuckte nur mit den Schultern und verließ ohne ein weiteres Wort sein Büro. Das Herz schlug mir bis zum Hals. Einerseits war ich stolz auf mich, dass ich das unmoralische Angebot von Herrn von Menzel ausgeschlagen hatte. Andererseits wusste ich, dass ich jetzt nur noch auf ein Wunder hoffen konnte. Viel Zeit, um eine Anstellung zu finden, blieb mir nicht mehr.

Als ich erhobenen Hauptes durch die Verlagstür schritt und mich meinem Fahrrad näherte, war mir, als hörte ich den Kärntner Berghirten kichern.

6. INDISCH DOKO

> *Marthas Getzwitscher:* ++ Die Blankeneser Seniorengruppe hat mich zum Canasta-Spielen eingeladen ++ So weit kommt's noch! ++ Fehlt nur noch der Bridge-Nachmittag mit Schwarzwälder Kirschtorte ++ Nein, danke ++

«Was für eine miese Ratte, dem schneid ich die Eier ab», sagte Jana wütend und trommelte mit ihren Fingern auf den Spielkarten rum, als würde sie sich bereits für den Eingriff warmmachen.

Wie jeden zweiten Donnerstag saßen Jana, Lissie, Yvonne und ich in der *Bolly-Bar*, einer indischen Kneipe auf dem Kiez. Seit Jahren trafen wir uns hier zum Doppelkopfspielen. Dank ihrer versteckten Lage in einer kleinen Seitenstraße war der Laden noch immer ein Geheimtipp. Es war nie zu voll, sodass wir immer einen der wenigen Tische bekamen und in Ruhe spielen konnten. Rajan, der Wirt, servierte zum indischen Bier auch kleine Snacks wie Papadam, Suppe oder Gemüsepakora, die seine Frau in der kleinen Küche hinter der dunklen Holztheke zubereitete. Aber die absolute Spezialität der *Bolly-Bar* war «Gin Lassi», ein Mango-Lassi, den Rajan Jana zuliebe auch als Sojajoghurt zubereite, mit einem Schuss in Hamburg gebranntem Gin. Rajan, der in Norddeutschland geboren war und in jedem Winter seine Familie in Indien besuchte, hatte den Drink aus dem Besten seiner beiden Heimaten kreiert. Was merkwürdig klang, schmeckte überraschend fruchtig und erfrischend, selbst in der Sojavariante. Im Inneren der Kneipe roch es immer so verlockend, als hätte man sich mal kurz nach Indien gebeamt. Schon wenn man eintrat, schlug einem dieser typische Duft von Nelken, Kardamom und Safran entgegen.

Wir mussten höllisch aufpassen, uns von der Umgebung nicht zu sehr von den Karten ablenken zu lassen. Denn die Bar war eine einzige Reizüberflutung: Auf einem Bildschirm hinter der Theke liefen Bollywood-Filme ohne Ton. Und an den bunt tapezierten Wänden prangten Bilder von schmalzlockigen Bollywood-Stars und Schönheiten in bunten Schleiern. Im Hintergrund liefen die immer gleichklingenden indischen Schlager, von denen eine geradezu meditative Wirkung ausging.

Das Ambiente war so wohltuend und harmoniefördernd, dass die Spielverbissenheit vergangener Tage nur noch Erinnerung war. Während wir früher beim Italiener noch um Geld spielten, ermittelten wir inzwischen nicht mal mehr die Tagessiegerin. Der Grund war schlicht der folgende: Jana konnte nicht verlieren. Aus Ärger über miese Karten oder einen unüberlegten Spielzug ihrer Partnerin hatte sie unsere Runde mehrfach so lautstark gesprengt, dass wir irgendwann wegen Hausverbots den Spielort wechseln mussten. Ihre Welt war nun mal das Theater. Sie liebte die großen Gesten und Dramen, vielleicht weil sie beruflich nicht auf, sondern hinter der Bühne arbeitete. Egal ob vegane Ernährung oder ihre Vorliebe für schwierige Männer: Für Jana ging es immer um alles oder nichts. Auch beim Kartenspielen.

Hier bei Rajan in der *Bolly-Bar* war aber mittlerweile alles anders. Inzwischen lobten und bestärkten wir uns beim Spielen gegenseitig, als säßen wir in einer Gruppentherapie zur gewaltfreien Kommunikation. Auch das hatten wir Jana zu verdanken. Ganz im Sinne Gandhis, dessen Porträt hinter der Theke über uns wachte und uns zu mehr Fehlertoleranz und Nachsicht aufforderte, war sie stets diejenige, die am lautstärksten von Gelassenheit und Karma redete. Dabei reagierte Jana zwar nach wie vor impulsgesteuert und konnte auch immer noch mitten im Spiel aufspringen und weglaufen, wenn ihr irgendetwas nicht passte, aber laute Wutausbrüche hatten wir von ihr bei Rajan zum Glück noch nicht erlebt.

Außer wenn es wie jetzt um Richard ging. Dann konnte selbst Gandhi Jana nicht besänftigen.

Eine Runde Gin Lassi und Doppelkopf lagen bereits hinter uns. Alle hatten euphorisch meine Frisur bejubelt und sich natürlich nach dem aktuellen Stand in Sachen Scheidung erkundigt. Ich hatte vom neuesten Coup meines zukünftigen Exgatten erzählt. Die Schonfrist war sechs Wochen nach der Trennung offenbar um: Richard hatte mir am Telefon verkündet, dass ich würde ausziehen müssen. Und zwar in spätestens drei Monaten. Irgendwie hatte ich es zwar kommen sehen, aber jetzt, wo es ausgesprochen war, zog es mir den Boden unter den Füßen weg.

«Das kann doch nicht sein Ernst sein», schimpfte Jana und sprach dabei aus, was die entrüsteten Gesichter von Lissie und Yvonne wortlos ausdrückten.

Es tat gut, die empörten Reaktionen meiner Freundinnen zu sehen. Mir war alles so sehr über den Kopf gewachsen, dass ich selbst schon nicht mehr wusste, was richtig und falsch und was vollkommen unverschämt war.

Jana war so auf 180, dass eine große Kanne Espresso vermutlich noch beruhigend auf sie gewirkt hätte. Seit Jahren schon fühlte sie sich als Anwältin unterdrückter Frauen und ging bei jedem chauvinistischen Spruch an die Decke. Richard hatte sie deshalb immer «frustrierte Xanthippe» genannt. Er war überzeugt, dass sie jeden Mann eigenhändig kastrieren würde, wenn sie ihre Wut auf das andere Geschlecht nicht in ihren Theaterstücken ausleben könnte. Das war natürlich übertrieben, Jana liebte Männer. Sehr sogar. Nur eben keine, die Frauen unterbutterten oder immer jüngere Dinger beglückten. So wie ihr Exmann Hannes – und neuerdings auch Richard.

«Miese Ratte hin oder her», entgegnete ich Jana mit schwachem Lächeln. «Er ist der Hauptmieter und will nicht mehr für mich zahlen.»

Während mich Yvonne mitfühlend ansah, versuchte Lissie dem Ganzen einen positiven Aspekt abzuringen. «Süße, ich kann verstehen, dass du dich von Richard überrumpelt fühlst.» Sie nickte mir aufmunternd zu. «Aber für einen richtigen Neuanfang ist so ein Tapetenwechsel vielleicht gar nicht so schlecht.»

«Soll er ihr eben eine neue Wohnung kaufen, von mir aus mit neuen Tapeten», empörte sich Jana weiter. «Geld genug hat er ja dank Annes Frondiensten als Hauslektorin. Aber er kann sie doch nicht einfach rausschmeißen!»

Nachdenklich strich ich über den Rand meines Gin-Glases. Lissie hatte recht, daheim erinnerte mich alles an unser gemeinsames Leben – und an das unrühmliche Ende unserer Ehe. Die Frage aber blieb, wie ich innerhalb von drei Monaten eine Wohnung finden und wovon ich sie bezahlen sollte. Die Zeit würde schneller vergangen sein, als ich «Zwangsräumung» sagen konnte.

Nachdem ich in den letzten Tagen intensiv die Zeitungsanzeigen und Immobilienportale durchgesehen hatte, machte ich mir nichts mehr vor: In meiner Situation – alleinerziehend und ohne festen Job – konnte ich mir allenfalls eine winzige Absteige in irgendeinem Ghetto am Stadtrand leisten, dort, wo Jugendgangs marodierten, Männer in ausgeleierten Jogginghosen biertrinkend auf dem Spielplatz abhingen und Frauen ohne Perspektive, also Frauen wie ich, sich mittags bei Penny trafen, um Tiefkühlpizza und Zigaretten zu kaufen. So malte ich es mir jedenfalls in meiner übelsten Phantasie aus.

Ob er so ein Szenario für Maja wolle, hatte ich Richard am Telefon gefragt. Woraufhin er meinte, ich würde nur schwarzweiß denken, und das sei vermutlich sogar schlimmer für Maja als die Zustände in irgendwelchen Problemvierteln. Vielleicht malte ich ja wirklich schwarz. Andererseits: Ich wollte Maja nicht komplett aus ihrer Welt reißen. Und ich hatte mich auch einfach noch nicht dazu durchringen können, mir eine dieser Sozialwohnungen anzuschauen.

Lissie schien meine Gedanken zu lesen. «Zur Not zieht ihr erst mal zu uns, bis du etwas Passendes gefunden hast.»

Ich war ihr dankbar für diese Großzügigkeit, aber ihr Angebot war ganz und gar unrealistisch. So gern ich ihren Mann Marc und die beiden Kinder hatte: Zu sechst in drei Zimmern zu wohnen, konnte ich mir allenfalls für ein Wochenende vorstellen.

Auch Martha hatte ja bereits signalisiert, dass wir nach Amaroo ziehen konnten, doch an meinen Vorbehalten hatte sich nichts geändert.

Ich wollte die Stimmung nicht noch weiter vermiesen, deswegen lächelte ich und flüsterte: «Danke, Lissie, das ist sehr lieb von dir. Aber mit vierzig noch bei Freunden unterzukriechen hat doch etwas Entwürdigendes, findet ihr nicht?»

Yvonne sah mich amüsiert an. «Richtig, du bist ja jetzt vierzig!», rief sie so laut, dass Rajan aufhorchte, als er an unseren Tisch trat.

Er lächelte breit: «Hat etwa eine von euch Geburtstag?»

Alle zeigten auf mich. Ich wurde rot – so viel Aufmerksamkeit war mir zu viel. Darum versuchte ich noch, das drohende Unheil abzuwenden, indem ich sagte, dass mein

Ehrentag schon eine Ewigkeit her sei. Aber wer Rajan kannte, wusste, dass er sich die Chance auf ein Ständchen nicht entgehen lassen würde. Seit er als junger Mann eine kleine Gastrolle in einer Bollywood-Produktion gehabt hatte, träumte er von einem Leben im Rampenlicht. Wann immer sich ihm die Gelegenheit bot, erfüllte er sich diesen Traum im Kleinen, in seinem hanseatischen Indien. Nicht umsonst hatte er die *Bolly-Bar* mit einer kleinen Bühne ausgestattet.

Ehe ich weiter protestieren konnte, dimmte Rajan das Licht, drehte die Musik lauter und griff zum Mikrophon, das immer auf der Lautsprecherbox bereitlag. Er stellte sich an unseren Tisch und begann, schmachtend und voller Melancholie zu den Klängen von Indiens Schmalzmusiker Allah Rakha Rahman zu singen. Auf sein Handzeichen hin machten sich seine Frau Istari und seine Tochter Shanta, die neugierig aus der Küche gelugt hatten, fertig für ihren Auftritt. In ihren bunten Gewändern sahen sie aus wie zwei Schönheiten aus Tausendundeiner Nacht.

Geschmeidig bewegten sie sich im Rhythmus der Klänge auf uns zu, dabei schaukelten sie mit den Hüften wie zwei Kobras, während jede von ihnen zwei gefüllte Kelche auf den Händen balancierte. Als sie schließlich an unserem Tisch zum Stehen kamen und Rajan die letzten Klänge gesungen hatte, sprangen wir auf und applaudierten begeistert.

«Und jetzt mach uns den Shimmy, Anne!», rief Yvonne.

Die anderen fielen ein und skandierten lauthals: «Shimmy, Shimmy!»

Ich verbarg mein Gesicht hinter den Händen. Öffentliche Auftritte waren erst recht nicht mein Ding, die überließ ich lieber anderen. Aber Yvonne ließ nicht locker und schob mich zur Bühne. Es gab kein Zurück mehr.

Was soll's, dachte ich. Schlimmer kann es eh nicht kommen in meinem Leben, mache ich mich eben vor allen lächerlich.

Kurzerhand streifte ich meine Strickjacke ab und verknotete mein T-Shirt unter der Brust. Dann atmete ich ein paarmal tief ein und versuchte, alles um mich herum auszublenden. Als Rajan die Musik wieder laut drehte, fing ich an, mich zu den Klängen in der Hüfte zu bewegen. Vor langer Zeit hatte ich mal einen Bauchtanzkurs gemacht und war eine der wenigen Teilnehmerinnen gewesen, die am Ende den Shimmy beherrschten: Ich konnte meine Bauchmuskeln rhythmisch zittern lassen, ohne irgendwelche anderen Körperteile zu bewegen. Meine Tanzlehrerin hatte mir durchaus Talent attestiert. Der ältere Herr an der Theke war wohl der gleichen Meinung: Er pfiff anerkennend auf seinen Fingern, während ich versuchte, einfach nur zu tanzen. Es machte Spaß, und ich merkte, wie sich mein ganzer Körper lockerte. Nachdem ich meinen Tanz beendet und mich albern verbeugt hatte, zwinkerte ich meinem Fan verschwörerisch zu – und wunderte mich gleichzeitig über meine Courage.

Von meinen Freundinnen wurde ich euphorisch bejubelt.

«Tja, man muss das Leben tanzen, das hat schon Nietzsche gesagt», lachte Jana, als ich mich, noch ganz außer Atem, wieder an den Tisch setzte.

«Solange es noch geht, freilich! Wie du sagtest: Du bist schließlich schon vierzig!», setzte Yvonne einen drauf.

Kurz fühlte ich ein wenig Scham in mir aufsteigen und kippte eilig den Mangosekt hinunter, den Istari und Shanta uns gerade kredenzten.

Was für ein Abend! Noch bei Richards symbolischer Beerdigung vor zwei Wochen hätte ich mir nicht träumen lassen, schon so bald wieder ausgelassen zu feiern.

Unsere Doppelkopfrunden in der *Bolly-Bar* hatten einfach eine besondere Wirkung auf mich. Was auch immer in meinem Leben passierte, ein Doko-Abend mit den Mädels versöhnte mich meist wieder mit der Welt. Die fröhlich-bunte Kulisse war das eine. Das gemeinsame Tratschen, Lachen, Problemewälzen, Schwelgen in alten Erinnerungen, Pläneschmieden, unterbrochen von ein paar Kartenspielen das andere: Dies hier gehörte nur mir und meinen Freundinnen.

Ich war Martha sehr dankbar, dass sie auf Maja aufpasste. Die beiden waren zum Glück ein eingespieltes Team. Sie hatten sogar ein monatliches Tantenwochenende in Amaroo eingeführt. Nächsten Samstag stand wieder eines an.

«Das war der beste Geburtstags-Shimmy, den du je getanzt hast, Anne!», sagte Jana.

«Keine Kunst, schließlich war es auch der erste», lachte ich und begann, die Karten für die nächste Runde auszuteilen.

«Moment noch», bat Yvonne, holte das iPad aus ihrer Tasche und legte es in die Mitte des Tisches. «Ich habe noch ein besonderes Präsent für unser Geburtstagskind. Seht mal hier!»

Auf dem Bildschirm startete ein Video. Zuerst erkannte ich die Musik: Es war die Titelmelodie der *Schwarzwaldklinik*. Auf Richards und meiner Hochzeit hatten unsere Freunde dazu einen selbstgedichteten Text vorgetragen, in Anspielung auf Dr. Steven Stark und seine Traumfrau – damals noch meine Wenigkeit.

Aber was war das hier für ein Film? Die Szenerie auf den etwas wackeligen Bildern kam mir seltsam bekannt vor: Die Kamera schwenkte über ein schönes, etwas baufälliges altes Haus, durch Büsche hindurch sah man einen Teil der Elbe und ein paar schwarz gekleidete Frauen, die um ein Grab herumstanden …

Plötzlich schlug sich Jana mit einem überraschten Schrei

die Hand vor den Mund. Mit einem Mal hatten wir es alle erkannt: Was wir sahen, war die Grube in Marthas Garten – und mich, wie ich Richards edlen Zwirn hineinwarf. Wir sahen die Gummipuppe und wie ich ihr einen Tritt verpasste. Wir hörten meine Rede, in der all die Gehässigkeiten gegen Richard aus mir herausplatzten. Und wir sahen, wie ich schließlich das Weite suchen wollte, nachdem Yvonne *Time To Say Goodbye* intonierte. Dann brach der Film ab.

Fassungslos blickten wir Yvonne an.

«Ich habe eine Action-Kamera an meinem Hut versteckt», kicherte sie. «So machen wir das auch auf unseren PR-Events: Die Hostessen filmen mit, ohne dass sich jemand gestört fühlt. Und hinterher sind alle glücklich, dass es Bilder von den Events gibt. Ist doch toll, oder?»

Zu ihrer Enttäuschung bekam sie diesmal keinen Beifall.

«Du hättest mich fragen müssen», sagte ich.

«Nur dumm, dass du so früh abgegangen bist», sagte Jana in meine Richtung. Auch sie war unzufrieden: Als Regisseurin hätte sie die Inszenierung – wenn sie schon aufgezeichnet wurde – vermutlich gern perfektioniert.

Als wäre Marthas Garten eine Bühne gewesen!

«Hätten wir die Szene noch zu Ende gebracht», nörgelte sie weiter, «könnten wir jetzt vielleicht alle von der Katharsis profitieren. Aber so ...» Sie versuchte nicht mal, ihre Enttäuschung zu verbergen.

«Von der was?», fragte Yvonne ratlos.

«Von der inneren Reinigung», erklärte Jana. «Der Überwindung unserer Seelenpein am Ende einer Tragödie, ihr wisst schon.»

Ich stöhnte: Nur nicht wieder einer von Janas Vorträgen zur aristotelischen Dramentheorie! Dass mein Leben zurzeit einer Tragödie ähnelte, war mir auch so bewusst.

Lissie fand ihre Worte als Erste wieder. «Dein Perfektionismus in allen Ehren, Jana, aber das hier ist das wahre Leben, genauer gesagt: Annes Leben, und kein Theaterstück.»

«Wir wollen damit ja auch nicht auf Tournee gehen», verteidigte sich Jana.

«Wer weiß …», sagte Yvonne mit einem geheimnisvollen Lächeln und klappte schwungvoll die Ledertasche ihres iPads zu. Ohne ein weiteres Wort griff sie nach dem Stapel Karten und begann, sie auszuteilen.

7. SCHLIMMER KOMMT'S IMMER

Marthas Getzwitscher: ++ Endlich wieder Weihnachtsmarkt! ++ Besonders liebe ich den in Ottensen ++ dort kann man sich so herrlich mit finnischem Grog betrinken ++ Alles schiebt und drängelt an den Ständen voll handgemachter Scheußlichkeiten vorbei ++ Ich scheine nicht die Einzige zu sein, die sich über all die gehäkelten Topflappen und Jutemäuse amüsieren kann ++

Beladen mit drei Einkaufstüten schleppte ich mich keuchend die Treppen zur Wohnung im vierten Stock hoch. So langsam tauten meine Finger auf. Aber meine Zehen fühlten sich selbst in den dicken Winterstiefeln noch immer ganz taub an. Und der Schneematsch, den ich in einer langen Spur hinter mir herzog, war so grauschwarz wie der Himmel an diesem Montag Ende November – und wie meine Stimmung.

Was für ein Vormittag! Was schiefgehen konnte, ging schief.

Nach einem zweistündigen Vorstellungsgespräch bei einem medizinischen Sachbuchverlag hatte ich bis zum frühen Nachmittag noch drei Wohnungen besichtigt. Alle in meinem Lieblingsstadtteil Eimsbüttel. Alle so begehrt wie die Sofortrente bei der Glücksspirale. Und alle viel zu teuer für eine fast arbeitslose Lektorin. Bis auf meine Korrektorentätigkeit beim Berghirten hatte ich nämlich noch immer keinen Job an Land gezogen.

Der motivierende Doppelkopfabend lag bereits vier Tage zurück, und ich hatte mich auf ein spontanes Treffen mit Martha gefreut. Sie schaffte es immer, mir Mut zu machen. Auch wenn mir ihre Idee, uns in dem Gewühl mit Grog anzuschwipsen, nicht wirklich attraktiv erschienen war. Denn ich hasste Menschenansammlungen, vor allem, wenn sie so anstrengend waren wie bei diesem grässlichen Budenzauber. Überall Lichterkitsch, sentimentale Weihnachtslieder und zugedröhnte Anzugträger, die sich mit ihren blinkenden Elchgeweihen auf den Köpfen zum Horst machten. Trotzdem hatte ich einem kurzen Treffen zugestimmt. Auch weil Martha mir von einer großen Veränderung erzählen wollte und am Telefon damit nicht rausrückte.

Doch dann kam alles anders. Ich war bereits auf dem Weg nach Ottensen zum vereinbarten Treffpunkt, als Richard anrief und irgendwas von unaufschiebbaren Terminen und von irgendwelchen Rechnungen faselte. Da ich meine Fausthandschuhe nicht ausziehen wollte und damit beinahe den gesamten Hörer abdeckte, verstand ich am Handy nur die Hälfte. Aber eines verstand ich sehr gut: Er ließ mich erneut hängen und würde weder zu der Wohnungsbesichtigung kommen, die er für diesen Nachmittag bei mir anberaumt hatte, noch Maja von der Vorschule abholen. Eigentlich hatte er den potenziellen Interessenten die Räume höchstselbst zeigen wollen, einerseits vermutlich um mich zu kontrollieren, andererseits für den großen Auftritt, den er über alles liebte – ich sah es direkt vor mir, wie er mit großer Geste durch die Wohnung schritt und sie präsentierte wie ein Gutsherr seine Ländereien. Wenn er sich diese Gelegenheit entgehen ließ, dann nur, weil an anderer Stelle mit mehr Publikum zu rechnen war, dachte ich verärgert.

So oder so, mir rannte die Zeit davon: Ich sagte Martha ab und kaufte auf dem Rückweg noch schnell das Nötigste ein, bevor ich gleich Maja abholen würde.

Als ich jetzt die Tür zu meiner Noch-Wohnung aufschloss,

trat ich in den dunklen Flur und drückte auf den Lichtschalter. Doch es tat sich nichts. Ich blinzelte, um mich an die Dunkelheit zu gewöhnen. Dann ließ ich die Einkaufstaschen fallen und kramte mein Handy hervor. Mit Hilfe der Taschenlampen-App tastete ich mich zum Sicherheitskasten vor und leuchtete hinein. Komisch, alle Sicherungen waren noch drin. Ob es ein Kurzschluss im gesamten Haus war? Aber das Licht im Treppenhaus funktionierte einwandfrei.

Irritiert ging ich zurück in den Hausflur und klopfte bei meiner Nachbarin von gegenüber, der schwerhörigen Frau Wieland. Von drinnen hörte ich ein leises Schlurfen. Frau Wieland bewegte sich auf Filzpantoffeln über ihren Parkettboden – und das in Zeitlupe. Nach gefühlten zehn Minuten öffnete sie mir die Tür. Ihr Flur war hell erleuchtet, sie schien kein Problem mit dem Strom zu haben.

«Anne, was für eine nette Überraschung! Was kann ich für Sie tun?», fragte sie freundlich und tätschelte meinen Arm. Wahrscheinlich hatte sie Mitleid mit mir. Als direkte Nachbarin hatte sie garantiert mitbekommen, dass Richard ausgezogen war.

«Hallo Frau Wieland, verzeihen Sie die Störung. Bei mir ist es stockdunkel, wahrscheinlich ein Kurzschluss, denn –»

«Ach, Frau Geiger, das ist sicher nur ein Missverständnis.» Sie schien so gar nicht überrascht. «Es war vorhin ein Herr vom Versorgungsunternehmen da und hat sich nach Ihnen erkundigt. Er sagte, Ihnen würde der Strom abgestellt. Angeblich haben Sie die Rechnungen nicht bezahlt. Ich habe ihm aber gesagt, dass da ganz bestimmt ein Irrtum vorliegt.»

Ich pflichtete ihr bei, auch wenn ich mir da gar nicht so sicher war. War es das, was Richard am Telefon gemeint hatte? Bisher hatte doch immer er das Geld für sämtliche Nebenkosten überwiesen. Mich beschlich ein mulmiges Gefühl.

Etwas verlegen bedankte ich mich bei Frau Wieland und marschierte schnell zurück in meine Wohnung. Immerhin funktionierte die Heizung noch, und meine Zehen tauten langsam wieder auf.

Wutentbrannt rief ich Richard an. Als er sich meldete, ließ ich ihn gerade mal «Es passt gerade nicht …» sagen, dann fiel ich ihm erbost ins Wort.

«Was fällt dir ein, mir den Strom abdrehen zu lassen? Jetzt stehen Maja und ich hier ohne Licht. Und warmes Wasser haben wir auch nicht.» Ich ärgerte mich, dass meine Stimme so verzweifelt klang.

«Mach mal halblang, Anne, ich habe dir doch gesagt, dass ich mich umgemeldet habe. Ein kurzer Anruf beim Anbieter hätte genügt, dann hättest du jetzt noch Licht.»

Ich schlug mir mit der flachen Hand auf die Stirn. Richtig, dass mit der Ummeldung hatte er mir tatsächlich gemailt. Aber das musste untergegangen sein in dem ganzen Alltagsirrsinn.

«Was mache ich denn jetzt, Richard?», fragte ich hilflos. «Ich kann doch nicht –»

«Heißt das, es ist komplett dunkel in der Wohnung?» Jetzt klang Richard doch etwas besorgt.

«Ja, hier geht gar nichts. Frau Wieland meinte –»

Richard unterbrach mich erneut. «Und was ist mit der Besichtigung?»

Ich schwieg.

«Mensch, Anne! Wie soll das denn gehen?», schimpfte er. «Hätte ich geahnt, dass die den Strom so schnell abstellen, hätte ich natürlich noch einen Monat gewartet.»

Danke, sehr großzügig, dachte ich.

«Aber du musst mich auch verstehen. Babette springt im Karree, wenn sie erfährt, wie viel ich dir noch zuschieße.» Ach, daher wehte der Wind.

«Dann schicke ich die Leute eben wieder nach Hause», erklärte ich lapidar.

«Bist du wahnsinnig? Wie soll ich Babette denn das erklären? Das wäre ja noch eine Monatsmiete mehr!»

Jetzt reichte es mir aber. «Verschon mich bloß mit deinen Beziehungsproblemen. Im Unterschied zu dir mache ich mir eher Sorgen wegen Maja, die im Dunkeln Angst hat, wie du weißt.»

Richard markierte ein Lachen. «Wenn du dir solche Sorgen machst, hättest du vielleicht einfach die Rechnung bezahlen sollen. Du musst wirklich mal lernen, deine Unterlagen besser zusammenzuhalten. Würdest du deinen Schreibtisch in Ordnung halten und To-do-Listen führen, dann wären wir alle besser dran.»

«Das sagst ausgerechnet du, der nicht mal seine eigenen Termine einhalten kann. Steck dir deine Belehrungen sonst wohin!», bellte ich wütend in den Hörer. Das war ja wohl das Letzte, mir in dieser Notlage auch noch so oberlehrerhaft zu kommen.

Andererseits musste ich mir eingestehen, dass er mit seinem Vorwurf einen wunden Punkt getroffen hatte. Mit Freude und Leichtsinn hatte ich Richard die trockenen Angelegenheiten wie Rechnungen, Gehalt und Versicherungen überlassen. Er hatte sich um alles gekümmert. Die Quittung dafür bekam ich jetzt.

«Wie auch immer», sagte Richard, «ich will mal nicht so sein. Ich versuche, das zu regeln. Aber das ist wirklich das letzte Mal.»

«Wie selbstlos von dir, Dr. Steven», unterbrach ich. Denn ich wusste ja, dass er – wie sein Romanheld – die Retter- und Ritterpose liebte.

Richard seufzte. «Lass doch mal deinen Groll außen vor,

Anne. Überleg dir lieber, was du machen willst, wenn der Strom nicht rechtzeitig wieder angestellt wird.»

«Nur keine Sorge», entgegnete ich. «Notfalls muss ich die Leute eben bei Kerzenschein durch die Räume führen.»

Wie gut, dass Kinder so schnell abzulenken waren! Nachdem ich Maja abgeholt hatte und mit ihr in die dunkle Wohnung gegangen war, hatte ich ihr einen Beutel mit batteriebetriebenen Teelichtern in die Hand gedrückt, die ich auf dem Weg zur Kita noch schnell gekauft hatte. Nun ging sie emsig von Zimmer zu Zimmer und verteilte die bunten Lichter. Ich folgte ihr auf Schritt und Tritt. Zwar hatten sich unsere Augen schon an die Finsternis gewöhnt, doch trotzdem konnte man schnell stolpern und hinfallen.

Vertieft in die Dekoration, sang Maja das Lied, das sie heute in der Kindergruppe einstudiert hatten: «Ihr Kinderlein kommet ...» Seufzend dachte ich daran, dass gleich nicht irgendwelche Kinderlein, sondern eine Horde Fremder durch unser Zuhause marschieren würde. Das war nicht unbedingt das, was ich mir für einen gemütlichen Adventsnachmittag mit meiner Tochter gewünscht hatte, aber immerhin schien sie keine Angst vor dem Dunkeln zu haben.

«Mama, ich habe alle Kerzen verteilt!»

Ich strich ihr übers Haar.

«Das hast du toll gemacht, Motte.»

«Guck mal, wie schön das jetzt aussieht!» Maja nahm mich bei der Hand und zog mich hinter sich her durch die ganze Wohnung.

Leider gaben die Teelichter nicht so viel Licht ab, wie ich gehofft hatte. Nach wie vor war alles nur sehr schemenhaft zu erkennen. Immerhin hatte ich in der Abstellkammer eine Petroleumlampe gefunden und in der Küche aufgehängt. Und ich hatte noch ein paar richtige Kerzen, die würde ich aber erst anzünden, wenn die ersten Leute kamen. Kaum hatte ich den Gedanken gefasst, klingelte es, und Maja lief aufgeregt zur Tür.

«Mama, ziehen die Leute gleich hier ein?», wollte sie wissen.

«Nein, mein Schatz», sagte ich, während ich nervös noch einige Kerzen auf dem Wohnzimmertisch anzündete. «Erst wenn wir eine schöne neue Bleibe gefunden haben.»

Wir hörten lautes Getrappel vor der Tür. Als ich ins Treppenhaus guckte, standen dort dicht gedrängt mindestens fünfzig Leute. Ohne mich weiter zu beachten, schoben sich die ersten an mir vorbei und sahen sich irritiert um.

«Gute Frau, die Adventszeit in allen Ehren, aber wollen Sie nicht mal das Licht anmachen?», beschwerte sich gleich der Erste, ein junger Mann im Anzug.

«Gehen Sie durch in die Küche oder ins Wohnzimmer, da ist es heller», sagte ich und schob ihn durch den dunklen Flur.

«Wo ist denn der Makler?», fragte mich ein anderer Mann im Wollmantel in einem solch gereizten Ton, als spräche er mit der Beschwerdehotline der Telekom.

«Es gibt keinen Makler. Ich entscheide, wer die Wohnung bekommt», brummte ich. Sofort änderte sich sein Gesichtsausdruck.

«Das freut mich aber sehr. Dann sind Sie Frau Geiger? Mein Name ist Herzog, ich bin Jurist und arbeite in der Großkanzlei Lex am Jungfernstieg. Vielleicht haben Sie schon von uns gehört? Wir hatten in letzter Zeit einige spektakuläre Fälle in den Medien …»

Als ich mich wegdrehte, angewidert von seiner Angeberei, stieß ich direkt mit dem nächsten Kandidaten zusammen, ein etwas zu kurz geratener Mann mit Stirnglatze. Er hatte mich in dem Schummerlicht offenbar übersehen.

«Guten Tag, sind Sie hier zuständig? Was für ein wunderschönes Zuhause, und wie geschmackvoll Sie es eingerichtet haben!»

Selbst wenn dieser Schleimer das hätte erkennen können, konnte er das wohl kaum ernst meinen. Seit Richards Auszug sah die Wohnung so leergeräumt aus wie der Media Markt nach einem verkaufsoffenen Sonntag.

«Wir würden sofort hier einziehen – meine Kinder wären begeistert», säuselte er und drückte mir eine DVD in die Hand. «Damit Sie mich und meine Familie ein bisschen kennenlernen, habe ich eine kleine Powerpoint-Präsentation mit Urlaubsfotos von uns vorbereitet. Ich darf wohl sagen, dass wir der Traum jedes Vermieters sind: Nichtraucher, ohne Tiere und Klavier, dabei fest in Lohn und Brot und mit einem Gehalt, das sich sehen lassen kann.»

Um mich herum wuselten so viele Leute, dass ich kaum Luft bekam. Wo war eigentlich Maja? Unruhig sah ich mich um und wurde leicht panisch: Was, wenn sich Maja an den echten Kerzen vergriff? Oder hatte sie sich in ihre Spielecke verzogen? Auf dem Weg ins Kinderzimmer stolperte ich fast über eine junge Frau, die zusammengekauert auf dem Boden saß und mit ihrem Handy Fotos von den Fußleisten machte.

«Mami, Mami», rief Maja. «Hier ist ein Mann, der dich sprechen will.»

Vor meiner Tochter hatte sich ein grauhaariger Mann aufgebaut, ich schätzte ihn bei der Beleuchtung auf um die fünfzig. Er schien einen teuren Anzug zu tragen und hielt einen Briefumschlag in der Hand.

«Mami, der Mann will mir ein Fahrrad kaufen», rief Maja, und ihre Stimme überschlug sich fast vor Freude.

«Wie bitte?», fragte ich überrascht.

Der Mann streckte mir den Umschlag hin. «Und ich lege sogar noch 5000 Euro drauf, Frau Geiger, wenn Sie mir den Zuschlag für die Wohnung geben.» Er rückte näher an mich heran und raunte mir vertraulich zu: «Für ein gutes Fahrradschloss!» Siegessicher lächelte er mich an.

5000 Euro! Davon würde ich locker drei Monate überbrücken können! Ich spürte, wie ich innerlich ins Schwanken geriet. Doch ich konnte mich gerade noch zusammenreißen. So tief war ich dann doch noch nicht gesunken. «Ich glaube, so kommen wir nicht ins Geschäft», erwiderte ich.

«Chapeau, Sie sind ja ein richtiges Verhandlungstalent», lachte er. «Gut, sagen wir 7000 Euro – aber keinen Cent mehr.»

Entschieden schüttelte ich den Kopf. Maja blickte erst zu ihm, dann zu mir hoch.

«Bitte, Mama, Papa würde es bestimmt erlauben», bettelte Maja, die wohl in Gedanken schon mit ihrem neuen Rad unterwegs war. Bevor ich etwas entgegnen konnte, wandte sich der Mann an Maja.

«Kluges Kind. Finanzangelegenheiten sind doch immer noch Männersache. Wo ist denn dein Papa? So von Mann zu Mann lässt sich das bestimmt besser regeln.»

Ein Ausdruck von Unsicherheit trat in Majas Gesicht. «Da müssten Sie aber bei seiner Freundin Babette anrufen», piepste sie verlegen.

Mein Blick wanderte von meiner Tochter zu diesem Schlangenbeschwörer.

Bevor er Maja noch mehr Informationen über meinen Beziehungsstatus aus der Nase ziehen konnte, ging ich schnell dazwischen.

«Maja, geh mal in die Küche, da ist mehr Licht. Du darfst dir auch einen Kakao machen.»

Murrend stiefelte sie ab.

«Sind Sie noch ganz bei Trost?», herrschte ich ihn an, die Hände in die Hüften gestemmt. «Ich versuche, meine Tochter genderneutral zu erziehen, und da kommen Sie mit solchen abgeschmackten Klischees daher.» Ich fühlte mich merkwürdig, hier in dieser Dunkelheit mit einem völlig Fremden zu reden, aber es ließ sich wohl nicht vermeiden.

«Auch wenn es in Ihrem Spatzenhirn noch nicht angekommen ist: Wir brauchen euch Männer nicht mehr, um unsere Talerchen zu verwalten. Das können wir viel besser selbst!», schimpfte ich weiter.

Ich hörte ihn lachen. «Das behauptet meine Frau auch immer – wenn sie mein Geld mal wieder in Louis-Vuitton-Taschen anlegt.»

Ich entschied mich, seinen Chauvispruch zu ignorieren und auf eine Verteidigungsstrategie zu setzen, die mir noch von einem Rhetorikkurs aus der Uni bekannt war: die wissenschaftliche Beweisführung. Nur mit knallharten Fakten, Statistiken und Zahlen konnte man solche Narzissten mundtot machen.

«Ich sehe schon, Sie sind nicht informiert. Dann kläre ich Sie gerne auf: Eine Studie hat gezeigt, dass die Rendite bei Aktiendepots von Frauen um drei Viertel besser ist als die von männlichen Anlegern.» Ausgerechnet Richard hatte mir mal von dieser Untersuchung erzählt – absolut ungläubig, versteht sich.

Der Anzugtyp kratzte sich breit grinsend am Kopf. «Und gleich behaupten Sie noch, die Titanic sei unsinkbar, oder? Ich würde zu gerne die Quelle dieser Studie erfahren.»

«Mhm ...», murmelte ich. Die Quelle hatte ich ärgerlicherweise nicht parat.

Mit Schrecken spürte ich mit einem Mal eine Hand an

meiner Taille, die langsam an meinem Körper Richtung Brüste hinaufglitt. Was war denn das jetzt? Nutzte dieser Typ tatsächlich die mangelnde Beleuchtung aus?

«Lassen Sie es gut sein, Frau Geiger», sprach er weiter, als wäre nichts. «Zu viel Denken schadet Ihrem hübschen Köpfchen nur. Das gibt unschöne Falten auf der Stirn», sagte er selbstgefällig, während er noch näher an mich herantrat. Entsetzt rückte ich von ihm ab.

«Nehmen Sie gefälligst Ihre Hände weg, Sie geiler Bock», schimpfte ich und merkte, wie ich vor Empörung zitterte. Offenbar glaubten manche Männer immer noch, dass so ein übergriffiges Potenzgehabe bei Frauen gut ankam.

«Heulen oder keifen, mehr könnt ihr nicht, was?», schoss er beleidigt zurück. Wahrscheinlich hatte er noch Dankbarkeit dafür erwartet, dass er seine Griffel nach mir ausstreckte. «Da macht man Ihnen ein Kompliment, und Sie werden gleich hysterisch. Ihr Frauen wisst auch nicht, was ihr wollt.»

Ich schnappte nach Luft. Das war ja bodenlos! Seine anfangs seriöse Fassade war schneller zusammengefallen als der Apfelkuchen, den ich an Majas letztem Geburtstag gebacken hatte. Während ich ihn böse anfunkelte, öffnete sich die Tür, und ich war dankbar für das bisschen Licht, das zu uns hereinfiel. Ein dunkelhaariger Mann in einer blauen, viel zu großen Arbeiterhose stand unentschlossen im Türrahmen und versuchte, etwas zu erkennen.

«Was ist denn hier los? Dialog im Dunkeln?», fragte er. In seinem Baustellenlook wirkte er wie ein Fremdkörper zwischen all den gut angezogenen Leuten, die glaubten, mich mit ihrem feinen Zwirn beeindrucken zu können. Was lungerte der hier herum? Zu allem Überfluss kramte er jetzt auch noch sein Telefon heraus und leuchtete uns mit der Lampe ins Gesicht.

Aber ich konnte mich jetzt nicht weiter mit ihm beschäftigen. Erst mal musste ich mir diesen Grapscher vorknöpfen – und zwar richtig.

«Und ob ich weiß, was ich will», wetterte ich. «Zum Beispiel Sie wegen sexueller Belästigung anzeigen. Ich sage nur: Überrumpelung durch Grapschen, Paragraph 183 StGB. Lesen Sie keine Zeitung? Nein heißt nein!», versuchte ich es noch einmal mit der Faktenstrategie. Wozu hatte ich schließlich ein Semester Jura studiert?

Doch jetzt, wo wir einen Zeugen hatten, änderte der Fiesling seinen Gesichtsausdruck auf harmloser Welpe. «Was regen Sie sich denn so auf, ich hab doch gar nichts getan, außer Ihre Wohnung zu loben», jammerte er. «Das können wir doch auch friedlich regeln.» Typisch, dass man bei solchen Exemplaren immer erst harte Geschütze auffahren musste, um ihr Ego auf Normalgröße zu stutzen.

Bevor ich etwas entgegnen konnte, schaltete sich der Baustellenheini ein.

«Lassen Sie doch den armen Mann in Ruhe!», verbrüderte er sich mit diesem sexistischen Korruptling. «Nur weil Sie hier über Einzug oder Nichteinzug entscheiden, müssen Sie sich nicht gleich aufführen wie Alice Schwarzer auf Speed.»

«Was wollen Sie denn jetzt? Sind Sie hier, um Fliesen zu verlegen?», fragte ich mit demonstrativem Blick auf seine Riesenhose. Unauffällig sah ich mich nach der versteckten Kamera um: Vielleicht war das hier ja alles ein Test, wie viel dummes Männergeschwätz eine Frau in der Lage war, sich anzuhören, ohne auszuflippen?

Mister Kleckshose leuchtete mit dem Handy an sich herunter und murmelte: «Von wegen, Frauen urteilen nicht nach Äußerlichkeiten. Schalten Sie mal einen Gang runter.»

«Passen Sie bloß auf, was Sie sagen, sonst ...», nahm ich

ihn gleich in Sippenhaft. Sein Gesicht nahm einen herablassenden Ausdruck an.

«Sonst Paragraph ‹Beleidigung›?», fragte er höhnisch.

«Ganz genau. Aber was spielen Sie sich eigentlich als Verteidiger dieses Widerlings auf? Sie wissen doch gar nicht, was vorgefallen ist», herrschte ich ihn an. Im selben Augenblick gingen sämtliche Lichter in der Wohnung an. Ich hatte die Schalter vorhin alle gekippt, um mitzubekommen, wenn der Strom wieder angestellt wurde. Das Erste, was ich nun bemerkte, war, dass sich der fiese Grapscher längst still und heimlich weggeschlichen hatte.

Der Handwerker blickte mich überrascht an, als wäre ihm ein verstorbener Verwandter erschienen. Dann aber blitzten seine Augen so wütend, als könne er sich nur mühsam zurückhalten, mich nicht abzumurksen. «Ich habe genug gehört, um zu wissen, dass Sie alle Männer einbuchten wollen, die nicht so reagieren, wie es Ihnen in den Kram passt! Dabei hat der Herr Ihnen nur ein Kompliment machen wollen. Das ist ja die reinste Hexenjagd!»

Die anderen Wohnungsinteressenten hatten inzwischen auch das Kinderzimmer entdeckt und wuselten aufgeregt um uns herum. Schließlich konnte man endlich etwas sehen! Einer tickte mir von hinten auf die Schulter, ein anderer hielt mir seine Visitenkarte vor die Nase. Ich war auf hundertachtzig!

Warum stritt ich mich mit diesem Handwerker herum? Ich kannte ihn doch gar nicht. Alles, was ich wollte, war, ihn loszuwerden. Die ganze Situation überforderte mich. Diese Freaks hier sollten verschwinden, und zwar sofort.

«Raus hier. Das gilt für alle!» Die letzten Worte rief ich laut in die Menge hinein, die sich immer noch durch unsere Wohnung wälzte.

Keiner von den Widerlingen würde mein Zuhause bekommen. Ich ließ den unverschämten Typen einfach stehen, holte Maja und ging zur Eingangstür.

Die Besucher starrten mich an, als würden sie auf die erlösende Nachricht warten, dass ich nur einen Witz gemacht hätte. Aber weit gefehlt!

«Haben Sie nicht gehört? Die Besichtigung ist beendet», rief ich. «Alle raus jetzt!»

Leise protestierend schlichen die Leute aus unserer Wohnung, nur der Jurist war ernsthaft entrüstet. «Das wird ein Nachspiel haben, so etwas lasse ich nicht mit mir machen.»

«Tun Sie, was Sie nicht lassen können», sagte ich trocken.

Als Letzter schlurfte der Mann im Arbeiteroutfit hinaus, provozierend langsam natürlich. Ich spürte schon wieder, wie mein Blut in Wallung geriet. Gleichzeitig bemerkte ich, dass sich unter seinem T-Shirt ein ziemlich guter Bizeps abzeichnete – offenbar war sein Handwerkerjob ein effektives Workout. Auf der Türschwelle drehte er sich noch einmal um und sah mich an.

«Das mit der Belästigung ist übrigens Paragraph 184i und nicht 183, nur fürs nächste Mal. Wirklich ganz reizend, Sie kennenzulernen», sagte er mit einem ironischen Zug um den Mund.

«Ganz meinerseits», gab ich zurück. «Und wenn ich Ihnen einen kleinen Tipp geben darf: Sie sollten Ihre Strategie überdenken, wenn Sie in absehbarer Zeit eine Wohnung finden wollen. Die Bewohnerin zu beschimpfen scheint mir nicht der richtige Weg zu sein.» Ha! Das hatte gutgetan.

«Und Sie sollten beim nächsten Mal lieber rechtzeitig Ihre Stromrechnung bezahlen. Es heißt nämlich nicht ohne Grund Be*sicht*igung», betonte er besserwisserisch.

«Hören Sie, ich habe jetzt wirklich Besseres zu tun. Ein

schönes Leben noch», sagte ich und schlug mit Schwung die Tür hinter ihm zu.

«Und was ist mit meinem Fahrrad?», fragte Maja enttäuscht.

Ich war fix und fertig. Noch mal würde ich so ein Spektakel ganz sicher nicht über mich ergehen lassen – erst recht nicht ohne Strom. Schon merkte ich, wie meine Lippe wieder anfing zu kribbeln. Schnell holte ich das Teebaumöl aus dem Bad und tupfte etwas davon auf die pulsierende Stelle.

Um Maja von der Fahrrad-Problematik abzulenken, kuschelte ich mich zu ihr aufs Sofa, und wir spielten ihr Lieblingsspiel: «YouTube-Disco». Das ging so: Sie suchte bei YouTube ein Musikvideo, klickte es an, und wir rockten so wild herum, wie es im Sitzen eben ging. Dann war ich an der Reihe: Ich wählte irgendeinen Hit aus meiner Jugend in den Achtzigern, mit Vorliebe irgendetwas von Prince, und wir starteten wieder unseren Sitztanz. So machten wir weiter, bis wir keine Lust mehr hatten.

Aber diesmal wünschte sich Maja etwas ganz Bestimmtes: «Mama, ich will noch mal Papas und dein Hochzeitslied hören!»

Ich hatte ihr die Melodie der *Schwarzwaldklinik* schon Hunderte Male vorgespielt und dazu den Text unserer Freunde gesungen. Sie bekam einfach nicht genug davon. Es war wohl ihre Art, sich ein Stück weit heile Welt zurückzuerobern.

Doch als ich diesmal «Schwarzwaldklinik» bei YouTube eingab, kam nicht wie gewöhnlich der Vorspann mit Dr. Brinkmann und Schwester Christa. Nein: Ganz oben, als ersten Treffer, sah ich den Film von unserer Beerdigungszeremonie! Reflexartig hatte ich das Video gestartet. Maja klatschte schon in die Hände, als die ersten Töne erklangen. Hektisch klickte ich den Stopp-Button – sie durfte den Film auf keinen Fall sehen.

8. DIE ABRECHNUNG

Marthas Getzwitscher: ++ Gerade einen spannenden Zeitungsartikel über Konflikte gelesen ++ Darin heißt es: Je geringer der Selbstwert, desto größer die Sturheit ++ Wer wenig selbstbewusst ist, lässt Gegenargumente nicht gelten und kämpft erbittert für seinen eigenen Weg ++ Jetzt weiß ich, warum ich mich so selten streite ++

Am nächsten Morgen brachte ich Maja früher als sonst in die Kita, setzte mich in meinen roten Mazda und raste in Richtung Rothenbaumchaussee, zu Yvonnes Agentur. Ich war sauer auf sie und wollte sie endlich zur Rede stellen. Bereits mehrfach hatte ich versucht, sie anzurufen, aber ans Handy ging sie nicht, und Inga, die Sekretärin, erzählte immerzu etwas von wichtigen Meetings, in denen Yvonne angeblich gerade steckte.

Mein Auto war schon zwölf Jahre alt und rostete an allen Ecken, sodass ich nie sicher sein konnte, ob es mich noch ans Ziel brachte. Aber heute hatte ich so eine Stinkwut im Bauch, dass ich keinen Gedanken daran verschwendete. Yvonne hatte das Video von dem Show-Begräbnis einfach bei YouTube eingestellt – ohne mich zu fragen. Was hatte sie sich bloß dabei gedacht?

Nach dem ersten Schock hatte ich gestern nach und nach begriffen, was das Ganze bedeutete: Wenn Maja erfuhr, wie wir ein Alter Ego ihres Vaters beerdigt hatten ... Nicht auszudenken, was all das in ihr auslösen würde.

Mit quietschenden Reifen hielt ich direkt vor Yvonnes Agentur und parkte schwungvoll ein. Das absolute Halteverbot war mir gerade egal. Hastig schlug ich die Autotür zu und stürmte in die weiße Stadtvilla. Ich war nicht zum ersten Mal hier und kannte mich aus.

Inga saß am Empfang und grüßte mich heute ganz besonders freundlich. Auch die anderen Kollegen grinsten mir vielsagend entgegen, als ich das Großraumbüro der Agentur betrat – oder bildete ich mir das nur ein?

«Hallo Anne», rief Inga. «Glückwunsch – was für ein Erfolg! Das Video ist der absolute Renner! Besonders die Gummipuppe – ein echter Knaller!»

Hatte den Film etwa jeder hier gesehen?

«Das ist der Hit! Und du bist ja so mutig! Ich meine, das muss man sich erst mal trauen. Bald wird jeder wissen, was du getan hast. Das macht die Runde, und dann bist du ein Star, und dein Ex dreht sich in seinem improvisierten Grab um. Hahaha!»

Sie schien nicht zu bemerken, dass ich sie nur entgeistert anstarrte.

«Ist Yvonne in ihrem Büro?», fragte ich ungeduldig, als sie endlich eine Sprechpause einlegte. «Ich muss dringend mit ihr reden.»

«Du kannst da leider gerade nicht rein, Yvonne hat Besuch.» Inga zwinkerte mir verschwörerisch zu. «Du verstehst schon: Damenbesuch.»

«Darauf kann ich keine Rücksicht nehmen», sagte ich genervt und ging an ihr vorbei in Yvonnes Büro. Sie hatte als Einzige einen Raum ganz für sich.

Als ich zur Tür hereinkam, sah ich Yvonne mit einer hübschen Brünetten vor ihrem Schreibtisch stehen. Die beiden standen eng voreinander. Die Frau war deutlich kleiner als sie und klammerte sich wie eine Ertrinkende an ihren Arm.

Yvonne strich ihr mit der linken Hand über den Kopf. «Ich

bin nicht auf mehr aus, das hab ich dir doch vorher gesagt, Lisa, auch wenn du eine sehr attraktive Frau bist. Es war schön, Süße. Belassen wir es dabei.» Unfreiwillig war ich wohl in eine von Yvonnes Abschiedsszenen hineingeplatzt, von denen sie immer behauptete, dass sie ganz schmerzfrei und in gegenseitigem Einvernehmen abliefen. Davon konnte hier aber wohl keine Rede sein.

Seit ich Yvonne kannte, hatte ich sie nie mit einer festen Freundin erlebt. Bei uns hieß sie nur «Die Frau für eine Nacht.» Überzeugt von den Vorteilen ihres Singledaseins, lachte sie unsere Neckereien stets selbstbewusst weg: «Frei und unabhängig wie ein Schmetterling, der von Blüte zu Blüte flattert, so lebt es sich doch viel schöner. Solltet ihr auch mal ausprobieren.»

Tja, jetzt, wo ich selbst frei und unabhängig war, schien es mir, als gäbe es weit und breit keine Blüten, die ich hätte anflattern können. Ebenso wie draußen war es auch in mir immer noch Winter und der Frühling mit seiner Blütenpracht ferner denn je.

Ich betrachtete Lisa und fühlte mich für einen kurzen Moment verbunden mit dieser mir fremden Frau. Welche Geschütze sie wohl auffahren würde, um Yvonne zu ködern?

«Was ist denn dagegen einzuwenden, mal essen zu gehen? Ich mag dich und möchte dich besser kennenlernen», sagte Lisa in einem bettelnden Ton.

Ich seufzte in mich hinein. Damit würde sie bei Yvonne nicht landen können. Meine Freundin hasste nichts mehr, als wenn sich jemand bei ihr anbiederte. Wenn Lisa das Ruder noch mal rumreißen wollte, würde sie ihre Strategie radikal überdenken müssen.

«Besser kennenlernen als letzte Nacht kannst du mich gar nicht, Süße», sagte Yvonne vollkommen entspannt. «Und glaub mir, da gibt es auch nicht mehr viel zu ergründen.» Sie lächelte und schob ihre Verehrerin sanft von sich.

Ich räusperte mich laut, weil ich nicht länger Zeuge dieses Trauerspiels sein wollte. Überrascht drehten sich beide um.

«Oh! Hallo Anne», rief Yvonne. «Gut, dass du kommst.»

Lisa sah das ganz anders. Ihr Blick bohrte sich wie ein Messer durch meine Brust. Augenblicklich zerplatzte das Gefühl der Verbundenheit wie eine Seifenblase.

«Ach, so ist das», sagte sie zornig und warf ihr kinnlanges Haar zurück. «Dein nächstes Opfer steht schon in den Startlöchern. Oder wie hab ich das zu verstehen?»

Ja, auch ich war ein Opfer von Yvonnes Egoismus geworden.

«Das hast du gut erkannt», erklärte ich und spürte, wie meine Wut auf meine Freundin wieder hochkochte.

Yvonne sah mich verständnislos an, also setzte ich noch einen drauf: «Du bist wirklich das Letzte. Mich so zu hintergehen und unseren Film einfach ins Internet zu stellen!»

«Ein Sextape?» Lisas Augen blitzten wütend. «Hast du etwa auch eins von uns gemacht?», schrie sie fassungslos.

Da hatte Lisa wohl etwas missverstanden. Trotzdem breitete sich in mir ein Gefühl der Genugtuung aus. Ich begann die Situation sogar etwas zu genießen und nahm wieder meine Rolle als nicht mehr ganz unbeteiligte Beobachterin an.

Lisa ging einen Schritt auf Yvonne zu und zerrte am Ausschnitt von deren jeansblauem Overall. «Sag, dass das nicht wahr ist!» Abwechselnd hämmerte sie mit den Fäusten auf sie ein und riss an dem teuren Kleidungsstück.

Yvonne machte sich los und wich erschrocken zurück. Sie warf einen prüfenden Blick in den großen Wandspiegel und zupfte ihren Overall wieder zurecht.

«Geht's noch?» Empört drehte sie sich zu Lisa um. «Das ist

Marc Jacobs!» Ihre Stimme klang ehrlich entrüstet. Und ich fragte mich, was sie schlimmer fand: den Angriff auf ihre Person oder auf ihr exquisites Designerstück. Wie sie so dastand, sah sie aus wie die Muse eines Malers: eine großgewachsene schöne Frau mit ebenmäßig geschnittenem, beinahe alterslosem Gesicht, knallrot bemalten Lippen und einer stolzen Haltung wie eine Stierkämpferin. Der Einteiler mit dem goldenen Reißverschluss sowie die nudefarbenen Louboutins wirkten, als seien die Stücke extra für sie gemacht.

Nachdem Yvonne den Kragen nochmals geglättet und sich einen letzten Blick in den Spiegel geschenkt hatte, wandte sie sich wieder ihrer Bekanntschaft zu. «Außerdem gibt es kein Video, Herrgott noch mal! Jedenfalls nicht von dir, Lisa.»

«Ich hätte mich nie auf dich einlassen dürfen», erwiderte Lisa weinerlich. «Nicht umsonst haben mich alle vor dir gewarnt.» Ihr ganzer Körper vibrierte vor Zorn.

Ich musste an Marthas letztes Getzwitscher denken und daran, dass ich anders als meine Tante vor Konflikten eher zurückscheute. Umso dankbarer war ich Lisa, dass sie das Schwert gerade stellvertretend für mich führte. «Alles, was in der Szene über dich die Runde macht, stimmt also», echauffierte sich die Hintergangene weiter. «Du wirfst Frauen einfach weg. Sex und Hopp. Ein Leben ohne jegliche Verbindlichkeit. Aber weißt du was? So wirst du nie wirklich glücklich werden. Denn wenn du meinst, keine Liebe zu brauchen, betrügst du dich am Ende nur selbst. Die guten Dinge erlebt man nämlich nur zu zweit.»

Angespannt presste Yvonne die Lippen aufeinander. Ihre Geduld schien erschöpft zu sein. «Wenn man sich selbst nicht genügt, dann vielleicht», knurrte sie.

Doch Lisa ließ sich nicht beirren. «Hör doch auf, dir das schönzureden. Du bist ganz und gar beziehungslos.»

«Da täuschst du dich aber gründlich. Ich habe sehr gute Freundinnen, die immer zu mir stehen», sagte Yvonne mit Seitenblick auf mich. «Die sind immer für mich da.»

«... die *waren* immer für dich da. Das ist Vergangenheit», gab ich trocken zurück.

Irgendwie tat es gut zu sehen, dass der sonst so schlagfertigen Yvonne auf einmal die Worte fehlten. Offenbar hatte sie noch immer nicht begriffen, wie wütend ich auf sie war.

«Weißt du was?», schrie Lisa aufgebracht. «Ich wünsche dir eine ganz große Liebe – eine todunglückliche Liebe, die zur Abwechslung mal *dir* das Herz bricht, du Tindate-Fickerin!»

Jetzt ging Lisa aber in die Vollen. Ich wusste, dass sich Yvonne seit einiger Zeit auf der Flirt-Plattform Tindate tummelte. Sie hatte uns selbst an ihrem Smartphone demonstriert, wie man auf dem Singleportal mit nur einem Klick sehen konnte, ob sich potenzielle Betthupferl in der eigenen Umgebung rumtrieben, mit denen man sich spontan verabreden konnte. «Das ist so was wie *Sex to go*, wenn man Hunger auf einen schnellen ‹Snack› verspürt», hatte sie erklärt. Anscheinend gab es aber auch bei Tindate welche, denen es nach einem ganzen Menü gelüstete. Romantische Userinnen wie Lisa zum Beispiel.

Yvonne machte eine abwehrende Handbewegung. «Genug mit dem Theater, Lisa. Ich möchte, dass du jetzt gehst.»

«Aber zuerst löschst du dieses Video vor meinen Augen!»

«Und meins gleich mit», warf ich schnell ein.

Yvonne stöhnte. «Ich hab doch schon gesagt, es gibt kein Sexvideo.» Sie trat einen Schritt auf Lisa zu und schob sie zur Tür. Noch im Büroflur hörte ich die Verschmähte weiter fluchen.

«Du bekommst von mir eine Bewertung auf dem Portal, die sich gewaschen hat, du falsche Schlange. So schnell bekommst du dort kein Date mehr, das verspreche ich dir.»

Unbeirrt schloss Yvonne wieder die Tür. Dann drehte sie sich zu mir um und funkelte mich böse an.

«Sag mal, hast du sie noch alle? Wieso fällst du mir so in den Rücken? Schlimm genug, dass diese liebestolle Kuh aus einer Nacht ein Drama wie bei Romeo und Julia macht», sagte sie und schüttelte den Kopf. «Aber wenn hier einer Grund hat, sich aufzuregen –»

«... dann ja wohl ich!», schimpfte ich. «Wieso hast du den Beerdigungsfilm einfach online gestellt? Weißt du überhaupt, was du damit angerichtet hast? Jeder Depp da draußen kann jetzt dabei zusehen, was ich mit Richards Sachen und der Gummipuppe anstelle. Was, glaubst du, wird Maja dazu sagen? Wie soll ich ihr das erklären?» Meine Stimme überschlug sich. Aber die Worte brachen nur so aus mir heraus. «Was fällt dir ein, das über meinen Kopf hinweg zu tun?»

«Aber Anne, ich weiß gar nicht, worüber du dich aufregst. Das ist doch alles phantastisch. Es läuft super für uns!», jubilierte Yvonne, als hätte es unseren Disput gar nicht gegeben. Manchmal fragte ich mich, ob sie überhaupt über so etwas wie Empathie verfügte. Vielleicht hatte Lisa recht, und Yvonne war eine gefühlskalte, beziehungsunfähige Femme fatale.

«Du solltest dich freuen, Anne», fuhr sie unbeirrt fort. «Der Film ist ein YouTube-Hit. Innerhalb von drei Tagen haben ihn bereits 50 000 Leute angeklickt, ein gigantischer Erfolg! Alle sozialen Netzwerke nehmen das Video auf! Ich meine, stell dir vor: Es verbreitet sich so schnell über Tzwitscher wie die neuesten Fotos von Kim Kardashians Hinterteil.» Yvonne trat an ihren Schreibtisch und holte sich ihren Laptop heran. «Schau mal hier: Gerade ist das Video wieder in meiner Timeline aufgepoppt ... Und hier, hör dir das an: Diese Frau schreibt, sie würde sich umbringen, wenn wir ihr nicht helfen.»

Sie klickte wie wild auf dem Bildschirm herum und wollte

mir offensichtlich stolz ihre Ergebnisse präsentieren. Doch ich war nicht interessiert.

«Du verstehst es wirklich nicht, oder? Maja wird dafür kein Verständnis haben. Sie wird mich hassen! Immerhin habe ich ihren Vater beerdigt ... Und sie vergöttert Richard, das weißt du genau!»

Sosehr ich mich auch aufregte: Yvonne blieb cool. Mit unerschütterlicher Miene sah sie von ihrem Computer auf und blickte mich fragend an.

«Du raffst es nicht, oder, Anne? Ich meine, ich verstehe das sehr wohl, was das für deine Tochter bedeutet. Aber erstens habe ich eure Gesichter verpixelt, man wird euch also nicht erkennen. Und zweitens brauchst du doch Geld, oder?»

Ich verstand nur Bahnhof. Worauf wollte sie hinaus?

Doch Yvonne fragte nur: «Stimmt's, oder hab ich recht?»

Verdattert nickte ich. Meine finanziellen Nöte waren nicht abzustreiten.

«Nun, dann habe ich dir doch die perfekte Geschäftsidee geradezu auf dem Silbertablett serviert.» Während sie sprach, zog sie ihren knallroten Lippenstift nach – mit größter Präzision, als hätte sie einen unsichtbaren Spiegel vor sich. «Stell dir vor, ich habe bereits mehrere Mails bekommen von Frauen, die sich gerade scheiden lassen. Die sind alle schwer begeistert. Die wollen auch so eine Zeremonie! Einige wollen sogar, dass wir ein ganzes Event für sie organisieren – eine Beerdigung, mit Gummipuppe, Grabrede und allem Drum und Dran.» Sie sah mich auffordernd an. «Da ist Musik drin! Daraus machen wir Gold! Ich hab mir schon alles genau überlegt: Du machst das Kreative und ich die Orga – was sagst du nun?»

Als ich nichts erwiderte, stemmte sie die Hände in die Hüften und erklärte stolz: «Ich hab deinen süßen Arsch gerettet, meine Liebe! Du solltest mir dankbar sein.»

9. SCHLÄPPCHENALARM

Marthas Getzwitscher: ++ Schluss mit Vater-Mutter-Kind – so lautete heute Morgen die Headline einer großen Zeitung ++ Die klassische Familie habe langsam ausgedient ++ Alter Hut, wenn man mich fragt ++ Nicht umsonst habe ich keine eigenen Kinder ++ Dafür jede Menge Wahlverwandtschaft, eine entzückende Bonustochter und eine Bonusenkelin ++ Und im Gegensatz zu anderen in meiner Generation immer noch feste Brüste und einen stabilen Beckenboden ++

«Du siehst gut aus, Anne, so verwandelt irgendwie.» Richards Augen scannten mich von oben bis unten ab. Er saß in meiner Küche und erwartete vermutlich, dass ich mich bei ihm für das ungewohnte Lob bedankte.

«Martha hat mir geraten, alte Zöpfe abzuschneiden», gab ich zurück und dachte an Bodo Balz und das Wunder, das er auf meinem Kopf vollbracht hatte.

Doch Richard verstand die Anspielung nicht. Er guckte irritiert, stand auf und begann, ruhelos in der Küche auf und ab zu wandern. Es war eine helle, geräumige Wohnküche mit einem großen Tisch aus dunklem Holz und inzwischen nur noch zwei passenden Stühlen. Die anderen drei hatte Richard bei seinem Auszug mitgenommen, mit der Begründung, dass er mit Babette und Maja zu dritt sei. Ich hatte damals nicht die Kraft, ihm den Stuhl einfach über den Kopf zu ziehen. Inzwischen stand mir der Sinn gar nicht mehr danach, was mich beruhigte. Schließlich war Richard nicht hier, damit ich alte Rechnungen begleichen konnte, sondern um Maja für ein Papa-Wochenende abzuholen.

Zuletzt hatte ich ihn kurz vor seiner «Beerdigung» gesehen. Danach war er mit «Irrwege der Seele» drei Wochen lang auf Lesereise gewesen und hatte spontan ein paar Tage mit Babette in Florenz drangehängt für eine Lesung im Goethe-Institut. Weshalb er auch den Besichtigungstermin in unserer Wohnung geschwänzt hatte, wie ich erst später erfahren hatte. Trotzdem wirkte er alles andere als erholt. Sein Teint wirkte fahl, unter seinen graublauen Augen lagen dunkle Schatten, und auf seiner Stirn hatten sich tiefe Falten eingegraben, die mir nie zuvor aufgefallen waren. Nur sein bis vor kurzem noch von einzelnen Silberfäden durchzogenes schwarzes dichtes Haar war dunkler geworden, von Grau keine Spur mehr. Ich fragte mich unwillkürlich, ob Babette wirklich eine Verjüngungskur war. «Du siehst müde aus, magst du einen Kaffee?», fragte ich. Es war absurd, aber die symbolische Beerdigung hatte mich tatsächlich gelassener gemacht. Noch vor ein paar Wochen hätte ich einen Teufel getan, ihm auch nur ein Glas Wasser anzubieten, doch jetzt empfand ich nur noch Gleichgültigkeit bei dem Gedanken, ihn hier in meiner Wohnung zu verköstigen. War das schon die heilende Wirkung des Rituals?

Richard räusperte sich und holte tief Luft. «Ja gerne, Anne, und vielen Dank noch mal, dass du so unkompliziert die Wohnungsbesichtigung übernommen hast. Was du mit diesen Flegeln da über dich ergehen lassen musstest, tut mir aufrichtig leid. Ich hätte Maja und dich schützen müssen», schmierte er mir Honig um den Bart. Was sollte das jetzt? Noch bei unserem letzten Gespräch zu diesem Thema war er schier ausgerastet. Er hatte mich an dem Abend der Besichtigung – von Eitelkeit getrieben – aus Florenz angerufen, um sich meinen Dank für das umgehende Begleichen der Stromrechnung abzuholen. Als ich ihm genervt von dem unschönen Verlauf der Besichtigung erzählt hatte, hatte er mir unterstellt, ich würde absichtlich jeden Interessenten vergraulen, nur um in der Wohnung bleiben zu können und ihn finanziell zu ruinieren. Wegen einer Monatsmiete! Ohne ein weiteres Wort hatte ich aufgelegt, und seither hatten wir nur noch Organisatorisches besprochen. Warum bedankte er sich jetzt bei mir?

«Geschenkt», antwortete ich, als ich mich zur Espressomaschine drehte, um die Bohnen nachzufüllen. «Aber wir sind trotzdem noch keinen Schritt weiter mit einem Nachmieter.»

«Doch, Anne», sagte er ernst, «ich habe noch mal nachgedacht. Ich glaube, du hast recht, dass es für Maja das Beste wäre, sie in ihrem gewohnten Umfeld zu lassen.»

Ich drehte mich um und sah ihn erstaunt an. «Wir dürfen hier wohnen bleiben?», fragte ich ungläubig.

Jetzt war er es, der überrascht schaute. «Nein, natürlich nicht. Ganz anders: Babette und ich ziehen hier ein.»

Der kurze Moment der Hoffnung fiel schneller in sich zusammen, als ich «Scheißkerl» sagen konnte. In mir schrillten die Alarmglocken. Unser schönes Zuhause, in dem ich die letzten zehn Jahre gelebt hatte, in dem Richard und ich jeden Fensterrahmen, jede Tür und jede Wand eigenhändig gestrichen hatten, in dem wir Partys gefeiert und später Maja aufgezogen hatten – ausgerechnet hier würde sich bald Babette breitmachen? Und womöglich bald auch noch eine Horde brüllender Mini-Richards?

«Bist du von allen guten Geistern verlassen?» Meine Stimme war um eine Oktave nach oben verschoben.

Richard verdrehte die Augen: «Sei bitte vernünftig, Anne, die Wohnung bleibt doch in der Familie.»

Dieser Mann war von einer kaum erträglichen Selbstgerechtigkeit. Ich kniff die Augen zusammen.

«Du wirst hier ganz sicher nicht mit deiner Gespielin einziehen und mit ihr und Maja einen auf Familie machen!», erwiderte ich erbost und spürte die nackte Panik in mir aufsteigen. «Wenn du glaubst, dass du mir Maja wegnehmen kannst, dann sehen wir uns vor Gericht wieder.» Ich sah ihm mit meinem durchdringendsten Blick in die Augen.

«Nicht immer so aus dem Bauch raus, Anne», sagte er so genervt, als würde er mich am liebsten in eine Anstalt einweisen. «Keiner will dir Maja wegnehmen. Sie soll aber, wenn sie an den Wochenenden bei uns ist, ihr vertrautes Wohnumfeld haben.»

«Nur über meine Leiche!» Meine Stimme zitterte.

«Dir bleibt keine Wahl», sagte er jetzt in einer Mischung aus Ärger und Verachtung. «Ich bin der Hauptmieter und entscheide, wer hier wohnt.»

«Jawohl, Herr General!», entgegnete ich und haute die Hacken zusammen. Aber mein Sarkasmus brachte ihn nicht weiter aus der Fassung. Im Gegenteil: Er fand seine Beherrschung wieder.

«Bitte, Anne, bleib doch mal sachlich», beschwor er mich jetzt in seiner herablassenden Dr.-Stark-Höflichkeit. «Nachdem du die Interessenten in die Wüste geschickt hast, kam Babette auf die einfache, aber geniale Idee, selbst hier einzuziehen.»

«Was du halt so genial nennst», sagte ich mit einem Kopfschütteln und schnaubte verächtlich.

«Wir müssen doch zusammenhalten», versuchte er mich zu beschwichtigen und fügte nach einem kurzen Schweigen hinzu: «Du musst doch einsehen, dass dies die beste Lösung für alle ist.»

Versuchte er ernsthaft, mich von seinem Patchwork-Traum mit Babette in meinen eigenen vier Wänden zu überzeugen? Wie diese Schlange die Demütigung, mich endgültig zu verjagen, genießen würde! Natürlich waren hundert Quadratmeter komfortabler als ihre zwei kleinen Zimmer in Eppendorf, die sie sich mit Richard und seinem übergroßen Ego teilte.

«Denk bitte an unsere Tochter», flüsterte Richard in einem Tonfall, den man normalerweise nur uneinsichtigen Kindern gegenüber anschlug.

Warum war mir früher nie aufgefallen, wie betont leise er sprach, wenn er etwas durchsetzen wollte? Immer, wenn es um etwas Wichtiges ging, dämpfte Richard seine Stimme, sodass ich automatisch lauter antwortete. Und wie reagierte er dann? «Du wirst laut, Liebes, und merkst es nicht einmal. In der Ruhe liegt die Kraft.» Wie oft hatte ich das schon gehört. Mit diesem Psycho-Trick brachte er mich jedes Mal so auf die Palme, dass ich tatsächlich die Nerven verlor. «Wer schreit, hat unrecht, Anne», war sein Lieblingsspruch. Passiv-aggressiv nannte man diese Strategie, hatte mir Lissie erklärt.

Aber diesmal würde er mich nicht so weit kriegen. Ich atmete dreimal tief durch, wie Lissie es mir empfohlen hatte, und erwiderte so ruhig wie möglich: «Lass uns besser am Telefon darüber sprechen und nicht wenn Maja nebenan ist.»

Richard und ich standen uns eine Weile schweigend gegenüber, es lag eine unangenehme Spannung in der Luft.

«Sind da Majas Ballettsachen drin?», fragte er schließlich und deutete auf den bunten Rucksack, der unter dem Fenster lag.

«Ja, da ist alles drin», sagte ich.

Aber natürlich konnte er es nicht lassen. Richard kniete sich vor den Rucksack, öffnete den Reißverschluss und sah hinein.

«Die Turnschläppchen fehlen.» Kommentarlos stand er auf und hielt mir die Tasche hin. Dabei schnaubte er verächtlich.

Mist! Ausgerechnet heute musste mir das passieren! Fieberhaft überlegte ich, wo die Schläppchen sein konnten. Waren sie beim Spielen in Majas Verkleidungskiste gelandet, oder hatten wir sie womöglich bei Martha vergessen, als sie dort übernachtet hatte?

Bei der Erinnerung an Majas Tanzeinlage musste ich lächeln: Als ich sie abholen wollte, hatte Maja für uns aus «Schwanensee» getanzt, dem Stück, das sie gerade im Ballettunterricht einstudierten. Martha war so begeistert gewesen, dass sie spontan mitgetanzt hatte. Erstaunlich, wie leichtfüßig sie auf ihre alten Tage noch war.

«Du findest das wohl auch noch witzig, oder warum lachst du?», fragte Richard genervt, um sogleich wieder den Oberlehrer zu spielen. «Vielleicht solltest du die Schläppchen einfach immer an denselben Platz stellen, Anne. Dann musst du sie auch nicht suchen.»

Wie hatte ich diesen Mann nur so lange ertragen?

«Und vielleicht solltest du deine Belehrungen für Barbara aufbewahren», gab ich spitz zurück.

«Babette», korrigierte er mich trocken.

«Oh, Verzeihung – *Babette* ist sicher dankbar für deine Ordnungstipps.»

Mit stoischer Gelassenheit überging er meinen Seitenhieb. «Apropos Ordnung, hast du meinen grauen Armani-Anzug in der Reinigung vergessen, oder warum finde ich ihn nicht?», sagte er. «Ich brauche ihn dringend. Nächste Woche werde ich für meine ‹Irrwege› mit der goldenen Feder ausgezeichnet.»

«Für deine Irrwege?!» Ich musste schmunzeln über die unfreiwillig komische Doppeldeutigkeit seines Satzes. «Vielleicht solltest du die Anzüge immer an denselben Platz hängen, dann musst du sie nicht suchen.»

Vor meinem inneren Auge sah ich den Dreiteiler mit

Schwung in die Grube segeln – als gemütliche Unterlage für Loverboy Lucianos Gummikörper. Dieses Bild zauberte mir augenblicklich ein schadenfrohes Grinsen ins Gesicht.

Richard schüttelte genervt den Kopf. «Darf ich trotzdem noch meinen Kaffee haben?»

Ich drehte mich zur Espressomaschine und bereitete einen Café Crema zu. Den sollte er von mir aus noch haben.

Die Maschine gab ein lautes Surren von sich. Und während ich zusah, wie die goldbraunen Kleckse langsam im Schaum verschwanden, kam Maja in die Küche geschlurft.

«Mami, die hier lagen noch in der Badetasche.» Angewidert zog sie ein paar feuchte Ballettschuhe hinterm Rücken hervor und rollte mit den Augen.

Jetzt fiel es mir wieder ein: Letzte Woche waren wir nach dem Ballett noch im Schwimmbad gewesen. Die Tasche danach auszupacken, musste ich wohl vergessen haben.

Mir wurde ganz flau bei dem Gedanken, dass die Schlappen eine Woche lang zwischen modernden Handtüchern und Badeanzügen gelegen hatten.

Richard nahm den Geruch wohl auch schon wahr, denn er kräuselte angeekelt die Nase.

Schnell stellte ich ihm den Kaffee hin, bevor er wieder eine Gemeinheit rauslassen konnte. Wenn er mich mit seiner Überheblichkeit so aufregen konnte, dann auch deshalb, weil ich wusste, dass er in einigen Punkten recht hatte. Wie konnte ich ein gutes Vorbild für Maja sein, wenn ich es mit meinen vierzig Jahren nicht hinbekam, Ordnung in unsere Sachen zu bringen. Geschweige denn in mein Leben.

Wie gerne wäre ich ein bisschen mehr wie meine Freundin Lissie gewesen. Sie war so ausgeglichen und gefestigt, wie es nur Menschen mit großem Urvertrauen sind. Als Kind hatte ich es geliebt, Zeit mit ihrer Familie zu verbringen. Die Eltern hatten ein Haus am Stadtrand. Alles dort wirkte so harmonisch und leicht, so ganz ohne die Schwere, die ich zu Hause erlebte. Beinahe jedes Wochenende verbrachte ich bei Lissies Familie, nicht nur wenn meine Mutter Dienst hatte oder mal wieder einen depressiven Schub erlitt. Selbst als Lissie sich mit fünfzehn Jahren in Marc verliebte, blieben wir siamesisch verbunden. Statt zu zweit saßen wir fortan zu dritt auf ihrer Couch, gingen ins Kino oder in die Disco und wurden zusammen erwachsen. Ein Vierteljahrhundert später waren die beiden immer noch glücklich und führten die mit Abstand reifste und stabilste Beziehung in meinem gesamten Freundeskreis.

Tante Martha sagte zwar immer: «Unter jedem Dach ein Ach.» Aber das galt sicher nicht für das Dach meiner Freunde. Mit Marc hatte sich Lissie ein echtes Prachtexemplar von Mann geangelt. Nicht nur dass er seiner Frau fast jeden Wunsch von den Augen ablas, er hatte auch bei beiden Kindern sechs Monate Auszeit genommen. Das wäre für Richard undenkbar gewesen. Er war anscheinend überzeugt, dass seine Arbeit eine Art Lebenselixier war – nicht nur für ihn selbst, sondern auch für seine Leserinnen, deren Existenz er sich öd und leer vorstellte ohne den edlen Dr. Stark.

Nein, bei Richard und mir hatte von Anfang an das Kräfteverhältnis nicht gestimmt, das wusste ich jetzt. Ich, zehn Jahre jünger als er, war die Bedürftige gewesen, er mein Retter. Was auch immer ich in ihn hineinphantasiert hatte – im Nachhinein war es mir unbegreiflich, wie sehr ich geglaubt hatte, ihn zu brauchen. Und wie sehr er es gebraucht hatte, von mir gebraucht zu werden.

Zu Beginn hatte ich seine Ratschläge noch aufgesogen wie das Wort Gottes. Mit den Jahren aber dämmerte mir, dass Richard nicht der «Übermensch» war, für den wir ihn beide hielten. Ich hätte nicht mehr genau sagen können, wann mein Bild von ihm zu bröckeln begann. Aber ich erinnerte mich, wann ich mich das erste Mal in der Öffentlichkeit für ihn geschämt hatte.

Es war im vergangenen Winter gewesen, während einer Theateraufführung im Schauspielhaus. Wir waren mitten im ersten Akt von Ibsens *Nora*, als unerwartet Unruhe auf der Bühne aufkam und eine Stimme aus dem Off die Vorstellung unterbrach. Es wurde nach einem Arzt verlangt. Offenkundig gab es einen Notfall. Sofort sprang Richard auf und quetschte sich eilig an den Sitznachbarn vorbei. «Lassen Sie mich durch, ich bin Arzt», sagte er lauter als nötig. Ich war so perplex, dass ich ihn nicht mehr aufhalten konnte. Fassungslos sah ich ihm hinterher.

Hatte dieser Mann, der nicht einen Tag Medizin studiert hatte und ein Stethoskop nicht von einem Gartenschlauch unterscheiden konnte, den Verstand verloren? Glaubte er mittlerweile tatsächlich, er sei Dr. Steven Stark persönlich? Auferstanden aus seinen Schmonzetten, um die Menschheit zu retten?

An jenem Abend versank ich vor Scham im Boden und betete nur noch, dass es sich bei dem Notfall um nichts Ernstes handelte. Erst in der Pause sah ich Richard wieder – ins Gespräch vertieft mit diversen Theatergästen an der Bar, die ihm anerkennend auf die Schulter klopften. So, wie er sich in der Bewunderung sonnte, hatte er das Missverständnis wohl nicht aufgeklärt. Und tatsächlich, als ich mich ihm näherte, hörte ich, dass er bei einem der Schauspieler eine Herz-Kreislauf-Schwäche diagnostiziert und daraufhin einen Krankenwagen gerufen hatte. «Ich geh da gerne auf Nummer sicher», faselte er – ganz der vertrauensvolle Doktor. Mir verkaufte er das Ganze später als lebensnahe Recherche für sein neues Buch.

In jenem Moment war mir klargeworden, dass dieser Mann nicht mehr unterscheiden konnte zwischen dem von ihm erfundenen Helden, der alle Schwierigkeiten im Alleingang aus der Welt schaffte, und seiner eigenen, weit weniger heldenhaften Existenz.

In der folgenden Zeit hatte ich ihn wohl spüren lassen, dass meine Bewunderung nachließ. Denn kurz darauf tauchte Babette auf: jung, formbar und ihm ganz und gar ergeben. Mit ihr würde Richard nun ein neues Leben beginnen. Und zwar in meinem – in unserem – alten Zuhause.

Auf einmal wurde mir klar, dass mich das nicht etwa wütend machte, weil ich eifersüchtig war auf ihn und Babette. Ich spürte vielmehr Eifersucht darauf, was Maja hier haben würde: dieses lückenlose Vater-Mutter-Kind-Familien-Ding in einer gemütlichen Altbauwohnung, während ich ihr nur eine Elternhälfte, die dauergestresste Mutter, bieten konnte. Und wer wusste schon, in was für einer Absteige ich dann leben würde.

Aber so traurig mich diese Überlegungen auch machten, zumindest offenbarten sie, wie sehr ich mich innerlich bereits von Richard entfernt hatte. Vielleicht war ich tatsächlich schon in der Phase des Loslassens?

«Kommst du morgen mit uns in den Wildpark?» Maja riss mich aus meiner Versunkenheit. Sie schlang mir von hinten ihre Ärmchen um die Hüften und drückte ihr Gesicht fest an mich.

Ihre Unbekümmertheit rührte mich. Natürlich fiel es ihr nicht leicht, dass wir getrennt waren und dass es eine neue Frau in Papas Leben gab. Ihre Launen und ihre unterschwelligen Vorwürfe zeigten, wie sehr ihr die Trennung zusetzte. Gleichzeitig aber schien sie mit der neuen Situation besser umgehen zu können als ich – ganz so, als wäre es für sie nur ein vorübergehender Zustand, der auch wieder vorbeigehen würde. Ähnlich wie Bauchweh oder Ohrenschmerzen.

Aber Mami, Papi und Babetti auf einem gemeinsamen Ausflug? So groß konnte gar kein Wildpark sein!

«Vielleicht ein anderes Mal, Süße», sagte ich schnell. «Morgen treffe ich doch Yvonne wegen eines Jobs.»

Richard schob die leere Kaffeetasse in meine Richtung und sah mich an: «Was für ein Job?»

Ich tat, als würde ich ihn nicht hören. Was gingen ihn meine beruflichen Pläne an? Ich drückte meiner Tochter ihr Schlafkissen in die Hand und gab ihr noch einen dicken Kuss. Ein letztes Winken, dann fiel die Tür ins Schloss, und ich war allein.

10. GEDANKENSTÜRME

Marthas Getzwitscher: ++ Was den Polarbewohnern ihr Iglu, ist den Indianern ihr Inipi ++ Habe in so einer Schwitzhütte auf einem Acker in Elmshorn transpiriert ++ Unter einem schulterhohen Dach aus Weidenruten und Wolldecken mit einer Gruppe splitterfasernackter Fremder stundenlang um einen Berg heißer Steine gekauert ++ Selten so viele gute Ideen und Gedanken ausgeschwitzt ++ Aber auch selten solche Rückenschmerzen gehabt ++

Yvonne stand mit dem Rücken zu uns und fuhr mit einem blauen Stift über ein großes Whiteboard. Als sie die letzten Striche gesetzt und den Stift abgelegt hatte, drehte sie sich um. Zufrieden mit sich, sah sie zwischen ihrem Assistenten Leroy und mir hin und her.

«Ist mir doch gut gelungen», sagte sie und rieb sich die Hände. «Das Expaar.»

Beim Anblick der beiden Strichmännchen, die ein senkrecht verlaufender Blitz offenbar in zwei Lager teilen sollte, wechselten Leroy und ich skeptische Blicke.

Die Figuren erinnerten mich frappierend an die Kopffüßler, die Maja bis vor ein paar Jahren am Fließband produziert hatte – bis sie entdeckte, dass Menschen auch über einen Hals und einen Rumpf verfügten. Yvonne dagegen schien in der Kopffüßler-Phase steckengeblieben zu sein: Die Extremitäten ihrer Figuren gingen direkt in den Kopf über.

Wir befanden uns in ihrer Agentur, genauer gesagt im «Blue Saloon», einer Art Ideenraum, der nach den neuesten Erkenntnissen der Kreativitätsforschung gestaltet war. Der

Name kam nicht von ungefähr, denn die Wände des Raums waren ebenso in Knallblau gehalten wie die spärlichen Möbel: vier bequeme Sessel, ein Tisch mit einer bunten Mischung aus Kaffeetassen und Gläsern und ein kleiner Kühlschrank, bis zum Anschlag gefüllt mit Schaumwein und Spirituosen. In ihrer kreativen Welt fand sich immer ein sensationeller Einfall oder ein neuer Auftrag, auf den man anstoßen konnte, so viel hatte ich schon mitbekommen.

Neben der Tür stand die interaktive Tafel, die mit Stiften oder als elektronische Projektionswand bespielbar war.

Die Agentur war an diesem Samstag weitgehend verwaist. Noch warteten wir auf Jana, die sich um ein paar Minuten verspätete. Mit ihr als externen Beraterin wollten wir hier und heute nichts weniger als das Fundament einer neuen Geschäftsidee gießen: Wir wollten eine Agentur gründen für Trennungsrituale. Es galt, sich einen Agenturnamen zu überlegen sowie Konzepte und Finanzpläne zu entwickeln. Vor allem aber ging es darum, möglichst fiese, aber juristisch gerade noch wasserdichte Rituale zu entwickeln, mit denen unsere schmählich sitzengelassenen Kundinnen mit ihren Männern abschließen konnten.

«Ja, wirklich sehr ... ausdrucksstark, oder, Leroy?» Ich zwinkerte ihm albern zu und kam mir gleich darauf ziemlich blöd vor.

Denn Yvonnes persönlicher Agent war eine echte Augenweide. Er war groß und schlank, hatte olivfarbene Haut und schulterlange schwarze Locken. Mit jedem Lächeln – und er lächelte oft – entblößte er seine makellosen Zähne. Mit seinen blutjungen 25 Jahren wusste er vielleicht noch nicht besonders viel von Liebeskummer und seinen Folgen, aber er würde von nun an für unsere Trennungsagentur tätig sein.

Mit einer Hand unterm Kinn und gekräuselter Stirn sah

Leroy einen Moment lang auf die Tafel wie ein Galerist auf die Werke eines vielversprechenden Künstlers und zuckte dann die Schultern.

«Ist das Kunst oder kann das weg?», fragte er frech, und seine Mundwinkel zuckten dabei vor unterdrücktem Lachen.

Yvonne schüttelte genervt den Kopf. Wenn es um Kritik an ihrer Arbeit ging, das wusste ich noch aus unserer gemeinsamen Zeit im Verlag, verstand sie keinen Spaß. «Schon mal was von Mindmapping gehört, ihr Banausen?», fragte sie schroff.

Ihr heutiger Look – weiße Bluse zu engem dunkelblauem Bleistiftrock – unterstrich ihren strengen Ton noch. Mit einem Zeigestock wies sie an die Wand, an der blau eingerahmt die Regeln für eine erfolgreiche Ideenfindung standen.

«1. Keine Zensur!», las sie laut vor. «2. Jede Idee ist willkommen! 3. Quantität vor Qualität. Und zu guter Letzt der 4. Punkt: Kreativität ist 1 Prozent Inspiration und 99 Prozent Transpiration.»

Ich musste lachen, weil mir Marthas Tagesgetzwitscher von heute Morgen wieder einfiel. In einem Inipi hatte sie bei über hundert Grad Ideen ausgeschwitzt, als hätte sie das Zitat wörtlich genommen. Angeblich hatte irgendeine ominöse Idee für eine große Veränderung noch mehr Gestalt angenommen. Es wurde wirklich Zeit, dass wir uns bald trafen.

Ob ich Yvonne vorschlagen sollte, unser Brainstorming auf den Elmshorner Acker zu verlegen, falls uns hier keine guten Einfälle kamen? Prompt sah ich vor meinem inneren Auge den schönen Leroy, wie Gott ihn geschaffen hatte, vor den heißen Steinen sitzen, in großen Tropfen lief ihm der Schweiß am Körper hinunter, verlangsamte sich an bestimmten Stellen durch gewisse anatomische Widerstände und tränkte schließlich den Grasboden … Verdammt! War es mit meiner

Sehnsucht nach Sex schon so weit gekommen, dass ich den schwulen Assistenten meiner Freundin für Phantasien missbrauchte?

Während ich den Gedanken rasch verscheuchte, fügte Yvonne zu ihren Kreativitätsregeln noch hinzu: «Die Zeichnung muss also nicht perfekt sein, sondern soll einfach nur euer Ideentriebwerk in Gang bringen und euren Bildspeicher im Gehirn aktivieren, falls ihr überhaupt über einen solchen verfügt.» Mit hochgezogenen Augenbrauen marschierte sie zurück an unseren Tisch und ließ sich in den Sessel zwischen Leroy und mich fallen.

Das Gesicht der Tafel zugewandt, stutzte sie kurz und räusperte sich dann. «Zugegeben, aus dieser Perspektive hat mein Gemälde tatsächlich etwas sehr Abstraktes.» Sie strich ihren Rock zurecht und erklärte spöttisch: «Zum Verstehen braucht man da schon eine gewisse visuelle Intelligenz.»

Wir gluckten albern vor uns hin, als es an der Tür klopfte.

«Bin ich zu spät?», fragte Jana gehetzt und begrüßte Yvonne und mich mit einer schnellen Umarmung. Leroy warf sie nur ein zaghaftes Lächeln zu. «Scheint ja wirklich Laune zu machen, dieser Blue Saloon. Euer Kichern konnte ich schon auf dem Flur hören.» Sie zog ihren Wintermantel aus und setzte sich in den letzten freien Sessel. «Kein Wunder, bei dieser Überdosis Blau wird einem ja ganz blaumerant», witzelte sie.

«Diese Überdosis Blau wird dich gleich in eine Ideenmaschine verwandeln – du wirst schon sehen», erwiderte Yvonne trocken und machte ihrem Assistenten ein Handzeichen.

Leroy stand auf, ging zum Kühlschrank und holte eine Flasche Champagner hervor. Dem Etikett nach zu urteilen, nicht den übelsten. Er füllte vier Kristallgläser und gab jeweils einen Schuss Blue Curaçao dazu.

Währenddessen klopfte Yvonne mit den Händen ihre Wangen ab – vermutlich auch eine von Kreativtrainern empfohlene Übung. «Blau angucken und blau sein – das ist den Experten zufolge die vielversprechendste Kombination für ein ganzes Gewitter von Geistesblitzen.» Sie nahm eins der Gläser in Empfang, die Leroy uns reichte, und fügte hinzu: «Und die hat sich hier im Blue Saloon schon oft bewährt, nicht wahr, Leroy?»

Er nickte. «In jedem Fall hilft das blaue Gesöff beim Lockermachen. Also runter damit!»

Wir erhoben unsere Gläser. Es war wie ein Déjà-vu: Erst vor wenigen Tagen hatte ich mit Yvonne um neun Uhr morgens Champagner getrunken. Genau genommen war es an dem Vormittag gewesen, als ich ihr in brennender Wut die Freundschaft kündigen wollte – und stattdessen als neue Agenturpartnerin wieder nach Hause getorkelt war, um von dort aus schnellstens den Job beim Kärntner Berghirten abzusagen.

«Wir werden gebraucht. Die Agentur wird gebraucht», erklärte Yvonne jetzt hochtrabend. «Also lasst uns anstoßen auf all die gepeinigten Seelen da draußen, denen wir mit unserer Agentur die Hoffnung, den Halt und die Würde zurückgeben. Verlassene Frauen sind die längste Zeit als Verliererinnen vom Platz gegangen!» Na, dafür war Yvonne ja genau die Richtige, dachte ich und sah die verstoßene Lisa vor meinem inneren Auge. Auf einmal war Yvonne also die sensible Seele, die genau wusste, wie schmerzhaft eine Trennung sein konnte?

Egal, wir ließen die Gläser klirren und tranken einen Schluck.

«Und wer immer noch skeptisch ist …» Strenger Seitenblick zu mir. «… dem spiele ich jetzt die Nachricht einer gewissen Frau Häcker vor, die sich an mich gewendet hat und unsere Hilfe braucht.»

Sie stellte ihr Glas ab, holte sich ihren Laptop heran und drückte auf Enter.

«Sie kennen mich nicht», erklang eine verzweifelte Stimme, «aber ich brauche Ihre Hilfe. Ich lechze nach Vergeltung! Mein Mann ist mit einer Wurstverkäuferin durchgebrannt. Zum Abschied sagte er mir, dass ich ihn nur alt machen würde. Dreißig Jahre an meiner Seite seien genug Verschwendung. Ich bin am Boden zerstört! Bitte helfen Sie mir, meine Selbstachtung und mein Leben zurückzugewinnen – sonst weiß ich nicht, was ich tue. Ich will ihn unter die Erde bringen, dieses Schwein!»

Jana tat so, als würde sie auf den Boden spucken. «Pfui Teufel, verlassen ausgerechnet für eine Wurstverkäuferin. Das ist einfach nur abscheulich.» Yvonne richtete sich auf. «Ob sie nun Wurst oder Brötchen an den Mann bringt, ist doch hier einerlei, vegan hin oder her. Tag für Tag findet da draußen ein regelrechter Massenmord an Frauenseelen statt – direkt vor unserer Haustür! Und wir schauen einfach weg. Dabei könnten gerade wir ...» Sie blickte nach oben, als würde sie nur noch auf die Bestätigung des Himmels warten. «... so viel für diese Verlassenen und Gedemütigten tun.» Während sie ihre flammende Rede hielt, überlegte ich erneut, wie seltsam es war, dass der Einwand ausgerechnet von ihr kam, die ihre Gespielinnen austauschte, ohne groß nach Gefühlen zu fragen. «Mit individuellen kreativen Lösungen auf dem Boden des Gesetzes, Organisation und women power», fuhr Yvonne fort. Dabei schenkte sie Leroy einen entschuldigenden Seitenblick. «Und natürlich auch einer ordentlichen Prise Testosteron.»

Leroy schloss die Augen, ließ einen Tarzan-Schrei los und trommelte dabei mit den Fäusten auf seinen Brustkorb.

«Genau, wir Frauen müssen von euch Typen endlich lernen, unsere Aggressionen rauszulassen, anstatt in Depressionen zu verfallen und unseren Ärger und Hass in uns reinzufressen», erklärte Yvonne kämpferisch.

Ich musste an meine Mutter denken, die den Liebesverrat meines Vaters auch in sich hineingefressen und dabei ihre gesamte Lebensenergie verloren hatte. Ob ihr ein offizieller Abschied, wie ich ihn zelebriert hatte und mit dem ich offenbar eine Reihe von Frauen inspiriert hatte, vielleicht auch Kraft und Hoffnung zurückgegeben hätte? Mir jedenfalls hatte das Beerdigungsritual gutgetan. Meine letzte Begegnung mit Richard, der ersten nach der Abschiedszeremonie, hatte mir bewusst gemacht, wie sehr ich innerlich bereits mit ihm abgeschlossen hatte und wie wenig Geduld ich noch aufbrachte, mich mit seinen nervtötenden Allüren auseinanderzusetzen.

Trotzdem konnte ich mir schwer vorstellen, wie meine kleine, zierliche Mutter eine Gummipuppe mit Arztkittel in einer Grube verscharrte. Ihren Zorn auf so plakative Art herauszulassen – das wäre für sie nie in Frage gekommen. In ihrer Welt hatte man sich zusammenzureißen. «Wut ist doch in unserer Gesellschaft verpönt», fügte Jana hinzu, als hätte sie meine Gedanken gelesen. «Trennungen haben möglichst lauwarm und gesittet abzulaufen. Wer da mal die Stimme erhebt oder ein Glas zertrümmert, gilt schon als hysterisch. Ich meine, stellt euch vor: Es ist kaum hundert Jahre her, dass Frauen bei Hysterieverdacht weggesperrt wurden oder man ihnen einfach die Gebärmutter entfernte.»

Ich nickte und lehnte mich zurück in den Sessel. Mein letzter Rest Widerstand hatte sich in Luft aufgelöst. Es schien mir richtig, anderen Frauen zu helfen, so wie meine Freundinnen mir geholfen hatten, die Wut in die richtigen Bahnen zu lenken. Ein entsprechendes Ritual wäre da ein perfekter Anfang von etwas Neuem. Ein Startschuss für ein von uns begleitetes Selbstfindungsprogramm.

Yvonne erhob erneut ihr Glas. «Also, auf die Frauen! Auf viele schöne Aufträge! Mögen unsere Ideen sprudeln wie dieser sündig teure Perlwein. Und die Taler klingeln!»

Meinen Verdacht, dass es Yvonne nicht allein um die Seelenrettung unfreiwilliger Singles ging, sondern auch um eine weitere Finanzierungsquelle für ihren ausschweifenden Lebensstil, hatte dieser Nachsatz nicht gerade ausgeräumt.

Aber was soll's, dachte ich achselzuckend. Um dieses Projekt in Fahrt zu bringen, würde purer Idealismus vermutlich nicht ausreichen. Und mir konnte eine neue Geldquelle ja auch nicht schaden.

«Leroy hat uns ein buntes Potpourri aus Kreativitätstechniken zusammengestellt», erklärte Yvonne, wieder ganz Profi. «Eine Prise Mindmapping und ein Schuss Walt Disney, ergänzt durch dieses ganz besondere Instrument der Kreativitätsfindung ...» Sie nickte ihrem Assistenten zu, worauf dieser aus einem kleinen Karton unter dem Tisch vier farbige Kappen zauberte. «Diese wunderbaren Denkhüte!»

«Ja, ist denn schon wieder Karneval?», murmelte ich.

Yvonne ließ sich nicht beirren. «Sagen euch die Methoden etwas?»

Während ich ratlos den Kopf schüttelte, nickte Jana eifrig, Sie witterte offenbar ihre Chance, mich in ihrem typischen Dozentenduktus an ihrem Wissen teilhaben zu lassen.

«Dann will ich es dir mal erklären», setzte sie an. «Für zündende Ideen braucht es laut Disney einen Träumer, einen Realisten und einen Kritiker. So kann man eine Idee von allen Seiten beleuchten. Und die Farben der Hüte können helfen, diese Rollen zu unterstreichen.»

«Verstehe», sagte ich, gespannt, welche Rolle Yvonne mir zuteil werden lassen würde. Die Antwort ließ nicht lange auf sich warten.

«Auf unseren kreativen Träumerkopf Anne passt das grüne Denkhütchen.» Sie lehnte sich zur Seite und setzte mir den entsprechenden Hut auf. «Du darfst Ideen raushauen – egal wie bizarr sie auch erscheinen mögen.»

Dann stand sie auf und stellte sich hinter Jana. «Für unseren kritischen Geist gibt es das schwarze Denkhütchen. Damit der Advocatus Diaboli unter uns nach Belieben schwarzmalen kann.» Sie platzierte den Hut auf Janas Kopf.

Besorgt bemerkte ich, dass Janas Nasenflügel bebten.

«Das war ja mal wieder klar», protestierte Jana auch prompt. «Jetzt soll ich hier die fiese Bedenkenträgerin spielen. Warum immer ich?», ereiferte sie sich.

«Na, weil du die Analytikerin von uns bist, diejenige, die mit ihrem messerscharfen Verstand am schnellsten erfasst, warum Ideen scheitern könnten.»

Die Worte schmeichelten Jana ganz offensichtlich, denn ihre Gesichtszüge entspannten sich merklich. «Na gut, dann mach ich es halt», seufzte sie. «Aber nicht beschweren, wenn ich mich beschwere!»

Yvonne lächelte ihr dankbar zu. «Und für die Realistin unter uns, also meine Wenigkeit, ist das pinke Denkhütchen. Weil es mir, wenn wir mal alle realistisch sind, einfach am besten steht.»

Jana sah sie fragend an. «Tragen die Realisten nicht eigentlich gelbe Hüte?»

«Bist du wahnsinnig? Wem steht denn bitte Gelb? Oder hast du schon mal ein gelbes Chanel-Kostüm gesehen?» Yvonne wartete die Antwort nicht ab. «Eben.»

Leroy setzte sich selbst ein weißes Hütchen für den Job des Protokollanten auf und ging an die Tafel. «Dann legt mal los», feuerte er uns an und setzte bereits den Stift auf das Whiteboard.

Eine Weile starrten wir schweigend auf die Tafel.

«Also ...», begann ich, doch mein Geist war wie lahmgelegt. Mir wollte einfach nichts einfallen.

Yvonne beugte sich zu mir rüber. «Anne, nun mal Butter bei die Fische. Was hättest du mit Richard gerne angestellt, nachdem er dich gegen die blutjunge Babette getauscht hat?»

«Am liebsten hätte ich ihn aus dem zehnten Stock geworfen», rief ich spontan. «Und Kuhfladen hinterhergeschmissen.»

Leroy wollte meinen Beitrag schon notieren, als Jana, die ihren Job als Kritikerin offenbar sehr ernst nahm, ihn mit einer heftigen Handbewegung stoppte.

«Und was, wenn ein Unschuldiger da unten langgegangen wäre? Richard wiegt doch über 90 Kilo!»

Fragend blickten wir zu Yvonne.

«Das nennt man dann Kollateralschaden!», sagte Yvonne ungerührt. «Leroy, schreib es auf.» Dann wandte sie sich wieder an mich. «Noch andere Gemeinheiten auf Lager, Anne?»

Ich überlegte kurz. «Seinen Bus in der Autopresse zu einem Würfel quetschen lassen und ihm vor die Haustür legen.»

Janas strenger Seitenblick traf mich: «Und nichts davon geht zurück in den Produktionskreislauf. Na, herrlich.»

«Besser als bei deinem Hannes», konterte Yvonne. «Bei dem ging ja nach der Verschrottung so viel Material zurück in den Produktionskreislauf, dass der gute Mann bald in Serie geht.»

Typisch, wie wenig zartfühlend Yvonne auf die Vaterfreuden anspielte, denen Janas Exmann entgegensah.

Angespannt blickte ich zu Jana, die in unangenehmen Situationen ja gerne mal die Flucht ergriff. Doch sie fing an zu lachen: «Treffer und versenkt, Yvonne.»

Ich war wieder an der Reihe. Und so ging es eine ganze Weile weiter. Die Vorschläge sprudelten nur so aus mir heraus, und nicht wenige fanden ihren Weg auf das Whiteboard, trotz zahlreicher Bedenken von Jana.

Leroy schrieb alle abgesegneten Einfälle auf und verband sie durch verschiedenfarbige Linien mit Yvonnes Strichmännchen, bis das Bild aussah wie der U-Bahn-Plan von Tokio.

Nicht zuletzt lag das produktive Brainstorming wohl an den insgesamt drei Flaschen Schampus, die wir in den nächsten zwei Stunden vernichteten und die Jana immer milder stimmten.

Als beim besten Willen kein Platz mehr auf der Tafel war, signalisierte Leroy uns ‹Daumen hoch›.

«Bella vendetta», sagte er anerkennend.

Jana stand auf und sagte: «Danke für das Stichwort, Leroy. Ich hab mich im Vorfeld mal wissenschaftlich mit dem Thema Rache beschäftigt und würde gerne noch ein paar Worte dazu sagen.»

Aus dem Augenwinkel sah ich, wie Yvonne die Stirn kraus zog.

Doch Jana ließ sich nicht beirren. Sie stand auf und holte drei Zettel aus einer Mappe. «Ich habe dazu ein Handout für euch vorbereitet.» Sie hielt die Kopien in die Höhe und verteilte sie dann an uns.

«Wir wollten eigentlich nicht wissen, WARUM man sich wissenschaftlich gesehen rächt, sondern WIE! Und das so effektiv wie möglich, ohne sich strafbar zu machen», brummelte Yvonne.

«Schon vergessen, Yvonne? Regel Nummer 1: Keine Zensur!», sprang ich Jana bei. «Ich finde, das klingt interessant.»

Jana sah mich dankbar an und legte los.

«Wisst ihr, was die bekannte Psychoanalytikerin Jane Goldberg geschrieben hat?», fragte sie in die Runde. Wir drei schüttelten die Köpfe. «Dass das Bedürfnis nach Rache in Liebesangelegenheiten am größten ist. Denn da werden wir an unserer empfindsamsten Stelle getroffen!»

Ich nickte, denn ich wusste nur zu gut, was sie meinte. Und der Schmerz, den ich nach der Trennung gefühlt hatte, kam für einen kurzen Moment wieder hoch.

«Wir fühlen uns minderwertig, weggeworfen wie ein gebrauchtes Taschentuch», fuhr Jana fort.

«Sex und Hopp!» Erschrocken fuhr ich mir über den Mund. Die Worte, die Yvonnes Kurzzeitgeliebte neulich gesagt hatte, waren mir einfach rausgerutscht. «Sorry, ich wollte dich nicht an deine Lisa erinnern.»

«Es ist nicht meine Lisa», verteidigte sich Yvonne. «Ich war ja nie wirklich mit ihr zusammen und hab daher auch ein reines Gewissen.»

Gerade als ich Jana und Leroy, die uns verwirrt ansahen, ins Bild setzen wollte, riss Yvonne plötzlich die Augen auf und sprang aufgeregt aus ihrem Sessel auf.

«Anne, das ist es!», rief sie. «Das ist unser Agenturname! ‹Ex und Hopp – die Trennungsagentur›.» Mit dem Zeigefinger malte sie die Worte in die Luft. «Brillant, Anne, das ist brillant! Ich sehe schon den Schriftzug auf unserer Visitenkarte vor mir.»

Mit erhobener Hand stellte sie sich vor mich, und wir klatschten begeistert ab.

Ex und Hopp. Mir gefiel die Doppeldeutigkeit. Mit nur drei Worten wurde erklärt, um was es bei der Agentur ging: den unliebsamen Ex in die Wüste zu schicken und weiterzumachen, als hätte es ihn nie gegeben.

«Da kriegt Lisa aber noch eine Dankeskarte von dir», neckte ich Yvonne.

Sie stöhnte bei der Vorstellung. «Lieber nicht, sonst steht sie bald wieder hier auf der Matte.»

«Seid ihr fertig mit euren Insidergeschichten?», moserte Jana. «Dann würde ich gerne weiter referieren.»

«Wenn dabei so gute Ergebnisse rauskommen, gerne», freute sich Yvonne und setzte sich wieder brav hin. Jetzt etwas aufmerksamer als zuvor.

«Also», begann Jana, «es ist wissenschaftlich erwiesen, dass Verletzungen und Verluste besser heilen, wenn man durch einen Racheakt passiv Erlittenes in etwas Aktives verwandelt. Denn bei Rache springen die gleichen Hirnregionen an wie nach Drogengenuss, Sex oder gutem Essen. Sprich: Das Areal, in dem das menschliche Belohnungssystem sitzt, ist angesprochen.»

«Verstehe», sagte Yvonne, «wer zuletzt lacht, lacht am besten. Gefällt mir.»

«Das heißt jetzt aber nicht, dass wir die blutrünstigen Gelüste der Kundinnen ausführen müssen, oder?», fragte Leroy irritiert.

«Natürlich nicht!» Jana genoss die Aufmerksamkeit. «Aber die bloße Vorstellung allein reicht auch nicht, um die Opferrolle hinter sich zu lassen. Im Gegenteil: Um sich Genugtuung zu verschaffen, müssen die Vergeltungsmaßnahmen immer ein Stück weiter gehen als die Phantasie.»

«Also so, wie wir es bei Richards Beerdigung bereits gemacht haben», warf ich ein. «Als wir an seiner Stelle den Loverboy beerdigt haben.»

«Die Wissenschaft gibt uns demnach recht», sagte Yvonne zufrieden.

Jana nickte. «Die Rache ist der letzte Akt in einem Drama. Ihr wisst schon: Rache als Katharsis. Und darum ist es ja auch so schön, wenn das Abschiedsritual mit dem symbolischen Tod der Gummipuppe endet.»

Leroy nahm den Stift und zeichnete aus Platzmangel eine

Puppe über die beiden Strichmännchen, die an einem Galgen aufgehängt war.

«Schade eigentlich, dass der blonde Loverboy nur Ähnlichkeit mit Männern nordeuropäischer Prägung hat», überlegte er laut. «Mich könnte man nicht glaubhaft unter die Erde bringen. Da würde man an eine Verwechslung denken!»

Er hatte recht. Nicht jeder Mann wurde durch die Standardversion der Gummipuppe repräsentiert.

Mein Blick fiel auf eine der Kaffeetassen auf dem Tisch, die mit einem Bild von Yvonnes kleiner Nichte bedruckt war. Plötzlich kam mir eine Idee: Wenn man Tassen, T-Shirts und Toilettenpapier bedrucken konnte, warum dann nicht auch Plastikpuppen? Alles, was wir dafür bräuchten, wären ein Puppen-Rohling, ein Foto vom Gesicht des Abtrünnigen in guter JPEG-Qualität und eine Druckerei, die auch in Plastik machte.

«Leute, ich hab's!», rief ich. «Wir personalisieren den Loverboy und bedrucken sein Gesicht mit dem des Exmannes!»

Yvonne riss die Arme in die Luft. «Super, das ist der Kracher: eine Gummipuppe in Ex-Optik, die man nach Herzenslust malträtieren kann – so ganz ohne juristisches Nachspiel. Wusste ich doch, dass du das grüne Hütchen verdienst.»

Im weiteren Verlauf des Nachmittags machten wir noch das Finetuning für einzelne Rituale – Was klang vielversprechend und effektvoll zugleich? Wie viel wären die Betroffenen bereit zu zahlen? – und entwickelten ganze Events und Merchandisingartikel für die Interessenten, die einfach nicht genug kriegen konnten. In der engeren Wahl waren «EXquisite Schokomännlein» für bissige Gelüste, eine kleine Voodoopuppe im Look des Exmanns, die man mit kleinen Spielzeugmessern traktieren konnte, ein Abreißkalender bis zum Scheidungstermin sowie das Tischfeuerwerk «EXplosiv», das nach sachgemäßer Zündung mit einem satten Wumms Fotoschnipsel des Exmanns im Raum verstreute. Ähnlich den Konfetti-Shootern, die man von Silvester kannte.

Jana und ich waren völlig ausgelaugt, als Yvonne endlich in die Hände klatschte und die Sitzung beendete. «Bis hierhin, meine Lieben! Das lief doch wunderbar. Nächste Woche geht es weiter.»

Wir stimmten mit ein. «Ein Hoch auf den Blue Saloon!»

11. EX UND HOPP

Marthas Getzwitscher: ++ Mit dem Boot von Blankenese nach Övelgönne gefahren ++ Gorbi liebt die Würstchen in der ‹Strandbude› ++ Ich bin auch gern dort ++ Der Besitzer flirtet immer mit mir ++ Könnte mein Sohn sein, aber wen stört's? ++ Zum Abschied hab ich ihn feste gedrückt ++ Wer weiß, ob ich ihn wiedersehe ++

«Ich hasse ihn, ich hasse ihn, ich hasse ihn. Wenn Sie mir nicht helfen, bring ich ihn um!»

Es waren gerade mal sechs Tage seit dem Brainstorming vergangen, als mit Beate Häcker schon unsere erste Kundin vor mir stand. Ihren Kummer sah man ihr auf den ersten Blick an: Das Haar thronte wie ein zerrupftes Vogelnest auf dem Kopf, ihr Make-up hatte sich in seine Bestandteile aufgelöst. Nur ihre braune Louis-Vuitton-Tasche ließ erahnen, dass sie die Nacht nicht auf einer Parkbank verbracht hatte, sondern direkt aus ihrer Stadtvilla in Othmarschen kam. Aufgebracht stand sie in Yvonnes Agentur. Genauer gesagt: in meinem neuen Büro innerhalb der Agentur, dessen Einrichtung aussah, als würde hier Don Draper aus «Mad Men» logieren. Yvonne hatte mir tatsächlich ein Einzelbüro zugestanden und alles in Windeseile einrichten lassen, mit Originalmöbeln aus den sechziger Jahren: einem filigranen Schreibtisch aus Palisander, zwei Finn-Juhl-Sesseln aus Teakholz und grauem Stoff sowie einer Tapete mit ockerfarbenem Retromuster als i-Tüpfelchen. Ganz nach meinem Geschmack.

Frau Häcker drückte meine Hand und schaute mich flehend an, als wäre ich der einzige Mensch auf Erden, der ihrem

Leid ein Ende machen könnte. Ihr eindringlicher Blick war mir unangenehm.

«Keine Sorge, wir werden Ihnen helfen. Aber Mord ist keine Lösung. Wir arbeiten hier aus Prinzip gewaltfrei», versuchte ich sie zu besänftigen.

Seufzend ließ sie meine Hand los und griff mit nervösen Fingern nach einer meiner neuen Visitenkarten, die auf dem Schreibtisch lagen. «*Ex und Hopp* – Trennungsagentur» stand darauf. Oben links prangte das Logo: ein schmelzender Ehering. Man sah das Gold am linken Kartenrand heruntertropfen. In der Mitte stand mein Name und meine neue Berufsbezeichnung: Anne Geiger – *Divorce Planner.*

Im Hintergrund lief leise *50 Ways To Leave Your Lover* von Paul Simon, das bei Gesprächen mit den Betroffenen künftig auf Dauerrotation dudeln sollte. Der Song sollte gewissermaßen eine unbewusste Entscheidungshilfe zu unseren Gunsten sein. Eine Art Autosuggestion oder akustische Erinnerung daran, warum die Frauen hier waren.

«Nach dreißig Jahren», schluchzte Frau Häcker, «hat Walter mich für eine Dreißigjährige verlassen. Und das, nachdem ich getan, gemacht, gekocht und geputzt und seine Launen ertragen habe, die Geschäftspartner unterhalten und unsere Kinder aufgezogen habe. Und jetzt? Jetzt stehe ich vor dem Nichts.»

Kraftlos ließ sie sich in ihrem zerknitterten Kostüm in den Sessel neben dem Fenster fallen. «Niederträchtig, absolut niederträchtig, finden Sie nicht auch?» Sie wirkte so erschöpft, als wäre sie gerade den Fernsehturm hochgeklettert.

«Absolut, Frau Häcker, absolut», pflichtete ich ihr bei und setzte mich in den Sessel ihr gegenüber. Ihre Tränen gingen mir nah. Aber vor allem brauchte sie jetzt Zuspruch. Ich reichte ihr ein Taschentuch.

Als sie danach griff, segelte meine Visitenkarte, die sie eben noch fest umklammert hatte, tränendurchtränkt zu Boden.

Um nicht mit ihr mitzuweinen, versuchte ich mir Yvonnes ABC der anteilnehmenden Gesprächsführung in Erinnerung zu rufen, das sie mir die ganze Woche über eingeimpft hatte: «A wie Augenkontakt halten, B wie betroffen nicken und C wie charmant dafür sorgen, dass die Betroffene anbeißt – die Frauen sollen sich voll und ganz verstanden fühlen.»

Es fiel mir nicht schwer, mein Mitgefühl war echt.

«Ihr Mann hat vielleicht Nerven, Sie so auszunutzen und dann einfach zu verlassen und sogar noch fies nachzutreten.» Ich beugte ich mich vor und nahm ihre Hände. «Das schreit nach Genugtuung», sagte ich ernsthaft empört und sah ihr tief in die Augen. «Wissen Sie, es gibt drei Gattungen von Exfrauen: diejenigen, die sich selbst die Schuld am Scheitern ihrer Ehe geben und für den Rest ihres Lebens leiden. Dann gibt es die Frauen, die meinen, verdrängen zu können, und sich in den Selbstbetrug flüchten. Schließlich sind da noch die Kämpferinnen, die ihren Ex mit einem deftigen Ritual zum Teufel jagen und danach ganz neu anfangen können.» Ich machte eine Pause. Dann fragte ich: «Zu welcher Kategorie möchten Sie zählen?»

Frau Häcker blickte mich prüfend an. «Wenn man Sie so sieht, so aufgeräumt und selbstbewusst», schmeichelte sie mir, «dann scheint mir die dritte Variante wohl die gesündeste.»

«Eine gute Entscheidung.» Kurzerhand drückte ich ihr unseren Prospekt in die Hand, der gerade frisch aus der Druckerei gekommen war. «Die Devise von *Ex und Hopp* lautet: Nichts ist zu abwegig, um es in die Tat umzusetzen. Deshalb haben wir drei ganz besondere Pakete für unsere Kundinnen geschnürt.»

Sie blätterte interessiert in den Seiten herum und blieb schließlich bei unserem Angebot «Omertà: Schweig oder stirb» hängen.

«Das will ich!», sagte sie so entschlossen, dass sich jedes weitere Wort erübrigte.

Am Freitag darauf, inzwischen war es Mitte Dezember, trafen wir uns nachmittags an den Landungsbrücken. Ein eisiger Wind kroch mir die Arme und Beine hoch. Beim Blick über den Hafen fühlte ich mich fast wie in einem Gemälde von Caspar David Friedrich: Die Elbe war von Nebel überzogen, die großen Werften und Hafenkräne nur noch aufgrund ihrer Lichter zu erahnen.

Ich schickte ein kurzes Dankgebet an Petrus: Er hätte sich kein passenderes Wetter für unseren Anlass aussuchen können. Heute wollten wir Frau Häcker helfen, einen Schlussstrich unter ihre Ehe zu ziehen. Und zwar mit einem personalisierten Loverboy, den wir während der Veranstaltung versenken würden.

Für die heutige Zeremonie hatten wir eine Barkasse gemietet. Yvonne, ihr Assistent Leroy, der mit seinem schwarzen Anzug und der verspiegelten Ray-Ban aussah wie der Pate persönlich, und ich warteten bereits an Bord, als wir Frau Häcker mit einer Horde aufgetakelter Damen auf uns zukommen sahen. Sie waren eingehüllt in dicke Steppmäntel mit Pelzkragen und trippelten auf Stöckelschuhen die Gangway der «Andrea Doria» hoch. Mindestens die Hälfte von ihnen, das wusste ich aus den Gesprächen mit Frau Häcker, hatte ihren Mann ebenfalls an dessen zweiten Frühling verloren. Umso mehr freuten sich die Frauen auf unser Event, das ihnen die

Möglichkeit bot, nachträglich mit der Vergangenheit abzurechnen.

Yvonne hatte sich eine kleine Kamera an ihre schwarze Jil-Sander-Strickmütze geklemmt und filmte die Ankunft der Amazonen in Fell. Eine weitere Kamera war an der Reling installiert. In ihren silbernen Moonboots und der schwarzen, enganliegenden Skihose sah Yvonne aus, als wäre sie beim Après-Ski in Kitzbühl und nicht bei der Arbeit. Aber Mode war nun mal ihre Religion, und die unterschied bekanntlich nicht zwischen Privatem und Beruflichem.

Als die letzte Dame an Bord gestöckelt war, ließ der Kapitän die Leinen los. Das Horn tutete, und er lenkte die kleine Barkasse gekonnt durch die vielen Eisschollen. An der Blohm+Voss-Werft vorbei ging es zur anderen Flussseite Richtung Finkenwerder.

Fröstelnd schloss ich meinen Mantel fester um mich und vergrub meine Hände tief in den Taschen. Ich war Yvonne dankbar, dass sie die Eröffnungsworte übernahm.

«Herzlich willkommen auf der ‹Andrea Doria›. Herzlich willkommen, liebe Damen, zur heutigen Vollstreckung», sagte sie, und schon nach den ersten Worten brandete Applaus auf. Unsere Gäste waren offenbar bester Stimmung. Nach ein paar Worten über untreue Männer im Allgemeinen wurde Yvonne konkret. «Wir wollen heute von Walter Abschied nehmen, der uns gleich für immer verlassen wird. Denn weil er weder den Anstand besaß, das heilige Eheversprechen zu halten, noch, seinen Mund bei seinem feigen Abgang, wird er heute auf die einzige Art von uns gehen, die ehrlose Männer wie er verdienen: auf die gute alte Mafia-Art!»

«Jaaa!», grölten die Damen aus tiefstem Herzen.

«Und dabei werden wir unbarmherzig und mit voller Härte vorgehen», setzte Yvonne noch einen drauf.

Als Zeichen ihrer Zustimmung prosteten sich die Frauen mit ihren bis zum Rand gefüllten Champagnergläsern zu.

Während Yvonne noch redete, brachte Leroy den zusammengefalteten Gummi-Walter in Form. Ich war sehr zufrieden mit unserem Prototypen. Noch vor ein paar Tagen hätte ich nicht vermutet, dass ein Plastikduplikat so echt aussehen konnte. Wir hatten im Eiltempo Vergleichsangebote bei Dutzenden Druckereien eingeholt und dann bei denen mit dem besten Preis-Leistungs-Verhältnis jeweils einen Musterboy geordert. Die Ergebnisse waren verheerend gewesen. Zum Teil waren die Gesichter verpixelt und kaum erkennbar. Bei einigen wirkten Augen, Ohren und Nase so überproportional im Plastikgesicht, dass man das Gefühl hatte, einer schlechtgemachten Karikatur des Ex gegenüberzustehen. Bei anderen wiederum war das Material von solch minderer Qualität, dass der Loverboy nach dem Aufblasen gleich geplatzt war. In einem katholischen Kaff im Schwarzwald schließlich waren wir fündig geworden. Ein kleiner Familienbetrieb, bei dem nicht nur der Preis stimmte, sondern auch die Qualität, wie wir nun bei Walter sehen konnten.

Leroy setzte die elektrische Luftpumpe an, und auf Knopfdruck blies sich Frau Häckers Plastikgatte vor uns auf wie ein untrainiertes Michelin-Männchen. Er sah zum Schreien aus mit seinen aufgedruckten grauen Haaren, dem schwarzen Schnauzer und der Brille auf der platten Nase.

Wie erwartet waren auch die Reaktionen der Gäste überwältigend, als sie Walters Alter Ego präsentiert bekamen. Die Frauen johlten: «Walter! Walter!»

Eine besonders Beschwipste rief: «Ausziehen!» Dabei war der arme Gummimann bereits splitterfasernackt.

«Aber meine Damen», sagte Leroy lachend, «wollen wir Walter nicht lieber etwas anziehen bei dieser Kälte?»

Frau Häcker verzog angewidert das Gesicht. «Ja, bitte. Ich musste den Anblick seiner Wampe lange genug ertragen.»

Unsere Gäste waren schnell überzeugt und riefen: «Anziehen! Anziehen!» Ich war überrascht, wie ungeniert gerade die Damen aus der gehobenen Gesellschaft auf die Etikette pfiffen – und das vor laufenden Kameras. Offensichtlich funktionierte Yvonnes Trick, die Action Cam so unauffällig mitlaufen zu lassen, dass sich niemand gestört fühlte.

Frau Häcker hatte uns bereits am Vortag Walters teuersten Smoking für die Anprobe ins Büro gebracht. Die Puppe war deutlich schlanker als der echte Walter, daher musste ich den Zwirn mit Sicherheitsnadeln enger machen – ganz vorsichtig natürlich, damit ihm nicht schon vor seinem Einsatz die Luft ausging.

Wie schon beim Fitting half mir Leroy dabei, den Loverboy anzukleiden und ihm seine gepunktete Krawatte umzubinden. Walters Plastikfüße steckten wir für einen sicheren Stand in zwei Schirmständer. Leroy schob dem Gummimann dann noch einen Stuhl unter den Hintern, schlang ihm mehrmals ein Seil um den Körper und knebelte ihn mit einem schwarzen Tuch.

Yvonne stand derweil etwas abseits, um die Szenerie filmisch einzufangen. Aus dem Augenwinkel sah ich, wie sie sich das Lachen verkneifen musste – um den Schein zu wahren, vor allem aber der Bildqualität zuliebe.

Nun konnte die Show beginnen: Leroy bat die Anwesenden, sich im Halbkreis um Walter herum aufzustellen. Dann erteilte er Frau Häcker das Kommando. Doch sie schien zu zögern. Alle warteten auf ihren Einsatz, während sie wie eingefroren dastand und ihren Gummi-Ex anstarrte. War die Begegnung zu viel für sie? War sie doch noch nicht bereit, endgültig Abschied zu nehmen und etwas Neues zu starten?

Mit einem Ruck setzte sie sich schließlich in Bewegung und blieb vor der gefesselten Puppe stehen. Drohend baute sie sich vor Walter auf, ihre blauen Augen funkelten wild.

«Du hast mich betrogen, gedemütigt und entsorgt wie eine alte Batterie», rief sie gegen den Wind an. «Für eine Frau, die dir Salami verkaufen sollte. Stattdessen hat sie sich wohl an deiner Salami vergriffen.»

Johlende Rufe aus dem Freundeskreis.

«Also, was hast du zu deiner Verteidigung zu sagen?» Als der Gummi-Walter nicht antwortete, fragte sie scharf, ohne den Blick von ihm zu wenden: «Nichts? Das hab ich mir gedacht. In 30 Jahren hast du ja kaum die Zähne auseinandergekriegt, warum also jetzt? Ich hoffe, du erstickst an all den ungesagten Worten.» Mit einem Mal ging sie auf Walter los und packte ihn so fest an der Krawatte, als wollte sie die Worte doch noch aus ihm herausschütteln.

Leroy sah mich beunruhigt an. Offenbar machte er sich Sorgen um Walters Wohlergehen.

Eilig trat ich neben die aufgebrachte Frau Häcker, legte ihr beruhigend eine Hand auf die Schulter und fragte vorsichtig: «Wollen wir jetzt zur Tat schreiten?»

Ich wusste, was in ihr vorging. Es war nicht einfach. Aber sie war stark, und mit unserer Hilfe würde sie es schaffen.

Sie nickte ergeben und ließ von Walter ab.

Leroy und ich lösten Walters Fesseln und beschwerten seinen Rumpf mit zwei Ziegelsteinen. Dann trotteten wir mit dem Unhold zwischen uns zur Reling. Die Frauen folgten uns.

Leroy räusperte sich und bat um Ruhe: «Liebe Damen, wir kommen jetzt zum entscheidenden Teil unserer Hinrichtungsfeier, der Versenkung.» Dann röchelte er mit veränderter Tonlage den typischen Gangsterfilm-Satz: «Es ist nichts Persönliches, es geht nur ums Geschäft», und übergab den Loverboy feierlich an Frau Häcker.

Mit festem Griff um seinen Oberarm blickte sie ihrem untreuen Gatten lange ernst in die bebrillten Augen, bevor sie ihn unter großem Jubel über Bord schleuderte. Als Walter gluckernd unterging, brüllte sie mit hochrotem Kopf: «Ersaufe an meinen Tränen!»

Ich war beeindruckt. Beate Häcker hatte es getan. Sie hatte mit ihrem untreuen Mann ein für alle Mal abgerechnet.

Als sie sich zu uns umdrehte, sah ich, dass sie nicht weinte, sondern lachte. «Herrlich! Ich fühle mich richtiggehend befreit», freute sie sich.

Aber die gute Stimmung fand ein jähes Ende, als die Gummipuppe blitzartig wieder auf der Wasseroberfläche erschien. Fast wirkte es, als würde Walter es sich dort gemütlich machen, er trieb wie ein tiefenentspannter Rückenschwimmer neben unserer Barkasse vor sich hin.

Ich hielt den Atem an. Warum nur hatten wir vorher nicht ausprobiert, ob die Steine schwer genug waren, um die luftgefüllte Puppe unter Wasser zu halten?

«Walter ist wieder da!», stöhnte Frau Häcker, der Ohnmacht nah. «Wie ein Zombie, einfach nicht kaputt zu kriegen.»

Eine Freundin fächelte ihr mit einem Hut Luft zu. Doch mit einem Mal kam wieder Leben in Frau Häcker. Fest entschlossen rannte sie zu einem Notrufkasten an der Schiffswand und holte etwas heraus, das aussah wie eine dicke orangefarbene Zigarre. Ihre Begleiterinnen lachten laut auf und feuerten sie an.

Ich brauchte einen Moment, bis ich verstand, dass es sich um eine Signalrakete handelte. Was hatte sie damit vor? Ich verspürte den Drang, sie aufhalten zu müssen, und ging zügig auf sie zu, um ihr das Geschoss abzunehmen.

Doch sie ließ sich nicht beirren, sondern stürmte geradewegs zur Reling. Sie beugte sich über die Brüstung, zog den Abreißzünder und exekutierte Walter mit einem gezielten Schuss zwischen die Augen.

«Nach ihm die Sintflut!» Es klang wie ein Schlachtruf, als ihr Ex vor unseren Augen explodierte. Erleichtert lachte sie auf. «Wozu so ein Segelschein nicht alles gut ist!»

Ihre Freundinnen rannten zu ihr und umarmten sie. Yvonne, Leroy und ich traten an die Reling und schauten gebannt zu, wie Walters versengte Hülle langsam sank. Wir starrten auf den Feuerball, der noch Minuten später so rot in der Luft glühte wie Frau Häckers Gesicht.

Dann hörten wir auch schon die Sirene der Wasserschutzpolizei.

12. DER SCOOP

Marthas Getzwitscher: ++ Heute nur kurz vor der Blankeneser Bahnstation geparkt, um Blumen zu kaufen ++ schließlich erwarte ich morgen Gäste ++ Prompt einen Strafzettel bekommen ++ Statt zu pöbeln, habe ich auf Altersmilde gesetzt ++ eine Gerbera aus meinem Strauß gezogen und dem Polizisten überreicht ++ Er hat geguckt wie ein Auto, dann aber tatsächlich mit einem verschwörerischen Blick den Strafzettel zerknüllt ++

Das helle Klingeln der Türglocke kündigte mich an, als ich am nächsten Tag Lissies Buchgeschäft betrat. In der Mittagszeit schloss sie den Laden für eine halbe Stunde, um Zeit zum Wegräumen der gelieferten Bücher und für einen kleinen Snack zu haben. Ab und an brachte ich ihr eine Kleinigkeit zu essen vorbei oder half ihr beim Sortieren. Ich liebte diesen Ort: die alte rot lackierte Eingangstür, die deckenhohen Regale aus dunklem Holz, die Tische mit Stapeln von Büchern und nicht zuletzt der antike Verkaufstresen. Dahinter stand meine Freundin und lächelte mir erwartungsvoll entgegen.

«Hab ich einen Hunger!», sagte sie statt einer Begrüßung und schloss hinter mir ab. Ich hatte uns Sushi besorgt und stellte die Boxen nach einer kurzen Umarmung auf den kleinen Bistrotisch neben dem Tresen. Dort servierte Lissie ihren Kunden auf Wunsch einen Kaffee oder einen Tee.

Beinahe wäre ich über eine halb ausgepackte Bücherkiste gestolpert. Ganz oben lag Richards neuestes Buch «Im Sturm der zitternden Herzen». Ich hatte schon von einer ehemaligen Verlagskollegin gehört, dass der neue Stark-Band erscheinen würde. Ihn hier in Lissies Reich zu sehen versetzte mir trotzdem einen kleinen Stich, zumal es nicht schwer zu erraten war, wem dieser Titel gewidmet war. Der besagte Sturm würde Richard und Babette geradewegs in mein Zuhause wehen, während ich jede freie Minute nutzen musste, um mich mit Dutzenden anderen Interessenten durch miefige und überteuerte Löcher zu quetschen. Für Richard und seine zitternde zweite Herzhälfte konnte es zurzeit nicht besser laufen, dachte ich verärgert.

Um uns die Mittagspause nicht zu verderben, tat ich so, als hätte ich gar nicht gesehen, über wessen Werk ich da beinahe gestürzt wäre.

Insgeheim beneidete ich Lissie um ihr Geschäft und die kuschelige, etwas verkramte Atmosphäre. Sie war vernarrt in Literatur und besaß ein großes Verkaufstalent. Kein Kunde verließ ihren Laden, ohne dass er nicht etwas erstanden hätte. Für jeden fand sie zielsicher ein Buch, auch für denjenigen, der vorher gar nicht gewusst hatte, dass er es unbedingt brauchte. Lissie konnte ungemein überzeugend sein. Denn sie meinte, was sie sagte: Wenn sie von einem Werk schwärmte, dann kamen ihre Worte aus tiefster Seele. Die meisten der Bücher, die bei ihr in den Regalen standen, hatte sie selbst gelesen. Wie sie dieses Lesepensum schaffte und dabei noch den Laden schmiss und für ihre Familie da war – das würde mir immer ein Rätsel bleiben. Meine Freundin verfügte wohl über magische Kräfte, die die Grenzen von Raum und Zeit aufheben konnten.

«Mensch, Anne, was ist das für ein Scoop, den ihr da gelandet habt!», lachte Lissie, während wir unsere Sushi-Verpackungen aufrissen.

«Ja, das war wirklich nicht vorauszusehen.»

Ich hatte meiner Freundin noch gestern Abend am Telefon erzählt, wie unser erstes Event verlaufen war – und in welchem Chaos es geendet hatte. Die Wasserschutzpolizisten waren an Bord gekommen und hatten uns verwarnt. Ein Notsignal dürfe nicht einfach «zum Spaß» abgefeuert werden.

«Das war nicht zum Spaß», hatte ich eingewandt. «Es war quasi ein Notfall.»

Doch der Polizist hatte mich nur streng angesehen. Von Humor keine Spur. Wie schaffte es Martha bloß, sogar gestrenge Gesetzeshüter milde zu stimmen, fragte ich mich in Erinnerung an ihr morgendliches Posting.

Frau Häcker hatte sich zu Wort gemeldet und erst einmal alles noch schlimmer gemacht: «Wir haben meinen Mann in der Elbe versenkt.»

Die Polizisten – ein Mann und eine Frau – sahen sich alarmiert an.

«Das müssen Sie sich mal vorstellen: Mein Mann hat mich verlassen, um mit einer Wurstverkäuferin davonzumarschieren. Nach einem halben Leben, das wir zusammen verbracht haben!» Sie redete sich in Rage. «Aber jetzt, wo er auf dem Grund der Elbe liegt, geht es mir besser, das können Sie mir glauben.» Ihre Stimme bebte. Der Polizist packte sie am Arm. «Sie wissen schon, dass Sie ein Recht auf einen Anwalt haben?», fragte er scharf. Doch Frau Häcker redete ungeniert weiter. «Wegen der paar Überreste? Nicht nötig», lachte sie hysterisch auf. «Mein Anwalt wird Ihnen auch nichts anderes sagen, als dass der Preis eben hoch ist, den mein Mann für seinen Fehltritt zu zahlen hat. Die Villa, der Bentley und das Haus in Cap d'Antibes: alles meins. Und die Wurstverkäuferin kann von nun an kleine Brötchen schmieren.» Das Gesicht des Beamten verdüsterte sich, während seine Kollegin ungläubig den Kopf schüttelte über dieses freimütige Geständnis. Offenbar schienen sie etwas gehörig missverstanden zu haben, und ich griff schnell ein, bevor wir noch alle abgeführt wurden.

«Keine Sorge, nicht ihr Gatte, sondern eine Gummikopie von ihm wurde von uns versenkt», sagte ich und lächelte gewinnend.

«Sein hohles, aufgeblasenes Alter Ego», ergänzte Frau Häcker überdreht. «Obwohl: Inzwischen frage ich mich, wer hohler war: die Puppe oder Walter ...»

Die Polizisten waren sichtlich erleichtert, und die Kollegin des humorbefreiten Beamten fasste Frau Häcker tröstend an die Schulter. «Es tut mir leid, dass Sie so übel abserviert wurden. Wir hören so was dauernd. Sie glauben gar nicht, wie viele Familiendramen wir täglich erleben. Allerdings hatten wir es noch nie mit einem Opfer aus Plastik zu tun.» Verschwörerisch zwinkerte sie ihr zu.

Trotzdem kassierte Frau Häcker am Ende eine Anzeige. Doch sie wirkte gar nicht so unglücklich darüber. Im Gegenteil: Seit ihr Walter im Wasser versunken war, schien sie ein neuer Mensch zu sein. Auch ihre Freundinnen bedankten sich überschwänglich bei uns und versprachen, uns weiterzuempfehlen.

Das Auftauchen der Polizei hatte dem Abenteuer die Krone aufgesetzt. Fast hätte man glauben können, wir hätten die Beamten bestellt.

Als unsere Barkasse wieder an den Landungsbrücken einlief, wartete dort eine weitere Überraschung auf uns – in Gestalt eines Reporters der «Hamburger Morgenpost». Er hatte über Polizeifunk mitbekommen, was sich auf der Elbe abspielte, und war gleich zum Ort des Geschehens geeilt. Ungefragt machte er Bilder von uns und bestürmte Yvonne und mich mit Fragen. Yvonne war begeistert gewesen.

«Eine bessere PR können wir uns nicht wünschen», hatte sie mir zugeraunt, bevor sie sich dem Journalisten unterhakte und ihn in das nächstgelegene Café entführte. Sie erzählte ihm von der Idee hinter *Ex und Hopp*, von den Gummipuppen und den unzähligen unglücklichen Frauen, denen wir helfen wollten.

Noch gestern Abend hatten wir dann das Ergebnis unserer Pressearbeit in der Nachtausgabe der Hamburger Morgenpost bestaunen können: ein Foto von Frau Häcker in Action, wie sie auf die Puppe schoss. Das Filmen an Bord hatte sich auch in dieser Hinsicht als grandiose Idee erwiesen, denn das Bild von unserer schießenden Kundin stammte aus dem Videomaterial, das Yvonne dem Reporter ungefragt zur Verfügung stellte. Die Headline zum Artikel lautete: «Hier versenkt eine Frau ihren untreuen Ex!» Darunter war ein Foto von Yvonne und mir abgebildet, dazu stand in kleinen Lettern: «Und diese beiden helfen ihr dabei».

Lissie hatte den Artikel beim Einsortieren der Zeitungen entdeckt und konnte es noch immer kaum fassen. «Ihr werdet berühmt!», lachte sie und machte sich hungrig über das Sushi her.

Da klopfte jemand von draußen an die Scheibe.

«Ach, da ist Jana», erklärte Lissie und schloss kurz die Tür auf.

«Tag zusammen!» Unsere Freundin gab jedem von uns einen Kuss auf die Wange, dann rümpfte sie die Nase. «Rieche ich hier etwa toten Fisch?»

Ihr Blick fiel auf die Sushi-Verpackungen vor uns auf dem Tisch. Janas Gesicht verfinsterte sich. «Und auch noch in Plastik? Das ist doch wohl nicht euer Ernst! Denkt doch mal an eure Kinder – wollt ihr denn nicht, dass sie in einer sauberen Welt aufwachsen?»

Lissie und ich sahen uns schuldbewusst an. Jana war unser wandelndes schlechtes Gewissen. Ständig wollte sie aus uns bessere Menschen machen.

«Hast ja recht», gab ich zu. «Dafür kann ich dir eine positive Mitteilung machen. Yvonne und ich haben darauf bestanden, dass unsere Gummipuppen aus Bioplastik hergestellt werden!»

Fragend sahen sie mich an.

«Ja, sie bestehen aus Mais- und Kartoffelstärke und sind vollständig biologisch abbaubar. Damit klettert meine Ökobilanz doch wieder ins Plus, oder?»

«Darum geht es doch gar nicht», grummelte Jana, aber ich sah ihr an, dass sie wieder versöhnt war. «Dann war euer Happening gestern also keine Umweltverschmutzung?»

Ich nickte stolz.

«Was für eine Geschichte!», sagte sie anerkennend. «Dramaturgisch perfekt eingefädelt, das muss ich euch lassen.»

Ich lachte. «Nur dass es keine Absicht war ...»

«Die ganze Welt ist eine Bühne», erwiderte sie philosophisch.

Lissie legte ihre Stäbchen zur Seite. «Dein Buch über moderne Theater-Performance ist übrigens geliefert worden, Jana. Es steht hinten im Lager, ich hol es dir schnell.»

Kaum war Lissie mit einem kleinen Karton zurück, kramte Jana in ihrer Handtasche und zog einen Umschlag heraus.

«Habt ihr heute auch eine Einladung von Miss Piggy bekommen?» Sie wedelte mit einer Karte vor unseren Gesichtern herum.

Lissie kreischte auf. «Ja, mich hat beinahe der Schlag getroffen! Dass die noch mal aus der Versenkung auftauchen würde, hätte ich nie gedacht.»

«Wovon redet ihr?», fragte ich irritiert. Ich hatte noch

nicht in meinen Briefkasten geguckt. «Meint ihr etwa *die* Miss Piggy aus unserer Klasse?»

«Und ob!», riefen die beiden wie aus einem Munde.

Lissie, Jana und ich waren auf dem gleichen Gymnasium gewesen. Besagte Miss Piggy, eigentlich Stefanie Puntsch, ging damals in unsere Klasse. Seit sie mit zwölf Jahren ihre erste blond gefärbte Dauerwelle spazieren geführt hatte, klebte der wenig schmeichelhafte Spitzname an ihr wie Pattex. Man konnte sie ohne langes Nachdenken als unbeliebteste Schülerin des ganzen Jahrgangs bezeichnen. Das letzte Mal hatte ich sie auf unserer Abifeier gesehen. Als Jahrgangsbeste hatte sie die Abschlussrede gehalten. Und während sie geschlagene zehn Minuten das vorbildliche Engagement der Lehrer über den grünen Klee lobte, ging sie mit uns Mitschülern hart ins Gericht. Wer von uns glauben würde, derart faul und phlegmatisch, wie wir es seien, zu den künftigen Leistungsträgern der Gesellschaft zu gehören, der irre sich gewaltig und solle die Überreichung des Reifezeugnisses zum Anlass nehmen, möglichst bald zu wirklicher Reife zu gelangen. Die Lehrer applaudierten, während bis auf Miss Piggy ausnahmslos alle Schüler die Aula verließen. Zu unserer großen Überraschung hörten wir dann später, dass sie mit Lucky, dem Star der Schule, zusammengekommen war. Ludger Rosendorf, so sein bürgerlicher Name, war so etwas wie der Quarterback unseres Jahrgangs, der Schwarm aller Mädchen, eine stattliche Erscheinung mit breitem Kreuz und noch breiterem Grinsen. Doch abgesehen von seiner Optik hatte er nicht viel zu bieten gehabt. Von dem, was «künftige Leistungsträger» nach Miss Piggys Ideal ausmachten, war er zu Schulzeiten weiter entfernt als Miss Piggy vom Titel der Miss Germany.

«Also, zu was lädt Miss Piggy ein?», fragte ich erneut. «Heißt sie immer noch Stefanie Puntsch?»

«Dr. Puntsch-Rosendorf», erklärte Jana schmallippig.

«Sie hat Lucky geheiratet?»

Lissie nickte. «Gleich nach ihrem gemeinsamen Jurastudium, das Miss Piggy mit summa cum laude abschloss, während Lucky wegen Erfolglosigkeit zwangsexmatrikuliert wurde. Mit dem Geld von ihren Eltern soll sie ihn dann in eine Firma eingekauft haben. Ein Schelm, wer Böses dabei denkt.»

Es passte doch auf jeden Topf ein Deckel. Mir war Lucky immer zu glatt gewesen. Ich stand eher auf die Underdogs, die Unangepassten. Jana hingegen hatte damals eine Schwäche für ihn gehabt, auch wenn sie sich vermutlich eher die Zunge abgebissen hätte, als es heute noch zuzugeben. Gelandet war sie jedenfalls nie bei ihm. Vermutlich war sie schon damals zu kompliziert für schlichte Gemüter wie Lucky Rosendorf.

Ich nahm Jana die Karte aus der Hand und las den Einladungstext. Offenbar waren Steffi und Lucky vor zehn Jahren auf Mauritius auf den Geschmack gekommen, sodass sie nun bei winterlichen Minusgraden das Ehegelübde erneuern wollten. Als läge der Elbstrand im Indischen Ozean.

«Ihr habt nicht ernsthaft vor, da hinzugehen, oder?», fragte ich verwundert

Beide nickten eifrig. «Und du kommst natürlich mit», erklärte Lissie. «Mit Sicherheit hast du auch eine Einladung bekommen.»

«Selbst wenn, ich habe überhaupt keinen Bock auf multiple Vermählung», brummelte ich. «Dafür bin ich absolut nicht in Stimmung.»

«Ach, komm schon», bettelte Jana weiter. «Ich würde die beiden zu gerne mal zusammen erleben, den Schönling und das Biest.»

Lissie grinste. «Vielleicht ist es ja inzwischen andersherum: Miss Piggy hat sich entpuppt, und Ludger ist aus dem

Leim gegangen und hat 'ne Glatze. Bist du gar nicht neugierig?»

Mein Blick wanderte von der einen zur anderen. «Nein, danke.» Aber ich fühlte mich mit meiner Ablehnung allein auf weiter Flur.

«Vielleicht kommen ja noch ein paar andere aus der Schule», sagte Jana. «Ist doch spannend zu sehen, was aus allen geworden ist. Das könnte richtig lustig werden.»

«Oh ja, wir mischen die feine Gesellschaft mal ordentlich auf!», rief Lissie begeistert.

Wenn die beiden so Feuer und Flamme waren, konnte ich schlecht nein sagen. «Schön, ich bin überstimmt», seufzte ich.

Seltsam, dass die Ehe von Steffi und Lucky im Gegensatz zu meiner gehalten hatte. Der Gedanke ließ mich nicht los. Was war das Geheimnis ihrer Ehe? Warum hatte er ausgerechnet sie geheiratet? Doch wohl nicht nur, weil sie ihm beruflich auf die Beine geholfen hatte. Vielleicht war nach der Schule doch noch ein schöner Schwan aus ihr geworden? Was auch immer die beiden zusammengehalten hatte – es musste ein guter Klebstoff sein. Vielleicht war es wirklich ganz gut, zu der Veranstaltung hinzugehen. Es konnte ja nicht schaden, in Erfahrung zu bringen, warum die beiden noch im Glück schwelgten, während Richard und ich so grandios gescheitert waren.

13. MARTHA LÄSST DIE BOMBE PLATZEN

Marthas Getzwitscher: ++ Heute ist der große Tag ++ Ich halte es mit Sloterdijk ++ Ab jetzt wird sich alles ändern ++ alles fließt ++ alles kommt, wie es kommen muss ++ Ich könnte nicht glücklicher sein ++

«Wo ist Gerdi, Mama?», nölte Maja und durchwühlte auf der Suche nach ihrer Puppe meine Handtasche. Ihre Füße traten mich durch den Fahrersitz in den Rücken.

«Au!», rief ich und zuckte zusammen. Ich war gerade auf die Osterstraße eingebogen und versuchte, mich gleichzeitig auf den Verkehr zu konzentrieren und zu überlegen, wo Gerdi abgeblieben sein konnte. So wie Maja an ihr hing, hätte man meinen können, dass nicht ich oder Richard, sondern Gerdi ihre wichtigste Bezugsperson war. Wo zum Henker konnte sie sein? Als ich den Wagen aufgeschlossen hatte, war sie noch fest in Majas Umklammerung gewesen.

«Ohne meine Puppe fahre ich nicht weiter», jammerte meine Tochter und rüttelte an der Tür.

Ich konnte nur hoffen, dass die Kindersicherung standhalten würde, so klapprig, wie mein Mazda war. Gestresst drehte ich mich um und schimpfte: «Hör sofort auf mit dem Gerüttel!»

In dem Moment hörte ich ein Quietschen – das Auto vor mir hatte eine Vollbremsung hingelegt. Ich konnte gerade noch rechtzeitig in die Eisen steigen. Wir wurden in die Gurte gedrückt, und das Auto kam abrupt zum Stehen.

Ich sah einen Fahrradkurier in knallbunter Montur in einem Affenzahn davonfahren und keine Sekunde später, wie

Majas Puppe in hohem Bogen vor uns über die Motorhaube auf die Straße segelte.

Natürlich! Jetzt fiel es mir wieder ein: Ich hatte sie aufs Autodach gelegt, um Maja anzuschnallen. Panisch löste ich den Gurt, riss die Tür auf und sprang aus dem Wagen. Auch mein Vordermann stieg aus, ein älterer Herr in brauner Hose und kariertem Hemd.

«Ist Ihnen was passiert?», rief ich ihm zu, noch immer leicht zitternd vor Schreck.

Der Mann wedelte entschuldigend mit den Armen.

«Dieser Typ ist mir direkt vor die Kühlerhaube gegrätscht und dann einfach weitergefahren. Wohl lebensmüde, dieser Knilch.»

Die Autos hinter uns hupten wie empört. Schnell lief ich zu Gerdi und beugte mich zu ihr herunter. Wie sie da auf dem Asphalt lag, bot sie einen bemitleidenswerten Anblick. Ihre Augen waren verdreht, und die Polyesterhaare standen wirr vom Kopf ab. Vorsichtig nahm ich sie hoch und klopfte ihr den Staub ab – zum Glück waren noch alle Gliedmaßen dran.

Als die Puppe einen Augenblick später wieder auf ihrem Schoß saß, klatschte Maja begeistert in die Hände. «Hast du gesehen, Mama? Gerdi kann fliegen! Das muss ich gleich Tante Martha erzählen.»

Wir waren auf dem Weg nach Amaroo, zu unserem «Tantenwochenende». Genau wie ich liebte auch meine Tochter die Atmosphäre in der alten Villa mit ihren kleinen Erkern und Spitztürmchen, dem knarrenden Dielenboden, den vielen bunten Decken und Kelimkissen auf dem Sofa und dem riesigen Garten. Dort gab es unzählige verborgene Plätze hinter Büschen und Bäumen, in denen ein Kind den Blicken der Erwachsenen entkommen konnte. Ebenso in der Villa selbst: Hinter den schweren Brokatvorhängen an den Fenstern versteckte sich Maja genauso gern wie in dem alten Kleiderschrank in Marthas Schlafzimmer. Für Maja war es das größte Glück, sich mit ihrer Tante und Gerdi Geschichten auszudenken über die Geister, die in Amaroo herumspukten. Das hatte Martha ihr eingeredet. Selbst der Geruch der Villa war einzigartig. «Es riecht nach Amaroo», sagte Maja oft, wenn wir dort waren – und sie hatte recht. Seit ich denken konnte, duftete das Haus nach Lavendel und Rosenöl. Und ein bisschen nach Staub. Denn einige der Zimmer wurden schon seit Jahren nicht mehr genutzt, sie waren nur noch Aufbewahrungsort für alte Möbel und den Krimskrams aus Jahrzehnten, den niemand mehr benötigte, von dem Martha sich aber auch nicht trennen konnte. Die Dielen und Wände waren in einem armseligen Zustand, an einigen Stellen breitete sich Feuchtigkeit aus. Ich achtete darauf, dass Maja diese Räume mied, um ihre Gesundheit nicht zu gefährden. Für Martha aber war Amaroo ein gewachsenes Kunstwerk, das sie einfach nicht antasten konnte, obwohl es immer baufälliger wurde. «Das wäre wie ein Eingriff in das Karma des Hauses», pflegte sie abwehrend zu sagen, wenn ich ihr deswegen ins Gewissen redete.

Viele von Marthas Habseligkeiten stammten von ihren Reisen nach Asien, aber auch von den Flohmärkten im Hamburger Umland, auf denen sie liebend gern stöberte. «Ich bin Konsumpuristin», war Marthas Devise. «Kaufen, besitzen, übrig haben, wegschmeißen? Nicht mit mir! Erwerben auf Zeit, weitergeben, teilen, so funktioniert die Gesellschaft, in der ich leben möchte!» Diese Überzeugung dozierte sie gern in großer Runde. In Sachen Nachhaltigkeit und Konsequenz stand sie Jana in nichts nach.

Mal sehen, mit welchen Plänen sie uns heute überraschen würde. Martha hatte nämlich angedeutet, dass sie eine «sensationelle Neuigkeit» für uns habe. Was konnte sie damit meinen? Aus ihrem Morgen-Getzwitscher war ich nicht schlau geworden. Alles würde sich ändern? Steckte hinter der Neuigkeit etwa ein neuer Mann? Plante sie eine weitere Hochzeit? Dann war mein Mitbringsel ja genau richtig. Aus Lissies Laden hatte ich mir die Biographie der achtmal verheirateten Zsa Zsa Gabor mitgenommen. Ich kam gar nicht dazu reinzublättern, weil ich oft noch bis spät in die Nacht dasaß, um an neuen Ritualen zu arbeiten und über Vertriebs- und Werbewege für unsere Merchandisingartikel nachzugrübeln. Zum Glück musste ich mich nicht um die Weihnachtsvorbereitung kümmern, da verließ ich mich ganz auf Martha, bei der Richard, Maja und ich die letzten Jahre immer gefeiert hatten.

Nur noch zehn Tage, dann war Heiligabend, dachte ich, während ich auf die Elbchaussee einbog. Da durchfuhr es mich wie ein Blitz:

Was, wenn sie so kurzfristig noch unser gemeinsames Weihnachtsfest absagen wollte, um die Geburt ihres buddhistischen Meisters Songkhapa in Tibet zu feiern und ich allein mit Maja auf gepackten Kisten feiern müsste? Zu seinem 600. Geburtstag hatte sie uns an Weihnachten schon einmal hängen lassen. Damals war sie in ein Ashram gereist und nach vier Wochen ganz beseelt zurückgekehrt.

Aber nicht nur die angekündigte Neuigkeit beunruhigte mich. Mir graute auch vor Marthas inquisitorischen Fragen nach meiner Zukunft. Denn was meine Wohnsituation betraf, war ich noch keinen Schritt weitergekommen. Dabei stieg der Druck täglich. Ich hatte nur noch zwei Wochen Zeit, bis wir unser Zuhause für Richard und Babette räumen mussten. Bei dem Gedanken daran stieg Panik in mir auf.

Zum Glück hatte ich mit meinem neuen Job als «Divorce Planner» ein paar Punkte bei Martha gutgemacht. Sie hatte sich gefreut: Eine ganz neue Geschäftsidee – das war genau ihre Kragenweite.

Als wir uns jetzt Amaroo näherten, fiel mir auf, dass sich der Zustand der Villa in den letzten Monaten weiter massiv verschlechtert hatte. Die sonnengelbe Farbe war an so vielen Stellen abgeblättert, dass das Haus einen Grauschleier zu tragen schien. Und das schiefe Dach wirkte alles andere als vertrauenswürdig.

Doch Martha begrüßte uns wie immer strahlend und mit weit geöffneten Armen. Maja ließ sich liebend gern von ihr auffangen und herumwirbeln.

Gorbi sprang aufgeregt kläffend an uns hoch und schien uns regelrecht ins Haus zu drängen.

Der Duft nach Kaffee durchzog bereits den Eingangsbereich. Wir traten ein und wären beinahe über die zwei großen Lederkoffer gestolpert, die gepackt im Flur standen. Ich wunderte mich kurz darüber, kam jedoch nicht dazu nachzufragen, weil Maja ihre dreckigen Winterstiefel einfach in die Ecke pfefferte.

«Hey, so nicht, junge Dame. Wir sind hier nicht zu Hause. Stell deine Schuhe ordentlich hin», ermahnte ich sie.

Maja gehorchte, stellte ihre Stiefel an die Heizung im Flur und flitzte anschließend mit Gorbi, zwei Stufen auf einmal nehmend, die Treppen rauf Richtung Dachboden. Dort hatte sie bei unserem letzten Besuch mein altes Puppenhaus mit meiner Puppe Ramona entdeckt. Wie ähnlich sie mir war: Auch ich hatte am liebsten Familie gespielt, vermutlich weil meine eigene so zerrüttet war. Nun wiederholte sich das Ganze: Auch Maja war – dank Richards Fehltritt – aus ihrer heilen Welt verstoßen worden.

Martha schnipste mit den Fingern vor meinem Gesicht herum. «Hey, du Träumerin. Jetzt gibt es erst mal Friesentorte.

Diesmal habe ich extra viel Sahne und Pflaumenmus genommen.»

«Mmh, mir läuft schon das Wasser im Mund zusammen», erklärte ich. Marthas Friesentorte war legendär. Meist schaffte sie mehr als die üblichen drei Schichten aus Mürbeteig, Blätterteig, Schlagsahne und Pflaumenmus.

Sie sah an mir herunter. «Du kannst es dir erlauben. Hast du abgenommen, Liebelein?»

Wider Willen musste ich grinsen. «Wenigstens etwas Gutes hat die Trennung von Richard gehabt.»

Martha schob mich ins Esszimmer. Der lange Mahagonitisch, um den sich acht dazugehörige Stühle sowie ein Tripp Trapp für Maja gruppierten, reichte fast von einer Wand zur anderen. Über ihm hing eine scheußliche Tiffany-Lampe aus eingefassten bunten Glasteilen, die mich an Kirchenfenster erinnerten. Wirklich gut dagegen gefiel mir der antike Geschirrschrank mit der Glasvitrine, hinter der die Wein- und Crémantgläser und Marthas teures Porzellan zu sehen waren. Auf der adventlich gedeckten Tafel stand eine kleine hübsche Schale mit selbstgebackenen Plätzchen und die stolze Torte.

«Zur Feier des Tages ...», sagte sie geheimnisvoll.

«Was gibt es denn zu feiern? Und was hat es mit den Koffern auf sich?», fragte ich.

Als ich mir einen Weihnachtskeks stibitzen wollte, klopfte mir Martha auf die Finger. «Wir warten noch auf jemanden.»

Also hatte ich mit meiner Ahnung richtig gelegen!

«Willst du mir etwa schon wieder einen neuen Mann präsentieren?»

Martha kicherte. «Nicht nur das. Er bringt auch noch jemanden mit!»

Ich musste schlucken. Was heckte sie denn jetzt schon wieder aus?

«Seine Frau?» Ich traute Martha alles zu.

«Das würde mich sehr wundern, da müsste sie schon aus dem Grab gesprungen sein», kicherte sie.

In diesem Moment klingelte es, und Martha stürmte zur Haustür, leichtfüßig wie ein junges Reh. Liebe hielt eben jung, dafür war meine Tante der beste Beweis. Kurz war Gorbis Kläffen zu hören, dann wurde es oben wieder still.

«Hallo ihr beiden!», hörte ich Martha im Eingangsbereich flöten. «Je später der Nachmittag, desto aufregender die Gäste ...»

Während sie mit wem auch immer noch im Flur blieb und schmatzende Kussgeräusche produzierte, betrat ein junger, recht großer Mann mit dunklen Haaren das Esszimmer. Er kam mir irgendwie bekannt vor.

«Ach, sieh an, du bist also Marthas Nichte», sagte er und kam auf mich zu.

Wo hatte ich diesen ironischen Zug um die Mundwinkel schon mal gesehen?

«Na, das erklärt einiges», murmelte er und gab mir die Hand. «Ich bin Felix.»

Ich sah ihn verwundert an. Woher kannte ich ihn bloß?

Dann half er mir auf die Sprünge: «Beim letzten Mal hast du mich aus deiner Wohnung geworfen ...»

Jetzt erinnerte ich mich: Das war der Kerl von der Wohnungsbesichtigung, der mit der blauen Arbeiterhose und den frauenfeindlichen Sprüchen! Der Mann, der sich ungefragt in mein Gespräch eingemischt und mich zur Weißglut gebracht hatte. In Jeans und grauem Sweater war er kaum wiederzuerkennen.

Wenn ich ehrlich war, sah er sogar richtig gut aus.

«Ich hatte ja auch allen Grund dazu», verteidigte ich mich. «So wie du mich angegriffen hast!»

«Zum Glück sind wir hier auf neutralem Boden ...», stellte er fest und griff sich ein paar Kekse.

«Gut», erklärte ich, «gehen wir also wie zwei Erwachsene miteinander um, meiner Tante zuliebe. Hast du denn inzwischen eine Wohnung gefunden?» Ich bemühte mich um eine möglichst unbeteiligte Miene.

«Nein, bislang hatte ich kein Glück. Aber wenigstens wurde ich nicht wieder rausgeworfen.»

«Tja, dann scheinst du ja aus deinen Fehlern gelernt zu haben. Sich mit den Vermietern anzulegen und sie als Kampf-Emanzen zu titulieren steigert ja nicht unbedingt die Chancen auf einen Mietvertrag.» Den Seitenhieb konnte ich mir nicht verkneifen.

Felix sah mich grimmig an. «Nach allem, was ich über dich weiß, war der Vergleich doch mehr als treffend. Oder war das eine Falschmeldung, dass Männer bei dir auch gerne mal in der Elbe landen, wenn du sie nicht vorher hast einbuchten lassen?»

«Tja, dann solltest du dich wohl besser von mir fernhalten», gab ich bissig zurück. «Man kann nicht vorsichtig genug sein.»

Ich schnaubte verärgert. Hatte eigentlich jeder diesen Artikel in der Hamburger Morgenpost gelesen? Selbst Richard hatte mich deswegen angerufen. Nach einem längeren Monolog darüber, ob nicht Liebe statt Rache die Triebfeder und das Ziel allen Handelns sein sollte, hatte er sich am Schluss doch noch dazu herabgelassen, mein dramaturgisches Handwerkszeug zu würdigen. Man würde merken, hatte er schmunzelnd angemerkt, dass ich einen guten Lehrmeister gehabt hätte. Ich hatte das nur müde weggelächelt. Letztlich ging es ihm doch immer darum, sich am Ende selbst zu loben.

Von der Tür hörte ich Marthas Stimme: «Anne und Felix werden sich lieben, da bin ich ganz sicher.»

Ich blickte mich um und sah einen älteren Herrn mit grau meliertem Wuschelhaar und einem bunten Schal um den Hals hereinkommen. Er war genau der Typ, auf den meine Tante seit jeher flog: durch und durch der intellektuelle Künstler. Sie hatte den Arm um ihn gelegt.

«Darf ich vorstellen: Das ist mein Elmar.» Sie warf ihm einen verliebten Blick zu. Dann wandte sie sich wieder zu mir. «Und seinen Sohn Felix kennst du wohl schon?»

«Allerdings», murrte ich. «Ich habe etwas, das er gerne hätte.» Besser gesagt: Ich hatte etwas, das er gerne gehabt hätte, dachte ich insgeheim. Die Zeiten, in denen ich etwas besaß, worum mich andere beneideten, waren wohl endgültig vorbei.

«Zum Beispiel schlechte Umgangsformen?», fragte Felix trocken.

Martha wedelte mit spielerischem Tadel ihren Zeigefinger in unsere Richtung. «Kinder, Kinder, wer wird denn an einem so herrlichen Tag ein solches Miesepetergesicht ziehen? Es ist doch phantastisch, wie sich alles fügt. Wenn ich es nicht längst täte, dann würde ich spätestens jetzt an Vorherbestimmung glauben. *Alles fließt. Alles kommt, wie es kommen muss.*»

Während ich noch dachte, dass im Moment nichts floss außer der negativen Energie zwischen Felix und mir, hob dieser bei ihren letzten Worten fragend die Schultern. Von ihrem Getzwitscher hatte er offensichtlich noch nichts gelesen.

Sie räusperte sich demonstrativ. «Setzt ihr euch jetzt bitte? Dann erkläre ich euch, was ich meine.»

Martha nahm am Kopfende des Tisches Platz, während ich mich zu ihrer Rechten setzte. Felix platzierte sich neben mich, offenbar um seinem Vater, der sich noch an einer mitgebrachten Flasche Crémant zu schaffen machte, den Stuhl neben Martha zu überlassen.

Die gespannte Stille wurde von dem knallenden Korken

unterbrochen. Elmar ging zum Schrank, um Sektgläser zu holen, und schenkte ein. Offenbar kannte er sich in Amaroo ebenfalls bestens aus.

«Darf ich fragen, wie lange ihr euch schon kennt?», fragte ich. Irgendwie fühlte ich mich plötzlich übergangen. Wieso hatte ich so gar nichts von Marthas neuer Lovestory mitbekommen? Im Stillen hoffte ich, dass sie sich diesmal mehr Zeit bis zum Jawort lassen würde als bei den vorherigen Kandidaten.

Martha kicherte. «Wir sind uns vor zwei Monaten im Wendland auf einem Meditationsseminar begegnet. Beim Lach-Yoga hat es gefunkt – ausgerechnet!»

Ich erinnerte mich, dass sie vorgehabt hatte, ihre Herbstmüdigkeit auf dem Land wegzumeditieren. Das war kurz nach meiner Trennung gewesen: Martha hatte mich noch gefragt, ob ich sie nach Lüchow-Dannenberg begleiten wollte, um Richard wegzuatmen. Doch inmitten meiner Wutphase war mir mehr danach, ihn und seine Gespielin mit lautem Geschrei wegzujagen statt friedlich wegzuatmen, und so fuhr sie ohne mich zu ihrem Workshop.

Dass am Ende ein Mann statt irgendwelcher Mantras ihre Lebensgeister geweckt hatte, überraschte mich nicht weiter. Aber ich fragte mich, warum Martha ihren neuen Freund bisher nicht erwähnt hatte. Oder war ich mit mir und meinem neuen Leben so beschäftigt gewesen, dass ich keine Antenne für die Belange anderer gehabt hatte?

«Keiner kann so ausdauernd lachen wie deine Tante», schwärmte Elmar. «Es war sozusagen Liebe auf den ersten Lacher.»

«Und keiner schreibt so wunderbare Liebesbriefe wie du.» Aus dem Augenwinkel sah ich, wie Felix sich irritiert seinem Vater zuwandte.

Martha nahm das Gesicht ihres Begleiters in die Hände und gab ihm einen innigen Kuss auf den Mund, der, wie es mir schien, gar nicht mehr enden wollte. Während ich mich verlegen wegdrehte, sah ich, wie Felix amüsiert den Kopf schüttelte. Was gab es denn da zu grinsen? War es ihm gar nicht peinlich, dass die beiden sich wie verliebte Teenager im Hormonrausch aufführten? Ich seufzte beim Gedanken daran, dass es bei weitem nicht der erste Fremdschäm-Moment war, den Martha mir bescherte.

«Lasst uns anstoßen, meine Lieben!», rief Martha, als sie sich endlich von Elmar gelöst hatte. «Wer weiß, wann wir uns in dieser Runde wiedersehen.»

Wenn es nach mir ginge, erst in einem anderen Leben, dachte ich, und warf Felix einen grimmigen Seitenblick zu.

Nach einer Kunstpause fuhr Martha fort: «Elmar und ich, wir steigen nämlich aus.»

Peng! Das war also die sensationelle Neuigkeit gewesen, die sie angekündigt hatte.

«Aber ... Heißt das ...», stammelte ich und sah Martha mit großen Augen an.

«Genau. Wir fahren einfach los, ohne Ziel, ohne Plan. Herrlich!» Martha strahlte wie ein Honigkuchenpferd. «Und als Erstes mache ich mich jetzt ganz frei.» Sie zwinkerte Elmar zu, der sich zu ihr beugte und ihr etwas ins Ohr flüsterte. Martha kicherte wie ein liebestolles Mädchen. «Du ungezogener Bursche, du!», lachte sie.

Ich räusperte mich genervt und blickte zu Felix, der nun auch mit den Augen rollte.

Nach einem weiteren Kuss wandte sie sich an uns: «Ich mache mich frei von Amaroo und all meinen irdischen Besitztümern. Nun ja, vielleicht nicht allen – ein bisschen was zum Leben brauchen wir ja auch.»

«Was habt ihr denn vor?» Felix schien genauso überrascht zu sein wie ich. Wir sahen uns etwas ratlos an.

«Ich verstehe nur Bahnhof», sagte ich leicht genervt. «Was genau heißt das? Wie lange wollt ihr denn weg sein? Und wann soll es losgehen?»

Martha sah mich seelenruhig an. «Du weißt doch, Liebelein: There is no time like the present. Elmars neues Wohnmobil ist startklar. Sobald ihr euch geeinigt habt, fahren wir los», sagte sie und sah zwischen Felix und mir hin und her.

«Wie geeinigt? Worauf denn?» Ich fühlte mich wie betäubt. Martha würde auf unbestimmte Zeit fort sein – und mich alleine zurücklassen. Dabei brauchte ich doch gerade jetzt, wo mein Leben ein einziges Chaos war, ihre Unterstützung. «Was bedeutet das alles?», fragte ich ungehalten.

«Das ist doch nicht so schwer zu verstehen: Ich verlasse Amaroo, und du ziehst hier ein. Die Villa gehört jetzt dir, Anne. Du kannst sie mit Felix' fachkundiger Hilfe umbauen und gestalten, wie du es dir wünschst. Ganz ohne störendes Einmischen und meine chronische Besserwisserei.» Sie zwinkerte mir zu. «Das nötige Kleingeld dafür bekommst du aus dem aufgelösten Bausparvertrag von Johann, ein Relikt aus spießigen Zeiten. Dafür darf Felix erst mal im Gartenhäuschen wohnen, bis er was Eigenes gefunden hat. Denn –» Sie warf Felix einen mitfühlenden Blick zu. «Also wir haben uns ...», versuchte Martha ihren Monolog fortzusetzen, als Elmar sie unterbrach.

«Es ist nämlich so, Anne: Mein Sohnemann hat es nicht so mit den Frauen. Außerdem kann er ja nicht ewig bei seinem Freund unterkriechen. Felix hat –»

Felix bekam einen mittelschweren Hustenanfall. «Danke, aber ich kann durchaus für mich alleine sprechen.»

Ich verstand nur Bahnhof. Wollte Elmar andeuten, dass

Felix schwul war? Und nicht dazu stand? Reagierte er deshalb so aggressiv auf Frauen?

«Hier kann sehr wohl jeder für sich alleine sprechen», unterbrach Martha ihn. «Aber erst wenn ich meine Rede beendet habe.» Martha, die es nicht schätzte, übergangen zu werden, sah die beiden Männer scharf an. «Ist das klar?»

Vater und Sohn nickten verdattert.

«Na also!», fuhr sie fort. «Ich habe mir das alles gut überlegt, Anne. Ich habe auf meine vitalen Tage Besseres vor, als mich um die Gebäudesicherung eines alten Kastens zu kümmern. Und es passt einfach perfekt: Felix wird dir beim Renovieren der Villa helfen, damit Maja und du euch wohl und sicher fühlen könnt.» Sie deutete auf Felix. «Er ist einer der begabtesten Architekten der Stadt. Und er braucht nach der Trennung von seiner Frau eine neue Bleibe. Wie gesagt: *Alles fließt. Alles kommt, wie es kommen muss.*»

Ich betrachtete Felix aufmerksam. Schwul war er also nicht. Dass er Architekt war, erklärte dann wohl auch seinen seltsamen Aufzug bei der Wohnungsbesichtigung. Wahrscheinlich kam er damals direkt vom Bau. Na, Shirt und Arbeiterhose waren immer noch besser als dieser uniforme Architektenlook aus schwarzem Rolli, Schal und eckiger Herbert-Wehner-Brille mit Fensterglas. Aber auch wenn Elmars Sprössling mit seinem Look tiefstapelte: Er blieb undurchschaubar. Und mit dem sollten Maja und ich hier wohnen? Wie stellte sich Martha das eigentlich vor? Eine Art Zweck-WG auf einer Dauerbaustelle?

Martha sonnte sich in ihrer Euphorie. «Das ist doch eine klassische Win-win-Situation. Wunderbar, nicht wahr?»

Erst nach und nach begriff ich, was Martha da vorschlug. Meine Gedanken rasten wild durcheinander. Ich fühlte mich überrumpelt und fragte mich, ob das Ganze nicht eher eine

Lose-win-Situation war. Meine Tante auf unbestimmte Zeit missen zu müssen fiel mir alles andere als leicht. Gleichzeitig bot sie mir einen möglichen Ausweg aus meiner Misere. Eben noch hatten Maja und ich mit einem Bein auf der Straße gestanden, jetzt schenkte sie uns ein Dach über dem Kopf. Noch dazu das Dach, unter dem ich mich seit jeher zu Hause fühlte.

Außerdem müsste ich nicht in einen Plattenbau ziehen, wie ich es mir in meinen schlimmsten Albträumen vorgestellt hatte. Gleichzeitig aber war die Villa wirklich in einem erbarmungswürdigen Zustand. Die meisten Zimmer waren gar nicht mehr bewohnbar, der Schwamm hatte sich in die Wände gefressen, die Fenster waren alt und ließen gerade jetzt im Winter die Kälte herein. Ein warmes und gemütliches Nest sah anders aus. Nur die vier Räume, die Martha nutzte, waren noch einigermaßen in Schuss. Andererseits konnte ich das Haus auf Vordermann bringen und es gestalten, wie ich wollte.

Aber mit diesem Felix als Mitbewohner – konnte das gutgehen? Mir schwirrte der Kopf.

«Eine Bitte habe ich allerdings noch», setzte Martha nach, und ich nickte bereits in vorauseilendem Gehorsam, ohne zu wissen, um was es überhaupt ging. Denn eine Bitte von Martha hatte selten den Charakter von Freiwilligkeit.

«Du musst dich um Gorbatschow kümmern. Du weißt doch, dass er sich in engen Räumen fühlt wie ein Küken in der Eierschale. Ich möchte ihm das Wohnmobil nicht zumuten.»

«Äh … Natürlich», stammelte ich, bereits ahnend, dass Gorbi nicht begeistert reagieren würde. Um bei Marthas Bild zu bleiben, Gorbi war fixiert auf sie wie ein Küken auf die Henne. Vermutlich würde er mich während ihrer Abwesenheit seine ganze Verachtung spüren lassen. Aber wie hätte ich Martha nach ihrem großzügigen Angebot etwas abschlagen können?

«Danke, meine Liebe», sagte Martha und fügte spitzbübisch hinzu: «So hast du gleich zwei Männer im Haus. Ist doch besser als keiner.»

Ich schüttelte genervt den Kopf.

In dem Moment kam Maja die Treppe heruntergepoltert. «Gorbi wird bei uns wohnen? Cool!», jubelte sie und hüpfte zum Tisch. Offenbar hatte sie die letzten Sätze mitbekommen. Gorbi selbst schien sein Schicksal noch nicht wahrhaben zu wollen. Verwirrt leckte er abwechselnd Elmar und Felix die Hand.

Am späten Nachmittag, nachdem Maja mit den beiden Männern das Gartenhaus inspiziert und Martha sich von jedem Raum und vor allem von Gorbi verabschiedet hatte, war es dann so weit: Martha und Elmar verstauten die letzten Taschen in dem silbernen Wohnmobil, das in der Einfahrt parkte, und gaben letzte Anweisungen.

Mein Hals war wie zugeschnürt. Ich hasste Abschiede. Aber wer tat das nicht – mit Ausnahme von Martha natürlich. Sie nahm einfach alles in ihrem Leben auf eine leichte Art und Weise.

«Ich bin nicht aus der Welt», raunte sie mir ins Ohr und umarmte mich fest. «Du kennst mich doch: Ehe du dich's versiehst, stehe ich schon wieder auf der Matte. Außerdem werde ich regelmäßig tzwitschern, wo wir sind und was wir so anstellen.» Vergnügt zwinkerte sie mir zu.

Sie schien sich unbändig auf ihr Abenteuer mit Elmar zu freuen – und ich gönnte es ihr von Herzen. Darum unterdrückte ich meine Tränen und versuchte ein Lächeln.

Maja dagegen trug den Abschied deutlich gefasster. Wahrscheinlich hatte sie sich einfach inzwischen daran gewöhnt, dass sich ihr Leben von einem Augenblick zum anderen ändern konnte. Richards Auszug hatte sie wohl für Szenen wie diese gestählt. Außerdem freute sie sich riesig auf die Aussicht, in Amaroo zu wohnen und einen Hund wie Gorbi zu haben.

«Tschüss, Tante Martha», sagte Maja und ließ sich noch einmal fest von ihr drücken. Dann rannte sie zurück ins Haus, vermutlich zu Gerdi und Ramona unters Dach, um ihnen die große Neuigkeit zu verkünden.

Elmar ließ das Wohnmobil mit einem lauten Röhren an. Er und Martha winkten aus den Fenstern und fuhren mit einem Hupkonzert davon.

Felix und ich sahen ihnen nach, bis der Campingbus um die Ecke bog und verschwand. Ich merkte, wie mir die Tränen in die Augen schossen. Schnell drehte ich mich von Felix weg, als ich etwas Feuchtes an meinem Knöchel spürte. Ich blickte hinunter und traute meinen Augen nicht: Gorbi hatte mir soeben ans rechte Bein gepinkelt!

Felix presste sich die Hand vor den Mund, um nicht loszulachen.

«Na, da scheinst du ja einen richtigen Fan zu haben», kicherte er.

Der Typ hatte Nerven! Erst nistete er sich hier ein, und jetzt war er auch noch schadenfroh. Ich bedachte ihn mit einem bösen Blick, ließ ihn stehen und ging ins Haus.

14. STILLE NACHT, GUTE NACHT

Marthas Getzwitscher: ++ Nach Stationen in Wien und Prag Ankunft in Zagreb ++ In der Kathedrale wird eine Messe zur Heiligen Nacht abgehalten ++ Der Priester fragt in mehreren Sprachen, wer sich taufen lassen möchte ++ Elmar und ich zeigen aus einem Impuls heraus auf ++ Der Priester macht Ernst ++ Nach der Messe Gang ins Taufbecken, zum zweiten Mal im Leben ++ Doppelt hält eben besser ++

Es war der 24. Dezember, mittags, und der Umzugswagen war immer noch nicht da. Seit Stunden regnete es in Strömen, und der Garten der Villa verschwand unter einer grauen Schneematschdecke. Mir war es gleich, dass die weiße Weihnacht gerade im Begriff war, sich vor meinen Augen in Wasser aufzulösen. Nur für Maja tat es mir leid. Aber bislang schien sie den Umzug und alle damit einhergehenden Veränderungen gut zu verdauen. In Gorbi hatte sie einen echten Vertrauten gefunden. Die beiden waren unzertrennlich.

Wen ich mir in diesem Moment herbeisehnte, waren Lissies Mann Marc und die zwei «gemieteten» Studenten, die den vollgepackten Transporter längst hätten ausladen sollen.

Nach Marthas Abschied hatte ich den Entschluss gefasst, so schnell wie möglich umzuziehen und bereits Weihnachten in Amaroo zu feiern. In gerade mal zehn Tagen hatte ich den kompletten Umzug organisiert, alle Sachen gepackt und auch in der Villa etwas klar Schiff gemacht. Mehr als das Notwendigste war aber in der kurzen Zeit nicht zu schaffen.

Dass der eigentliche Umzugstag auf Heiligabend fallen würde, hatte sich erst in den letzten Tagen so ergeben. Aber wenn wir schon an einem Termin wie heute umzogen und das Haus mehr Chaos als festliche Stimmung verbreitete, wollte ich Maja zuliebe wenigstens pünktlich mit der Bescherung beginnen. Immerhin stand im Wohnzimmer schon ein Weihnachtsbaum, wenn auch ungeschmückt. Bis es so weit war, passte Lissie auf meine Tochter auf. Doch nun das: kein Transporter, keine Helfer weit und breit.

Völlig durchnässt lief ich in der Auffahrt auf und ab.

Als ich gerade zum dritten Mal bei Lissie anrufen und fragen wollte, ob sie etwas von ihrem Mann gehört hatte, klingelte mein Handy. Es war Marc. «Anne, wir haben ein Problem. Die Jungs haben sich nach dem Einladen aus dem Staub gemacht.»

«Wie bitte?», rief ich. «Wozu habe ich ihnen denn einen Vorschuss mit Feiertagszulage bezahlt?»

«Damit sie jetzt noch auf den letzten Drücker ein paar Geschenke für ihre Freundinnen kaufen können. Darüber haben sie sich zumindest eben noch unterhalten», erwiderte Marc trocken.

Ich war der Ohnmacht nah. Erst abkassieren und dann hängenlassen – und das ausgerechnet am Fest der Liebe. «Wo bekommen wir jetzt Ersatz her?»

«Du machst Witze, Anne, es ist Heiligabend.»

In meinem Kopf schwirrte es, ich konnte keinen klaren Gedanken fassen.

Marc hatte recht: Die Situation schien ausweglos, es war keine Hilfe in Sicht. Lissie hütete die Kinder. Jana beging das Fest bei ihrer Großmutter im Pflegeheim, und Yvonne hatte angekündigt, nach Ibiza zu fliegen, um auf einer hippen «I hate X-Mas»-Party zu feiern. Ungebunden wie sie war, hatte sie sich bis gestern alle Optionen offengehalten. Nur ich stand hier wie ein begossener Pudel, der in knapp zwei Stunden den

Sprinter wieder bei der Autovermietung abgeben sollte. Leer, versteht sich.

Mir war ganz elend zumute. Während ich trotz meiner gelben Regenjacke und den Gummistiefeln immer nasser und immer frustrierter wurde, sah ich endlich Marc mit dem weißen Transporter um die Ecke biegen. Holpernd parkte er in der Einfahrt und stieg aus. Gegen den Regen hatte er sich die Kapuze tief ins Gesicht gezogen. Hastig lief ich ihm entgegen.

«Was machen wir bloß?», fragte ich vollkommen aufgelöst.

«Alles wird gut», sagte Marc und umarmte mich kurz. «Wenn wir nicht fertig werden, feiern wir Weihnachten eben im Transporter. Da ist alles drin, was wir brauchen, sogar Tisch und Stühle. Und für die festliche Stimmung bringt Lissie sicher gern noch die blinkende Plastiktanne unserer Kinder mit.»

Ich seufzte. Wenn jemand in solchen Situationen Ruhe und Humor bewahren konnte, dann Marc. Er war ein Meister in der Kunst des Überlebens, seit er mal ein Jahr mit Rucksack und Hängematte in Lateinamerika verbracht hatte und dort durch den brasilianischen Regenwald marschiert war, mit dem Fahrrad die bolivianischen Anden befahren und schwimmend argentinische Flüsse voller Piranhas durchquert hatte. Sein Abenteurergeist hatte Lissie, die in Hamburg auf ihn wartete, manch schlaflose Nacht bereitet. Sie musste bei seiner Rückkehr ähnlich erleichtert gewesen sein wie ich jetzt.

Ich gab Marc einen freundschaftlichen Knuff in die Seite.

«Legen wir also los!», verkündete ich und schob die Ärmel der Regenjacke hoch. «Ich lasse mich nicht unterkriegen!»

Für einen Augenblick musste ich an Richard denken: Dank des kostspieligen, aber dafür professionellen Umzugsunternehmens, das er angeheuert hatte, würde er in ein paar Stunden sein erstes Weihnachtsfest mit Babette in unserer alten gemeinsamen Wohnung feiern. Angesichts dieser Ungerechtigkeit spürte ich nach längerer Zeit mal wieder Wut in mir hochkochen. Am liebsten hätte ich die große Mülltonne in der Einfahrt umgetreten, aber wer musste die Sauerei dann wieder wegmachen? Ich. Da schleppte ich doch lieber Möbel.

Marc entriegelte die Türen des Kleinlasters und ließ die Rampe runter. Bis unters Dach stapelten sich Kartons, Möbel, Lampen und Nippes. Und als Krönung des Ganzen meine große Latexmatratze – sie war so schwer wie ein ausgewachsener Elefant. Wie sollten wir das zu zweit alles ins Haus schaffen?

Wenigstens hatte es mittlerweile aufgehört zu schütten. Es nieselte nur noch.

«Zuerst müssen wir den Metallspind raushieven», sagte Marc. Er stand auf der Rampe und kippte den Schrank langsam in meine Hände. Als ich ihn annehmen wollte und das ganze Gewicht in meinen Armen spürte, schoss mir ein stechender Schmerz in den Rücken. Ich schrie auf. Dagegen waren die Presswehen vor sechs Jahren ein müder Witz gewesen. Ich konnte den Schrank nicht mehr halten und ließ ihn los, als jemand neben mir auftauchte und den Spind gerade noch zu fassen bekam. Es war Felix, der sein Fahrrad gegen den Transporter geschleudert hatte und mich und das Ungetüm vor dem Sturz in die Tiefe rettete.

Dabei segelte allerdings etwas zu Boden, das er vorher noch in der Hand gehalten haben musste. Aus dem Augenwinkel sah ich, dass es ein Blumentopf war, der jetzt laut krachend in tausend Einzelteile zerbrach.

«Norbert!», sagte Felix und klang dabei seltsam besorgt.

«Angenehm, Marc.»

«Felix.» Marc guckte irritiert. «Also nicht Norbert? Wie auch immer. Selbst wenn du der Weihnachtsmann wärst, dich schickt der Himmel.» Er lachte.

Oder Martha, fügte ich in Gedanken hinzu und versuchte mich unter Schmerzen aufzurichten, während die beiden Männer den Spind schulterten und ins Haus trugen, als wäre er eine Feder.

Das war es also, mein neues Lebensgefühl vierzig plus.

Als sie nach kürzester Zeit wieder rauskamen, widmete sich Felix sofort dem gerupften Bäumchen und entfernte sachte die Scherben aus dem Geäst.

«Na komm schon, Norbert, das kriegen wir wieder hin», murmelte er.

Dann hob er den Zitronenbaum vorsichtig auf und stellte ihn neben sein seltsames Retrofahrrad aus Holz, das am Transporter lehnte. Norbert war eine Pflanze? Himmel, wen hatte mir Martha da nur ins Haus geholt? Ich lehnte gekrümmt am Wagen und rieb mir mein Kreuz, das sich gefühlt zu einem großen S verdreht hatte.

Marc, der Orthopäde war, musterte mich mit fachmännischem Blick und sagte: «Ich renke dich jetzt ein, damit du nachher nicht zu deinen Geschenken kriechen musst.»

Willenlos ergab ich mich meinem Schicksal.

«Du kreuzt deine Arme über der Brust und lässt mich machen.» Marc griff nach meinen Ellbogen. Dann hob er mich ein Stück vom Boden und kippte mich mit einem kräftigen Ruck zurück. Unter einem leisen Knacken brachte er meinen Rücken in seine alte Form. Für einen Moment fühlte es sich an, als würden meine Wirbel zersplittern.

Beim Anblick meines schmerzverzerrten Gesichts in Marcs Würgegriff verdeckte Felix die Augen mit der Hand. «Das kann ich nicht mit ansehen. Ist ja heftiger als jede Arztserie.»

Ich musste lachen. Der Schmerz war nicht verschwunden, aber schon deutlich schwächer. Dankbar drehte ich mich zu

Marc um. «Du bist mein Retter. Ich weiß gar nicht, was ich ohne dich tun würde.»

Er lächelte. «Bedank dich lieber bei deinem unerwarteten Helfer.»

«Das ist Felix, der Sohn von Tante Marthas ... äh, Reisebegleitung», erklärte ich schnell, bevor Marc noch die falschen Schlüsse zog.

«Freut mich.» Er gab Felix die Hand.

Die beiden schienen sich auf Anhieb zu mögen.

«Marc ist der Mann meiner Freundin Lissie», fügte ich noch hinzu und wunderte mich im gleichen Augenblick, wieso ich das unbedingt klarstellen wollte.

Aber Felix war schon wieder lässig in den Transporter gesprungen und schob sich zwei Bücherkisten zurecht, um sie ins Haus zu tragen.

«Was machst du überhaupt hier?», fragte ich. «Du wolltest doch erst im Januar einziehen.»

«Ach, ich möchte meinem Freund Flo und seiner Familie ein bisschen Privatsphäre über die Feiertage gönnen», sagte er. «Hab denen ja lange genug im Weg rumgelegen. Außerdem wollte ich Norbert endlich unser neues Zuhause zeigen.» Lachend deutete er auf den zerrupften Zitronenbaum zwischen Fahrrad und Transporter.

Unsicher sah ich Felix an. «Ob der noch zu retten ist ...»

«Keine Sorge. Ich päpple ihn wieder auf», entgegnete er und sprang wieder von der Rampe. «Norbert und ich gehen seit zwanzig Jahren durch dick und dünn. Da werde ich ihn jetzt nicht hängenlassen, wo er mal meine Hilfe braucht.»

Machte er sich über mich lustig? Oder führte er ernsthaft eine emotionale Beziehung zu einem Baum?

«Tja, dann kümmer dich mal um deinen Patienten», sagte ich, um ihn schnellstens loszuwerden. «Und danke fürs

Einspringen. Ich denke, wir brauchen dich jetzt nicht mehr. Wir –»

«Moment mal», fuhr Marc dazwischen. «Was heißt hier, wir brauchen ihn nicht mehr? Wir brauchen *dich* nicht mehr, Anne! Das ist harte Arbeit hier – nichts für Invaliden. Vielleicht kannst du ein paar Lockerungsübungen für die Nervenmobilisation machen?» Er zwinkerte mir zu und wandte sich dann an seinen neuen Kumpel: «Vorausgesetzt natürlich, du hast Zeit und Lust, mir zu helfen.»

«Ich hab eh nichts Besseres vor», sagte Felix.

Ich meinte, einen Funken Traurigkeit in seinen Augen zu sehen. Aus diesem Mann wurde man einfach nicht schlau.

«Na gut», erklärte ich, «aber ich helfe euch wenigstens mit den leichten Sachen.»

Während Marc und Felix die ersten Kisten ins Haus schleppten, stellte ich mich mit leicht gebeugtem Rücken, aber voller Tatendrang an die Rampe. Da sah ich Yvonne und Jana in die Einfahrt einbiegen. Die beiden kuschelten sich unter einem XXL-Regenschirm mit unserem *Ex und Hopp*-Logo, auf dem in großen roten Lettern zusätzlich das Wort «Rettungsschirm» stand.

«Was macht ihr denn hier?», fragte ich völlig perplex. «Seid ihr nicht –»

«Ein Wichtel hat uns geflüstert, dass du Hilfe brauchst», rief Yvonne fröhlich, als sie wie ein Storch auf Manolo Blahniks durch die Pfützen auf mich zustakste. «Melde gehorsamst: Deine emsigen Helferlein treten ihren Dienst an!»

Ich umarmte beide, so gut es ging, und küsste sie auf die Wangen. «Aber … ihr seid doch gar nicht … in Hamburg», stammelte ich ungläubig und stützte mit einer Hand meinen angeknacksten Rücken wie eine Hochschwangere.

«Sind wir doch, wie du siehst», lachte Yvonne.

«Weihnachten ist schließlich ein Familienfest, oder nicht?» Jana hielt eine große Jutetasche in die Luft. Es klirrte verräterisch. «Hier ist alles drin, was es dafür braucht!»

Ich spürte zum zweiten Mal an diesem Tag Tränen aufsteigen, diesmal aber vor Rührung.

Jana bereitete meinem Gefühlsausbruch schnell ein Ende. «Jetzt bitte kein Rumgeheule, sonst geh ich zurück zu meiner Oma», brummelte sie.

«Wenn das mit meinem Rücken so weitergeht, komm ich gleich mit ins Altersheim», stellte ich trocken fest.

«Das sieht ja böse aus», sagte Jana mit Blick auf meine steife Haltung. «Nur gut, dass es doch noch mit den Studenten geklappt hat.» Sie deutete auf Felix, der gerade neben Marc wieder aus dem Haus kam.

«Das ist der Sohn von Marthas Freund. Hab ich euch doch erzählt», erklärte ich. «Marc hat ihn gleich als Helfer eingespannt.»

Marc umarmte Yvonne und Jana. «Kommt ihr zum Schleppen oder nur zum Quatschen?», fragte er spöttisch.

Blitzschnell schaltete Jana in den Regisseurinnen-Modus: «Ich sag euch, wie wir es machen: Die Männer laden aus und bringen die Sachen ins Haus. Und wir kümmern uns ums leibliche Wohl und packen die ersten Kisten aus.» Und an mich gewandt, fragte sie: «Ich hoffe doch, du hast alles entsprechend markiert und beschriftet?»

Ich nickte.

«Gut. Und pünktlich um 18 Uhr gibt's dann Essen und anschließend Bescherung.»

Bevor ich etwas einwenden konnte, schob Jana mich vorsichtig ins Haus. Zu dritt gingen wir in die Küche. Sie stellte ihre Tasche auf dem Küchentisch ab.

«Ich hab nicht nur Champagner, sondern vorsichtshalber

auch ein paar Zutaten mitgebracht. Ein bisschen Biogemüse, Salat, Sojamilch und selbstgemachten Seitan. Daraus könnte ich uns etwas Feines zaubern.»

Yvonne trat hinzu. «Aber nicht für mich, Jana. Mit diesem fleischlosen Kram kannst du mich jagen. Ich brauch was Richtiges. Und die Umzugssklaven bestimmt auch. Zur Not bestellen wir etwas beim Lieferservice.»

Jana zog eine Braue hoch. Und ich spürte ein Unwetter heranziehen. Bevor die beiden wieder zu streiten begannen, klatschte ich entschlossen in die Hände.

«Meine Küche, mein Königreich. Ich entscheide, was auf den Tisch kommt», sagte ich mit dem Selbstbewusstsein einer frischgebackenen Hausherrin, während ich in die Schränke schaute, ob sich aus Marthas Vorräten nicht auf die Schnelle ein Festtagsmenü zaubern ließe, das uns alle glücklich machen würde.

Die beiden schlugen mit lachendem Gesicht die Hacken zusammen und riefen wie aus einem Mund: «Jawohl! Wie Madame befehlen!»

Um Maja glücklich zu machen, hatte ich für uns Kartoffelsalat mit Speck und Würstchen beim Fleischer besorgt. Denn das hatten Richard und ich zu unserem traditionellen Weihnachtsessen erklärt, und es gehörte für Maja zum Fest. Aber die Portion würde natürlich nicht für alle reichen. Außerdem wurde es höchste Zeit, alte Gewohnheiten über Bord zu werfen und etwas Neues auf den Teller zu bringen.

In einem Schrank fanden sich drei Gläser eingelegte Pflaumen. Danach durchstöberte ich Marthas Tiefkühlfach im Kühlschrank und entdeckte zwei Hirschkeulen. Einer ihrer hartnäckigen Verehrer war Jäger und versorgte sie seit Jahren mit Frischfleisch. Meine Freundinnen beobachteten mich bei meiner Entdeckungstour und grinsten. «Und, was gedenkst du uns also zu kredenzen?», fragte Yvonne nach einer Pause.

«Hirschgulasch», erklärte ich spontan. «Und für Jana eine vegane Variante mit Pflaumen.» Meine Freundinnen rieben sich voller Vorfreude die Hände. «Die Hausherrin steht dir ausgesprochen gut, Anne», sagte Jana zufrieden und verließ mit Yvonne schließlich die Küche.

Als es eine Stunde später in vier Töpfen gleichzeitig köchelte und die Rosmarinkartoffeln im Ofen garten, kam Maja mit Gerdi im Arm hereingestürmt.

«Mama, Lissie hat gesagt, dass wir alle zusammen feiern. Stimmt das?»

Hinter ihr tapste Gorbatschow herein und schüttelte mitten in der Küche sein regennasses Fell. Dieser Hund hatte einfach kein Benehmen. Meine Tochter hingegen sah aus wie Nesthäkchen persönlich. Sie und ihre Puppe trugen Zöpfchen mit großen hellblauen Schleifen, dazu jeweils die gleichen Festtagskleidchen aus violettem Samt. Lissie musste sie genäht haben.

«Ja, wir feiern alle zusammen.» Ich fühlte mich wie Nesthäkchens Großmutter, als ich mich langsam, um meinen Rücken zu schonen, zu ihr herunterbeugte und ihr ein Küsschen auf den Mund gab.

«Hast du mein Zimmer gesehen, Mama? Jana und Yvonne haben alles schon eingeräumt. Nur die Hängematte muss noch angebracht werden, sagt Marc», plapperte sie vergnügt weiter und war mit Gorbi im Schlepptau schon wieder aus der Küche gerannt. Lauthals hörte ich sie nach Tobi und Pauline rufen.

Ich war erleichtert, dass sie so fröhlich war. Das hatte ich vor allem meinen Freundinnen zu verdanken. Mehr denn je schätzte ich mich glücklich, sie zu haben.

Kurze Zeit später kam Lissie in die Küche, um mich zu begrüßen. «Wo hast du denn deinen Baumschmuck?», fragte sie.

«Auf dem Esstisch müsste eine Schachtel mit den Kugeln und der Lichterkette liegen. Ich bin noch nicht dazu gekommen, sie aufzuhängen.»

«Solltest du mit deinem Rücken auch besser nicht tun», erklärte sie schnell. «Marc hat mir schon von deinem Einsatz berichtet. Tat sicher sehr weh, oder?»

Gerührt nahm ich sie fest in den Arm. «Geht schon wieder. Danke, dass du alle zusammengetrommelt hast. Ohne euch wäre es kein Weihnachten!»

«Ach was», winkte Lissie ab. «Das wollten wir doch schon ewig mal machen: Heiligabend mit alle Mann. Danke dir, dass du uns die Gelegenheit dazu gibst.» Sie lachte. «Aber im Ernst, Anne: Du kannst stolz auf dich sein, wie du das alles schaffst.» Sie schnupperte. «Und dann riecht es im ganzen Haus auch noch so köstlich!»

Am frühen Abend war das Gröbste geschafft: Der leere Van war bereits abgegeben, und fast alle Möbel standen schon an ihrem Platz, wenn sie auch noch etwas verloren wirkten zwischen den ganzen Kisten und Kleidersäcken. Ich durfte gar nicht daran denken, was in den nächsten Tagen noch an Arbeit auf mich zukam.

Die Kinder hatten den ganzen Nachmittag Wassertreten auf dem regennassen Rasen gespielt, bis sie völlig durchweicht waren. Nach einer heißen Badewanne und einer ordentlichen Portion Würstchen packten sie unter lautem Freudengeschrei ihre Geschenke aus. Nun wollten sie sich in Majas Zimmer zurückziehen und Monopoly spielen.

Maja war zwar etwas enttäuscht gewesen, dass kein Fahrrad, sondern nur ein Stall für ihre Schleich-Tiersammlung unterm Baum gestanden hatte, tröstete sich selbst aber schnell mit der Erklärung, dass der Weihnachtsmann wohl nicht mitbekommen hatte, dass sie umgezogen war. Mit Schrecken stellte ich mir ihr enttäuschtes Gesicht vor, wenn sie morgen bei Richard und Babette an alter Adresse auch kein neues Rad vorfinden würde. Ob ich Richard noch schnell einen Wink geben sollte? Aber wo würde er am ersten Weihnachtstag noch eines herbekommen? Ich beschloss, es bleibenzulassen. Es musste ja nicht jeder Wunsch umgehend erfüllt werden.

Während Jana noch die leeren Kartons auf dem Dachboden verstaute, deckte ich zusammen mit Lissie und Yvonne den Tisch im Esszimmer. Aus dem Augenwinkel sah ich, wie Marc mit Felix auf dem Sofa saß und ihn an der Schulter festhielt.

«Anne, du hast doch nichts dagegen, dass dein neuer Mitbewohner mit uns isst, oder?», fragte Marc.

Felix sah mich etwas verunsichert an. Ich merkte, dass ihm das Ganze unangenehm war.

«Er wollte sich nämlich gerade in sein Gartenhaus verdrücken.» Marc lachte. «Aber da er uns schon so fleißig geholfen hat, kann er uns doch auch noch helfen, das Gulasch zu vertilgen, oder was meinst du?»

Ich wusste nicht, was ich sagen sollte. Wegschicken konnten wir ihn tatsächlich schlecht, nachdem er sich beim Umzug so verausgabt hatte. Und abgesehen von seinem Norbert benahm er sich ja auch eigentlich ganz normal.

Felix zuckte mit den Schultern. «Ich will euch aber nicht stören», sagte er.

Ich zögerte. Ein bisschen überrumpelt fühlte ich mich schon. Schließlich kannten wir uns so gut wie gar nicht. Aber Yvonne, Jana und Lissie sahen mich auffordernd an.

«Äh ... Natürlich kannst du bleiben. Und vielen Dank noch mal für deine Hilfe», sagte ich und zwang mich zu einem Lächeln.

Wenig später brannten die Lichter des Tannenbaums, und auch der große Tisch im Esszimmer strahlte eine feierliche Atmosphäre aus. Yvonne hatte eine Tischdecke aus Damast auf die lange Tafel gelegt, die sie von zu Hause mitgebracht haben musste, und sie mit Marthas silbernen Kerzenleuchtern, ein paar Nüssen, Tannenzapfen sowie hölzernen Rehen und Hirschen dekoriert. In einer Vase standen Stechpalmenzweige mit Beeren in kräftigem Rot. In Kombination mit Marthas feinem cremeweißem Porzellan und den Kristallgläsern wirkte der Tisch wie in der Weihnachtsausgabe von Schöner Wohnen. Yvonne machte eben keine Kompromisse, wenn es um die Ausrichtung einer Feierlichkeit ging.

Gorbi lag unter dem Tisch und ignorierte mich nach Kräften. Selbst als ich ihm ein Leckerchen hinhielt, blickte er kaum auf. Ich hatte es kommen sehen: Seit sein Frauchen weg war, verhielt er sich noch seltsamer als ohnehin schon, schnüffelte meist hektisch von Raum zu Raum, als suchte er nach Martha, und bellte ständig ohne ersichtlichen Grund. Mich behandelte er wie Luft, als wäre ich schuld an der Abwesenheit seines Frauchens. Die einzige Person, die er mochte, war Maja, nicht zuletzt weil sie ihn ebenfalls mit Liebe überschüttete.

Als wir alle Platz genommen hatten, läutete Yvonne ein Weihnachtsglöckchen. «Bevor ihr euch die Bäuche vollschlagt, möchte ich erst mal zur weihnachtlichen Bierverkostung bitten!»

Wir sahen sie gespannt an. Sie holte eine Kühltasche unter dem Tisch hervor und förderte sechs Flaschen zutage. Mit geübtem Griff öffnete sie die Biere und verteilte sie an uns.

Neugierig nahm ich die Flasche in die Hand und begutachtete das Etikett: *Ex und Hopf – ein Helles für die dunklen Tage.* Darunter war eine blond gelockte strahlende Frau abgebildet, die rittlings auf einer männlichen Gummipuppe saß und mit der rechten Hand eine Bierflasche zum Prosten nach vorne streckte.

«Wow», sagte ich, «unser erstes eigenes Craft-Bier!»

«Genau! Das wollen wir künftig auf allen Events verteilen.» Die Überraschung war Yvonne gelungen.

Auf den Einfall mit dem Frauenbier waren wir beim gemeinsamen Brainstorming in der Agentur gekommen. Wochenlang hatte eine Braumeisterin anschließend an der richtigen Rezeptur getüftelt. Trotz diverser Tastings war das Ergebnis bislang nicht zufriedenstellend gewesen. Yvonnes stolzem Gesichtsausdruck nach zu urteilen, hatte die Brauerin diesmal ins Schwarze getroffen.

«Zu einem ordentlichen Wildgericht passt nichts besser als dieser erlesene Tropfen», verkündete sie stolz. «Ich bin gespannt auf eure Meinung.»

Sie wartete, bis wir alle unsere Gläser gefüllt hatten. Dann hob sie ihr Glas.

«Na dann, Prost!», sagte Marc und blickte Felix an. «Hoffentlich wird das nie gegen uns verwendet.»

Nachdenklich betrachtete Felix das Etikett und schüttelte den Kopf. Fand er die Idee geschmacklos oder war er einfach nur kein Bier-Fan? Er schien etwas sagen zu wollen, starrte dann aber doch nur schweigend vor sich hin.

«Nastrovje!», rief Yvonne aus, und wir prosteten uns zu. «Auf die verflossenen Lieben!»

«Und auf die Frauen, die darunter leiden», fügte ich hinzu und musste daran denken, wie Richard und Babette gerade vermutlich mit teurem Champagner in meinem alten Zuhause anstießen. «Auf Ex!»

«Auf Ex», wiederholte nun auch Jana, und ich sah einen Schatten über ihr Gesicht huschen. Natürlich dachte sie an ihren Exmann und an das Kind, das er mit seiner Neuen erwartete.

Gerade wollte ich etwas Aufheiterndes sagen, als Yvonne erklärte: «Und auf alle Exen, die da noch kommen.»

Wir mussten über den Plural schmunzeln, denn bei ihr würden sicher noch viele folgen. Bei all den Frauen, die wir hatten kommen und gehen sehen, war keine dabei gewesen, die so großen Eindruck bei Yvonne hinterlassen hätte, als dass man sie als *die* Ex bezeichnen konnte.

«Und auf die Liebe!» Marc und Lissie sahen sich verliebt an und zwinkerten sich zu. Da sie mit dem jeweils anderen ihre erste Liebe geheiratet hatten, gab es keine Altlasten, auf die sie hätten anstoßen können.

Damit schien auch Felix leben zu können: Sein Gesicht hellte sich merklich auf, er freute sich ganz offensichtlich für die beiden. Wir leerten mit einem kräftigen Schluck die Gläser.

Marc nickte anerkennend: «Ein sehr gutes Bier, leicht malzbetont, untergärig, aber nicht zu leicht, frische Zitrusnote, genau nach meinem Geschmack.»

Yvonne kicherte. «Wenn es mit deiner Karriere als Chefarzt nichts werden sollte, kannst du auch Biersommelier werden.»

Ich deutete auf meinen wiederhergestellten Rücken und sagte: «Bei diesen heilenden Händen dürfte es kaum dazu kommen.»

«Ach, das war doch nichts», winkte Marc ab. «Aber mal ehrlich, das ist ein gutes Tröpfchen, das ihr den Frauen da anbieten werdet. Gibt es noch mehr davon?»

Yvonne nickte ihm zu, und gemeinsam entfernten sie sich Richtung Flur, um Nachschub zu holen. Als sie wenig später zurückkamen, mit einer vollen Kiste zwischen sich, hatten Jana und ich das Essen auf den Tellern angerichtet. Das Festmahl konnte beginnen.

Einen Augenblick lang gaben sich alle schweigend ihrem Genuss hin. Während die Fleischesser unter uns sich über das Hirschragout hermachten, seufzte Jana bei jedem Bissen ihres Seitanbratens mit Pflaumen-Walnuss-Füllung, der mir offenbar gut gelungen war. «Anne, so veganotastisch kann nur kochen, wer im Herzen eine von uns ist», sagte Jana.

Felix hielt feixend dagegen: «Nichts für ungut, aber das bezweifle ich. Wer aus Wild so ein Gedicht zaubern kann, muss im Herzen eine Jägerin sein.»

«Apropos Jäger, gibt es eigentlich auch vegane Jäger?», überlegte Marc laut. «Oder nur gejagte Veganer?»

«Klar gibt es vegane Jäger», erklärte Felix. «Wer soll denn sonst die Tofutiere erlegen?»

Alle lachten. Offenbar hatte mein Mitbewohner doch ein bisschen Humor.

Er schien sich in unserer Runde wohl zu fühlen. Unauffällig studierte ich sein Profil. Das Grübchen an seinem Kinn machte ihn sympathisch. Vielleicht hatte ich ihn zu früh verurteilt?

«Und warum bitte schön nicht Jägerinnen?», riss Jana mich aus meinen Gedanken. «Ich habe gerade noch eine Dokumentation gesehen über die philippinischen Agta. Dort sind es die Frauen, die schwanger oder mit den Kindern huckepack die Wildschweine und Hirsche erlegen», sagte sie, während sie ein kleines Stück von ihrem Seitanbraten abschnitt und zum Mund führte. «Die ziehen los mit Pfeil und Bogen oder Machete, während sich die Männer einen faulen Lenz machen.»

Marc stieß einen lauten Seufzer aus. «Ja, wo leben wir denn? Was sehne ich mich nach den guten alten Zeiten, als Weiblichkeit und Männlichkeit noch natürliche Bestimmungen waren! Jagende Frauen und stillende Männer? Sodom und Gomorra!»

Ein winziges Augenzwinkern verriet, dass er sich nur zum Schein aufregte.

«Stillende Männer?», fragte Lissie. «Du wirst doch wohl nicht allen Ernstes behaupten, wir hätten uns bei den Kindern das Stillen geteilt?»

Marc schüttelte den Kopf. «Leider nicht, zur Milchbildung hat es nie gereicht. Aber bei den vielen Wachstumshormonen in der Kuhmilch wachsen die hier vielleicht noch», grinste er und griff sich an die nicht vorhandenen Brüste.

«Da ist was Wahres dran. Es gibt sogar schon einen Namen für die neuerdings so imposanten Männerbrüste: Moops – eine Wortneuschöpfung aus *man* und *boobs*», lachte Yvonne, die wie immer bestens informiert war.

Marc lachte, wurde aber gleich wieder ernst. «Bei einer Reise durch Lateinamerika bin ich tatsächlich einem Mann begegnet, der sein Kind ein halbes Jahr lang ein paarmal täglich mit seiner Brust gestillt hat, weil die Mutter schwerkrank war.»

«Im Ernst? Davon habe ich noch nie gehört», staunte ich.

Felix legte seine Gabel beiseite. «Doch, doch, Marc hat recht, das gibt es. Haben sich die Männer wohl bei den Tieren abgeschaut. Da gibt es schon viel länger diese Form der Gleichberechtigung. Zum Beispiel bei den Austernfischern, die mit den langen roten Schnäbeln, da brütet nicht nur das Weibchen, sondern auch das Männchen.»

Ich zog die Brauen hoch. «Na ja, die brüten aber bestimmt auch nur ein paar Wochen. Lasst mal einen Typen neun Monate lang 'ne große Kugel vor sich herschieben, die kein Fußball ist», gab ich zu bedenken. «Das hält kein Mann aus.»

Felix musste grinsen, als Marc mit gespielter Empörung auf sich deutete.

«Trotzdem», fuhr Felix fort. «Sie ziehen ihren Nachwuchs

gleichberechtigt auf. Ich vermute, das ist auch der Grund, warum sie monogam sind. Austernfischer bleiben ein Leben lang zusammen.»

Yvonne blickte ihn skeptisch an: «Das muss aber eine echte Ausnahme sein, nur drei Prozent aller Säugetiere leben doch überhaupt monogam.»

Sie selbst tat jedenfalls nichts dafür, diesen Wert zu erhöhen, dachte ich amüsiert.

«Allerdings, wenn ich da an den potenten Prachtstaffelschwanz denke», sagte Felix, während er den Teller zwischen seinen Händen drehte, als wollte er sich vergewissern, dass nicht doch noch irgendwo ein Stückchen Fleisch unter eine Kartoffel gerutscht war.

«Den was?», fragte Marc ungläubig.

«Das ist ein australischer Singvogel mit einem überaus passenden Namen, wie ich finde», lachte Felix. «Die Weibchen betrügen ihre Gatten in einer Tour. Sie haben ein so ausgeprägtes Seitensprung-Gen, dass aus fast allen Eiern im Nest Küken von fremden Vätern schlüpfen. Dabei versuchen die Männchen alles Mögliche, um die Betrugsversuche ihrer Weibchen zu unterbinden. Aber Not macht erfinderisch: Sobald die Männchen sie aus den Augen lassen, ‹vögeln› sie fremd!»

Seine Stimme bekam plötzlich einen aufgebrachten Unterton – das Verhalten dieser Swinger-Vögel schien ihn ehrlich zu entrüsten.

«Vielleicht warten die Prachtstaffel-Weibchen ja alle auf die große Liebe, während sie in der sogenannten Rushhour des Lebens schnell noch ihre Gene ins Trockene bringen, bevor es zu spät ist», wandte Jana nachdenklich ein und rutschte unruhig auf ihrem Stuhl herum. «So geht's ja auch vielen Frauen in unserem Alter, die noch Kinder wollen.»

Meine Freundin schien neuerdings kein anderes Thema mehr zu kennen.

Seit ihr Ex mit seiner neuen Freundin Nachwuchs erwartete, wünschte sie sich ebenfalls ein Kind. Dabei war das in all den gemeinsamen Jahren nie Thema gewesen. Insgeheim hatte ich den Verdacht, dass es ihr mehr darum ging, mit Hannes gleichzuziehen, als mütterliche Erfüllung zu finden. Denn Jana hatte bisher immer einen großen Bogen um Kinder gemacht. «Sollte ich jemals ein Kind kriegen, dann bitte nur eins im schulpflichtigen Alter», hatte sie stets gescherzt. «Auf Nächte mit Gebrüll und volle Windeln habe ich wenig Lust.»

Doch jetzt war offensichtlich alles anders. Immer häufiger klagte sie uns ihr Leid, suchte beim «Wandern mit Singles» oder beim «Veganen Dinner für einsame Herzen» und natürlich auf diversen Datingportalen nach dem zukünftigen Vater ihres Kindes. «Mir läuft die Zeit davon», klagte sie in letzter Zeit bei fast jeder unserer Doppelkopfrunden. «Bald bin ich vierzig und kann mir das mit dem Nachwuchs abschminken!»

Um sie abzulenken, fragte ich Felix: «Woher weißt du eigentlich so viel über Vögel?» Vor meinem inneren Auge entstand das Bild, wie er in Tarnkleidung und mit einem Feldstecher bewaffnet vor irgendeinem Sumpf auf der Lauer lag und Vögel beobachte. «Bist du etwa einer von diesen Birdern?»

«Ach was», winkte Felix ab, «Max und ich sehen uns nur gerne Tierfilme zusammen an.»

«Max?», fragte ich und hoffte inständig, dass er nicht einen von Norberts «Verwandten» meinte.

«Mein Sohn», antwortete er knapp und kratzte mit dem Messer die letzten Soßenreste vom Teller, was ein unangenehmes Quietschen verursachte.

Ich war baff. Felix hatte einen Sohn? «Wieviel Kinder hast du denn?», bohrte ich neugierig nach.

«Nur Max! Jedenfalls soweit ich weiß.» Felix lief rot an, offenbar waren ihm seine letzten Worte unangenehm. Rasch kam er zurück auf die Vögel.

«Wie dem auch sei, wenn die Vogeldamen sich von ihrem Gatten erwischen lassen, dann kümmert sich der Vogelpapa zur Strafe nicht mehr um sein Kuckuckskind. Dabei können die Kleinen doch am wenigsten dafür.»

«Du hast ja recht», seufzte ich. «Aber selbst wenn die Vaterschaft bestätigt ist, ist das noch lange kein Garant für Vatergefühle. Du müsstest mal hören, was unsere Kundinnen so von ihren Exmännern erzählen.»

«Fragt sich nur, wer die schrägeren Vögel sind: die Exmänner oder eure Kundinnen», brummelte er.

«Was spricht denn gegen einen symbolischen Abschied vom betrügenden Ex, um sich Genugtuung zu verschaffen?» Plötzlich hatte ich das Gefühl, meine Arbeit und die Agentur verteidigen zu müssen. Ich spürte, wie mir der Alkohol zusetzte.

«Täte vielleicht auch den gehörnten Prachtstaffelschwänzen gut, mit der Beziehung abzuschließen, anstatt es an den unschuldigen Küken auszulassen», platzte es bissiger aus mir heraus, als ich wollte.

Felix nahm einen tiefen Schluck von seinem Bier. Schließlich sah er mich herausfordernd an.

«Na, auf die Hilfe eurer Agentur dürften die Männchen dabei ja wohl nicht zählen. Bei euch sind die Rollen zwischen Gut und Böse doch eindeutig verteilt. Oder habt ihr schon mal eine untreue Gattin in der Elbe versenkt?»

Ich spürte, wie die Wut in mir hochkochte. «Es ist nun mal statistisch erwiesen, dass die Zahl der Männer, die ihre Frauen wegen einer Liebelei verlassen, größer ist als beim weiblichen Geschlecht.»

Yvonne kam mir zu Hilfe. «Insofern ist es schon aus rein wirtschaftlichen Gründen sinnvoll, sich auf die größere Zielgruppe zu fokussieren», sagte sie, als würde sie einem Banker den Businessplan präsentieren.

Felix ging darüber hinweg und blickte verärgert drein.

«Manchmal gibt es ja auch andere Gründe, eine Frau zu verlassen.»

«Dass sie ein Jahr älter geworden ist oder ein Kilo zugenommen hat zum Beispiel?», entgegnete ich scharf. Sein Gesicht verdüsterte sich. Auch alle anderen sahen mich irritiert an.

«Du machst es dir wohl gern einfach, wie?», fragte er.

Ich lachte bitter. «Kommt jetzt die alte Leier: ‹Es ist nie einer alleine schuld, wenn zwei sich trennen›? Bemüh dich nicht, die Platte kenne ich schon.»

Es war ruhig geworden am Tisch, meine Freunde sahen zwischen Felix und mir hin und her und verstanden nicht, was los war.

«Das Leben kann so simpel sein mit einem Feindbild, oder?», sagte Felix mit mühsam unterdrücktem Groll. «Aber ich muss dich enttäuschen, für heute musst du dir jemand anderen für diese Rolle suchen. Vielleicht eine von deinen Gummipuppen.» Er sprang auf und marschierte in Richtung Tür, drehte sich aber noch einmal zu den anderen um. «Es war schön, euch kennenzulernen und mit euch zu essen. Frohe Weihnachten!», sagte er und lief dann eilig hinaus.

Großartig. Dank Felix hatte der Abend eine ganz und gar unfestliche Wendung genommen. Alle saßen bedröppelt am Tisch und sahen sich ratlos an.

«Was war das denn jetzt?», fragte Lissie. «Klappt wohl nicht so gut mit euch beiden, was?»

Ich seufzte und schüttelte den Kopf.

Doch Yvonne wusste, wie man die Stimmung retten konnte. Sie rannte in die Küche und holte zwei Flaschen Crémant, die sie nachmittags kalt gestellt hatte. «Jetzt knallen die Korken», rief sie.

Und ich hatte so eine Ahnung, dass ich mich heute beim Schampus nicht zurückhalten würde.

15. MEIN FREUND, DER BAUM

Marthas Getzwitscher: ++ Mit der Fähre von Piräus nach Haifa ++ Überfahrt dauerte drei Tage, bei Windstärke 9 ++ Konnte mich kurzfristig stabilisieren mit Baummeditation: Stellte mir vor, eine Eiche zu sein, fest verwurzelt, gegen jeden Sturm gefeit ++ Jetzt auf zum Toten Meer – das wird mir und meinen alten Knochen buchstäblich Auftrieb geben ++

Ich konnte mein Glück kaum fassen: Endlich mal alle Trümpfe in der Hand, ein richtiges Gewinnerblatt! Ich spielte das Doppelkopfsolo meines Lebens. Gerade hatte ich die Herz zehn als höchste Karte ausgespielt und blickte triumphierend in die blassen Gesichter meiner Freundinnen, als mich ein ohrenbetäubender Lärm aufhorchen ließ. Die Karten verschwammen vor meinen Augen, während das hämmernde Geräusch immer lauter wurde.

Ich richtete mich auf – und saß senkrecht im Bett. Verdammt, es war nur ein Traum gewesen! Noch ganz verwirrt sah ich mich um: Ich hatte mich in Marthas altem Schlafzimmer im ersten Stock eingerichtet. Ihr Schminktisch aus den dreißiger Jahren und der Kleiderschrank aus Mahagoni verliehen dem Raum eine gemütlich-nostalgische Note. Vor der Tür, die auf den Balkon hinausging, hatte ich einen weiß-blau gestreiften Vorhang angebracht, der angenehmes Licht verbreitete. Ein Blick auf mein Handy verriet mir, dass es kurz nach neun Uhr morgens war. Was war das für ein Hämmern? Panik ergriff mich. Hatten wir Einbrecher im Haus? Wo war Maja?

Erleichtert fiel mir ein, dass sie noch bis heute Abend bei Richard und Babette war.

Der Lärm schien aus dem Dachgeschoss zu kommen. Beherzt sprang ich aus dem Bett, legte mir die Decke über die Schultern und öffnete die Balkontür. Als ich hinaustrat, sah ich eine große Leiter an der Hauswand lehnen. Ganz oben, auf Höhe der Dachrinne, stand Felix in seiner Arbeiterhose. Am Fuß der Leiter saß Gorbi und hechelte mit heraushängender Zunge. Unruhig trippelte er von seinen rechten auf die linken Pfötchen. Hatte er etwa Angst um Felix?

Vor einem Jahr hatte Martha eine chipgesteuerte Katzenklappe in die Haustür einbauen lassen, die dank seines Zwergwuchses auch für Gorbi groß genug war. Damit war für ihn die Zeit der Freiheit angebrochen. Der Mikrochip an seinem Halsband erlaubte ihm exklusiven Zutritt nach drinnen und draußen. Für ungebetene Gäste dagegen blieb die Klappe verschlossen, was gut war, denn mein Bedarf an Haustieren war fürs Erste gedeckt. Gorbi machte ausgiebig Gebrauch von dieser «Glückspforte», wie Martha es nannte. Offensichtlich auch an diesem Morgen.

«Was machst du da in dieser Herrgottsfrühe?», rief ich zu Felix hoch. «Du hast mir einen Mordsschrecken eingejagt.»

«Guten Morgen, erst mal», sagte Felix. «Ich versuche zu verhindern, dass Maja oder dir ein Dachziegel auf den Kopf fällt.»

«Und das muss natürlich an einem Sonntagmorgen sein, ist ja logisch», brummelte ich. Dabei konnte ich eigentlich froh sein, dass Felix so aufmerksam mitdachte.

«Lose Dachziegel kennen nun mal keinen Sonntag», lachte er.

Ich dachte an unsere letzte Begegnung an Heiligabend, wo ihm das Lachen am Ende ganz schön vergangen war. Meine Freunde hatten mich nach seinem Abgang ordentlich auf den Pott gesetzt, und ich hatte einsehen müssen, dass ich ziemlich schroff gewesen war. Meine halbherzige Entschuldigungskarte, die ich ihm am nächsten Morgen in den kleinen Briefkasten am Gartenhaus geworfen hatte, blieb unbeantwortet. Das war jetzt zehn Tage her, seitdem hatte ich Felix nicht mehr wirklich gesehen, nur ab und zu seinen Schatten am Fenster des Gartenhauses. Mit anderen Worten: Wir gingen uns aus dem Weg. Mir sollte es recht sein, denn es gab genug im Haus zu tun. Die Kartons mussten ausgepackt, die Schränke eingeräumt und überall geputzt werden. Lediglich Gorbi rannte immer mal wieder hinüber zu Felix' Häuschen und kam erst Stunden später zurück. Offenbar hatte er mit Elmars Sohn Freundschaft geschlossen. Mir gegenüber blieb er dagegen ausgesprochen reserviert.

Silvester hatten Maja und ich ganz ruhig verbracht, nur sie und ich. Wir hatten ganz oben am Dachfenster gestanden und das Feuerwerk über der Elbe bestaunt. Der Jahreswechsel hatte für mich ohnehin keine große Bedeutung, im Gegenteil: Meistens ging mir der Feierzwang mit Böllern und Berlinern gehörig auf die Nerven. Diesmal aber war mir seltsam andächtig zumute gewesen, denn es war unser erstes Silvester in Amaroo. Maja hatte sich den Abend zwar etwas anders vorgestellt, weil eigentlich Richard vorbeikommen wollte. Doch im letzten Moment hatte ihr Vater absagen müssen, weil Babette mit einer Lebensmittelvergiftung ins Krankenhaus gekommen war. Angeblich hatte sie verdorbene Austern gegessen. Oder war da etwa der Klapperstorch vorbeigeflogen? Bei dem Gedanken spürte ich einen kleinen Stich.

«Mama, bleiben wir jetzt für immer hier in der Villa?», hatte Maja mich kurz vor Mitternacht gefragt.

«Ich glaube schon, Süße. Und wenn nicht für immer, dann zumindest für ganz lange Zeit.»

Vor Freude umarmte sie jedoch nicht mich, sondern Gorbi. «Hast du gehört?», fragte sie. «Wir bleiben zusammen!»

Als Zeichen, dass ich es ernst meinte und dies unser neues Zuhause war, hatte ich Maja schon in der Vorschule um die Ecke angemeldet. Einen neuen Bäcker und einen Supermarkt für die täglichen Erledigungen hatten wir auch schon gefunden. Und bei Giovanni, Marthas Hauspizzeria, waren wir bereits Stammkunden.

Vor allem aber war mein Gefühl für dieses Haus noch intensiver geworden. Amaroo war nicht mehr nur der Ort, an dem ich mich schon immer heimisch gefühlt hatte. Es war jetzt meine neue Heimat, und ich konnte das Haus so gestalten, wie ich wollte. Und da gab es einiges zu tun.

Das Dach musste dringend erneuert werden. Den Dielenboden im Schlafzimmer wollte ich abschleifen und weiß lackieren. Und die Wände würde ich in hellen Farben streichen. Denn die dunklen Rottöne, die Martha wegen ihrer aphrodisierenden Wirkung schätzte, entsprachen nicht meiner Lebensphase. Vielleicht würde ich sogar früher oder später den Dachboden ausbauen lassen? Aber das war noch Zukunftsmusik. Erst mal musste ich die notwendigen Sanierungen durchführen, um das Haus vor dem Verfall zu retten.

Als könnte er meine Gedanken lesen, rief Felix zu mir herunter: «Hast du heute Zeit für eine kleine Hausbegehung? Dann könnten wir überlegen, was am dringendsten ist und was etwas später gemacht werden kann.»

Ich zögerte. Dabei hatte ich eigentlich nichts weiter vor und könnte endlich aktiv werden, wie es mit Martha vereinbart war. Aber wollte ich die wenigen Stunden, die ich mal für mich hatte, wirklich mit meinem Mitbewohner wider Willen verbringen?

Felix kletterte die Leiter herunter, bis er auf meiner Höhe

war, und steckte seinen Kopf durch das geöffnete Fenster. «Falls du es nicht gemerkt hast: Ich habe dein Friedensangebot angenommen. Und ich würde noch ein Frühstück obendrauf legen.»

Das klang verlockend.

«In Ordnung. Ich mache dir auf.»

Ich warf mir meinen roten Kimono über und lief die Treppen hinunter. Felix stand bereits vor der Terrassentür und klopfte sich den Staub von den Hosen. Als ich die Tür öffnete, stolzierte Gorbi an mir vorbei, als wäre ich gar nicht da. Ich verdrehte die Augen.

«Konnichiwa», begrüßte mich Felix auf Japanisch, als er an meinem Outfit heruntersah.

Ich musste lachen.

«Du siehst ja mächtig verschlafen aus. Geh dich ruhig erst mal duschen, ich mach das hier schon», sagte er gut gelaunt. Das ließ ich mir nicht zweimal sagen.

Als ich kurz darauf wieder in die Küche kam, ein Handtuch um meine nassen Haare gewickelt, hielt Felix mir eine Tasse entgegen. «Kaffee?»

Ich nickte. Der Duft zog mir schon verführerisch in die Nase.

Sich selbst goss Felix einen Tee auf.

«Du trinkst Tee?», wunderte ich mich.

«Ja, ich bin in Ostfriesland aufgewachsen, da macht man das so», sagte er. «Wenn wi keen Tee hebben, muten wi starben, wie wir Ostfriesen sagen.»

Ich musste lachen. Dann nahm ich den ersten Schluck von meinem Kaffee – und verzog das Gesicht. Er war viel zu stark und zu bitter.

«Und wenn ihr Kaffee kocht, müssen die anderen sterben, oder wie?», sagte ich trocken. Felix machte ein verdutztes

Gesicht. «Ich hoffe, beim Renovieren zeigst du mehr Talent», lachte ich.

Ein Marmeladentoast und zwei grässliche Tassen Kaffee später war ich einigermaßen wach. Wir starteten unsere Inspektion gleich in der Küche und stellten fest, dass sie erst einmal so bleiben konnte, wie sie war: Die weiß verkleidete Landhausküche war zwar schon etliche Jahre alt, war aber wenig benutzt. Kein Wunder, denn Martha überließ das Kochen lieber anderen. Vorzugsweise Giovanni. Obwohl sie gerne stolz erzählte, dass sie drei Gerichte aus dem Effeff beherrschte: Makkaroni, Fusilli und Penne. Trotzdem war sie überzeugt, dass keiner so gute Pasta zauberte wie ihr italienischer Lieblingskoch um die Ecke. Und so lange der den Kochlöffel schwang, blieb ihre Küche kalt. Denn bei Pasta und in der Liebe dürfe man keine Kompromisse machen, behauptete Martha immer. Weshalb ich bis heute nie in den Genuss ihrer Nudeln gekommen war.

Felix und ich gingen weiter, von Zimmer zu Zimmer, und er notierte sich jeweils, was es dort zu tun gab. Gorbatschow lief voraus, als wäre er der eigentliche Hausherr. Als wir ins Wohnzimmer kamen, begann er wie wild zu bellen. Ohne Sinn und Verstand. Ob ihm der Verlust von Martha hier besonders deutlich wurde? Andererseits hatte ich es aufgegeben, ihn verstehen zu wollen. Er kläffte, wenn die Sonne aufging. Er kläffte, wenn es an der Tür läutete. Und er kläffte nachts den Mond an. Ich würde noch einen Tinnitus bekommen! Schon als Tante Martha noch hier war, hatte mich dieses ständige Gebell gestört. Doch jetzt lebte Gorbi mit mir unter einem Dach, und meine Nerven würden das auf Dauer nicht aushalten. So konnte es nicht weitergehen. Es musste doch einen Ausknopf für dieses Tier geben!

«Gorbi, Ruhe jetzt! Aus!», schimpfte ich in schneidendem

Ton. Doch das kleine Ungeheuer dachte gar nicht daran, Ruhe zu geben. Vielmehr kläffte er sich jetzt erst so richtig in Rage.

Felix sah mich teilnahmsvoll an. Er ging in die Hocke, hob den Zeigefinger und blickte Gorbi direkt in die Augen. Dann senkte er den Finger und zeigte zu Boden. Ich traute meinen Augen nicht: Gorbi machte Sitz und war schlagartig ruhig. Felix kraulte ihm zur Belohnung den felligen Nacken. Tiefenentspannt legte sich Gorbi auf den Boden und ließ sich von seinem neuen Freund ausgiebig verwöhnen.

«Wie hast du das denn hingekriegt? Du bist ja ein richtiger Hundeexperte», staunte ich.

Felix lachte. «Ach, ich habe immer schon einen guten Draht zu Hunden gehabt. Meine Eltern hatten zwei Labradore, ich bin quasi mit ihnen aufgewachsen», erzählte er.

«Auf mich hört Gorbi überhaupt nicht», seufzte ich. «Was mache ich bloß falsch?»

«Vermutlich gar nichts. Er braucht vielleicht einfach noch ein bisschen Zeit, um dich als Rudelführerin zu akzeptieren. Bisher warst du für ihn ja nur eine Nebenfigur, und Martha hatte das Sagen. Ich dagegen bin ganz neu hinzugekommen – da ist es einfacher, sich Autorität zu verschaffen», erklärte Felix.

«Mag sein. Oder der kleine Kläffer ist einfach nur schrecklich verzogen.»

Felix lachte. «Hast du eigentlich mal was von Martha gehört?», fragte er, während er Gorbi weiter kraulte.

Ich erzählte ihm, was ich durch Marthas Getzwitschere wusste. «Ich kann dir gerne den Link schicken, dann kannst du mitlesen», schlug ich vor.

«Nein danke, ich bin nicht so ein Internetfreak. Ich habe ja nicht mal ein Smartphone.» Er lachte entschuldigend. «Ich lasse mir lieber von dir persönlich erzählen, was unser Liebespaar in der Ferne so treibt.»

Er stand auf und ging durchs Wohnzimmer. Es waren genau genommen zwei Räume, die durch eine große weiß lackierte Schiebetür voneinander getrennt waren. In dem einen befand sich eine Bibliothek mit einem Klavier, einer alten Biedermeier-Chaiselongue und dem Kamin. Im anderen stand mein altes graues Ecksofa, das ich seit Studienzeiten besaß, ein Ledersessel, Marthas Sekretär und ein Sideboard. Diese Zimmer waren die schönsten im ganzen Haus – und die hellsten: Durch die Fenster und die Tür zum Garten flutete das Sonnenlicht hinein. Abgesehen von den dunklen Gardinen und dem zerschlissenen Holzfußboden waren sie bewohnbar und nicht unmittelbar renovierungsbedürftig.

Ich trat an das Sideboard aus den Sechzigern, in dem Tante Martha nicht nur ihre erlesenen Spirituosen, sondern auch ihre Fotoalben aufbewahrte. Erwartungsvoll öffnete ich die Türen.

«Ich zeig dir mal, wie Amaroo vor dreißig Jahren ausgesehen hat», sagte ich und zog eines der dicken Alben heraus. Dann setzte ich mich im Schneidersitz auf die Chaiselongue und bedeutete Felix mit einer Handbewegung, ebenfalls Platz zu nehmen.

Gemeinsam blätterten wir durch die mit Fotos beklebten Seiten. Von innen war das Haus nicht wiederzuerkennen. Damals waren die Wände noch mit braun-orangefarbenen Mustertapeten gekleidet gewesen. Und auf dem Boden lagen dicke weiße Hirtenteppiche.

«Ist das deine Tante?», fragte Felix und zeigte auf eine Aufnahme.

Marthas Look entsprach ganz den Achtzigern: Sie hatte eine üppige Dauerwelle und trug einen silbernen Overall mit breiten Schulterpolstern und einem breiten Gürtel aus Goldpailletten. Martha hatte sich viel Mühe mit ihren Alben gegeben, alles war fein säuberlich mit Fotoecken versehen. Es war ein Beweis dafür, wie viel ihr die Bilder bedeuteten. Auch ich liebte es, mir die alten Fotos aus Amaroo anzusehen.

Ich blätterte noch einmal ein wenig vor und wieder zurück, um Felix den extravaganten Kleidungsstil meiner Tante sozusagen im Spiegel der Jahrzehnte zu zeigen.

«Bist du das dort in der Mitte?» Felix deutete auf ein Bild, das mich als etwa dreijähriges Mädchen zwischen meiner Mutter und Martha an den Landungsbrücken zeigte. Meine Mutter hatte eine Hand auf meinen Kopf gelegt, und ich sah glückstrahlend zu ihr hoch. Daneben klebte ein Foto von Martha und ihr als junges Mädchen, ebenfalls an den Landungsbrücken. Martha ordnete ihre Fotos nicht wie jeder andere chronologisch, sondern nach Motiven und Farben.

«Ja, das bin ich. Als kleines Mädchen war ich Marthas bevorzugtes Motiv: mit blonden Zöpfen und schmutzigem Gesicht vom Herumtoben im Garten. Immer fröhlich, niemals schlecht drauf.» Meiner Mutter zuliebe, fügte ich in Gedanken hinzu.

Auf dem Familienfoto mit mir trug sie einen Kurzhaarschnitt à la Prinzessin Diana und Karottenjeans, während sie auf dem Jugendfoto fünfzehn Jahre zuvor mit einem Minirock und einer toupierten Hochsteckfrisur zu sehen war.

«Deine Mutter ist eine schöne Frau.» Felix räusperte sich. «Aber irgendwie umgibt sie auf den Fotos auch eine Spur von Melancholie», fuhr er nachdenklich fort.

Ich stutzte. Irgendwie war ich immer davon ausgegangen, dass meine Mutter zu dieser Zeit glücklich gewesen war. Dass die Schwermut sie erst nach dem Tod meines Vaters übermannt hatte. Ich blickte noch einmal genauer hin und erkannte nun auch die Traurigkeit, die sie offenbar schon als Jugendliche wie eine Mauer umschloss. Der Anblick schmerzte mich.

Wie hatte mir das all die Jahre entgehen können? Und warum hatte Martha nie etwas über sie erzählt?

Ich sah Felix an und fragte mich, ob man als Architekt lernte, hinter die Fassade zu blicken und ob er tiefgründiger und empathischer war, als der erste Eindruck hatte vermuten lassen. Rasch verscheuchte ich den Gedanken. Vielleicht war es auch nur ein Zufallstreffer gewesen.

«Ja, vielleicht ...», stammelte ich. «In einer Weise blieb sie für mich immer unerreichbar.»

Ich erzählte ihm, dass sie schon lange tot war. Und wie unglücklich ihr Leben verlaufen war, weil sie sich so an die Illusion geklammert hatte, dass mein treuloser Vater zu ihr zurückkehren würde. «Erst hat sie das Warten auf ihn vom Leben abgehalten, dann sein Tod und die Trauer. Am Ende vielleicht auch etwas ganz anderes, etwas, das in ihr selbst war. Wer weiß schon alles über seine Eltern?»

Felix hörte aufmerksam zu und war eine Weile ganz still, während ich gedankenverloren weiter im Album blätterte.

«Ich weiß manchmal mehr, als mir lieb ist, über meinen Vater», sagte er schließlich, klappte das Fotoalbum zu und legte es zurück in die Kommode.

«Wie meinst du das?», fragte ich neugierig. Schließlich ging alles, was mit Elmar zu tun hatte, auch Martha an. Gab es etwas, das sie wissen musste?

«Seit meine Mutter ihn vor Urzeiten verlassen hat, teilt er alles mit mir, als wäre ich sein bester Freund. Ich kenne zum Beispiel all die Liebesbriefe, die er in den letzten dreißig Jahren an seine zahlreichen Romanzen geschrieben hat.» Er lächelte verlegen, was mich irgendwie rührte.

«Das ist nicht dein Ernst», stieß ich ungläubig hervor und wollte mir gar nicht ausmalen, wie es wäre, noch mehr Einblick in Marthas Liebesleben haben zu müssen.

«Und ob. Ich kenne sie alle, na ja, fast. Seit ich zwölf war, hat er mir seine literarischen Ergüsse vorgetragen wie ein Poet seinem Publikum. Irgendwann wurde es mir zu viel, und ich habe mich geweigert, ihm weiter zuzuhören und zu applaudieren. Seitdem hört er vor allem sich selbst zu», entgegnete er mit einem Achselzucken. «Er ist so berauscht von seinem Dichterherz, dass er von all seinen Liebesbriefen ein Duplikat angefertigt hat und sie gemeinsam mit den Antworten in Aktenordnern aufbewahrt.»

Ich schüttelte den Kopf.

«Wozu? Will er sie irgendwann veröffentlichen? ‹Elmars gesammelte Werke›?»

Ein Lächeln breitete sich auf Felix' Gesicht aus. Es war so einnehmend, dass ich nicht anders konnte, als mitzulachen.

«Das nun nicht», fuhr er nach einem Moment fort. «Das Archiv dient ihm dazu, sich seine schönsten Zeilen immer wieder zu Gemüte zu führen und sich selbst bei Bedarf ‹copy und pasten› zu können. Man kann ja nicht immer das Rad neu erfinden. Offenbar auch nicht in der Liebe.»

Unwillkürlich musste ich mit dem Kopf schütteln.

«Anders als deine Mutter hat mein Vater Liebe immer als Spiel gesehen, als Schauspiel, das er regelmäßig neu inszeniert. Mit wechselnder weiblicher Besetzung.» Felix zog eine Grimasse.

«Oh mein Gott, arme Martha!», entfuhr es mir.

Felix sah mich an und schmunzelte, während er sich mit der Hand durch sein zerzaustes Haar fuhr.

«Ich glaube, in diesem Punkt sind sie sich doch recht ähnlich, oder? Sind ja beide nicht die beständigsten Seelen. In Martha hat mein Vater endlich mal eine würdige Partnerin ... oder Gegnerin gefunden, je nachdem, ob man es während oder nach der Beziehung betrachtet. Ich bin gespannt, wer von beiden zuerst die Reißleine zieht.»

Ich nickte. «Du hast ja recht, meine Tante kann sehr gut auf sich aufpassen.»

Für eine Weile schwiegen wir.

«Sie sind halt beide verliebt ins Verliebtsein. Und das dauert ja bekanntlich nicht so lange», sagte ich. Gedankenverloren zupfte Felix an seinen Nägeln. Ich musterte ihn und fragte mich, ob er an seine eigene verkorkste Beziehung dachte.

Bevor ich nachfragen konnte, merkte ich, dass Felix nicht mehr bei der Sache war. Statt mir zuzuhören, starrte er auf den Holzboden. Plötzlich rutschte er aufs Parkett und befühlte – ganz der Profi-Architekt – eine leichte Wölbung unter dem Sideboard. Dann packte er zu und riss eine der Dielen heraus.

«Was zum Teufel machst du da?», rief ich entsetzt und sprang auf.

Felix sah sich die Lücke unter der fehlenden Diele genauer an und seufzte. «Das hatte ich befürchtet. Der Boden wird von einer Baumwurzel angehoben. Sieh mal, wie brüchig der Bereich hier schon ist.»

«Von einer Baumwurzel?», fragte ich entgeistert.

Felix stand auf und ging zum Fenster. «Die Wurzel von der Buche dort.» Er zeigte in den Garten. «Die hat sich unters Fundament gegraben. Das ist übel, Anne. Wenn sie noch weiterwächst, gefährdet das die Statik des ganzen Hauses.»

«Und was heißt das jetzt?» Mir schwante Böses.

«Das heißt, der Baum muss weg.» Felix war offenbar ein Freund klarer Worte. Ich hätte mir in diesem Augenblick aber mehr Einfühlungsvermögen gewünscht.

«Ha!», rief ich. «Das kommt überhaupt nicht in Frage. Der Baum bleibt!»

Ausgerechnet meine Lieblingsbuche, die mir so ans Herz

gewachsen war! Wenn ich früher in dem Zimmer saß, das Martha für mich als Kinderzimmer eingerichtet hatte, und mich allein fühlte, brauchte ich nur das Fenster zu öffnen, und schon steckte die Buche ihre Zweige zu mir herein.

Später hatte Amos, Marthas damaliger Lebensgefährte, mir ein Baumhaus in die Buche gebaut. Er war eine Art «Baumflüsterer» – zumindest behauptete er das von sich. «Bäume verstehen mich – und ich sie», hatte er gesagt. «Du musst nur richtig hinhören, dann erzählen sie vielleicht auch dir Geschichten von früher, von den Paaren, die sich heimlich unter ihren Kronen geküsst haben, oder von den Kriegen, die sie überlebt haben.» Die Äste meiner Buche waren so stufenartig gewachsen, dass ich ohne Leiter zum Baumhaus hochklettern konnte. Wenn mir mal wieder alles über den Kopf wuchs, der Missmut meiner Mutter oder die Abwesenheit meines Vaters, dann war das kleine Holzhäuschen meine Zuflucht. Hier musste ich auf niemanden Rücksicht nehmen und auch nicht das heitere Mädchen mimen. Ich saß einfach dort oben, ließ die Beine baumeln und mich vom Geräusch des Windes in den Buchenblättern trösten. Ob früher schon andere Kinder in seine Krone geklettert waren? Amos glaubte, die Buche sei mindestens zweihundert Jahre alt. So eine Zeitspanne war für mich als Kind kaum vorstellbar. Der Baum schien ewig zu leben.

Weil Martha wusste, wie wichtig mir das Baumhaus war, hatte sie die verwitterten Bretter nie entfernt. Ich hatte sogar darüber nachgedacht, für Maja ein neues Baumhaus bauen zu lassen. Martha hätte es niemals zugelassen, dass der Buche auch nur ein Zweig gekrümmt wurde. Und ich als neue Hausherrin würde es ebenfalls nicht tun.

«Anne, sei vernünftig.» Felix' Stimme holte mich zurück in die Gegenwart. «Schau doch, wie sehr die Wurzel den Boden schon beschädigt hat. Das Gleiche wird sie früher oder später mit den Wänden machen. Willst du, dass die Villa irgendwann in sich zusammenfällt?» Felix hatte die Arme vor der Brust verschränkt und die Stirn in Falten gelegt.

«Wusstest du, dass sich Bäume miteinander unterhalten?», fragte ich, als hätte ich ihn nicht gehört. «Wenn ein Baum von Käfern befallen wird, dann senden die Bäume in seiner Nachbarschaft Duftstoffe aus, die Vögel und Insekten anlocken. Die fressen dann die Käfer – und die Gefahr ist gebannt.»

Es war natürlich Amos gewesen, der mir das erzählt hatte. Erstaunlich, wie lange ich mir seine Geschichten gemerkt hatte – ich war vermutlich beeindruckt von der Vorstellung, dass Bäume genauso zusammenhalten wie wir Menschen. Oder zumindest einige von uns.

«Ja, das ist schön, aber kein Grund, diese Villa zugrunde zu richten», sagte Felix. «Es ist sicher nicht in Marthas Interesse, wenn du …»

«Du hast nicht die geringste Ahnung von Marthas Interessen!», rief ich voll wütender Hilflosigkeit und spürte bereits meine Lippe pochen. Gorbatschow knurrte, als würde ein Zuwiderhandeln gegen Marthas Interessen auch ihn in Rage bringen. Endlich stand er mal auf meiner Seite!

«Es wäre für sie völlig undenkbar, die Buche zu fällen!», fuhr ich störrisch fort. «Und ich kann das ohne ihr Einverständnis sowieso nicht erlauben.»

Felix sah mich überrascht an. Er hatte sicher nicht damit gerechnet, dass sein Vorschlag so einen Gefühlsausbruch zur Folge haben würde.

«Diese Buche ist nicht nur irgendeine Buche», erklärte ich leise. «Sie ist mir wichtig.»

Felix zuckte ratlos mit den Schultern. «Ich kann es als Architekt nicht verantworten, diese Wurzeln weiterwachsen zu lassen. Mag sein, dass du vieles mit diesem Baum verbindest.

Aber ist das nicht ein bisschen kindisch, Anne, wegen alter Erinnerungen das Haus zu gefährden?» Hätte ich mir denken können, dass dieser Mann seine Empathie ein- und wieder ausschalten konnte, wie es ihm beliebte. Für einen Moment hatte ich ihn wirklich nett gefunden.

«Wenn du angeblich so erwachsen und vernünftig bist, warum schleppst du dann dein mickriges Zitronenbäumchen überallhin mit?» Meine Augen funkelten. «Du würdest es doch auch nicht übers Herz bringen, Norbert zu fällen.»

«Das eine hat doch mit dem anderen gar nichts zu tun!», rief Felix. Er ließ das Dielenbrett auf den Boden sinken und ging zur Tür. «Sag Bescheid, wenn du dich wieder beruhigt hast.»

Mit diesen Worten ließ er mich einfach stehen.

Entgeistert sah ich durchs Fenster, wie er mit großen Schritten in Richtung Gartenhaus stapfte. Was war das denn für ein Abgang? Und was sollte ich jetzt tun?

In meiner Verzweiflung holte ich das Telefon und rief Martha auf dem Handy an, was ich wirklich nur in Notfällen tun sollte, so ihre Anweisung. Ihrem Getzwitscher zufolge war sie in Haifa.

Es klingelte. Dann knackte es plötzlich in der Leitung.

«Martha?»

«Liebelein, wie schön, dass du dich meldest! Stell dir vor, ich mache gerade meine erste Reise durch meinen Lebensbaum.»

Wie passend, dachte ich. Das Thema Bäume schien mich heute zu verfolgen.

Ich hatte sie am Toten Meer erwischt, wo sie die Geheimnisse der jüdischen Kabbala-Lehre ergründete. Noch bevor ich den Mund aufmachen konnte, plapperte sie einfach weiter.

«Angeblich finde ich so meinen Platz im Universum. Wird

ja auch höchste Zeit! Mein Lebensbaum ist ja schon sehr alt und –»

«Gutes Stichwort», hakte ich ein, schließlich hatte ich nicht angerufen, um mir ihre neuesten spirituellen Extravaganzen anzuhören.

Aber sie schwatzte unbeirrt weiter. «Mein Kabbala-Lehrer hat anhand meines Namens und Geburtsdatums nicht nur herausgefunden, welche Wege meine Seele nehmen muss, sondern auch, was ich dieses Jahr noch alles zu erledigen habe. Und ich sage dir, es bleibt spannend!»

«Das hätte ich dir auch sagen können.» Ich nutzte meine Chance, als sie kurz Luft holte. «Da gibt es nämlich etwas, was du dringend machen musst: Felix aufhalten.»

Martha stutzte. «Warum sollte ich das tun?»

«Weil er unsere Buche fällen will! Ja, du hast richtig gehört: die Buche mit dem Baumhaus. Er meint, das Wurzelwerk würde Amaroo zerstören. Ich hab ja gleich geahnt, dass Felix nicht der Richtige ist, um die Villa in Schuss zu bringen. Also hab ich ihm gesagt, dass der Baum tabu ist, und jetzt spielt er die beleidigte Leberwurst.»

«Nichts für ungut, aber du klingst gerade selbst wie ein pubertierender Teenager, Anne.» Martha reagierte nicht so entrüstet, wie ich gehofft hatte. «Ich fürchte, Felix hat recht, die Buche ist längst überfällig. Ein befreundeter Gärtner hat schon letztes Jahr gesagt, dass sich der Citrusbockkäfer in die Buche gefressen hat.»

Ich musste schlucken, und mir wurde schlagartig bewusst, dass das Schicksal des Baums bereits besiegelt war. Martha war meine letzte Hoffnung gewesen.

«Liebelein, jedes Ende ist auch ein Anfang, das ist der Kreislauf der Natur. Also sieh es positiv: als Beginn von etwas Neuem. Darin hast du doch jetzt schon Übung!»

Ich hörte, wie sich Martha die Nase schnäuzte. «Bist du krank?», fragte ich besorgt.

«I wo, das ist nur eine Allergie gegen die Afarsemon-Pflanze, die hier überall wächst. Sie duftet so herrlich, dass man sogar Parfum aus ihr herstellt – allerdings interessiert das meine Nase nicht. Schade, denn der Geruch soll sich positiv auf die Seele auswirken.»

Oh Mann, von Martha war wirklich keine Hilfe mehr zu erwarten. Ich seufzte.

Auf einmal hörte ich Martha leise kichern und mit irgendwem flüstern. «Martha? Was ist los? Ist Elmar bei dir?»

Sie kicherte erneut. «Viel besser als das. Ich muss jetzt aufhören, Liebes!» Dann hörte ich ein Knacken. Sie hatte aufgelegt.

16. WER ZWEIMAL HEIRATET, DEM GLAUBT MAN NICHT

Marthas Getzwitscher: ++ Zwischenstopp auf dem Mahane-Yehuda-Markt in Jerusalem ++ Was für ein Gedrängel ++ Ein freundlich dreinschauender Händler reicht mir einen Albtraum von einem Kleid, eine Tunika mit exotischem Gefiedermuster, das ich der Höflichkeit halber anziehe ++ Ich sehe furchterregend aus – wie ein schwangerer Papagei ++ Doch der nette Herr rettet charmant die Situation: «In jedem Ding ist Schönheit verborgen – aber nicht jeder vermag sie zu sehen.» ++ Habe ihn daraufhin gleich auf einen Minztee eingeladen ++

In weniger als einer Stunde würde Miss Piggy ihr Ehegelübde erneuern, und ich stand immer noch ratlos vor meinem Schrank.

Auf der Einladung stand als Kleiderordnung: «Barfuß im eleganten Sommerkleid.» Nette Idee, aber es war immer noch Winter, und meine luftigen Kleider stapelten sich in Kartons auf dem Dachboden. Immerhin hatte ich es drei Wochen nach dem Umzug schon geschafft, die Kartons mit den Wintersachen auszupacken.

Ich beschloss, auf die Vorgaben der Brautleute zu pfeifen und mein warmes grünes Samtkleid anzuziehen. Ich mochte es, obwohl es von Richard war. Für meine Lektoratshilfe hatte es von ihm entweder Kleider oder Schmuck gegeben. «Geschenke, nicht Geld», so hatte er gesagt, «erhalten die Liebe.»

Von wegen.

Ich griff nach einer silbernen Haarspange und steckte mir

den Pony zur Seite. Halbwegs zufrieden betrachtete ich mich im Spiegel. Als ich gerade den hellroten Lippenstift auftragen wollte, klingelte es an der Tür.

Sofort schoss Gorbi aus seinem Körbchen, in dem er gerade noch friedlich geschlummert hatte, kläffte aufgeregt die Tür an und verstellte mir den Weg, sodass ich sie nicht öffnen konnte.

«Gorbi, aus! Zurück ins Körbchen!»

Er würdigte mich keines Blickes und rührte sich auch nicht von der Stelle. Schließlich schob ich ihn vorsichtig mit dem Fuß von der Tür weg und musste mir dafür sein wütendes Knurren gefallen lassen.

Als ich endlich aufmachen konnte, stand Yvonne vor uns in einem knallroten Wintermantel, mit einer Big-Size-Ledertasche und verspiegelter Sonnenbrille auf der Nase.

«Huch! Was machst du denn hier?», fragte ich, denn sie war nicht eingeladen zu Miss Piggys Feier.

Yvonne schob sich zwischen mir und Gorbi vorbei in den Flur. «Eigentlich eine unverschämte Frage – vor allem wenn man bedenkt, dass ich mein heiliges Nachmittagsschläfchen nur für dich unterbrochen habe.» Sie seufzte leise.

Erst jetzt fiel mir auf, wie kratzig ihre Stimme war. Von den paar Gin Lassis, die wir gestern beim Doppelkopf getrunken hatten, konnte ihr desolater Zustand kaum kommen.

«Ich nehme an, du leidest unter Schlafmangel und behältst deshalb deine Sonnenbrille auf, obwohl wir Mitte Januar haben und uns im Inneren eines Hauses befinden?», fragte ich amüsiert.

«Erraten.» Yvonne gähnte ausgiebig.

Ich wurde neugierig. «Nach dem Doppelkopf noch getindatet?»

«Und wie! Eine süße Studentin, die neu in der Stadt ist. Ich hab ihr die schönsten Ecken der Stadt gezeigt!» Sie lachte ihr verruchtes Lachen.

«Und danach vermutlich deine, oder? Hamburg by night!»

Sie lächelte geheimnisvoll und ging voraus ins Wohnzimmer. Gorbi trollte sich in sein Körbchen und ignorierte uns geflissentlich.

«So, und nun zu dir.» Yvonne musterte mich ungläubig. «Weidmannsheil!? Also wirklich, Anne, willst du in Jägergrün zur Feier gehen?»

Ich überhörte den Spott in ihrer Stimme. «Entschuldige mal, das Kleid hat ein Vermögen gekostet. Das hat Richard zumindest behauptet.»

Yvonne zog eine Augenbraue hoch. «Seit wann ist der Preis ein Zeichen von gutem Geschmack?», fragte sie, ohne eine Antwort zu erwarten. «Glaub mir, dieser Fummel tut für niemanden etwas.»

Ich musste an Marthas Markterlebnis in Israel denken und dachte, dass Yvonne die Schönheit meines Kleides vielleicht einfach nicht erkannte.

Sie ging zur Garderobe, um ihren edlen Mantel an den Haken zu hängen. Zwischen meinen eher sportlichen Jacken wirkte er dort wie Haute Couture in der Altkleidersammlung. Ihre Brille behielt sie auf, zupfte sich nur ihre schwarzen Lederleggings zurecht, die sie mit einer cremeweißen Seidenbluse kombiniert hatte, und warf einen kontrollierenden Blick in den Flurspiegel. Wenn es jemanden gab, der Leggings tragen konnte, dann Yvonne. Für ihren Knackpo ging sie zweimal pro Woche zum Spinning und joggte regelmäßig um die Alster.

Verunsichert schaute ich ebenfalls in den Spiegel und versuchte mich mit Yvonnes Augen zu betrachten. Tatsächlich sah ich in dem moosgrünen Stoff ein wenig aus wie Sissi auf der Jagd. Fehlte nur noch die Flechtfrisur.

«Was soll ich denn machen?», jammerte ich «Es ist saukalt draußen, und in meinem Schrank sieht es aus, als hätte ich einen Flohmarkt veranstaltet. Dabei kommt das doch erst noch.»

Vor ein paar Tagen, als ich missmutig an die vielen unausgepackten Kartons auf dem Dachboden dachte, hatte ich beschlossen, einen Kleiderflohmarkt zu veranstalten. Jana und Lissie waren so begeistert von der Idee gewesen, auf diese nette Art ihren alten Plunder loswerden zu können, dass sie sich sofort einklinkten und uns für das vorletzte Februar-Wochenende eine Standfläche in der Fabrik in Ottensen reserviert hatten, wo einmal im Monat geramscht wurde.

«Was du machen sollst?», wiederholte Yvonne meine Frage. «Erst mal etwas trinken.» Sie ging in die Küche und kam im Handumdrehen zurück mit zwei Gläsern und einer geöffneten Flasche Crémant aus Marthas Bestand.

Gründe zu feiern hatten wir genug. Yvonne und ich hatten in den letzten Wochen so viele Aufträge bekommen, dass wir kaum hinterherkamen. Um uns zu entlasten, hatten wir schon die erste Teilzeitkraft eingestellt und würden noch weitere Vorstellungsgespräche führen. Kurz nach den Feiertagen war bei *Ex und Hopp* Hochsaison: Das «Weihnachts- und Neujahrsgeschäft» lief blendend. Die Frauen kamen in Scharen. Es war erstaunlich, wie viele Paare das Fest der Liebe nicht überstanden hatten. Andererseits wunderte es mich nicht, denn wir hatten recherchiert, dass zwei Drittel aller Trennungen nach Weihnachten oder nach dem Sommerurlaub vonstattengingen. Vorsorglich hatten wir darum für den Spätsommer bereits eine Urlaubssperre verhängt.

Die meisten Frauen entschieden sich für ein Event aus unseren «Paketen» – und in deren Durchführung waren wir inzwischen geübt. Auf der Barkasse lag immer eine Armbrust bereit, mit der die Frau dem Loverboy den entscheidenden Gnadenschuss geben konnte, bevor er in der Elbe versank. Von einer Signalpistole hatten wir nach der ersten Fahrt lieber abgesehen.

Neuerdings hatten wir auch einen Fallschirmsprung im Angebot, den wir vor allem Frauen ans Herz legten, die sich noch unsicher waren, ob sie ihr Leben auch ohne Mann wuppen würden. Wenn sie dann erst mal aus dem Flugzeug abgesprungen waren, wussten sie, dass sie alles schaffen konnten. Vorher durften sie ihren personalisierten Loverboy natürlich noch mit Schwung aus dem Flugzeug befördern – ohne Schirm, versteht sich.

Eine dieser Frauen war Eleonore Nagel gewesen, eine adrette Groß Flottbekerin mit eleganter Kurzhaarfrisur, die wir Anfang Januar als Mitarbeiterin für das Merchandising eingestellt hatten. Ihr Mann, ein erfolgreicher Unternehmer, hatte sich nach seinem Neuanfang so arm gerechnet, dass ihr kaum genug Geld für die Miete blieb. Mit ihren knapp 60 Jahren ohne große Berufserfahrung war sie auf dem Arbeitsmarkt nicht mehr vermittelbar. Wir nahmen sie mit Kusshand, denn als Betroffene wusste sie genau, wie sie unsere Produkte an die Frau bringen konnte. Eleonore hat auch dafür gesorgt, dass unsere Website einen Shop bekam. Seit ihrer Einstellung gingen die Werbeartikel weg wie geschnitten Brot. Während im regnerischen Herbst der «Rettungsschirm» und über Silvester das Tischfeuerwerk «EXplosiv» auch ohne ihre Hilfe gut liefen, hatten sich andere Artikel wie zum Beispiel unser Sturmfeuerzeug «Feuer unterm Arsch» zunächst als Ladenhüter entpuppt. Es war ihre Idee gewesen, das Zippo individualisiert und mit einem Foto des jeweiligen Exmannes anzubieten, unter dessen Hintern nach dem Anschnippen des Rädchens die Flamme loderte. Natürlich hatte das gute Stück dadurch auch einen gewissen Preis. Aber Eleonore schaffte es, durch einen geschickten Werbefeldzug bei Scheidungsanwälten sowie in Selbsthilfegruppen, im Internet und in diversen Frauenzeitschriften den Verkauf erheblich anzukurbeln. Wegen einiger Gimmicks waren wir sogar mit einem Shoppingkanalsender im Gespräch, etwa mit unserem Gummientenpaar: Während das Weibchen mit rot geschminktem Schnabel munter auf dem Wasser schwamm, hing ihr männliches Pendant kopfüber unter Wasser. Auf Druck stieß der Enterich ein ängstliches Quieken aus.

Was mich aber mehr als alles andere erstaunte, war der gigantische Absatz der personalisierten Gummipuppe für den Hausgebrauch. Es gab immer mehr Verlassene, die mit dem Plastikdouble ihres Ex ganz ohne Ritual und nur im allerprivatesten Rahmen abrechnen wollten. Für uns hatte sich damit unverhofft ein lukrativer Nebenschauplatz aufgetan. Auch von den Frauen, die ein Ritual gebucht hatten, wollten viele den Loverboy anschließend gern mit nach Hause nehmen. Da er die Veranstaltung jedoch in den seltensten Fällen heil überstand, konnten sie ihn in beliebiger Anzahl bei uns nachbestellen – einerseits als schöne Erinnerung an die Abrechnung, aber ohne Zweifel auch als Trophäe oder um für eventuelle «Nachwehen» gerüstet zu sein. Die Doubles vom Double florierten, obwohl wir wegen der hohen Produktionskosten satte 199,99 Euro pro Puppe berechnen mussten.

Wir wollten gar nicht so genau wissen, was unsere Kundinnen bei ihrem ganz persönlichen Abschied mit dem Gummimann anstellten. Juristisch gesehen war es in jedem Fall besser, sie vergriffen sich an der Puppe als an ihrem echten Verflossenen.

Oft war es schön und erleichternd zu sehen, wie die Frauen

sich durch das Ritual von der Last der Trennung befreiten. Wie wichtig gute Freundinnen dabei waren, konnten wir bei jedem Event beobachten. Sie hielten ohne Wenn und Aber zur Leidtragenden und taten alles, um sie bei ihrem «Wiederaufbau» zu unterstützen.

Yvonne drückte mir ein Glas Champagner in die Hand und stieß mit mir an. «Kommen wir zum eigentlichen Grund meines Besuches: dir zu einem spektakulären Auftritt zu verhelfen!»

«Spektakulärer Auftritt? Wieso das denn?», fragte ich. Schließlich hatte ich nicht vor, mein Ehegelübde zu wiederholen.

«Du musst selbstbewusst wirken.» Sie nippte an ihrem Glas, bevor sie es wieder abstellte. «Und sexy.»

Ich starrte sie entgeistert an. Eigentlich wollte ich mich nur kurz auf der Feier blicken lassen, um Jana und Lissie einen Gefallen zu tun, und dann schnell wieder verschwinden. Schließlich gab es in Amaroo noch jede Menge zu tun. Und dieses war das erste Wochenende seit Wochen ohne Agenturjob und ohne Maja.

Aber Yvonne schien entschlossen. «Mit dem Jägerfummel kannst du nichts reißen.»

Reißen? Worauf wollte sie hinaus?

«Mit dem hier aber schon», sagte sie und beförderte mit einer dramatischen Geste ein mattgoldenes Spitzenkleid aus ihrer Tasche, schmal in der Taille und mit weit schwingendem Rock. «In diesem Kleid wird es keiner Frau zu kalt. Tu mir den Gefallen und zieh es an!»

Ich war irritiert. «Der Spruch stammt doch von Coco Chanel, oder?»

«Wie dieses Kleid, meine Liebe, wie dieses Kleid!»

Ich musste schlucken. Chanel? Mein wertvollstes Stück im

Schrank war eine Secondhandbluse von Jil Sander, die ich für acht Euro auf dem Flohmarkt erstanden hatte.

«Und warum borgst du mir eine solche Kostbarkeit?

Yvonne nickte. «Weil dich die lüsternen Blicke deiner Bewunderer wärmen sollen, wenn all die anderen halb erfroren und mit schlechtsitzenden Klamotten dieser scheinheiligen Zeremonie folgen! Und weil die Frauen sich fragen sollen: Wie hat es diese Frau nach einer schmerzhaften Trennung nur wieder zu so einem tollen Selbstbewusstsein geschafft?»

«Du willst also, dass ich akquiriere. Ausgerechnet bei einer Hochzeit?», fragte ich ungläubig.

«Warum denn nicht? Als Repräsentantin von *Ex und Hopp* bist du unsere beste Markenbotschafterin und stets im Einsatz.» Sie schenkte mir einen mahnenden Blick. «Deshalb musst du aussehen wie jemand, für den sich das Trennungsritual gelohnt hat. Strotzend vor Selbstvertrauen, heiß und high-class.»

«Das ist ein Hochzeitsgelübde, keine Trennungsparty», gab ich abermals zu bedenken.

«Schätzchen, die Messe ist gesungen. Hier läuten nicht die Hochzeitsglocken, hier läuten die Alarmglocken, wenn du mich fragst!» Sie goss uns ein weiteres Glas ein. «Ich meine, wer es nötig hat, sich nach zehn Jahren symbolisch seiner Liebe zu vergewissern», sagte sie und nahm einen kräftigen Schluck, «der tut das aus Verzweiflung, glaub mir.»

«Du weißt doch gar nicht, wovon du redest», entgegnete ich leicht amüsiert und betrachtete den wunderbaren Stoff in Yvonnes Hand.

Das Kleid war das schönste, das ich je gesehen hatte. Sie hielt es mir hin. Um es nicht schmutzig zu machen, griff ich mit spitzen Fingern nach dem Kleid und legte es vorsichtig über die Sofalehne. «Keine deiner Beziehungen hat länger gehalten als eine Nacht», sagte ich und schälte mich aus dem Samtkleid. Doch Yvonne ließ sich nicht beirren. «Deshalb bin ich ja jetzt auch Trennungsexpertin geworden und nicht Paarberaterin. Und diese Feier ist ein perfekter Fall für *Ex und Hopp.*» Nachdem ich mir das Kleid über den Kopf gezogen hatte, schob Yvonne mich zum großen Spiegel im Flur und betrachtete zufrieden das Ergebnis. «Schau selbst: Das Kleid ist wie für dich gemacht.»

Ich drehte mich einmal um meine eigene Achse, und tatsächlich: Ich kam mir wie verwandelt vor. Ob Karl Lagerfeld bei diesem Traum persönlich den Zeichenstift geführt hatte?

«Weißt du was?», sagte Yvonne mit erstaunlich viel Wärme in der Stimme. «Ich schenke es dir. Keine Sorge, ich habe es günstig geschossen. Und es steht dir ohnehin besser als mir.»

Ich fiel ihr um den Hals. «Mein erstes Haute-Couture-Kleid ... mit gerade mal vierzig. Dann habe ich es wohl geschafft, wie? Womit habe ich das nur verdient?», lachte ich.

«Ach was, reiner Eigennutz», zwinkerte sie mir zu. Dann wurde sie wieder geschäftsmäßig. «So, wenn du nicht zu spät kommen willst, musst du jetzt los.» Yvonne reichte mir meinen Trenchcoat. «Ich fahr dich!»

Ich nickte dankbar, zog meine Winterstiefel über und legte schnell Gorbi noch eine kleine Bestechungswurst hin, weil ich ihn mal wieder einen halben Tag alleine lassen würde. Er sah nicht mal hoch.

Als ich kurz darauf schwungvoll die Haustür öffnete, wäre ich fast mit Felix zusammengeprallt. Er stand direkt vorm Eingang – zitternd und nur mit einem Handtuch um die Hüfte gewickelt.

«Oh.» Mein ungewöhnlicher Auftritt in Spitzenkleid und Winterboots schien ihn zu verunsichern. «Störe ich?»

«Nun ja ...» Auffordernd sah ich ihn an.

«Also … Aus meiner Dusche tröpfelt es nur, die Leitungen sind wohl eingefroren. Kann ich … bei dir duschen?», fragte er und schaute an meinem Kleid herunter und dann mir in die Augen.

Sein Blick machte mich unruhig. Ich spürte, wie mir das Blut in die Wangen schoss. Verlegen schaute ich zur Seite.

Nach unserem Streit um die Buche vor einer Woche setzten wir immer noch auf höfliche Distanz. Wir hatten seitdem kaum ein Wort miteinander gewechselt. Ich hatte mich zwar in mein Schicksal gefügt, dass der Baum weichen musste. Doch das ungute Gefühl ihm gegenüber war geblieben – und ihm schien es ähnlich zu gehen.

«Kein Problem», antwortete ich und ließ ihn hinein. «Gorbi wird sich über Gesellschaft freuen.»

Ich spürte wieder Felix Blick, während er betont langsam an mir vorbeiging.

«Sieht sie nicht aus wie eine Göttin?», fragte Yvonne mit einem spöttischen Zug um die Lippen. «Schönen Tag noch.»

Bevor Felix etwas erwidern konnte, zog sie kichernd die Tür hinter sich zu. Auf dem Weg zu ihrem Auto stupste sie mich mit dem Ellbogen in die Seite. «Wenn ich du wäre, würde ich ihm das Wasser komplett abdrehen. Dann müsste er seinen nackten Oberkörper jeden Tag bei dir spazieren führen.» Sie schüttelte ihre Hand, als hätte sie eine heiße Herdplatte berührt. «Das ist ja ein echtes Prachtexemplar, das du da vor der Nase hast. Und das sage ich als Außenstehende.»

«Findest du?», fragte ich betont desinteressiert und war froh, als wir endlich losfuhren. Insgeheim musste ich ihr recht geben. Seine optischen Qualitäten waren nicht zu verachten.

Nachdem Yvonne mich in Övelgönne rausgelassen und mir noch ein paar Visitenkarten in die Hand gedrückt hatte, stapfte ich durch den eiskalten Sand. Ein Paar elegantere Highheels hatte ich in meiner großen Lederhandtasche dabei.

Das hell erleuchtete Partyzelt stand direkt neben der *Strandperle*, einem im Sommer rettungslos überfüllten Imbiss. Jetzt im Januar, noch dazu nach Anbruch der Dunkelheit, verirrte sich hier außer den Hochzeitsgästen keine Menschenseele hin. Vor dem Zelt war ein kleiner Altar aufgebaut, dort sollte offensichtlich die Zeremonie stattfinden. Beim bloßen Gedanken daran, dass ich noch einige Zeit in der Kälte würde ausharren müssen, bekam ich blaue Lippen.

Kaum hatte ich Jana und Lissie begrüßt, als auch schon die Gastgeberin auf uns zugeeilt kam, mit altbewährter Miss-Piggy-Frisur und in einem dünnen weißen Strandkleid, in dem sie bestimmt furchtbar fror. Sie wirkte etwas molliger, als ich sie in Erinnerung hatte. Vielleicht war es auch nur die Angora-Unterwäsche, die etwas auftrug. Bei ihrem Anblick musste ich erneut an Marthas Tzwitscher-Posting denken, nur dass ich diesmal diejenige war, die die Schönheit nicht zu sehen vermochte – im Gegensatz zu Ludger, der es immerhin schon zehn Jahre mit ihr aushielt.

«Wie schön, ihr seid gekommen», rief Stefanie. «Und sogar du Anne! Great!»

«Ja, klar, warum denn nicht?»

«Äh ...» Sie druckste etwas herum. «Ich dachte nur, dir liegt vielleicht nicht mehr viel an Hochzeiten.»

Ich war zu überrascht, um etwas Originelles darauf zu erwidern.

Sie beugte sich zu mir vor und flüsterte: «Ich hab gelesen, dass dein Richard sich neu verliebt hat und du dich aus Frust an der ganzen Männerwelt rächst.» Sie schüttelte den Kopf. «Schade, ich sag ja immer, dass beide an einer Ehe arbeiten müssen, damit sie funktioniert.»

Miss Piggy war wirklich noch ganz die Alte. Und ich wusste spätestens jetzt, dass es ein Fehler gewesen war, der Einladung zu folgen. Unbeirrt tat sie nun einen Schritt zur Seite, um den Blick auf ihre bessere Hälfte freizugeben.

«So wie wir beiden Hübschen. Meinen Lucky kennt ihr ja noch», sagte Miss Piggy und machte dabei eine weit ausholende Bewegung, als präsentiere sie ihren neuesten Zuchtbullen.

«Hallo», sagten wir drei im Chor. Wahrscheinlich weil uns sonst nichts Freundliches einfiel.

Ludger hatte eindeutig an Klasse eingebüßt, so viel konnte man nach dem ersten Blick sagen. Zwar sah er immer noch passabel aus, aber sein ehemals volles dunkles Haar begann sich an beiden Seiten der Stirn zu Geheimratsecken zu lichten, treffender gesagt: zu Geheimratsflächen. Und der kugelförmige Bauch, den man unter seinem maßgeschneiderten Business-Anzug erkennen konnte, hatte auch nicht mehr viel gemein mit dem athletischen Körper, mit dem er früher die Mädchenherzen zum Schwingen gebracht hatte. Lediglich seine große Statur und seine breiten Schultern erinnerten an den Leistungsschwimmer, der er einmal gewesen war.

Neu war auch eine schwarze kantige Brille mit silbernen Bügeln, die ihm den Charme eines Bankbeamten verlieh.

Jana konnte froh sein, dass nichts aus ihnen geworden war.

«Schön, euch wiederzusehen.» Ludger streckte Lissie, Jana und mir die Hand entgegen. «Ihr habt euch ja kaum verändert», sagte er anbiedernd und schnalzte anerkennend mit der Zunge. «Nur weiblicher seid ihr geworden.» Als Ludger sich vorbeugte und seine Augen beinahe in Lissies Dekolleté geplumpst wären, fiel mir ein Detail an seinen Brillenbügeln auf. Auf dem linken Bügel war ein kleiner Bräutigam im Frack aufgestanzt, auf dem rechten eine Braut in Spitzenkleid und Schleier. Seltsam, wie ein winziges optisches Detail einen

Mann im Handumdrehen in einen Hanswurst verwandeln konnte, dachte ich.

Stefanie musste meine Blicke bemerkt haben und kicherte: «Wechselbügel, mein Geschenk zur zweiten Hochzeit.»

Jana, Lissie und ich schauten uns betreten an.

«Auf jeden Fall origineller als Manschettenknöpfe», erklärte ich verlegen.

Ludger ließ das Gespräch mit unbeteiligter Miene über sich ergehen und schien sich mehr für den Hintern einer vorbeigehenden Frau in gelbem Stretchkleid zu interessieren.

Selbstgefällig fuhr Miss Piggy fort, während sie Ludger eng an sich heranzog. «Schaut euch Lucky und mich an: Immer noch so verliebt wie am ersten Tag. Klar ist das Arbeit, viel Arbeit. Aber auch Vergnügen, sehr viel Vergnügen!» Sie lachte verrucht.

Ich hatte große Lust, ihr in den wabbeligen Oberarm zu zwicken, so wie früher, wenn sie als Einzige in der Klasse mal wieder 15 Punkte geschrieben und vor uns anderen prahlend mit ihrer Klausur gewedelt hatte.

«Na, das Glück kann schneller vorbei sein, als man so denkt», sagte ich genervt. Ich konnte mir nicht helfen, aber ich hatte fast den Eindruck, dass Miss Piggy sich gerade für ihre einsame Schulzeit rächte. Vielleicht hätten wir sie damals doch warnen sollen, als die Jungs auf der Klassenfahrt Frischhaltefolie über die Toilette gespannt hatten.

Die eigentliche Zeremonie war dann so peinlich wie erwartet. Sie wurde von einer langhaarigen ätherischen Hippiefrau vollzogen, die in einem weißen Sari um das Paar herumtanzte, indische Mantras summte und Mutter Erde dankte, dass sie diese Liebe nährte. Geschlagene dreißig Minuten ging das so, bis die Zuschauer fast in einen meditativen Tiefschlaf gefallen waren. Der Höhepunkt war dann, als sich die glücklichen

Brautleute gegenseitig Blumenketten umhängten und erneut ja sagten. Das esoterische Getue, mit der die beiden sich offenbar einen Hauch von Exzentrik und Spiritualität verleihen wollten, ließ ihre Spießigkeit nur noch deutlicher hervortreten. Ich lenkte mich ab und beobachtete die Gäste.

Da stupste mich eine hochgewachsene, gutaussehende Frau an. Zu ihrer Linken stand ein Mann, den ich aus dem Fernsehen zu kennen glaubte. «Hey Anne», flüsterte sie. «Du auch hier?»

Jetzt erkannte ich sie. Das war Inga, die vom Schicksal und allen Jungs aus der Klasse geliebte Blondine, die sich aber schon in der neunten Klasse nur mit Jurastudenten abgegeben hatte.

«Und – was machst du so?», fragte sie. «Verheiratet mit Eigenheim? Spannender Job?»

Ich war mir nicht sicher, ob ich Spott aus ihrer Stimme heraushörte. Jedenfalls verspürte ich wenig Lust, ihr Fragen zu meinem Leben zu beantworten. Darum fasste ich mich kurz: «Eine Tochter, so gut wie geschieden, wieder bei meiner Tante wohnhaft und gerade einen neuen Job angefangen. Noch Fragen?»

Sie lächelte verkrampft, als hätte sie immer schon geahnt, dass aus mir nichts werden würde.

Was machte ich eigentlich hier? Ich hasste doch diese Schulwiedersehen, sie waren wie eine unfreiwillige Begegnung mit dem eigenen pickligen, schlecht frisierten Teenager-Ich. Wer behauptete, dass es darum ging, über schöne alte Zeiten zu plaudern, der log sich was in die Tasche. Es ging einzig darum, sich zu vergleichen, zu posen und gut zu performen. Schon beim letzten Klassentreffen vor beinahe zehn Jahren hatte ich mir geschworen, mir diese entwürdigende Leistungsschau nicht noch einmal zu geben. Damals, mit Anfang dreißig, war ich gerade im schlecht bezahlten Volontariat, ungebunden und ohne Kind und musste nur in die überheblichen Gesichter meiner ehemaligen Klassenkameraden mit ihren Eigentumswohnungen, SUVs, Hilfsprojekten in Uganda oder schwangeren Bäuchen blicken, um zu wissen, was sie über mich dachten. Zumal ich im Gegensatz zu anderen Außenseitern nicht einmal eine Aussteiger- oder zumindest Künstlerbiographie vorzuweisen hatte. Abgesehen von Jana und Lissie konnte ich einfach mit keinem unserer ehemaligen Mitschüler etwas anfangen.

Mit Inga erst recht nicht. «Klingt wahnsinnig … abwechslungsreich, dein Leben», sagte sie mitleidig. «Ich muss dir nachher unbedingt Steven vorstellen.» Damit drehte sie sich ohne ein weiteres Wort zu ihrem blendend aussehenden Mann um und signalisierte mir, dass sie es vorzog, der Trauung weiter zuzuhören, als ihren Input an eine Blindgängerin wie mich zu vergeuden.

Später, als die Zeremonie vorbei war, durften wir endlich ins Zelt. Durchgefroren und ausgehungert eilten Jana, Lissie und ich zum Buffet.

«Warum fragen die uns auf der Einladung nach unseren Ernährungsunverträglichkeiten, wenn hier jetzt nur Buletten, glutenhaltige Brezeln und Butter liegen?», schimpfte Jana und zog ihren Mantel aus.

In ihrem Beisein kam ich mir manchmal wie ein unsensibler Allesfresser vor. Meinem Magen konnten weder Laktose noch Gluten etwas anhaben, und anders als bei den Fans von veganem Essen, Steinzeitkost und Astronautennahrung im Bekanntenkreis verspürte ich auch keine Lust, auf Weizen, Fleisch oder Zucker zu verzichten.

Im Zelt herrschten beinahe tropische Temperaturen. Überall standen Wärmepilze, getarnt als Palmen. Als Jana sie entdeckte, entfuhr ihr ein Schrei. «Ich glaube, ich spinne. Sind die denn völlig verrückt geworden, hier Dutzende von diesen Öko-Giftpilzen zu pflanzen! Von dem, was diese Klimakiller hier an einem Abend an CO_2 in die Luft jagen, kannst du ein Jahr lang einen ganzen Wohnblock heizen!»

Als wir uns gerade Drinks holen wollten, um Jana etwas milder zu stimmen, ergriff der «frisch zum zweiten Mal Vermählte» Ludger das Wort und begrüßte die Anwesenden. Dann hielt er eine Lobeshymne auf seine Frau, die allerdings so formell und sachlich klang, als würde er eine Rede zum Jubiläum seiner Sekretärin halten.

«Du besorgst die Geschenke für meine Angestellten, erinnerst mich daran, meine Mutter anzurufen, und weißt immer, wann das Auto zum Check-up muss. Ohne dich wäre mein Leben ein Chaos.»

Jana, Lissie und ich warfen uns vielsagende Blicke zu. Das klang in unseren Ohren nicht nach einer großen Liebeserklärung, sondern eher nach einer überstandenen Wurzelbehandlung.

Yvonne hatte leider recht gehabt: Diese Veranstaltung schien das letzte klägliche Aufbäumen zu sein, eine panische Fünf-vor-zwölf-Aktion, mit der Miss Piggy sich und anderen beweisen wollte, dass alles in Butter war.

Als der zaghafte Beifall nachließ, erklärte Ludger schnell: «Und für die Durstigen unter euch: An der Bar findet ihr alles, was ihr braucht! Ab 21 Uhr zahlt dann jeder seine Getränke selbst. Bis dahin übernehmen selbstverständlich wir alles – außer Longdrinks, Schnäpse und Cocktails.» Zufrieden schnalzte er mit der Zunge.

Lissie war empört. «Wie bitte, erst einen auf dicke Hose machen und mit fettem Porsche Cayenne vorfahren und dann nur bis 21 Uhr zahlen?»

«Und noch nicht mal Gin Tonics!», pflichtete Jana ihr bei.

Ich schaute auf die Uhr: «Schon acht Uhr durch.»

«Dann aber los, Mädels!», drängte Lissie.

Wir stürmten an die Bar. Diese Veranstaltung war wirklich nur mit Alkohol zu ertragen. Jede von uns bestellte gleich vier Bier, um die Sperrstunde fürs Erste zu umgehen. Leider blieb unsere Gier nicht unbemerkt.

An der Bar stand ein junger Surfertyp im hellen Anzug und musterte mich amüsiert beim Versuch, vier Flaschen auf einmal durchs Zelt zu bugsieren.

Lissie, die bereits an einem der Stehtische Platz für uns gemacht hatte, waren seine Blicke nicht entgangen. Sie stupste mich in die Seite. «Wollen wir ihn auf ein Bier einladen?»

«Willst du mich etwa verkuppeln?» Ich tat empört.

«Unsinn, ich dachte nur, du könntest ein bisschen Spaß vertragen. Und dich auf die denkbar angenehmste Art und Weise in die Phase der Neuorientierung … hineinknutschen.» Sie kicherte.

Ruckartig drehte ich den Kopf zurück zur Bar, um den braun gebrannten Typen genauer unter die Lupe nehmen zu können. Er zwinkerte mir zu. Ich spürte, wie mir die Röte ins Gesicht schoss. Der flirtete ja tatsächlich! Mit mir!

Er prostete uns zu. Sein offenes Lachen gefiel mir. Aber ich konnte sein Alter auf die Entfernung schlecht schätzen.

«Ist der nicht viel zu jung für mich?»

«So ein Quatsch! Zu jung gibt's doch gar nicht.» Jana und Lissie waren sich einig.

Ich war in Sachen Flirten total aus der Übung. Sollte ich zurückzwinkern? Oder war das zu plump? Während ich noch überlegte, pirschte sich eine grazile Schönheit an ihn heran und legte ihm einen Arm um die Taille. Der Typ wandte sich ihr zu und umarmte sie innig.

Seufzend sah ich meine Freundin an. «Die guten Männer sind eben alle vergeben, so ist es nun mal.»

Wir griffen nach unseren Bierflaschen und stießen an.

«Das glaub ich jetzt nicht!», sagte da plötzlich eine zierliche Frau mit prominenter Nase neben mir. «Anne?»

Irritiert starrte ich sie an.

«Karoline», half sie mir auf die Sprünge. «Karoline Puntsch!»

Jetzt erinnerte ich mich. Der Habicht! So hatten wir Steffis kleine Schwester damals genannt, wegen ihrer gebogenen Nase und ihrem stets schlechtgelaunten Gesichtsausdruck, als wäre sie jederzeit bereit, draufloszuhacken.

Jana und Lissie begrüßten sie ebenfalls

Karoline lächelte mich freundlich an. «Ich hab dich damals so bewundert, Anne, du hattest den wildesten Kerl der ganzen Schule.»

Oje! Damit konnte sie nur den «schwarzen Stanislaw» meinen. Er war Grufti und stand in jeder Pause mit den anderen Jungs in der Raucherecke. Um ihm zu imponieren, hatte ich mir einen langen dunklen Lodenmantel zugelegt und mir Haare und Augenbrauen schwarz gefärbt. Mein Einsatz zeigte sogar Erfolg. Eine Zeitlang trafen wir uns nach der Schule zum Knutschen im Fahrradkeller. Nach einem Monat schenkte ich ihm einen selbstgebastelten Traumfänger aus einem echten Katzenschädel, den ich kurz zuvor im Urlaub auf Gomera am Straßenrand gefunden und in meinem Rucksack bis nach Hamburg geschmuggelt hatte. Trotzdem verließ er mich kurz darauf für Beate mit den blonden Strähnchen und dem rosa Lippenstift, von der jeder wusste, dass sie «es schon machte». Ich blieb zurück mit der Erkenntnis, dass man sich für Jungs nicht zu verbiegen brauchte, weil es einem ohnehin nicht gedankt wurde.

Leider musste mir diese Erkenntnis irgendwann abhandengekommen sein.

«Was wohl aus Stani geworden ist?», fragte ich mehr mich selbst.

«Du ahnst es nicht!», rief Karoline jetzt aus. «Er arbeitet als Versicherungsvertreter in Pinneberg, hat vier Kinder und einen Carport. Kaum zu glauben, oder?»

Wir mussten beide lachen.

In der Schulzeit hatte ich kaum Notiz genommen von Karoline. Aber jetzt war sie mir auf Anhieb sympathisch, darum nahm ich ihr auch nicht übel, dass sie mir dieselbe Frage stellte wie vorhin Inga: «Und was machst du so?»

Vermutlich hatte ihr Steffi sowieso schon von meiner privaten Situation berichtet. Da half nur noch die Offensive.

«Ich hab mich kürzlich mit einer Scheidungsagentur selbständig gemacht und helfe Frauen nach einer Trennung wieder auf die Beine.»

«Wie spannend, erzähl mal.» Karoline schien ehrlich interessiert.

Also berichtete ich ihr von den verzweifelten Frauen, die zu uns kamen, von den Gummipuppen und unseren Ritualen. Als ich gerade unsere neueste Idee beschrieb, heliumgefüllte Loverboys in den Himmel steigen zu lassen, wurde sie hellhörig.

«Das ist genau das, was ich brauche!», jubelte sie. «Es muss Schicksal sein, dass wir uns hier begegnet sind. Ich habe nämlich gerade auch meinen *Mister Ex* in die Wüste geschickt.»

«Mister Ex?», wiederholte ich.

«Ja. Ich hab mir geschworen, seinen Namen, solange ich lebe, nie wieder auszusprechen», sagte sie und klang sehr entschlossen.

Auch eine Art mit der Vergangenheit umzugehen, dachte ich.

«Außerdem liebe ich *Sex and the City*», setzte sie kichernd nach und spielte offenbar auf Mister Big an.

Yvonnes Rechnung war tatsächlich aufgegangen. Sie hatte wirklich eine Spürnase dafür, wo man potenzielle Kundinnen treffen konnte. Ich gab Karoline meine Karte, und sie versprach, sich bald zu melden.

Als sie sich verabschiedete, waren Lissie und Jana gerade so sehr ins Gespräch vertieft, dass ich mich noch mal unauffällig nach dem hübschen Surfertypen umdrehte.

Er stand noch immer an der Bar. Alleine. Die Blondine war nicht mehr zu sehen. Als er sich im gleichen Moment zu mir umdrehte, trafen sich unsere Blicke.

Ich merkte, wie ich rot anlief, schaute schnell weg und hätte mich am liebsten im Sand verbuddelt.

«Er kommt!» Lissie boxte mich aufgeregt in die Seite. «Wir lassen dich mal allein.»

Noch bevor ich die beiden – von Panik ergriffen – aufhalten konnte, waren sie auch schon aus dem Zelt gegangen.

Ich hob den Kopf und sah, wie der Surfer mit zwei Gläsern Gin Tonic auf mich zukam.

«Kleine Abwechslung zu deinen Bieren gefällig?» Er stellte die Drinks auf dem Stehtisch ab, grinste frech und war sich seines Charmes voll bewusst. «Ich bin übrigens der Nick. Und ich trinke ungern allein.»

«Anne», erwiderte ich kurz angebunden. «Warum nimmst du deinen Drink dann nicht mit deiner Freundin?» Im gleichen Augenblick schämte mich für meine mangelnde Coolness.

«Freundin? Ach, du meinst Sandy. Sie ist nur eine alte Bekannte.»

Er sah mir so tief in die Augen, dass meine Knie weich wurden. Vielleicht lag es auch an den vielen Bieren, die ich mit Lissie und Jana in Rekordzeit vernichtet hatte. In jedem Fall machte mich der Alkohol für seine Annäherungsversuche empfänglich.

«Ist das eine Gänsehaut?», fragte er herausfordernd und strich mir zärtlich über den Arm.

Holla, der ging aber ran. Es folgte das übliche Geplänkel. Er schwärmte – in dieser Reihenfolge – von meinen schönen Augen, meinem weichen Haar und meinen zauberhaften Sommersprossen und merkte lobend an, dass meine Ohrläppchen nicht durchstochen waren. «Das können nur noch wenige Frauen in deinem Alter von sich behaupten.»

Diesen Nick muss der Himmel geschickt haben!, dachte ich und überhörte geflissentlich seine Anspielung auf mein Alter.

Nach dem Gin Tonic war meine Hemmschwelle so weit gesunken, dass es einfach über mich kam und ich meine Lippen auf seine drückte. Er erwiderte meinen Kuss zunächst ganz sanft, dann zog er mich gierig in eine Ecke des Zeltes, und wir knutschten so wild wie zwei Teenager nach dem Engtanz.

Hinter uns hörte ich einen Mann im Vorbeigehen sagen: «Hey, nehmt euch ein Zimmer.»

Aber es war mir egal, dazu tat diese «Neuorientierung», von der Lissie sprach, viel zu gut.

Nach einer gefühlten Ewigkeit löste er seinen Mund von meinem. «Küssen kannst du, das hat der Nick schon von weitem gesehen. Aber er muss morgen ganz früh aufbrechen, um zum Kiten nach Sankt Peter-Ording zu fahren.»

Hatte er etwa gerade von sich selbst in der dritten Person gesprochen? Bevor ich weiter darüber nachdenken konnte, was das über seinen Geisteszustand aussagte, nahm er mein Gesicht zwischen seine Hände und gab mir einen langen Abschiedskuss. Ich hielt ihn fest umschlungen. Meine Hormone spielten so verrückt, dass ich meinen Spielgefährten einfach nicht ziehen lassen wollte. Doch Nick entwand sich meiner Umarmung, kritzelte schnell etwas auf eine Serviette und drückte sie mir in die Hand.

«Ruf den Nick an, wenn du eine Fortsetzung wünschst.»

Voller Bedauern sah ich ihm nach und fragte mich, ob es nicht besser gewesen wäre, wenn er gar nicht erst angefangen hätte zu reden. Oder ob ich vor der Knutscherei nicht doch noch mehr Worte mit ihm hätte wechseln sollen. Zumindest überließ er mir die Entscheidung, ob ich ihn wiedersehen wollte.

Aber ich ahnte bereits, dass ich dieses freundliche Angebot nicht annehmen würde.

17. FRIEDENSPFEIFE

Marthas Getzwitscher: ++ Kurz vor der Ankunft in Kroatien an den verstorbenen Pierre Brice gedacht ++ Ein Bild von einem Mann ++ Hab als junges Ding neben ihm in einer Hotelbar in Dubrovnik gesessen, wo er damals seinen Winnetou gedreht hat ++ Er nannte mich seine kleine Squaw ++ Beinahe hätte ich ihn mit aufs Zimmer genommen ++ Werde ihm die letzte Ehre erweisen und dorthin fahren, wo alles angefangen hat ++

Ich stand im Garten von Amaroo und sah hinunter auf die Elbe. Der Himmel war wolkenlos, und die Sonne spiegelte sich glitzernd auf der Wasseroberfläche. Es war ein Freitag Mitte Februar, und der Winter hatte sich überraschend zurückgezogen. Die Luft roch schon ganz leicht nach Frühling. Nicht mehr lange, und die ersten Krokusse würden blühen und die grünen Blätter an den Ästen sprießen. Der Tag war viel zu schön zum Sterben.

Doch schon bald würden die zerhackten Überreste unserer Buche im Nirwana auf ihre Wiedergeburt warten. Ein merkwürdiger Gedanke.

Martha hatte sich noch einmal per E-Mail gemeldet und mir von einem indianischen Baumritual berichtet, auf das sie in einer Winnetou-Ausstellung in Kroatien gestoßen war. Dabei hatte sie gleich an mich und die Buche gedacht. «Bäume sind für die indianischen Völker heilige Wesen», schrieb sie. «Wesen, die über göttliche Kräfte verfügen. Durch eine Zeremonie, den Sonnentanz, versuchten die Menschen, diese Kräfte für sich zu nutzen. Nachdem der schönste und perfekteste Baum geopfert wurde, tanzen sie drei Tage und drei Nächte um ihn herum. Das soll der Reinigung und der Heilung dienen – übrigens auch der von verwundeten Seelen. Und das kann doch nie schaden, nicht wahr?» Es folgten noch einige Details zum Ritual und wie man dabei am besten vorgehen sollte. Ich verstand den Wink und musste bei ihren Zeilen schmunzeln. Martha versuchte aus der Ferne, doch noch alle Fäden in der Hand zu behalten.

Felix zog gerade seinen Schutzanzug über, als Gorbi hechelnd um ihn herumlief und an seinen Sicherheitsschuhen leckte. Alle meine Beruhigungsversuche scheiterten wieder mal. Die Augen zu Schlitzen verengt, knurrte der Hund abwechselnd Felix und das dicke Stahlseil an, das vor der Buche auf dem Boden lag. Als wäre es eine feindliche Schlange, zerrte er daran und versuchte, es zu zerbeißen. Zumindest war er beschäftigt, und ich musste nicht gegen das laute Gekläffe anreden.

«Schick», lobte ich Felix' ungewöhnlichen Aufzug.

Er lächelte. «Ja? Gefalle ich dir im Ganzkörperanzug besser?», fragte er.

Ich musste lachen. «Zumindest bist du nicht so freizügig wie neulich.»

«Du hattest dich aber auch nicht gerade dick eingepackt», gab er zurück. Nach Miss Piggys zweiter Hochzeit war Felix noch einige Male zum Duschen in die Villa gekommen. Der plötzliche Kälteeinbruch hatte die Wasserrohre in der Laube gleich mehrere Tage lang lahmgelegt. Wir begegneten uns laufend. An einem Morgen trocknete sich Felix noch in der Dusche ab, als ich völlig verschlafen das Badezimmer betrat und aus meinem Schlafanzug schlüpfte, sodass wir uns nackt gegenüberstanden. Felix hatte nur wie versteinert auf meine Brüste gestarrt, während ich einen gellenden Schreckensschrei ausstieß. Mit einem hastig hervorgestoßenen «'tschuldigung» auf den Lippen flüchtete er schließlich aus dem Bad.

Seltsamerweise fanden wir seitdem wieder zu einem unverkrampften Umgang zurück, als hätten wir uns – wie bei einem Seelenstriptease – buchstäblich erst einmal entblättern müssen für einen Neuanfang. Eigentlich mochte ich ihn. Er war humorvoll, brachte mich zum Lachen und war sehr patent. Dass er dabei überdies nett anzuschauen war, gereichte ihm auch nicht unbedingt zum Nachteil. Da musste ich Yvonne recht geben.

«Martha hat uns Anweisungen geschickt, wie sie sich die Bestattung ihrer Buche wünscht», erklärte ich und half Felix, den Schutzanzug richtig zu schließen. «Willst du sie hören?»

Er nickte, und ich erzählte ihm von dem indianischen Brauch. «Aber es muss keine drei Tage dauern. Martha schlägt stattdessen vor, wir könnten ein Lagerfeuer machen. Das wäre auch was für Maja. Was meinst du?»

«Ich bin dabei», sagte Felix zu meiner Verblüffung. Denn eigentlich hatte ich damit gerechnet, dass er mir einen Vogel zeigen würde.

Als wir hinter uns ein Auto die Auffahrt raufkommen hörten, drehte wir uns beide um. Das konnte nur Marc sein, der zusammen mit Felix die Buche fällen würde. Wir wollten die Aktion durchziehen, bevor Maja aus der Vorschule kam. Schließlich waren wir mit schwerem Gerät zugange.

Beim Anblick von Marcs überdimensionierter Schutzausrüstung erschrak ich kurz. Auf was hatte ich mich da bloß eingelassen? Mit seiner Montur aus Gesichtsschutz, Schnittschutzhosen und Sicherheitsschuhen sah Lissies Mann aus, als wollte er zum Mond fliegen. Dicht an seinen Körper gepresst hielt er eine Kettensäge. Bevor wir etwas sagen konnten, klappte er die Schutzbrille seines Helms auf und schmiss für ein paar Augenblicke die Kettensäge an. Er grinste. Marc hatte eindeutig zu viele Horrorfilme gesehen.

Das kreischende Geräusch schmerzte in den Ohren, und ich fuchtelte wild mit den Händen, um ihn zum Aufhören zu bewegen. Der arme Gorbi hatte seinen Schwanz eingezogen und war hinter dem Gartenzaun in Deckung gegangen. Zum Glück verstand Marc meine Handzeichen und brachte die Kettensäge zum Schweigen.

«Moin, Moin!», sagte er und sah mich frech an. «Wie ich gehört habe, hattet ihr einen unvergesslichen Abend bei Miss Piggy ...»

Verdutzt sah ich ihn an. Wusste er etwa, dass ich mit diesem Surfer geknutscht hatte? Die ganze Aktion war mir im Nachhinein ziemlich peinlich. Auch wenn es in dem Moment gutgetan hatte – der Typ war doch unter aller Kanone gewesen. Ich beschloss, Marcs Einwurf zu ignorieren, und konterte mit einer Gegenfrage: «Und du, hast du überhaupt einen Führerschein für dein Spielzeug da?», sagte ich und deutete auf die Kettensäge. «Schließlich will ich nicht, dass Lissie und die Kinder dich an eine Buche verlieren.»

Marc lachte. «Keine Sorge, den Kettensägenführerschein hab ich dabei.»

«Sehr gut», sagte ich, ehrlich erleichtert, weil mir alle Geräte, die lauter als eine elektrische Zahnbürste waren, Angst machten.

Marc klopfte der Buche zweimal auf den Stamm und fragte: «Wie geht's denn unserer Patientin?»

«Nicht gut», meinte Felix, «deswegen braucht sie ja Sterbehilfe.»

Ich sah ihn vorwurfsvoll an. Machte er sich etwas lustig?

«'tschuldigung», entgegnete Felix ehrlich zerknirscht. «Ich weiß, das ist nicht leicht für dich. Aber sie hat wegen des

Käferbefalls keine gute Prognose. Glaub mir, es ist die richtige Entscheidung.»

«Schon gut», sagte ich. «Aber ich geh jetzt lieber. Ich kann nicht hinsehen, wenn der Baum umfällt.» Rasch streichelte ich die Rinde der Buche ein letztes Mal, ganz so, wie Martha es mir nahegelegt hatte, lehnte meinen Kopf an den Stamm und bedankte mich innerlich bei ihr, dass sie all die Jahre für mich da gewesen war. Aus den Augenwinkeln sah ich, dass Felix mich mit gerunzelten Brauen beobachtete. Sollte er mich doch für verrückt halten. Mir war es egal.

Dann ging ich ins Haus, um Gorbis Leine zu holen. Überraschenderweise kam er bei meinem Pfeifen tatsächlich angelaufen und ließ sich von mir fortführen. Zum Dank, dass er meine Autorität vor den anderen nicht untergraben hatte, gab ich ihm noch in der Auffahrt ein Leckerli.

Pfeifen – war es das, worauf er hörte? Oder war es lediglich ein Zufallstreffer gewesen? Ich würde es gleich an der Elbe noch mal testen, wo ich mit ihm spazieren gehen wollte, bevor wir Maja abholen würden.

Bewegung an der frischen Luft war jetzt genau das Richtige, um mich von dem abzulenken, was gleich geschehen würde.

An diesem Abend brannte es im Garten von Amaroo. Als Maja und ich heimkehrten, war die Sonne schon untergegangen, und die Kälte zog durch den dicken Winterpulli, den ich mir übergezogen hatte. Auch Maja hatte ich dick eingepackt und mit Schal und Handschuhen ausgestattet. Marc war bereits erschöpft, aber wohlbehalten zu seiner Familie zurückgekehrt. Trotz der Dunkelheit erkannte ich dort, wo die Buche gestanden hatte, ein großes Loch. Ich musste schlucken. Felix türmte gerade noch einige der zersägten Äste zu einer Feuerstelle im Garten auf, während Maja und ich es uns auf einer kleinen Decke bequem machten. Gorbi wich ihr wie immer keinen Zentimeter von der Seite. Die Zeit, in der sie in der Vorschule war, musste schrecklich für ihn sein. Ich war ihm auch bei unserem Spaziergang an der Elbe kein würdiger Ersatz gewesen. Er hatte seine Ohren wieder auf Durchzug gestellt und alle meine Rufe und Pfiffe ignoriert. Stattdessen hatte er ungeniert ein altes Ehepaar angebettelt, das auf einer Bank saß und in Ruhe seine mitgebrachten Wurstbrote essen wollte. In meiner Hilflosigkeit hatte ich das kläffende Knäuel schließlich wegtragen müssen, um die armen Leute von ihm zu befreien. Ich bezweifelte, dass Gorbi mich jemals als seine Rudelführerin akzeptieren würde, wie Felix es formuliert hatte.

Nun lag der kleine Kläffer zu Majas Füßen und ließ sich von ihr kraulen.

Wir hatten Teig für Stockbrot vorbereitet, hielten jeweils eine Kerze in der Hand und summten eine Melodie. Alles war für das Ritual vorbereitet. Jetzt musste Felix nur noch das Feuer entfachen.

«Wenn ich mal mit den Göttern sprechen dürfte», erklärte er mit bewundernswerter Ernsthaftigkeit, als die ersten Flammen aufloderten, «ein Teil der Buche wird sich gleich im Feuer entmaterialisieren und seinen Neuanfang als Asche beginnen.»

Im hinteren Teil des Gartens lag noch zentnerweise Holz, ebenfalls bereit, sich zu transformieren. Was sollte bloß damit passieren? Wir konnten schlecht von nun an jeden Abend ein Lagerfeuer machen.

Ich seufzte und beschloss, mir morgen Gedanken darum zu machen.

Felix sah zu Maja. «Was meinst du, als was soll die Buche wiedergeboren werden?»

Maja musste nicht lange überlegen. «Als Segelschiff! Sie hat doch immer den Booten auf der Elbe nachgeschaut», sagte sie und sah uns strahlend an.

Ich musste lächeln – was hatte ich doch für eine süße Tochter.

Felix nickte beeindruckt. «Dein Wunsch ist mir Befehl.» Er holte ein Taschenmesser aus seiner Hosentasche und begann, an einem dicken Ast herumzuschnitzen.

Wir beide staunten nicht schlecht, wie geschickt er das Holz bearbeitete. Als sich die ersten Konturen eines Schiffes abzeichneten, blickte Felix zu mir und fragte: «Und was schwebt dir vor, Anne?»

Unsere Augen trafen sich, sodass ich die kleinen hellen Punkte um seine Pupille herum erkennen konnte. Fast fühlte es sich an, als würde ich in seinen Blick hineingesogen.

«Ich ... also, ich glaube ehrlich gesagt nicht so an Wiedergeburt», sagte ich und fügte schnell hinzu: «Aber an die Kraft eines vollen Magens.»

Ich stellte die Kerzen zur Seite und zog die Schüssel mit dem Teig heran. Gemeinsam begannen Maja und ich, kleine Kugeln aus Teig auf die Stöcke zu spießen, die Felix uns zuvor zurechtgeschnitzt hatte.

Nachdem wir die ersten, leicht verbrannten Brötchen gegessen hatten, legte Felix Taschenmesser und Holzschiff zur Seite und holte aus dem Gartenhaus eine Gitarre.

«Es wird Zeit fürs Indianertänzchen», erklärte er und stimmte *I Can't Get No Satisfaction* von den Rolling Stones an. «Das einzige Stück, das ich spielen kann. Hat zwar nichts mit Bäumen zu tun, aber immerhin spielt Ron *Wood* eine tragende Rolle ...»

Maja und ich sprangen kichernd auf, fassten uns an den Händen und tanzten ausgelassen ums Feuer herum. Auch Gorbi sprang laut bellend auf und ab.

Über uns funkelten die Sterne. Und mir stieg der Duft des verbrannten Holzes in die Nase – ein letzter Gruß meiner Buche. Auf einmal wurde mir ganz feierlich zumute. Martha hatte recht: Zu einem guten Ende gehörte ein guter Anfang. Und den hatten wir drei an diesem Abend gemacht.

Beschwingt fasste ich Maja um die Hüfte und wirbelte sie in der Luft herum. Sie quietschte laut auf vor Vergnügen.

Als das Lied zu Ende war, hielt Felix mir die Gitarre hin.

«Jetzt bist du dran. Du warst doch bestimmt bei den Pfadfindern, oder?»

«Woher weißt du das?», witzelte ich.

«Sieht man an deinem Hang zu Halstüchern!», sagte er lächelnd, als er auf meinen bunten Schal deutete. «Dann bin ich gespannt, was du uns hören lässt.»

«Erwarte jetzt aber nicht, dass ich etwas auf der Mundorgel spiele», dämpfte ich die Erwartungen. Ich versuchte ein paar Akkorde und sah, dass Felix übers ganze Gesicht grinste, als er die ersten Riffs von *Lemon Tree* erkannte.

«Eine Ode an Norbert?»

Ich zuckte amüsiert mit den Schultern.

Felix verbeugte sich galant vor Maja und fragte, ganz Gentleman: «Darf ich bitten, kleine Lady?»

Maja kicherte und streckte ihm ihre Hand entgegen, sodass er sie hochziehen konnte. Er drehte und schwang sie herum, dass ihre blonden Locken nur so flogen. Gorbi wusste vor Aufregung gar nicht, wohin mit sich, und jagte den beiden hinterher. Felix und Maja fassten sich an den Händen und tanzten wie Rothäute um das hell lodernde Feuer: Sie stampften mit den Füßen auf und stießen wildes Indianergeheul aus.

Um auf Augenhöhe mit Maja zu sein, musste Felix sich tief herunterbeugen. Ein paar Minuten ging es gut, dann verlor er den Halt und kippte vornüber. Weil er sich für einen kurzen Moment nicht bewegte, sank Maja vor Schreck auf die Knie und schüttelte ihn vorsichtig. Da zwickte Felix sie in die Seite und kitzelte sie durch. Maja schrie und lachte und begann wie wild mit den Beinen zu strampeln.

Als er von ihr abließ, fragte er: «Noch ein Tänzchen auf die Kitzelattacke, verehrtes Fräulein?»

«Klar», keuchte Maja.

Gemeinsam tanzten sie eine weitere Runde um das Feuer. Und Gorbi machte jedes Mal Männchen, wenn die beiden an uns vorbeischwebten.

Ich genoss es, Maja so ausgelassen zu sehen. Ob Felix auch mit seinem Sohn so herumtobte? Wann er ihn wohl mal mit nach Amaroo brachte?

Außer Atem ließ sich Maja schließlich auf meinen Schoß fallen. Sie glühte und schmiegte sich ganz eng an mich. «Mama, was war eigentlich so toll an dem Baum?», fragte sie und biss erneut in eins unserer selbstgemachten Brötchen.

Felix legte Holzscheite nach, während ich erzählte, wie ich nach einem Streit mit meiner Mutter einmal auf die Buche geklettert war.

«Ganz hoch oben in der Krone fand ich eine bequeme Position, in der ich stundenlang die Containerschiffe auf der Elbe und die um sie kreisenden Möwen beobachten konnte. So hoch hinauf hatte ich mich vorher noch nie getraut. Ich kam mir vor wie Karlsson vom Dach und stellte mir vor, da oben zu wohnen.» Es war erstaunlich, wie wach die Erinnerung an jenen Tag noch war. «Erst als es dunkel wurde, hörte ich meine Mutter, Martha und Amos meinen Namen rufen. Als sie mich da oben entdeckte, stieß meine Mutter einen Schrei aus. Da fing ich selbst an zu zittern und traute mich nicht herunterzuklettern. Amos half mir schließlich mit einer hohen Leiter herunter – und ich fiel meiner Mutter in die Arme.» Ich streichelte Majas Haare. «Gleich am nächsten Tag baute Amos mir mein Baumhaus in der Buche und –»

Ich stockte, denn ein leises Schnarchen war zu hören. Maja war vor Erschöpfung eingeschlafen. Oder vor Langeweile? Wie auch immer, ich nahm es ihr nicht übel. Bei den alten Geschichten meiner Mutter war ich auch oft von bleierner Müdigkeit übermannt worden. Sogar der vorher noch so aufgekratzte Gorbi war sanft neben meiner Tochter eingeschlummert.

Mit Felix' Hilfe wickelte ich Maja vorsichtig in die Decke ein. So wie ich ihn hier erlebte, war ich mir sicher, dass er ein liebevoller Vater war.

Mit dem schlafenden Kind vor uns saßen wir eine Weile schweigend da, hörten Musik aus Felix' Handy und starrten in die Flammen. Es fühlte sich seltsam vertraut an, und ich hätte gar nicht mehr sagen können, warum Felix mir anfangs so unsympathisch erschienen war.

Als ein Song von Elvis Costello ertönte, ging Felix in die Hocke, nahm meine Hand und zog mich hoch. Ohne ein Wort zu sagen, schlang er seinen Arm um meine Hüfte. Wie selbstverständlich legte ich eine Hand auf seine Schulter, und wir begannen, langsam zu tanzen.

«Alles in Ordnung?», flüsterte Felix mir ins Ohr.

Ich konnte seinen warmen Atem auf meinem Gesicht spüren. «Ja, eigentlich war es trotz allem ein wunderbarer Tag.»

Er strich mir leicht über den Rücken, und ich fühlte mich, als würde ich schweben.

Wir bewegten uns weiter zum Takt der Musik. Am liebsten hätte ich die Zeit angehalten.

«Danke für deine Hilfe. Ich bin froh, dass du da bist», sagte ich.

«Das habe ich schon lange nicht mehr aus dem Mund einer Frau gehört.» Felix lächelte etwas gequält. Und wieder schimmerte diese Traurigkeit in seinen Augen, die ich schon häufiger bei ihm beobachtet hatte.

Kurz darauf löste er sich aus der Umarmung und hockte sich wieder vors Feuer. Die Musik ließ er weiterspielen.

«Ich würde gern mal deinen Max kennenlernen», sagte ich. Er schien ihn nicht besonders oft zu sehen. Zumindest kam es mir merkwürdig vor, dass er bisher nicht zu Besuch gekommen war. «So ein Abend mit Stockbrot und Lagerfeuer wäre doch bestimmt auch was für ihn, oder?»

Er seufzte. «Das ist leider alles nicht so einfach.»

«Mit deiner Ex?»

«Ja. Sie ist ... Sie möchte alles unter Kontrolle haben. Vor allem Max. Bevor meine Datscha hier nicht höchsten Sicherheitsstandards genügt, darf ich ihn nicht mitbringen.»

«Loslassen ist ja auch nicht leicht», gab ich zu bedenken. «Aber sie kann dir den Umgang mit ihm doch nicht verbieten.»

Er wirkte skeptisch. «Schön wär's. Aber sie kommt aus einer Juristenfamilie, sie kennt alle Tricks und weiß, wie sie mir das Leben schwermachen kann.» Eine Weile schwieg er. Dann sah er mich eindringlich an. «Am Anfang dachte ich, du seist auch eine von der Sorte ... mit deinen ganzen Paragraphen.»

Ich lachte. «Und was denkst du jetzt?»

«Dass du ... ganz anders bist. Also, na ja ... anders eben.»

«Das nehme ich jetzt mal als Kompliment», sagte ich schmunzelnd.

Plötzlich hörte ich eine vertraute Stimme in den Garten rufen: «Anne, bist du da?»

«Richard!?» Er hatte wirklich einen sechsten Sinn für perfektes Timing. «Was um Himmels willen machst du hier?», fragte ich entgeistert und verfluchte mich für meinen Wunsch, die Zeit anzuhalten. Jetzt hätte ich lieber eine Vorspultaste gehabt, um Richards Überraschungsbesuch zu überspringen.

Er näherte sich der Feuerstelle. «Ich konnte dich nicht erreichen und dachte, dann schau ich eben selbst mal vorbei und wir gehen die nächsten Wochenenden wegen Maja –» Er stockte und blickte Felix misstrauisch an. «Guten Abend.» Seine Stimme klang jetzt sehr nüchtern und eher geschäftsmäßig. «Ich bin Annes Mann.»

«Exmann», korrigierte ich ihn barsch.

«Noch sind wir nicht geschieden, Schatz», sagte er und legte besitzergreifend seinen Arm um mich.

Felix gab ihm die Hand. «Freut mich. Ich bin Felix, eine Art ... Mitbewohner, denke ich.» Er warf mir einen verunsicherten Blick zu.

Mein Herz tat einen kleinen Sprung.

Schnell entwand ich mich aus Richards Umarmung. «Wie kommt es, dass du an einem Freitagabend kurz vor Mitternacht hier einfach so aufkreuzt?»

Er überging die Frage. «Ich hab uns deinen Lieblingswein mitgebracht.» Wie zum Beweis hielt er mir eine Flasche und den Öffner hin. «Babette hat nichts dagegen, wenn ich mal allein sein möchte mit meiner Familie», antwortete er mit gespielter Selbstverständlichkeit und bückte sich hinunter zu Maja, um ihr über die Haare zu streicheln.

Als wäre das sein Stichwort gewesen, griff Felix sich die Gitarre und sagte: «Dann lass ich euch mal allein.»

So schnell, wie er Richtung Gartenhaus verschwand, konnte ich kaum etwas erwidern. Gorbi war wach geworden und rannte wie selbstverständlich hinter Felix her. Zum Glück störte es Felix nicht, wenn der Hund hin und wieder bei ihm übernachtete.

«Vielen Dank noch mal für alles», rief ich ihm hinterher. Doch er drehte sich nicht um. Ich blieb mit gemischten Gefühlen zurück.

Richard öffnete die Flasche und roch daran. Dann holte er zwei Gläser aus seiner Tasche und schenkte ein. Sofort beschlich mich eine Vorahnung. Der Trick mit dem Rotwein war mir bestens vertraut – aus seinen Büchern. Dr. Steven hatte diese Masche perfektioniert, um die Frauen erst zu beeindrucken und dann gefügig zu machen. Aber nicht mit mir! Bei mir würde Richard heute auf Granit beißen. Er reichte mir das Glas.

«Danke, nicht für mich.» Irritiert sah er mich an.

«Wer ist dieser Knilch? Dein neuer Freund?», fragte Richard, als er einen tiefen Schluck genommen hatte.

«Das geht dich gar nichts an», erwiderte ich gereizt. Vielleicht sollte ich Richard gleich wieder wegschicken? Aber irgendwie war ich auch neugierig. «Läuft es nicht mit Babette, oder warum bist du wirklich hier?»

Richard seufzte tief und setzte sich ans Feuer. «Ach, sie nörgelt so viel. Nichts kann ich ihr recht machen.»

«Vielleicht liegt das an den Hormonen?», sagte ich in Gedanken an die angebliche Austernvergiftung.

«Wieso Hormone?», fragte Richard verständnislos.

«Na, ist Babette nicht schwanger?»

Erschrocken drehte er sich zu mir. «Wie kommst du denn darauf?», fragte er, als wäre es das Undenkbarste auf der Welt. «Du weißt doch: Meine Bücher sind meine Kinder. Abgesehen von Maja natürlich.» Er streckte mir erneut das Glas hin, doch ich schüttelte den Kopf.

«Womit ich beim Thema wäre: Du hast sicher mitbekommen, dass mein neues Buch nicht so einschlägt wie gewohnt.» Mit einem gierigen Schluck leerte er sein Glas.

«Ich will ehrlich sein», fuhr er fort, «*Im Sturm der zitternden Herzen* ist für meine Verhältnisse ein echter Flop. Und statt mir zur Seite zu stehen und mich zu unterstützen, nörgelt Babette die ganze Zeit an mir herum und drängt mich, schnell ein neues Buch zu schreiben.»

Flop war noch harmlos ausgedrückt, dachte ich, die Rezensionen in der Presse waren vernichtend.

«Eigentlich hab ich meinen Misserfolg sowieso nur ihr zu verdanken», grummelte er.

«Verstehe, Babette ist also schuld. Hat sie das Buch geschrieben?», triezte ich ihn und wunderte mich kein bisschen, dass er nicht mal für diesen Fehlschlag die Verantwortung übernehmen wollte.

Richard setzte ein verletztes Gesicht auf. «Nein, aber sie hat mir so die Sinne vernebelt, dass ich mir auch für Steven Stark einen Neuanfang wünschte. Und das haben mir die Leserinnen nicht verziehen, ebenso wenig wie du.» Mit den traurigen Augen eines begossenen Pudels sah er mich an.

«Schön, dass du mich daran erinnerst», brummte ich. «Was genau haben dir deine Leser denn nicht verziehen: dass Dr. Steven seine Hannah für die halb so alte Barbara verlassen hat? Dass er mit seinem neuen Cabrio nach Mailand fährt, um teure Seidentapeten und Carrara-Marmor für sein Badezimmer einzukaufen, obwohl er seinen Waisenkindern versprochen hat, mit ihnen angeln zu gehen? Oder dass er seine leidenden Patienten in der Praxis warten lässt, während er sich nur ein paar Kilometer weiter eine Schlange auf die Brust tätowieren lässt?»

Richard seufzte tief.

«Ein bisschen von allem vermutlich. Aber das war keine

Schlange, sondern der Äskulapstab, Anne. Damit wollte Steven doch nur zeigen, wie wichtig ihm sein Beruf als Arzt ist. Aber das haben meine Leserinnen einfach nicht verstanden.» Während er sprach, schüttelte er die ganze Zeit selbstmitleidig den Kopf. «Wie dem auch sei. Du kannst dir nicht vorstellen, was ich für Leserbriefe bekomme!»

Oh doch, das konnte ich, und es wunderte mich kein bisschen, dass auf seine und Steven Starks Midlife-Crisis nun so schnell der Katzenjammer folgte.

Richard rückte ein wenig näher. «Aber ich freue mich, dass du mein Buch offenbar gelesen hast. Ich bin dir also nicht völlig gleichgültig.»

Unwillkürlich drehte ich mich zum Gartenhäuschen um. Ich wollte sichergehen, dass Felix uns nicht beobachtete. Am Ende zog er falsche Schlüsse, wenn er uns so eng beieinandersitzen sah.

«Mir wird mehr und mehr klar, dass ich mit dir auch meine Muse verloren habe», sagte Richard leise. Ich spürte seinen Blick auf mir.

«Deine Muse oder deine Gratislektorin?», fragte ich bitter.

Schön, dass ihm aufgefallen war, dass ich auch an seinem Erfolg beteiligt gewesen war. Ich hatte aber nicht vor, mich von seinem Süßholzgeraspel beeindrucken zu lassen.

Richard legte mir eine Hand auf den Arm. «Anne, magst du nicht wieder mit mir zusammenarbeiten? Ich kann nicht ungeschehen machen, was passiert ist. Aber auf beruflicher Ebene waren wir doch ein Dreamteam. Da wäre es doch schade, wenn –»

Ich zog meinen Arm weg und sprang auf. Seine Reue war alles andere als echt. Außerdem hatte ich mich schon viel zu weit von ihm entfernt, um auch nur im Geringsten Lust zu haben, für ihn in die Bresche zu springen.

«Ich muss jetzt Maja ins Bett bringen», erklärte ich. «Wegen der Wochenenden können wir ja telefonieren.» Ich nahm Richard sein Glas aus der Hand und kippte den Rest Wein daraus ins Feuer, um ihn zu provozieren und zum Gehen zu bewegen.

Er sah halb enttäuscht, halb genervt aus, bewegte sich aber keinen Zentimeter von der Stelle. Demonstrativ wandte ich mich Maja zu.

Aus den Augenwinkeln sah ich Richard widerwillig aufstehen. «Wenn dir das mal nicht noch leidtut ...» Langsam trottete er davon.

Mir fiel ein Stein vom Herzen – und ich wunderte mich, wie froh ich war, ihn los zu sein. War das schon die heilende Wirkung des Baumrituals?

Kurz bevor ich mit Maja auf dem Arm ins Haus ging, sah ich noch mal zum Gartenhaus. Doch dort brannte kein Licht mehr.

18. RAMSCHTAG

Marthas Getzwitscher: ++ Beim Teekochen im Hotelzimmer in Dubrovnik an meinen alten Freund Bernhard gedacht ++ Er war leidenschaftlicher Teebeutelsammler ++ Eine Zeitlang reisten wir von Flohmarkt zu Flohmarkt, auf der Suche nach außergewöhnlichen Stücken ++ Sein wertvollster Fund: ein Teebeutel aus der Zeit des Ersten Weltkriegs, noch ohne Doppelkammer und ziemlich übel riechend ++ Schon faszinierend, was manche Menschen fasziniert ++

Marlon Brando war schuld. Seit ich ihn als junges Mädchen in «Endstation Sehnsucht» gesehen hatte, stand ich auf Männer in weißen T-Shirts. Eigentlich war es nur ein simples Stück Stoff, doch kaum sah ich einen attraktiven Mann darin, überkam mich der Wunsch, es ihm vom Körper zu reißen.

Es überraschte mich daher nicht, dass sich die kleinen Härchen an meinen Armen aufstellten, als ich Felix sah, wie er in einem schlichten weißen Shirt und Jeans vor seinem hellblauen Lieferwagen stand und die Kartons mit meinen aussortierten Klamotten einlud. Trotz der frostigen Temperaturen spürte ich, wie meine Wangen brannten. Wie Felix die Kälte aushielt, war mir ein Rätsel.

Es war sechs Uhr morgens an unserem großen Flohmarkttag. Maja hatte bei Lissie und Marc übernachtet und würde den Tag dort verbringen.

Felix hatte sich nicht nur angeboten, meinen Freundinnen und mir beim Transport der Sachen zu helfen, sondern auch, sich um Gorbi zu kümmern. Er kam ohnehin besser mit ihm zurecht als ich.

«Neulich noch einen schönen Abend gehabt?», fragte Felix beiläufig.

«Bevor Richard aufgetaucht ist, eigentlich schon ...» Neugierig wartete ich auf eine Reaktion. Vor meinem inneren Auge tanzten die Bilder von unserem Lagerfeuerabend. Es war noch nicht lange her, dass wir uns so nahegekommen waren – und es hatte sich gut angefühlt.

Merkwürdigerweise hatten wir uns danach nicht mehr gesehen, obwohl ich mich dabei ertappt hatte, nach ihm Ausschau zu halten. Fast sah es so aus, als wäre er mir absichtlich aus dem Weg gegangen. Dafür hatte mich Richard mit SMS bombardiert: Ich solle es mir noch mal überlegen, ob ich nicht doch wieder für ihn arbeiten wolle. Aber da gab es nichts zu überlegen. Ich war froh, auch beruflich auf Distanz zu ihm zu gehen.

«Wieso? Ist doch ein netter Kerl, dein Richard», sagte Felix, als hätte ich laut gedacht. «Etwas forsch, aber sympathisch.»

Ach ja? Ich zuckte zusammen und suchte in seinem Gesicht nach Zeichen. War das etwa sein Ernst? Seiner ungerührten Miene nach zu urteilen, war Felix über den Verlauf des Abends offensichtlich nicht irritiert. Ich wusste gar nicht, worüber ich mich mehr ärgern sollte – über Richard, Felix oder mich. Denn für einen kurzen eitlen Moment hatte ich den Gedanken, von zwei Männern gleichzeitig umworben zu werden, gar nicht übel gefunden.

«Du bist halt nicht Marlon Brando», sinnierte ich vor mich hin.

Als Felix laut lachte, erschrak ich. Mist! Hatte ich das etwa laut gesagt?

«Da hast du recht», sagte er und schloss die Seitentür des Wagens. «Was auch immer du mir damit sagen willst.» Dann sah er auf die Uhr und zog sich seine Jacke über. «Aber wir sollten jetzt wirklich los, wenn du Jana nicht länger warten lassen willst.»

Als wir zwanzig Minuten später in der *Fabrik* eintrafen, einer Veranstaltungshalle in Ottensen, summte es dort bereits wie in einem Bienenstock. Unzählige Autos standen Stoßstange an Stoßstange, diverse Anbieter wuselten durcheinander, um auszuladen und ihre Stände aufzubauen. Die ersten Händler waren auch schon unterwegs, um nach Schnäppchen zu suchen.

Wir fanden Jana vor einem zusammengeklappten Tapeziertisch an unserem markierten Platz. Sie begrüßte uns sparsam.

«Ich versuche schon zum x-ten Mal, ihn aufzubauen», schimpfte sie. «Nächstes Mal macht ihr den Mist ohne mich.» Der mürrische Ton passte zu ihrer blassen Gesichtsfarbe und den Augenringen. Ihre schwarzen Haare hatte sie zu einem strengen Knoten gebunden. «Für die paar Piepen in aller Herrgottsfrühe aufzustehen, das ist doch hirnrissig.»

Während sie weiter vor sich hin schimpfte, nahm sich Felix des Tisches an und klappte ihn mit der Handbewegung eines geübten Renovierers flink auseinander. Dann räumte er den Wagen aus und schleppte die Kartons mit den Klamotten und Büchern in Rekordzeit an den Stand.

«So, der Wagen ist leer», erklärte er schließlich und hob zum Abschied schnell die Hand. «Viel Erfolg!»

Ich verspürte kurz den Drang, in seinen Wagen zu springen und mitzufahren, egal wohin. Irgendetwas war ungesagt geblieben zwischen uns, und das machte mich unruhig. Trotzdem versuchte ich, den Gedanken, so gut es ging, beiseitezuschieben, und wandte mich an Jana.

«Willst du dich setzen?», fragte ich und schob ihr einen

Klappstuhl hin, den wir mitgenommen hatten, um nicht vom stundenlangen Stehen Krampfadern zu bekommen.

«Nein», antwortete sie einsilbig.

Ich hob einen Schwung Klamotten aus dem Karton vor mir. «War dein Date mit diesem Sven gestern ein Reinfall?», wagte ich einen neuerlichen Versuch.

«Sieht so aus», erwiderte sie grummelnd. Als sie sah, wie ich Majas Kindersachen ausbreitete, verdüsterte sich ihre Miene noch mehr.

Sie hatte diesen Sven vor einigen Wochen im Internet kennengelernt und gleich große Hoffnungen an ihn geknüpft. Und ihn gestern Abend nun endlich getroffen. Voller Optimismus hatte sie mich kurz vorher angerufen: «Wenn seine Beschreibungen nur zu einem Bruchteil zutreffen, dann hab ich ihn gefunden, Anne. Der bringt alles mit, was ich mir an Genen für meinen Nachwuchs wünsche: Humor, gutes Aussehen und den akademischen Hintergrund.»

Doch ihre Hoffnungen hatten sich offenbar nicht erfüllt.

Ich sah Jana nachdenklich an. «Willst du mir nicht erzählen, was passiert ist? Du warst doch gestern noch so angetan.»

Sie winkte ab. «War ich anfangs auch. Es lief echt gut. Bis der Arsch mich mitten in der Nacht geweckt und gesagt hat: Dein Taxi steht draußen, du schnarchst.»

«Ist nicht dein Ernst!», rief ich entgeistert. Das war ja unfassbar! Was für eine unverschämte Aktion.

«Moment mal, ich wusste gar nicht, dass du schnarchst!», scherzte ich, um sie aufzumuntern. Ohne Erfolg.

Jana warf mir einen genervten Blick zu. «Sehr witzig. Danke für dein Mitgefühl.»

Unsere Standnachbarin, eine blonde, dürre Frau um die dreißig, spitzte die Ohren. «Das ist mir auch schon mal passiert», sagte sie kopfschüttelnd. «Sex – und hopp. Allerdings hat mir der Typ kein Taxi bestellt, sondern mich gleich nach dem Vollzug vor die Tür geschoben mit den Worten, er sei ja kein Hotel. Dem hab ich zum Dank die Luft aus seinen Autoreifen gelassen und den Auspuff mit Rasierschaum befüllt.»

Potenzielle Kundinnen mit Rachegedanken liefen anscheinend überall herum. Vielleicht sollten wir mehr Flyer in Veranstaltungsräumlichkeiten wie dieser verteilen.

Jana wandte sich ihrer Leidensgenossin zu. «Das ist doch die Höhe, oder? Ich kenne keine einzige Frau, die so was fertigbringen würde.»

Für den Ausspruch erntete sie von unserer Nachbarin ein solidarisches Nicken.

«Mir fällt da eine Frau ein: Yvonne!», warf ich schnell ein, bevor sich die beiden weiter in ihren Groll steigerten.

Jana horchte auf. «Allerdings mit dem kleinen Wermutstropfen, dass Yvonnes Opfer auch wieder Frauen sind.»

Da hatte sie natürlich recht. Mit einem Seufzen hängte ich das jägergrüne Kleid an die Kleiderstange neben dem Tisch. Obwohl ich es nach wie vor mochte, hatte ich beschlossen, mich von unguten Erinnerungen zu trennen.

«Sorry, dass ich meinen Frust an dir auslasse», sagte Jana, stand auf und nahm mich kurz in den Arm. «Aber es hat gestern alles so gut angefangen: Köstliche geröstete Kichererbsen und Rote-Bete-Kokos-Taler in der Marktstraße, der intellektuelle Austausch, sein Humor, der Sex im Fahrstuhl – es hat einfach alles gestimmt.»

Sex im Fahrstuhl? Hatte ich das gerade richtig verstanden?

Aber Jana schimpfte schon weiter. «Und dann so was!» Ihre Stimme verriet mir, wie nah sie den Tränen war.

Tröstend strich ich ihr über den Arm. «Bist du denn sicher, dass du auf dem richtigen Datingportal unterwegs bist? Ich meine, *Hedonistentreff* klingt ja nicht unbedingt so, als würden die Herren dort nach der Frau fürs Leben Ausschau halten», gab ich zu bedenken. «Geschweige denn nach einer Mutter für ihre Kinder.»

Unsere Nachbarin schien meiner Meinung zu sein. Irritiert schüttelte sie den Kopf und wandte sich einer Frau zu, die gerade ihre Auslage betrachtete.

Inzwischen strömten deutlich mehr Besucher in die Halle und sahen sich ausgiebig auch an unserem Stand um.

Jana schien das nicht zu stören. Als wären wir ganz unter uns, ließ sie mich deutlich vernehmbar weiter an ihrer missglückten Nacht teilhaben.

«Ein Sexportal ist es aber auch nicht», verteidigte sie sich. «Ich hätte einfach aufmerksamer sein und auf Zeichen achten müssen. Schon allein seine Wohnung: Die Bilder an der Wand waren in mintgrün und hellblau gehalten, ohne Linien, ohne Formen, nur Geschmiere. Dabei halte ich Pastellfarben für faule Kompromisse und habe das auch in meinem Online-Profil geschrieben.» Gereizt trommelte sie mit ihren Fingern auf unserem Verkaufstisch. «Von wegen Ecken und Kanten. Der Typ hat keinerlei Format! Aber was soll's, vielleicht hat er mich wenigstens geschwängert.»

«Wie bitte???», fragte ich entsetzt und packte sie an den Schultern.

«Ich hab die Kondome mit einer Nadel präpariert», gab Jana unumwunden zu.

Ich riss die Augen auf und musste erst mal sacken lassen, was sie da gerade gesagt hatte.

«Das kannst du doch nicht machen!», rief ich etwas zu laut. Die Leute, die sich an unserem Stand aufhielten, starrten uns entgeistert an.

Ich beugte mich zu Jana und raunte: «Man kann einem völlig fremden Mann doch kein Kind unterjubeln!»

Das war ja wie bei den Prachtstaffelschwänzen! Nur mit dem Unterschied, dass Jana durch so eine Aktion auch ihre Gesundheit gefährdete.

«Wer ist schwanger?» Unbemerkt hatte sich Lissie an den Stand geschoben. Wir umarmten uns. Dann stellte sie ihren großen, schweren Koffer ab, zog den Mantel aus und ließ sich erschöpft auf die leeren Kartons hinter unserem Stand fallen.

Während Jana ihr flüsternd die ganze Geschichte erzählte, versuchte ich, fünf Kundinnen gleichzeitig zu bedienen. So langsam wurde es richtig voll. Und schließlich waren wir zum Geldverdienen hier. Doch egal, was die Leute in der Hand hielten, ein paar Babysocken von C&A oder eine kaum getragene Jeans von Prada, die Yvonne mir mitgegeben hatte, mehr als einen Euro wollte niemand bezahlen. Als wäre dieser Betrag die einzig anerkannte Flohmarktwährung. Wenn das so weiterging, würden wir am Ende nicht mal unsere Standgebühren raushaben.

Plötzlich vernahm ich eine rhythmische Swing-Melodie. Die Musik kam aus einem alten Transistorradio, das auf einem der Tapeziertische in unserem Gang stand. Ein älteres Paar legte ein Tänzchen hin. Sie waren sehr schön anzusehen. Während die beiden eng umschlungen über den Boden schwebten, sahen sie sich die ganze Zeit in die Augen und lachten wie zwei verliebte Teenager. Unwillkürlich musste ich an Felix denken, wie er mich im Arm gehalten hatte und mit mir ums Feuer getanzt war. Ich spürte ein leises Kribbeln im Bauch.

Verliebte zu beobachten machte mich glücklich. Wenn ich ältere Menschen sah, die händchenhaltend auf der Parkbank saßen, oder junge Frischverliebte, die zwischen ihren Küssen miteinander kicherten, wenn ich sah, wie sich Paare auch nach langen Jahren des Zusammenseins liebevoll umeinander kümmerten, ging mir das Herz auf. Trotz meiner verkorksten Beziehungshistorie glaubte ich immer noch an die Liebe. Martha sagte immer, dass das ganze Leben ein Risiko sei und dass man sich trauen und vorwagen musste, um wahre Gefühle zu erleben. Tatsächlich hörte sie stets mehr auf ihren Bauch als auf ihren Kopf und ging bei ihrer Suche nach Liebe deutlich furcht- und wahlloser vor als ich.

Wie pragmatisch dagegen Jana die Liebe sah, machte mich fast ein wenig traurig. Seit sie alleine war, schien sie einen Stahlpanzer zu tragen. Einen Panzer, der alle Kandidaten, die ihr gefährlich nah kommen konnten, auf Abstand hielt. In der Beziehung wurde sie Yvonne immer ähnlicher – mit dem einzigen Unterschied, dass sich Jana schon einmal auf eine Beziehung eingelassen hatte und nur aus Angst, noch einmal zu leiden, auf Nähe und Vertrauen verzichtete. Irgendwie verstand ich Jana sogar. Auch ich kannte die Scheidungsstatistiken. Und vielleicht war es naiv, aber ich würde mich immer wieder auf jemanden einlassen wollen. Denn wie ein Leben ohne Liebe verlaufen konnte, hatte ich bei meiner Mutter gesehen.

Hinter mir diskutierten meine Freundinnen noch immer Janas Kinderwunsch. Wie erwartet war auch Lissie geschockt von dem präparierten Kondom. Sie schlug Jana vor, über andere Arten der Empfängnis nachzudenken – und über andere Wege, einen Samenspender zu finden.

«Vielleicht probierst du es mal mit der guten alten analogen Anzeige in der *Zeit?*», riet Lissie.

Jana schüttelte den Kopf.

«Oder mit einer Fruchtbarkeitsklinik?», warf ich schnell ein, bevor ihre Stimmung wieder kippte.

«Da bin ich schon dabei», sagte sie. «Ich hab mich in der Samenkartei der Kopenhagener Klinik Vesterbro registrieren lassen. Die ersten Profile von Spendern liegen mir bereits vor.»

Wir staunten nicht schlecht, wie konkret Janas Vorhaben war.

«Was Ansprechendes dabei?», hakte ich nach.

«Wenig. Die meisten Dänen haben mir zu runde Gesichter.»

Ich verdrehte die Augen.

«Aber jetzt mal abgesehen von der Physiognomie», wandte Lissie ein. «Du kennst die Spender doch gar nicht. Ist dir das nicht etwas unheimlich?»

«Glaub mir, ich weiß mehr über diese Männer als über mich selbst», lachte Jana. «Bei Spender 16383 weiß ich sogar, dass sein Großvater im Staatsorchester Fagott gespielt hat und seine Ururgroßmutter die erste Frau in Süddänemark war, die an einer Universität studiert hat.» Sie seufzte. «Aber was nützt es, wenn die bis in die vierte Generation alle blond waren und kugelrunde Köpfe hatten.»

«Stimmt, das geht natürlich gar nicht», spottete ich.

Lissie nahm Janas Hand und redete ihr erneut ins Gewissen. «Vergiss nicht, dass jeder Mensch ein Anrecht hat zu wissen, woher er stammt. Es gibt kaum etwas Schlimmeres, als seine Wurzeln nicht zu kennen», sagte sie besorgt.

«Darüber habe ich natürlich auch nachgedacht», sagte Jana, «deshalb treffe ich nächste Woche Ulf und Dirk.»

«Ulf und Dirk?», echoten Lissie und ich synchron.

«Ja, Ulf und Dirk. Ein schwules Paar, das ich über eine Kontaktanzeige kennengelernt habe. Ulf war früher Radrennfahrer, bis er wegen einer Verletzung umsatteln musste und nun als Oberstaatsanwalt arbeitet. Schwarze Haare und 1,90 Meter. Ein genetischer Volltreffer!»

Ich räusperte mich. «Was hast du nur immer mit der Haarfarbe?», fragte ich und strich mir unbewusst über mein blondes Haupt.

«Ich hab eben so meine Vorstellungen», sagte sie achselzuckend. Was wohl so viel hieß wie: Jana wollte sich eins zu eins reproduzieren – inklusive ihrer dunklen Haare.

Gerade wollte ich etwas erwidern, als mir jemand auf die Schulter tippte. «Hallo Anne!»

Vor mir stand Miss Piggys Schwester und umarmte mich über den Tapeziertisch hinweg, als seien wir alte Freundinnen.

«Hallo Karoline!», begrüßte ich sie überrascht.

Sie strahlte mich an. «Bitte sag Karo.»

Ich deutete auf meine Freundinnen. «Lissie und Jana kennst du ja bereits von der Hochzeit.»

Die drei begrüßten sich freundlich. Dann wandte sich Karo wieder mir zu. «Ich weiß nicht, wie oft ich versucht habe, dich in der Agentur zu erreichen, aber eure Frau Nagel hat mich immer wieder vertröstet und gesagt, dass ihr in den nächsten sieben Wochen ausgebucht seid.» Anerkennend nickte sie. «Läuft gut, euer Geschäft, was?»

Ich lachte. «Das stimmt, es ist gerade viel los.»

«Vielleicht könnt ihr mich ja doch noch reinschieben.» Karo sah mich mit einem bittenden Lächeln an.

Erst jetzt fielen mir ihre Augenringe auf. Sie sah nicht besonders glücklich aus. Setzte ihr die Trennung von ihrem Mann noch derart zu, dass sie nicht länger warten konnte? Und wieso wirkte sie so gar nicht überrascht, mich hier zu treffen? Hatte Eleonore ihr vielleicht etwas von dem Flohmarkt erzählt, als sie Karo am Telefon vertrösten musste?

«Tja, ich weiß nicht, ob wir das hinkriegen.» Ich musste an unseren vollen Kalender denken. Andererseits tat Karo mir leid. «Aber ich schau mal, was sich machen lässt.»

Erleichtert nickte sie. «Es geht doch nichts über persönliche Kontakte. Hast du vielleicht kurz Zeit für einen Espresso? Ich muss mal mit jemandem reden», sagte sie und sah mich mit großen Augen an.

Eigentlich passte es gerade nicht so gut. Und sie sah ja auch, dass wir hier beschäftigt waren. Aber Lissie und Jana machten mir ein Zeichen, dass ich entbehrlich war, und ich nutzte die Chance, dem Gespräch über Janas geplanten Nachwuchs für einen Augenblick zu entrinnen.

«Auf der anderen Straßenseite ist ein portugiesisches Café», sagte ich und schnappte mir Mantel und Tasche.

Auf dem Weg nach draußen kamen wir an einem grünen Kinderfahrrad vorbei. «Warte mal kurz», sagte ich zu Karo. «Meine Tochter wünscht sich ein neues Fahrrad und ist sauer auf den Weihnachtsmann, weil der ihr keins unter den Baum gestellt hat. Ich will mal schauen, ob das hier was taugt.»

Wir blieben stehen und nahmen es gemeinsam in Augenschein.

«Das ist nichts», sagte sie entschieden. «Ich meine, schau dir dieses Klappergestell doch mal genau an. Der Lenker ist schon angerostet, der kann jederzeit durchbrechen, und der Kabelbaum ist total morsch. Ehrlich, das würde vielleicht Mister Ex für sein Kind kaufen, aber doch nicht du.»

Sie schüttelte den Kopf, während ich vor Scham rot anlief, dass ich dieses Mordinstrument überhaupt für Maja in Erwägung gezogen hatte.

«Stell dir vor, er hat meinen Sohn letzte Woche ohne Fahrradhelm fahren lassen. Bei dem gefährlichen Verkehr hier in Hamburg! Kannst du dir das vorstellen?»

Sofort bekam ich ein noch schlechteres Gewissen, weil ich Maja schon ein paarmal ohne Schutzhelm hatte fahren lassen, wenn wir es morgens eilig hatten. Es war aber auch nicht weit zur Vorschule. «Also das ist ja wirklich absolut verantwortungslos», heuchelte ich Empörung, um mich zumindest nach außen nicht wie eine Rabenmutter fühlen zu müssen.

«Eben! Aber ihm ist das egal», regte sich Karoline weiter

auf. «Hauptsache, er hat es bequem und muss nicht in die Stadt, um einen Helm zu kaufen.»

«Aber dein Sohn hat doch bestimmt einen Helm, oder?» Ich war verwirrt.

«Bei mir schon. Aber bei seinem Vater eben nicht.»

Im Stillen fragte ich mich, warum ihr Sohn seinen Helm nicht einfach mitnahm, wenn er etwas mit dem Vater unternahm. Aber Karoline hatte natürlich recht: Der Vater musste dafür sorgen, dass der Sohn sicher fuhr.

Karo hakte sich bei mir ein und zog mich weiter. Beim Portugiesen angekommen, setzten wir uns direkt ins Fenster, um das geschäftige Treiben draußen beobachten zu können.

Mir fiel auf, wie sehr Karo sich von ihrer Schwester unterschied. Was Steffi zu viel auf den Rippen saß, hatte sie zu wenig. Ihr langes, aschblondes Haar war flüchtig zu einem Pferdeschwanz gebunden, was ihr schmales Gesicht noch betonte. Ihre graue, atmungsaktive Outdoorjacke und die robusten Schnürschuhe, die dem Hamburger Wetter an einem Tag wie heute trotzten, verliehen ihr etwas Energisches. Bei Tageslicht fielen mir zum ersten Mal ihre stahlblauen Augen auf. Tatsächlich schien ihrem wachen Blick nichts zu entgehen.

«Der Kellner tippt seit mehr als fünf Minuten auf seinem Smartphone rum, und wir sitzen immer noch auf dem Trockenen», bemerkte sie nüchtern, obwohl sie mit dem Rücken zu ihm saß.

Ich drehte mich zum Kellner um und musste lachen. Er drückte tatsächlich wie ein Verrückter auf seine Handytasten und strahlte dabei übers ganze Gesicht. «Wollen wir für ihn hoffen, dass es dabei um Liebe geht», fügte Karo versöhnlich hinzu. «Das würde ich als Grund akzeptieren.»

«Mir scheint, du bist eine echte Romantikerin», stellte ich fest. «Und das trotz allem, was du hinter dir hast.»

Sie nickte. «Das würde man einer Unternehmensberaterin gar nicht zutrauen, wie? Viele halten uns ja für kalte Zahlenmenschen ohne Empathie.»

Tatsächlich konnte ich mir sie gar nicht vorstellen als taffe Beraterin. Diese zierliche Person nahm es also mit Managern, Betriebsräten und riesigen Belegschaften auf? Vielleicht half ihr die berufliche Erfahrung, sich immer wieder auf unbekanntem Terrain bewegen zu müssen, auch über die Trennung hinweg.

Als der Kellner zu uns an den Tisch trat, bestellte sie ungefragt zwei Cappuccino. Mir war es egal. Hauptsache Koffein!

«Darf ich dich was fragen?», wagte ich mich vor, als wir die Getränke schließlich vor uns hatten. «Woran ist eure Ehe eigentlich gescheitert?»

Karoline verkrampfte sichtlich und streute Unmengen Stevia in ihren Kaffee. «Mister Ex hatte das Leben mit Junior und mir einfach über.»

Sie klang verbittert, und ich konnte es ihr nachfühlen.

«Er wollte wohl keinen Familientrott mehr», fuhr Karo gedankenverloren fort. «Keine Elternabende. Keine Sonntagnachmittage am Spielfeldrand, um Junior beim Hockey zuzusehen.»

Ich nickte. Wie oft hatte ich diese Geschichten inzwischen gehört: Väter, die ausbrachen aus der Familie, nachdem sie auf Kosten ihrer Frau Karriere gemacht und ihre Kinder über Jahre kaum gesehen hatten. Als könnte man das alte Leben einfach abstreifen wie eine Schlange ihre Haut. Ich fragte mich, wie viele Frauen sich aus der Verantwortung stahlen, weil sie Hunger auf ein anderes Leben hatten. Vermutlich nur wenige, wenn man sich das Missverhältnis von alleinerziehenden Frauen und Männern ansah.

«Ich weiß nicht, wie ich mich so täuschen konnte.» Karo schluckte schwer. «Dass Mister Ex kein guter Ehemann war – geschenkt. Dass er aber jetzt noch ein mieser Teilzeitvater für Junior ist, bricht mir das Herz.» Ihre Stimme bebte, während sie mir weiter von dem Fehlverhalten ihres Exmannes erzählte. «Jedes Mal, wenn Junior vom Vater kommt, kriegt er grundlose Wutanfälle und hämmert stundenlang gegen die Türen. Vor zwei Wochen kam er sogar mit Windpocken zurück!» Karo schnaubte. «Bei mir ist er nie krank. Das ist doch eindeutig psychisch.»

«Tja, also, ich bin ja keine Ärztin», wandte ich vorsichtig ein, «aber ich hab noch nie gehört, dass Windpocken psychosomatisch sind. Meinst du nicht, dass dein Sohn vielleicht wegen eurer Trennung durch den Wind ist?» Ich dachte an meine eigenen Erfahrungen nach Richards Auszug. «Meine Tochter Maja war in den ersten Monaten auch ganz schön mitgenommen», gab ich zu bedenken. «Das können ganz normale Übergangsschwierigkeiten sein.»

Doch Karoline schüttelte energisch den Kopf und sagte wie zu sich selbst: «Ich spüre einfach, wie der Kontakt zu seinem Vater Junior körperlich und seelisch schadet.» Sie verdrehte die Augen und sah an die Decke.

Im Vergleich war ich froh, dass es bei Richard und mir einigermaßen zivil ablief. Und dass Maja so stark war und mit der Trennung relativ gut zurechtkam. Manchmal sogar erstaunlich gut.

«Jetzt will er auch noch einklagen, dass sein Sohn bei ihm am Wochenende übernachten darf.» Karo redete sich in Rage. «Aber nicht mit mir. Er kennt ihn und seine Bedürfnisse doch kaum, so viel, wie er immer gearbeitet hat.» Vertrauensvoll legte sie mir eine Hand auf den Arm. «Ich überlege ernsthaft, Mister Ex gerichtlich das Umgangsrecht ganz zu verbieten.

Und wenn das nicht klappt, ziehe ich ans andere Ende der Welt. Neuseeland soll so schön sein.»

Ich erinnerte mich an mein Gespräch mit Lissie in der Bar: Karoline war eindeutig noch in der Wutphase. Ihre Reaktion fiel darum vermutlich etwas drastischer aus, als es ihrer privaten Situation angemessen wäre. Doch ich hielt mich mit weiteren Einwänden zurück. Schließlich kannte ich sie nicht besonders gut, geschweige denn ihren Ex oder ihren Sohn.

Ich trank den letzten Schluck von meinem Kaffee und legte etwas Kleingeld auf den Tisch. «Es tut mir leid, aber ich kann die anderen jetzt nicht länger allein lassen.»

Karoline lächelte. «Natürlich. Du bist wirklich eine tolle Freundin, auf dich ist Verlass.»

«Melde dich doch nächste Woche noch mal in der Agentur», schlug ich vor. «Und verweise auf mich, dann schauen wir, was machbar ist, ja?»

Sie umarmte mich zum Abschied, als würden wir uns monatelang nicht wiedersehen. Ich war erleichtert, als sie endlich losließ, und winkte ihr im Gehen noch kurz zu. Auf dem Weg zurück in die Flohmarkthalle versuchte ich meine Gedanken zu sortieren.

War Karos ganzes Verhalten nicht ein bisschen übertrieben? Oder machte sich nur wieder meine Distanziertheit bemerkbar, die Richard mir manchmal vorgehalten hatte? Vielleicht reagierte ich ja wirklich übersensibel, wenn Menschen so schnell vertraulich wurden?

Ich schüttelte über mich selbst den Kopf und beschleunigte meinen Schritt, um meine Freundinnen nicht warten zu lassen.

19. FÜR DIE TONNE

Marthas Getzwitscher: ++ In einer Zeitschrift von einer Studie gelesen ++ Forscher haben festgestellt, dass Kinder in Gesprächen vor allem Emotionen vermitteln ++ auf den Inhalt kommt es dabei weniger an ++ Spontan gedacht, dass viele Frauen nie über dieses Stadium hinauskommen ++

«Darf ich mein neues Fahrrad mit zu Papa nehmen?», fragte Maja mit ihrem unwiderstehlichen Hundeblick, den sie für meinen Geschmack besser beherrschte als Gorbi.

Am gestrigen Donnerstag war überraschend ein nagelneues rotes Kinderfahrrad mit einer großen Schleife in die Agentur geliefert worden, lediglich fünf Tage nach meinem Gespräch mit Karo. Auf dem Gepäckträger hatte eine Karte von ihr geklemmt. «Hier ein kleiner Vorschuss. Es ist schön, endlich eine Seelenverwandte zu haben.»

Zuerst war ich ein wenig irritiert von der Aktion. Für jemanden, den ich kaum kannte, war das ein sehr großzügiges Geschenk. Doch dann verbuchte ich es als nett gemeinten Bestechungsversuch, um die Chance auf ein baldiges Ritual zu erhöhen. Es war jedenfalls sehr aufmerksam von Karo, dass sie sich die Sache mit dem Rad gemerkt hatte.

Maja hatte Luftsprünge gemacht und war wieder mit dem Weihnachtsmann versöhnt. Inzwischen war sie fest davon überzeugt, dass wir ihn mit dem Umzug so durcheinandergebracht hatten, dass ihr Fahrrad unter dem Baum eines anderen Kindes gelandet war. Ich wollte ihr die Illusion nicht nehmen, es dauerte vermutlich ohnehin nicht mehr lange, bis sie erkannte, dass es den freigebigen alten Mann gar nicht gab.

Da ich ihr nichts abschlagen konnte, quetschte ich das Rad mit Mühe und Not auf den Rücksitz meines viel zu kleinen Autos und ließ Maja ausnahmsweise auf dem Beifahrersitz Platz nehmen. Gorbatschow setzte ich auf ihren Schoß. Er hielt es ja doch nicht aus ohne seine kleine Freundin. Und mir würde ein Wachhund beim Besuch in meiner alten Wohnung auch nicht schaden.

Gerade als ich den Wagen starten wollte, sah ich, wie Felix die blaue Papiertonne an die Straße rollte. Ich war überrascht, ihn zu sehen. Nach dem Flohmarktmorgen hatte er sich rar gemacht. Man hätte fast meinen können, er wäre ausgezogen – wenn er nicht Spuren im Haus hinterlassen hätte. Jedes Mal, wenn ich nachmittags mit Maja nach Amaroo kam, war in der Villa wieder etwas verändert. Mal war der Boden im Wohnzimmer abgeschliffen, mal die Raufasertapete im Flur abgekratzt, dann hing plötzlich statt der Tiffany-Lampe die schwarze Bauhausleuchte über dem Esstisch, die ich auf dem Flohmarkt erstanden und im Flur abgelegt hatte. Es fühlte sich an, als wären Heinzelmännchen eingezogen.

Obwohl wir uns die ganze Woche über nicht begegnet waren, dachte ich noch hin und wieder an den Abend am Lagerfeuer. Allerdings schien das nur ein kurzer romantischer Ausrutscher gewesen zu sein. Felix wirkte jedenfalls nicht weiter interessiert an einer guten Beziehung zu mir. Sonst hätte er ja mal wieder zum Duschen vorbeikommen können. Oder auf einen Kaffee. Ich schloss daraus, dass ihm an einer guten Wohnatmosphäre nicht so sehr gelegen war wie mir. Wir waren lediglich eine Zweck-WG und lebten nebeneinander her.

Eigentlich schade, denn was sprach dagegen, zu guten Freunden zu werden, jetzt, wo wir am Lagerfeuer quasi die Friedenspfeife geraucht hatten?

Als ich ein paar Tage zuvor mit Lissie telefoniert hatte und ihr ganz nebenbei auch von Felix' Arbeiten im Haus berichtete, begann sie zu kichern, als hätte ich einen schlüpfrigen Witz gemacht.

«So was nennt man Erwähnungszwang, Anne», hatte sie erklärt. «In den letzten fünf Minuten hab ich mindestens zehnmal den Namen Felix gehört. Kann es sein, dass du dich verguckt hast?»

«So ein Blödsinn», schleuderte ich ihr entrüstet entgegen.

Doch meine Freundin antwortete nur vielsagend: «Nee, nee, is' klar!»

Um mir jetzt selbst zu beweisen, wie wenig an Lissies Phantasien dran war, stieg ich aus dem Auto und ging ohne rechten Plan auf Felix zu.

«Heute sind die gelben Säcke dran», rief ich, um irgendetwas zu sagen, und streckte meinen Arm aus, um ihn zurückzuhalten. «Und nicht die blaue Tonne.»

Felix schaute mich irritiert an und ließ seinen Blick die Straße an den Nachbarhäusern entlanggleiten. Vor jedem Haus stand eine blaue Tonne. «Ich wusste nicht, dass wir ein Extraabkommen mit der Müllabfuhr haben», sagte er trocken.

«Äh ... Haben wir auch nicht», sagte ich betont gelassen, obwohl ich innerlich ins Trudeln geriet. «Aber solange sie nicht voll ist, müssen wir sie ja auch nicht rausstellen. Das wäre Verschwendung.»

Ein Blick auf die Tonne belehrte mich eines Besseren. An den Seiten quoll schon das ganze Papier heraus. «Ich meine ja nur, dass wir auch mal selbst das Altpapier wegbringen könnten», stotterte ich in dem armseligen Versuch, einen letzten Rest von Würde zu bewahren. «Die Container sind ja nicht weit, und so hätten die Müllmänner zwischen zwei Häusern auch mal Zeit für eine Zigarette.»

Innerlich ohrfeigte ich mich für mein absurdes Verhalten.

Felix schien nun wirklich verunsichert. «Sag mal, hast du was geraucht?», fragte er und musterte mich eingehend. «Dann solltest du jetzt aber nicht Auto fahren, schon gar nicht mit Maja an Bord.»

«Nur weil ich finde, dass die Arbeitnehmer im öffentlichen Dienst auch ein Recht auf Pausen haben?», fuhr ich störrisch fort.

Aus dem Grab, das ich mir selbst geschaufelt hatte, kam ich nicht mehr raus. Martha hatte es in ihrem heutigen *Getzwitscher* auf den Punkt gebracht mit der Inhaltsleere und Emotionsfülle, die Frauen in Gesprächen bisweilen an den Tag legten.

Und Felix? Der sah mich an, als hätte ich den Verstand verloren. «Es geht dir also darum, den Mitarbeitern der städtischen Müllabfuhr zu ausreichender Nikotinzufuhr zu verhelfen.» Er fasste sich ans Kinn, als würde er ernsthaft über meine Idee nachdenken. «Ich werde das zukünftig mitbedenken.»

Einen Moment schien er zu warten, ob von mir noch etwas kommen würde. Dann sagte er: «Du, Maja winkt dir schon die ganze Zeit, ich glaube, sie möchte jetzt fahren.»

Er wollte mich loswerden. Was man ihm angesichts meines Auftritts irgendwie nicht verdenken konnte.

Ich spürte, wie ich rot wurde, drehte mich wortlos um und ging zum Auto. Mist, das war ja gehörig danebengegangen.

«Was ist denn nun mit den gelben Säcken?», rief Felix mir noch hinterher, als ich schon im Auto saß.

Ich kurbelte mein Fenster herunter. «Nichts, die werden immer dienstags rausgestellt, das weißt du doch. Und heute ist Freitag.»

Ich ließ den Wagen an und fuhr los. Jetzt erst spürte ich,

wie aufgeregt ich gewesen war. Mein Herzschlag erreichte nur langsam Normalniveau, und mein Atem flachte ab. Was war bloß los mit mir?

In diesem Moment klingelte mein Handy. Gorbi kläffte aufgeregt los, während ich nach dem Kopfhörer griff. Ich fürchtete schon, es könnte Felix sein, der weiter über den Müll diskutieren wollte. Doch es war Karoline.

«Hallo Anne!», begrüßte sie mich überschwänglich. «Habt ihr das Fahrrad bekommen?»

«Äh, ja, vielen Dank.» Ich fummelte noch am Mikrophon meines Headsets. «Maja ist ganz aus dem Häuschen. Aber das wäre wirklich nicht nötig gewesen.»

«Es freut mich, wenn ich helfen konnte. Du hilfst mir ja auch. Ich meine, seit du mir in Aussicht gestellt hast, bald ein Event für mich zu organisieren, kann ich endlich wieder durchschlafen», sagte sie. «Ich glaube, du weißt gar nicht, was du für uns Frauen tust! Nichts bringt einem so schnelle Erlösung wie ausgleichende Gerechtigkeit. Du bist meine Rettung, ehrlich.»

Ich schluckte. Karolines Worte schnürten mir die Kehle zu. War ich wirklich alleine zuständig für ihr Seelenheil? Und für das Glück aller verlassenen Frauen verantwortlich? Die Rolle der rächenden Heilsbringerin, die sie mir zuteilen wollte, gefiel mir jedenfalls nicht besonders. Was, wenn das Ritual nicht die erhoffte Wendung brachte? Trug ich dann im Umkehrschluss auch die Schuld an ihrer Verzweiflung und Hoffnungslosigkeit?

«Ach, du wärst bestimmt auch ohne mich drüber weggekommen», versuchte ich, ihren Gefühlsüberschwang ein bisschen zu dämpfen.

Aber Karo blieb euphorisch. «Nein, im Ernst: Seit ich dich kenne, habe ich das Gefühl, dass alles wieder gut wird. Wenn wir miteinander reden, funken wir total auf einer Frequenz, das ist ein so seltenes Geschenk. Lass uns unbedingt bald sehen, ja?»

Huch! Das klang ja fast, als sei sie in eine Art psychische Abhängigkeit von mir geraten.

«Ich … äh, ich muss jetzt aufhören. Ich bin gerade mit Maja im Auto unterwegs und –»

«Aber wann planen wir denn das Event für mich?», hakte sie nach. «Ich hab eben schon mit Frau Nagel gesprochen, und sie meinte, dass –»

Diesmal war ich es, die sie unterbrach, denn wir waren in unserer alten Straße angekommen, und mich beschlich ein seltsames Gefühl. «Ich melde mich wegen eines Termins, versprochen. Gleich nächste Woche», vertröstete ich sie und beschloss dennoch, ein paar Tage verstreichen zu lassen, um Karo und mir eine kleine Pause zu gönnen. «Kopf hoch, Karo! Du schaffst das.»

«Sicher», erwiderte sie knapp.

Und bevor sie noch etwas sagen konnte, legte ich auf. Es tat mir leid, sie vor den Kopf zu stoßen, aber ich hoffte, sie würde es mir nicht übelnehmen.

Während ich etwas nervös das Auto parkte, sah ich Richard von der Haustür auf uns zulaufen. Noch bevor ich richtig eingeparkt hatte, riss er die Beifahrertür auf.

«Da sind ja meine beiden Lieblingsfrauen!», stieß er freudig hervor.

Maja ließ Gorbi von ihrem Schoß springen, schnallte sich ab und fiel ihrem Vater strahlend um den Hals. Ich fragte mich derweil, was mit Richards dritter Lieblingsfrau war.

Umständlich machte er sich daran, das Fahrrad von der Rückbank zu hieven. Er hatte schon immer zwei linke Hände gehabt.

«Wie wäre es, wenn wir drei spontan etwas zusammen unternehmen würden?», fragte er, als wäre so ein Vorschlag das Normalste der Welt. Maja jubelte los – sie wünschte sich nichts mehr, als uns wieder vereint zu sehen. Damit hatte ich wohl den Schwarzen Peter gezogen.

«Ich habe überhaupt keine Zeit, wir haben gleich ein Event», erklärte ich betont gelassen und ballte hinter meinem Rücken die Hand zur Faust, um ruhig zu bleiben.

«Immer musst du jetzt arbeiten am Wochenende», grummelte Maja, woraufhin Richard ihr tröstend über den Kopf strich.

«Deine Mama führt einen aussichtslosen Kampf gegen das vermeintlich Böse in der Welt.» Er sah mich spöttisch an. Genau wie Felix machte er keinen Hehl daraus, dass er von der Arbeit unserer Agentur nicht viel hielt. Sicherlich war sie ihm auch deshalb ein Dorn im Auge, weil er immer in Sorge war, was die Öffentlichkeit darüber denken mochte und ob man womöglich eine Verbindung zu ihm sehen würde. Es wurde mir immer mehr bewusst, dass Richard einzig und allein für seine Außendarstellung lebte.

Trotzdem meldete sich sofort mein schlechtes Gewissen.

«Führ Papa doch mal dein neues Rad vor», schlug ich unserer Tochter vor.

Begeistert schwang sich Maja auf den Sattel und sauste los. Gorbi rannte ihr schwanzwedelnd hinterher.

«Warum machst du jetzt plötzlich einen auf Familie?», fragte ich Richard, wütend darüber, dass ich nun in Majas Augen die Schuldige war.

Er sah mich mit Trauermiene an und seufzte tief. «Babette ist gestern ausgezogen.»

Ha! Wie war das mit Erlösung durch ausgleichende Gerechtigkeit? Trotzdem setzte ich ein möglichst neutrales

Gesicht auf, um mir meine Genugtuung nicht anmerken zu lassen.

Richard war ohnehin zu sehr mit sich selbst beschäftigt, um meine Reaktion zu deuten. «Zu allem Überfluss hat mir der Verlag angekündigt, dass *Im Sturm der zitternden Herzen* demnächst für 2,99 Euro verramscht werden soll», erklärte er. «Was für ein Albtraum!»

Ich fragte mich, was schlimmer für ihn sein musste: der Auszug seines Jungbrunnens oder die Tatsache, dass sein Roman schon nach so kurzer Zeit für einen Spottpreis feilgeboten wurde. Immerhin hatte er seinem Dr. Steven Stark diesmal mehr Tiefe und Wandlungsfähigkeit verleihen wollen.

Richard griff nach meiner Hand und sah mir tief in die Augen. «Ohne dich geht einfach alles schief.»

Erwartete er jetzt allen Ernstes tröstende Worte von mir? «Für diese Erkenntnis ist es reichlich spät», sagte ich nüchtern.

In dem Moment bog Maja wieder um die Ecke, so schnell strampelnd, dass Gorbi nur noch hechelnd Anschluss halten konnte. Ich stellte mich ihr in den Weg, damit sie stoppte, und umarmte sie fest zum Abschied.

«Sei nicht traurig, Maja», sagte ich, während ich Gorbi ins Auto springen ließ. «Du gehst doch ohnehin gleich zum Ballett. Nächstes Wochenende nehme ich mir Zeit für dich, und wir gehen im Park Wildschweine füttern. Hast du Lust?»

Ihr Mund verzog sich zu einem Lächeln. Noch konnte man sie schnell wieder glücklich machen. In ein paar Jahren würde es wohl schwieriger werden.

20. BLACK WEDDING

Marthas Getzwitscher: ++ Bin in einem kleinen Dorf in den rumänischen Karpaten Zeugin einer «Totenhochzeit» geworden ++ Einem Verstorbenen im heiratsfähigen Alter hat man bis zur Beerdigung eine junge Frau als symbolische Braut an die Seite gestellt ++ Nach der «Vermählung» wurde ausgiebig gefeiert und getanzt ++ die Hochzeit für den Toten soll verhindern, dass er zu den Lebenden zurückkehrt ++

«Warten Sie, Frau von Menzel, ich helfe Ihnen», sagte ich und bückte mich, um den Brautstrauß aufzuheben.

Doch Gorbi war schneller. Er schnappte sich den Strauß und apportierte ihn brav. Ab und zu machte sich Marthas gute Erziehung doch noch bemerkbar.

Frau von Menzel nahm die Blumen aus Gorbis Maul und bedankte sich bei ihm. «Vielen Dank, so einen Kavalier trifft man heutzutage ja selten.»

Ich musste lachen. Im Gegensatz zu ihrem Exgatten schien sie Humor zu haben. Dass es sich dabei um den schnöseligen Verlagschef handeln musste, der mir vor nicht allzu langer Zeit ein so großzügiges Praktikumsangebot unterbreitet hatte, war mir sofort klar gewesen, als ich Frau von Menzels Auftrag für das Trennungsritual auf den Tisch bekommen hatte. Es wunderte mich kein bisschen, dass die Ehe gescheitert war. Wenn ich schon nach fünf Minuten mit dem Typ Reißaus nehmen wollte, wie sollte man es da erst ein ganzes Leben mit ihm aushalten? Trotzdem musste ich über den Zufall schmunzeln. *Man sieht sich immer zweimal im Leben.* Mit diesen warnenden Worten hatte mich ihr Gatte aus seinem Büro entlassen. Dass er keine vier Monate später als Gummipuppe in mein Leben zurückkehren würde, hatte ich mir nicht träumen lassen – und er sich vermutlich auch nicht. Aber glücklicherweise würde er es ja nicht erfahren.

Ich streckte Frau von Menzel die Hand hin. «Anne Geiger, ich bin die Zweite im Bunde von *Ex und Hopp*», stellte ich mich vor. «Und das ist Gorbatschow, mein temperamentvoller Assistent.»

«Und ich bin Sophie, die schwarze Braut.» Dabei verzog sie ihr Gesicht kurz zu einer Fratze und brach dann in herzliches Lachen aus.

Sophie von Menzel hatte wache Augen und freundliche Gesichtszüge, die von kinnlangen braunen Locken umrahmt wurden. Im Gegensatz zu ihrem Mann, der sich wie ein bayerischer Landadliger kleidete, hatte Sophie Stil. Das Kleid, das sie anlässlich der Zeremonie trug, war genau nach meinem Geschmack: ein edler Hochzeits-Sari in Schwarz. Ich hätte darin sicher furchtbar unförmig ausgesehen, aber um ihre schmale Figur wickelte sich der feine Stoff wie um den Körper einer Göttin. «Da wären wir also. Das Setting ist ein Traum.» Sie nickte mir dankbar zu.

Wir standen am Nebeneingang einer Kapelle, etwa eine Autostunde entfernt von Hamburg in einem kleinen Dorf an der Ostseite des Schaalsees. Seit sie zum Eventzentrum umgewidmet worden war, konnte man sie auch für kommerzielle Zwecke buchen. Für unser Ritual «Black Wedding» war das ehemalige Gotteshaus wie ein Geschenk des Himmels. Ich hatte die Kapelle vor Jahren mal bei einem Wochenendtrip mit Richard entdeckt und mich gleich in sie verliebt: Innen war sie ganz schlicht in weiß-blau bemaltem Holz gehalten, ohne jeden Prunk und Protz.

«Ja, es ist ein würdiger Rahmen für so ein Trennungsritual,

nicht wahr?» Ich räusperte mich. «Ich kenne übrigens Ihren Mann. Also ... Ich kenne ihn nicht wirklich, aber ich hab mich vor einigen Monaten als Lektorin bei ihm beworben.»

«Gregor? Sie kennen ... Ich meine, du kennst ihn?» So seltsam es war, aber die Tatsache, dass ich ihrem Ex schon begegnet war, schuf gleich Vertrauen zwischen uns. «Dann wunderst du dich sicher nicht, warum ich hier bin, oder?»

Ich unterdrückte ein Lachen, weil ich mir nicht sicher war, ob es angebracht war.

Aber Sophie fügte gleich hinzu: «Gregor war mal anders, weißt du. Wir waren seit der Schulzeit zusammen. 25 Jahre ist das jetzt her. Über all die Jahre haben wir uns wohl beide verändert.»

Trotzdem war es mir ein Rätsel, was sie so lange zusammengehalten hatte.

«Habt ihr Kinder?», fragte ich.

«Natürlich.» Sophie klang etwas bitter. Ich sah sie irritiert an.

«Fanny.»

Ich nickte wissend.

«Mehr Kinder wollte Gregor nicht. In seinem Herzen sei neben Fanny kein Platz, hat er immer gesagt.»

Dieses Mädchen war ja ein noch größerer Fluch, als ich geahnt hatte. Sie hatte sogar in reale Familienplanungen eingegriffen! Ich schaute betreten drein.

«Halb so schlimm», lachte Sophie. «Er hat ja zum Glück das alleinige Sorgerecht.»

«Wie hast du denn von *Ex und Hopp* gehört?», fragte ich, als ich sah, wie Yvonne in der Kapelle den Gästen ihre Plätze zuwies. Es trudelten immer mehr Leute ein, dabei waren die Bänke schon gerappelt voll. Eine ganze Kirche voller Frauen – ein Anblick, den es nicht oft zu sehen gab.

«Meine Freundin Julia hat mir von euch erzählt. Sie war als Gast auf dem Beerdigungsritual einer Arbeitskollegin und fand es fabelhaft.» Sophie raffte ihren Sari zusammen, und ich führte sie zum Haupteingang, wo sie sich für ihren Einzug bereit machte. «Mir gefällt die Vorstellung, dass Ehen mit einer Zeremonie beginnen und auch mit einer enden», fuhr sie fort. «Das hat etwas Reinigendes, finde ich.»

Ich musste an Karos Worte denken. Offenbar gaben wir den Frauen mit unseren Ritualen wirklich die Kraft und den Mut für einen Neuanfang. Genau wie wir es uns gewünscht hatten.

Am Arm ihrer Freundin Julia schritt Sophie wenig später zum Altar. Dort wartete Leroy in einem deutlich zu kurzen Priestergewand, unter dem seine muskulösen Waden zum Vorschein kamen – ein kleiner Augenschmaus für die anwesenden Damen. Loverboy Gregor war bereits von Yvonne vor dem Altar platziert worden und stand sicher in einem Gestell aus Stahlrohren, das wir extra hatten anfertigen lassen. Sein Rumpf wurde durch Holzplatten verstärkt, die unter seinem Frack verschwanden. Mit dem amtlichen Zylinder machte er der adligen Herkunft derer von Menzel alle Ehre. Genauso wie ich den echten Gregor in Erinnerung hatte, saß die aufgedruckte Brille etwas zu tief auf seiner Nase. Nur schade, dass er sie sich nicht zurechtrücken konnte.

Sophie stellte sich neben ihren Ex, und die Zeremonie begann.

«Wir sind heute zusammengekommen», sprach Leroy ins Mikrophon, «um die Trennung von Gregor Maria Johannis Enno von Menzel mit Sophie von Menzel, geborene König, feierlich zu begehen.»

Von hinten rief eine vorlaute Freundin: «Bis in alle Ewigkeit. Amen.» Einige Gäste kicherten.

Unbeirrt fuhr der falsche Priester fort: «Darum frage ich dich, Sophie: Willst du nie wieder dabei zusehen, wie Gregor mit blutigen Händen und bespritztem Hemd ein frischgeschossenes Reh auf deinem antiken Küchentisch ausnimmt?»

«Nie wieder!», rief Sophie aus vollem Herzen.

«Willst du nie wieder hören, wie Gregor in falschem Italienisch in der Pizzeria ‹due espressis› bestellt?»

«Nie wieder!», antwortete Sophie mit fester Stimme und sah ihrem Nochehemann dabei tief in die Augen.

«Und willst du nie wieder zusammen mit Gregor in einem Bett liegen, seinen müffelnden Jagdhund Articus zwischen euch in der Besucherritze, und dir langweilige Erfolgsgeschichten über Fanny, das Mädchen mit der roten Zahnspange, anhören?»

«Nie, nie wieder!» Sophie wurde immer lauter.

«Dann erkläre ich euch hiermit für rechtmäßig getrennte Eheleute.»

Die Gäste standen von ihren Bänken auf und applaudierten begeistert.

Eine Frau schrie: «Nun dürfen Sie dem Exmann den Hals umdrehen!»

Leroy machte eine beschwichtigende Handbewegung. «Nicht so hastig, meine Damen. Jetzt folgen erst einmal die Fürbitten. Bitte setzen Sie sich noch einen Moment.»

Leroy bat die besten Freundinnen von Sophie nach vorne, die sich links und rechts des Trennungspaars aufstellten.

Eine kleine Rothaarige faltete ein Blatt Papier auf und las jedes Wort mit Bedacht vor: «So wie kein Fisch ohne Wasser leben kann, ist keine Beziehung ohne Schwierigkeiten. Gib Sophie den Mut, sich wieder auf jemanden einzulassen und glücklicher zu werden denn je.»

Dann war eine große Blonde mit knallrotem Lippenstift an

der Reihe. Sie hauchte: «Lass die Stunden der Einsamkeit bald vorbei sein und eine nie gekannte Erotik in Sophies Leben treten.»

Schließlich sprach die dritte Freundin der Braut aus dem Stegreif: «Mach, dass Sophie weiß, wie wichtig uns ihre Freundschaft ist und dass wir immer für sie da sein werden – in guten wie in schlechten Zeiten.»

Sophie fuhr sich gerührt über die Augen.

Aus den Lautsprechern erklang die raue Stimme von Leonard Cohen. Langsam wendete sich die frisch Getrennte dem Publikum zu. Alle Freundinnen standen auf und sahen Sophie zu, wie sie zu «Hallelujah, Halleluuuuujah» feierlich aus der Kirche zog. Ihren Exmann ließ sie am Altar stehen.

Die Szene war so bittersüß, dass die Hochzeitsgesellschaft nicht lange an sich halten konnte. Egal, wo ich hinschaute, erblickte ich Frauen, die sich schnäuzten und mit Taschentüchern die Augen betupften.

Auch ich hatte einen dicken Kloß im Hals. Trotzdem: Mir gefiel dieser sentimentale Teil unseres Rituals: Sich gemeinsam mit seinen engsten Freunden von zerplatzten Träumen und von einem wichtigen Lebensabschnitt zu verabschieden war ein großer und wichtiger Schritt. Und jede Träne wert.

Nach dem Auszug aus der Kirche ging es zum Trennungsstraußwerfen an die Schafskoppel. Sie lag auf einem Hügel, der hinunter zum See führte. Es herrschte strahlender Sonnenschein, und die Wasseroberfläche leuchtete tiefblau. Die Frauen waren bester Stimmung und schnatterten aufgeregt durcheinander.

Eilig lief ich voran, um die Schafe schon mal zum Zaun zu locken. Zu dem Zweck hatte ich die Futterrüben aus Yvonnes Landrover geholt, damit die schüchternen Tiere sich unserer Gruppe auch wirklich nähern würden. Tatsächlich kamen sie sofort angerannt, als ich die Rüben über den Zaun hielt. Einige Frauen machten aus sicherer Entfernung Fotos von den Schafen. Diese Reaktion kannten wir schon: Die Großstadtgewächse wurden angesichts solcher Einblicke ins Landleben meist ganz demütig. Die fremde Welt weckte verborgene Sehnsüchte – und die Entspanntheit der Tiere half ihnen beim Runterkommen.

Sophie trat an den Zaun, streichelte die Schafe und wedelte ihnen noch mal verführerisch mit dem Strauß vor der Schnauze herum. Dann drehte sie ihnen den Rücken zu. Die übrigen Gäste standen etwas abseits, um die Tiere nicht von ihrer eigentlichen Mission abzulenken.

Als Sophie die Blumen schließlich in hohem Bogen auf die Koppel warf, blökten die Tiere überrascht auf. Dann galoppierten sie los. Ein Schaf hatte sich frühzeitig freigelaufen und war als erstes an der Stelle, wo der Strauß landete. Doch es konnte gar nicht so schnell fressen, wie die anderen heranrasten und sich ebenfalls auf das leckere Grünzeug stürzten.

«Wir haben eine Gewinnerin», lachte Yvonne und zeigte auf das schnellste Schaf, das jetzt mit einer Gerbera im Mund das Weite suchte. «Flora ist die Glückliche.»

«Wollen wir hoffen, dass sie bei der Wahl ihres Bocks ein glücklicheres Händchen hat als ich», rief Sophie und strahlte uns an.

Nach dem Festessen im Gasthof neben der Kirche ließen die Frauen die «Heliumboys» steigen. Es war der Höhepunkt des Black-Wedding-Events: Jeder Gast bekam statt der bei Hochzeiten üblichen Herzchenballons einen heliumgefüllten Luftballon an einer Schnur überreicht. Sie waren Miniaturausgaben des Loverboys, in diesem Fall ein Gregor von Menzel in klein in beigem Janker und grüner Cordhose. An seiner rechten Hand hielt das Minidouble die aktuelle Ausgabe «Fanny lernt fliegen». Ich hatte das Buch selbst nicht gelesen, aber ich wusste, in dem neuesten Meisterstück war die Sechsjährige in einem vollbesetzten Flugzeug unterwegs in den Urlaub und griff nach der Ohnmacht des Piloten kurzerhand selbst zum Steuer. Mit Hilfe der Anweisungen aus dem Tower landete sie schließlich sicher auf Mallorca.

Kein Wunder, dass Sophie zusammen mit ihrem Ex auch diese kleine Wunderwaffe zum Mond schießen wollte.

An roten Bändchen, die am Ballonknoten befestigt waren, hingen «Verwünschkärtchen». Auf ihnen notierten Sophies Freundinnen allerlei Gehässigkeiten gegenüber Gregor, die mit seinen Alter Egos in den Orbit fliegen sollten. Es war ein spektakuläres Bild, als die Damen auf Leroys Kommando die Leinen losließen und Gregors Konterfei in fünfzigfacher Ausführung in den Himmel schickten.

Wie gebannt starrten die Gäste auf die fliegenden Gregors. Das würde allen in Erinnerung bleiben. Umso mehr, als wir dieses Spektakel live aus der Luft filmten – dank einer Drohne, die wir erstmals bei diesem Programmpunkt einsetzten. Der Quadrocopter, unter dem eine kleine Kamera hing, zeichnete das Geschehen nicht nur für den Abschlussfilm auf, der Sophie als Erinnerung dienen sollte. Er sendete die Bilder auch in Echtzeit auf die Videobrillen, die wir vorher an unsere Gäste verteilt hatten. Ein verblüffender Effekt, fast fühlte es sich an, als würde man selbst vom Boden abheben. Die Frauen waren begeistert.

Während sich die meisten Heliumboys auf den Weg Richtung Himmel machten, blieben andere in den Bäumen hängen. Einige Gregors verfingen sich ineinander und setzten ihren Weg zu zweit fort. Jede außerplanmäßige Verwicklung wurde seitens der Gäste mit einem lauten «Ohh!» und «Ahh!» kommentiert.

Es lief alles wie am Schnürchen, bis Yvonne ansetzte, den Quadrocopter mit der Fernsteuerung zur Landung zu bringen.

Die Gäste hatten bereits ihre Videobrillen abgesetzt, und die Drohne war im Sinkflug begriffen, als Gorbi sich plötzlich von dem surrenden Geräusch provoziert fühlte. Er spitzte die Ohren, sprang aufgeregt auf und ab und begann ohrenbetäubend zu kläffen, kaum dass er den fliegenden Roboter entdeckt hatte. Die Drohne, die er offensichtlich für eine Art Super-Möwe hielt, weckte seinen Jagdinstinkt: Denn sobald sie gelandet war, stürzte er sich auf sie.

Erst machte es den Eindruck, als wollte Gorbi sie begatten, so beherzt, wie er darauf herumsprang. Doch seine Mission war Zerstörung, nicht Liebe. Hilflos sah ich zu, wie er mit seinen scharfen Hundezähnen erst ein Stück des Motors herausriss und dann die Drohne in tausend Einzelteile zerlegte. Als ich es schließlich schaffte, ihn am Halsband wegzuzerren, damit er von seinem «Feind» abließ, war es schon zu spät: Die teure Drohne war nicht mehr zu retten.

Immerhin hatte Yvonne sie versichert.

Im Hintergrund hörte ich eine Frau fragen, ob der Hundeauftritt wohl zum Ritual gehörte und ob der Quadrocopter für Gregor stünde, der den Wölfen zum Fraß vorgeworfen würde.

Yvonne sah mich mit blitzenden Augen an. Sie war stinksauer. «Dieser gestörte Köter kommt mir auf keine Veranstaltung mehr! Unternimm endlich was. Das Viech ist ja gemeingefährlich!»

Ich nickte nur und wandte mich dann dem Hund zu. Gorbi hatte vorsichtshalber seinen Unschuldsblick aufgesetzt und wirkte, als könnte er kein Wässerchen trüben. Doch mich konnte er nicht täuschen: Ich nahm ihn an die Leine und setzte ihn auf die Rückbank des Autos, damit er nicht noch mehr

Unheil anrichtete. In die Scheune, in der das Abschlussfest stattfinden sollte, würde ich ihn jedenfalls nicht lassen.

Die Scheune lag in unmittelbarer Nähe der Kirche. Sie schien uns das perfekte Umfeld für Sophie und ihre Frauengang zu sein, um sich gehörig auszutoben. Unsere Ahnung sollte sich bestätigen: Die Atmosphäre war schon nach kurzer Zeit mehr als ausgelassen. Unser *Ex und Hopf*-Bier und der Prosecco flossen in Strömen. Der Besitzer der Scheune, ein bulliger Bauer ohne Haare, reichte den Damen eine Flasche nach der anderen über die mobile Theke, die sonst bei den Schützenfesten in der Gegend zum Einsatz kam. Leroy machte den DJ. Er hatte eine Lichtorgel installiert und die Musikanlage auf mehreren übereinandergestapelten Heuballen postiert. Die Ladys stürzten sich gleich auf die Tanzfläche und tanzten in dem wild zuckenden Licht zu Krachern wie *I Will Survive* oder *Beat It*. Einige texteten das «It» lachend zu «Him» um und deuteten Schläge auf ihren Allerwertesten an. Sophies Freundin Julia stand neben Leroy und machte ihm vergeblich schöne Augen. Eine andere Frau versuchte, den Bauern zum Mittanzen zu überreden. Leider auch erfolglos: Die vielen angeheiterten Damen schüchterten ihn wohl ein, und er hielt sie lieber auf Abstand.

Ich klopfte ihm im Vorbeigehen aufmunternd auf die Schulter.

Passend zum Anlass hatten wir noch einige Trennungsspiele vorbereitet: So konnten die Frauen etwa Hochzeitstorten auf eine Gregor-Puppe werfen oder sich von einer rumänischen Wahrsagerin ihre Zukunft in Sachen Liebe vorhersagen lassen.

Sophie hatte Yvonne während der Vorbereitungen verraten, dass das Eheleben mit Gregor von Menzel nicht unbedingt ein Feuerwerk der Erotik bereitgehalten hatte. Wir hatten daher in den einschlägigen Shops auf der Reeperbahn ein paar Utensilien für Sophies neuen Lebensabschnitt eingekauft und wollten sie auf dem Höhepunkt der Veranstaltung überreichen.

Ich hielt in der Partymeute Ausschau nach Yvonne. Ob sie immer noch sauer war? Nach einer Weile entdeckte ich sie vor der Scheune, sie stand neben Sophie am «Hau den Gregor»-Stand. Als ich mich den beiden näherte, hörte ich Yvonne laut kichern. Das sah ihr gar nicht ähnlich: Auf unseren Events bemühte sie sich immer, professionell zu bleiben und Abstand zu den Klientinnen zu wahren. Das Kichern ließ vermuten, dass sie etwas getrunken hatte. Dabei hatten wir uns für die Veranstaltungen striktes Alkoholverbot auferlegt, weshalb ich schon den ganzen Abend an einer Cola nippte.

«Jetzt zeig ich dir mal, wo der Hammer hängt.» Yvonne stellte sich hinter Sophie und umschlang sie mit den Armen. Gemeinsam griffen sie nach dem riesigen Hammer, holten aus und schlugen so mittig auf das Podest, dass der Metallpfropfen bis zur Glocke sprang und sie zum Läuten brachte. Die beiden fielen sich jubelnd um den Hals, als hätten sie eine Olympia-Medaille gewonnen, und wollten sich gar nicht mehr loslassen.

Ich tippte Yvonne von hinten auf die Schulter.

«Ich will ja nicht stören, aber wir hätten da noch einen Programmpunkt», sagte ich und blickte sie eindringlich an.

Der Flirt mit Sophie hatte sie den Verlust der Drohne offenbar vergessen lassen, jedenfalls lächelte sie mir zu und folgte mir in die Scheune.

Wenige Augenblicke später standen wir beide auf einem Podest aus Paletten und gaben Leroy ein Zeichen, die Musik leiser zu stellen.

Die Gäste versammelten sich gespannt vor unserer improvisierten Bühne.

Leroy spielte einen Tusch, und ich hielt feierlich eine Schatztruhe hoch, auf der in großen Lettern stand: «Sex und Top: Selbst ist die Frau.»

Die Frauen johlten, als ich die Truhe an Sophie übergab.

Sie stellte die Kiste auf einem Heuballen ab, steckte behutsam den Schlüssel ins Schloss und öffnete den Deckel. Nach und nach zog sie den Inhalt heraus. Als Erstes präsentierte sie der berauschten Meute einen Hauch von Nichts: tiefrote Reizwäsche mit viel Spitze. Es folgte ein rosafarbener, schlangenförmiger Dildo: Modell «Madame G-Punkt». Sophie las laut vor, was auf dem daranhängenden Schild stand, und kicherte, als sie ihn gut sichtbar hochhielt. Schließlich förderte sie schwarze Liebeskugeln mit Fingerschlaufe zutage sowie ein Massageöl mit Champagnergeschmack.

Von Gimmick zu Gimmick fielen die Reaktionen enthemmter aus.

Vor allem Sophie selbst war nicht zu bremsen. Sie schwang die Wäsche wie ein Lasso über ihrem Kopf.

Ihre Freundinnen flippten aus. «Anziehen! Anziehen!», skandierten sie unisono.

Sophie ließ sich nicht lange bitten. Sie verkroch sich hinter einen Stapel Heu, riss sich Sari und Unterwäsche vom Leib, warf die Kleidungsstücke ins Publikum, schlüpfte gewandt in die schlüpfrige Spitze und sprang wieder hinter dem Heuballen hervor.

Zu dem Lied *Too Hot* von Kool and the Gang, das Leroy spontan anspielte, legte Sophie in ihrem heißen Outfit einen Tanz hin, der nicht nur den Bauern zum Erröten brachte.

Yvonne, die neben mir stand, konnte ihren Blick gar nicht von Sophie lassen und flüsterte wie zu sich selbst: «Wirklich heiß!»

Als sie wieder zu sich kam, stieß meine Freundin mich in

die Seite. «Sie sollte nicht ganz allein tanzen müssen. Willst du nicht schnell deinen Shimmy zeigen?»

Darauf war ich nun gar nicht vorbereitet. Ich wünschte mir kurz, ich hätte mich nicht an unser Alkoholverbot gehalten. Der Auftritt beim Inder war mir nicht zuletzt durch den reichlich eingeschenkten Gin Lassi so leicht von der Hüfte gegangen. Doch Yvonne sah mich so bittend an, dass ich seufzend nach vorn ging und neben Sophie anfing, meinen Bauch wellenartig von oben nach unten zu bewegen.

Sophie lachte ausgelassen und fing begeistert an, ebenfalls Bauchtanzbewegungen zu machen. Als ich sah, wie Yvonnes Augen bei Sophies Anblick glänzten, dämmerte mir, dass diese Frau keiner ihrer Fließbandflirts war. Blieb ihr nur noch, Sophie von sich zu überzeugen. Sie wäre nicht die erste Heterofrau, die Yvonne ans andere Ufer locken würde.

21. ATEMNOT

Marthas Getzwitscher: ++ Auf der Zugfahrt nach Polen erfahren, dass dort gerade wieder der Exorzismus en vogue ist ++ Die Teufelsaustreiber warnen davor, Halloween zu feiern, Star Wars zu gucken oder Yoga zu machen ++ Bei genauerem Nachdenken erkannt, dass ich nur von Besessenen umgeben bin ++

Auch in den nächsten Tagen war ich viel in Sachen *Ex und Hopp* unterwegs. Und da uns der März bereits sommerliche Temperaturen bescherte, verbrachte ich den Nachmittag meist mit Maja und Gorbatschow an der Elbe. Ich wollte dem Hund endlich Manieren beibringen. Bislang jedoch ohne Erfolg.

An diesem Sonntag war Maja bei ihrem Vater, und ich war mit Gorbi alleine unterwegs, um mich mit Karoline am Övelgönner Strand zu treffen. Sie hatte mehrfach angerufen und gedrängt, sie müsse sich dringend mit mir verabreden, um mir etwas Wichtiges zu erzählen. Nun wollte ich sie nicht länger vertrösten. Ich ahnte schon, dass es mit Mister Ex zu tun haben musste, so gereizt, wie ihre Stimme geklungen hatte. Eigentlich hatte ich Karo etwas auf Abstand halten wollen. Ich taugte einfach nicht als Erlöserin. Aber sie sah das offenbar anders und hatte sich in der letzten Zeit ein paarmal selbst in die Agentur eingeladen, um mir selbstgebackenen Kuchen oder einen kleinen Mittagssnack zu bringen. Und rausschmeißen wollte ich sie nicht. Sie tat mir leid, und ich erkannte viel von mir selbst nach dem Betrug von Richard in ihr wieder. Die Erinnerung an meinen Trennungsschmerz schwand allerdings so schnell, wie sich mein Leben durch *Ex und Hopp* veränderte: Die Arbeit in der Agentur hatte mein brachliegendes Selbstvertrauen wieder gestärkt, ich liebte es, anderen Frauen bei ihrem Neustart zu helfen – und ich hatte einfach zu viel zu tun, um weiter über meine gescheiterte Ehe nachzugrübeln. Auch für Kaffeeklatsch mit Karo war mein Terminkalender eigentlich zu voll. Yvonne lupfte inzwischen schon die Augenbraue, wenn sie Karo bei mir sah. Ich hatte Karo gebeten, doch vor einem Besuch kurz anzurufen, wie es meine anderen Freundinnen auch taten. Doch sie kam weiterhin spontan vorbei. «Ich will dir nur schnell was Gutes tun und bin dann schon wieder weg», sagte sie stets, um es sich dann in meinem Sessel bequem zu machen und in einem Buch zu stöbern, das sie ungefragt aus dem Regal nahm, als wäre sie hier zu Hause. Noch dazu stellte sie mir oft vertrauliche Fragen – zum Beispiel wie mein Sexleben mit Richard gewesen sei – und berichtete von ihren eigenen Vorlieben im Bett, als seien wir Freundinnen im Teenageralter.

Yvonne würde das Treffen sicher nicht gutheißen. Sie war der festen Überzeugung, dass Karo «in der Schockphase» hängengeblieben war wie andere auf einem Trip. Ihr Verhalten zeige bereits psychotische Züge, behauptete sie. Ein Ritual könne womöglich eine Kettenreaktion mit ungewissen Folgen auslösen. «Kennst du den Film ‹Weiblich, ledig, jung sucht›?», hatte sie mich erst neulich gefragt. «Irgendwie erinnert mich deine Karoline nämlich an diese Psychopathin, die auch erst auf gute Freundin gemacht hat ... Erst schleimt sie sich bei Bridget Fonda ein, dann wird sie zu ihrer Kopie und schließlich zur bösen Hexe. Wenn das so weitergeht mit dieser Stalkerin, besorge ich uns Pfefferspray.»

Ich musste lachen. Yvonne übertrieb mal wieder maßlos. Karo meinte es sicher nur gut, auch wenn sie manchmal über das Ziel hinausschoss.

Für diesen Sonntag nun waren wir zum Essen an der Elbe verabredet. Auf Karos Vorschlag hin trafen wir uns in einem neu eröffneten Slow-Food-Restaurant in Övelgönne, von dem ich vorher noch nie gehört hatte. Als ich mich näherte, schlug mein Herz höher: Der Laden war in einem der schmucken alten Kapitänshäuser, an denen ich so gern vorbeiflanierte. Auf der Terrasse standen bereits Rattan-Tische und Stühle sowie ein Korb mit Decken für Leute, denen es noch nicht warm genug war. Karo winkte mir von einem der Tische, als Gorbi plötzlich erstarrte und zähnefletschend eine Möwe anknurrte. Langsam pirschte er sich an den Vogel heran.

«Gorbi, aus!», rief ich streng. Doch er hörte mal wieder nicht. «Kommst du her!», versuchte ich es erneut. Ohne Erfolg. Dieser Hund war wirklich stur wie ein Bock.

Ich rannte zu ihm und nahm ihn an die Leine. Lieber kein Risiko eingehen: Die Erinnerung an seinen Drohnenangriff war noch zu frisch.

Karo lachte, als ich mich ihrem Tisch näherte. «Haben wir vielleicht ein Autoritätsproblem?», fragte sie spöttisch und umarmte mich zur Begrüßung.

«Kann man wohl sagen.» Erschöpft ließ ich mich in den Stuhl fallen. Und nachdem Karo bei der Bedienung zwei grüne Smoothies für uns bestellt hatte, erzählte ich von Gorbis jüngsten Fehltritten.

«Ich hab eine Idee», sagte Karo mit einem Mal und griff zu ihrem Handy.

Bevor ich nachfragen konnte, hatte sie schon jemanden in der Leitung und berichtete von Gorbis «Verhaltensstörungen».

Als würde er ahnen, dass über ihn gesprochen wurde, verhielt Gorbi sich so vorbildlich wie selten.

Schließlich beendete Karo das Gespräch mit den Worten: «Phantastisch, du hast was gut bei mir!» Sie legte auf und sah mich triumphierend an.

«Du bist heute Abend verabredet.»

Fragend sah ich sie an.

«Du kannst mit Gorbi eine Schnupperstunde bei Brigitte Meyer belegen, einer alten Bekannten von mir. Wir haben zusammen eine Banklehre gemacht, bevor sie auf einer Indienreise erleuchtet wurde und ich zum Studieren nach Passau gegangen bin», lachte sie. «Nun betreibt sie eine Yogaschule für Hunde in Harvestehude. Und ich sage dir: Da hat sie schon ganz andere Kaliber als deinen kleinen Köter auf Kurs gebracht. Probier's einfach mal aus.»

Ich hatte noch nie etwas von Hunde-Yoga gehört und fand die Vorstellung auch etwas seltsam. Aber ich war inzwischen so genervt von Gorbis Macken, dass ich nach jedem Strohhalm griff. Schlimmer als jetzt konnte es schließlich nicht werden.

Außerdem wollte ich Karo durch eine Absage nicht vor den Kopf stoßen. Ich war überzeugt davon, dass ihr in ihrer labilen Verfassung das Gefühl, wirklich gebraucht zu werden, mehr diente, als Gorbi so ein paar spirituelle Entspannungsübungen schaden konnten.

«Schön, dass ich mal *dir* helfen kann», sagte Karo und lächelte der Bedienung freundlich zu, als diese die Smoothies vor uns abstellte. «Der geht übrigens auf mich», sagte sie und zeigte auf mein Getränk.

«Oh, danke!»

«Auf die Freundschaft!», rief sie lachend, und wir stießen mit unseren gesunden Drinks an. Eine Weile redeten wir über das Wetter, dann erzählte sie mir mit einem spöttischen Zug um den Mund von Miss Piggys und Ludgers Hochzeitsreise, einer Karibikkreuzfahrt, die wegen starker tropischer Regenschauer und Stürme abgebrochen werden musste. «Da ist Steffis Hochzeitsgeschenk buchstäblich ins Wasser gefallen. Die Karibik ist wohl einfach nicht ihr Revier», feixte sie. Bevor ich nachfragen konnte, was sie damit meinte, kam unser Essen. Nachdem ich von meinen Basilikumpenne gekostet hatte, beugte ich mich zu ihr und sah sie forschend an: «Eigentlich sind wir doch hier, weil du etwas auf dem Herzen hast, oder, Karo?»

Nervös spielte sie mit dem Besteck.

«Lass mich raten, es geht um Mister Ex?»

Sie stöhnte laut auf. «Ich hab so was von die Schnauze voll. Du wirst nicht glauben, was er sich jetzt wieder geleistet hat», schimpfte sie, während sie die Shirataki-Nudeln und Sommerrollen auf ihrem Teller hin und her schob.

Bei Karoline war Low-Carb angesagt. Ich fand, dass ihr mit dieser Art der Ernährung in der momentanen Situation nicht geholfen war. Schließlich war bekannt, dass Kohlenhydrate den Gute-Laune-Botenstoff im Gehirn aktivierten. Ich nahm mir vor, sie beim nächsten Treffen zu einer ordentlichen Portion Bratkartoffeln und Weizenbier einzuladen.

Aber Karo hatte gerade ganz andere Sorgen. «Jetzt zweifelt er doch glatt die Vaterschaft an!» Ihr Blick hatte auf einmal einen etwas irren Ausdruck. «Gestern kam ein Brief an ihn ins Haus geflattert, offenbar hatten die nur die Meldeadresse von seinem Ausweis.» Karoline runzelte die Stirn. «Als ich gesehen habe, dass der Absender ein Labor war, hab ich den Brief sofort aufgemacht. Und jetzt kommt's: Er hat ohne mein Wissen einen Vaterschaftstest machen lassen!»

«Und?», fragte ich.

Sie blickte mich entsetzt an. «Was denkst du denn? 99,99 Prozent Übereinstimmung.»

Ich dachte kurz nach. «Warum tut er so was?» Zum ersten Mal seit langem fand ich, dass ich es mit Richard gar nicht so schlecht getroffen hatte.

«Warum wohl?» Karo schnaufte verächtlich. «Um Geld zu sparen, das er dringend braucht.»

«Ist dein Ex etwa spielsüchtig?», fragte ich erschrocken und erinnerte mich an die Dokumentation, die ich kürzlich gesehen hatte. Ein Familienvater hatte erst Haus und Hof verspielt und zum Schluss sogar den Hund seiner Tochter auf eBay versteigert.

Karo schüttelte entschieden den Kopf.

«Viel schlimmer. Er ...» Karoline zögerte. «Ach, Anne, es ist mir so schrecklich peinlich.» Sie beugte sich vor und flüsterte: «Mister Ex, er ... er geht ins Bordell.»

Eine Nudel flutschte mir vor Schreck aus dem Mund. «Ins Bordell?», fragte ich wohl etwas zu laut, denn das Paar am Nebentisch drehte sich pikiert zu uns um.

«Mein Schwager Ludger hat ihn letzte Woche gesehen, wie er auf der Reeperbahn aus einem einschlägigen Etablissement kam. Mit offener Hose!»

Mir blieb die Spucke weg. Ich versuchte mir vorzustellen, wie ich mich fühlen würde, wenn Richard Majas Vaterschaft auf so perfide Art in Frage stellen und sich für diese Idee auch noch im Puff belohnen würde. Bei dem Gedanken lief es mir kalt den Rücken runter. Ich konnte mir bei keinem meiner Bekannten auch nur annähernd vorstellen, dass er zu einer Prostituierten gehen würde.

«Dieser elende Mistkerl!», ereiferte Karo sich weiter und haute mit der Faust so kräftig auf den Tisch, dass ihr Smoothie überschwappte. Beim Anblick auf ihr grünlich verfärbtes Essen jaulte sie auf. «Natürlich landet die Pampe auf meinem Teller! Das kann ich jetzt alles wegschmeißen!», klagte sie. «Ich habe wirklich nur Pech.» Sie war außer sich und schluchzte so heftig, dass ihr ganzer Körper bebte.

Das ältere Paar am Nebentisch schaute betreten zu Boden. Ein kleiner Junge zwei Tische weiter zeigte auf Karo und rief laut: «Guck mal, Mama, die da, die heult!»

Ich stand auf, umrundete den Tisch und nahm Karo fest in den Arm, während ich dem Zwerg über ihre Schulter hinweg einen giftigen Blick zuwarf. Beruhigend strich ich Karo über den Rücken. Ich fragte mich, ob ich bei unseren vergangenen Gesprächen genug auf sie eingegangen war.

«Mister Ex muss ja wirklich ein Widerling sein», versuchte ich mein Versäumnis wiedergutzumachen. «Jetzt verstehe ich, dass du Bedenken hast, deinen Sohn zu ihm zu lassen.»

Karo tupfte sich mit der Serviette die Augen trocken und reichte mir dankbar beide Hände.

Ich drückte sie und sagte kämpferisch: «Der bekommt ein Ritual, das sich gewaschen hat, das verspreche ich dir.»

Es wurde höchste Zeit, dass Karo die Wutphase hinter sich brachte, um wieder auf andere Gedanken zu kommen. Wir würden für sie ein «Black Wedding»-Event inszenieren, zum Freundschaftspreis, denn die anstehende Scheidung könnte sie teuer zu stehen kommen. Mit dem Vaterschaftstest hatte Mister Ex jedenfalls deutlich gemacht, dass ihm wirklich jedes Mittel recht war.

Ich war froh, dass Karos Gesicht langsam wieder eine normale Farbe annahm. «Das klingt phantastisch, Anne», sagte sie, und mit Blick auf Gorbi fügte sie noch hinzu: «Wäre es vielleicht möglich, Mister Ex Alter Ego von scharfen Hunden zerfetzen zu lassen? Die verschärfte Version des Schafe-Blumen-Rennens, so wie es in eurem Prospekt steht.»

«Im Ernst?», fragte ich verblüfft.

Sie nickte. Und während ich noch darüber nachdachte, wie

ich ihr diese etwas zweifelhafte Idee ausreden konnte, zeigte sich, dass Karo die Sache schon durchdacht hatte.

«Ich habe da erst kürzlich einen spannenden Artikel gelesen, der mich darauf gebracht hat. Es gibt einen Verein auf St. Pauli, der heißt *Pit-Bullen e. V.* Die machen Kampfhunde scharf – zwar nicht ganz legal, dafür aber richtig!» Dabei kniff sie die Augen zu schmalen Schlitzen zusammen, was ihrem Gesicht etwas Wölfisches verlieh.

«Ich weiß nicht, ob –»

Karo unterbrach mich. «Das Gute ist: Die Tiere kann man mieten. Einzeln oder im Rudel!»

Ich wog skeptisch den Kopf hin und her. *Rent a Kampfhund?* Schoss sie da nicht etwas übers Ziel hinaus? Und konnten wir das Risiko eingehen, mit einem «nicht ganz legalen» Verein zusammenzuarbeiten? Aber Karo schien meine Bedenken gar nicht wahrzunehmen. Der eiskalte Ton in ihrer Stimme verursachte mir Gänsehaut, und ich war mir plötzlich nicht mehr so sicher, ob sie wirklich nur das Alter Ego ihres Ex zerfleischen lassen wollte oder nicht doch lieber das Original. Verdenken konnte ich ihr so einen Wunsch zwar nicht, aber Gewalt lebten wir bei *Ex und Hopp* anders aus. Wozu hatten wir die Puppen?

«Ich glaube, die Pitbulls sind eine Nummer zu krass für uns», versuchte ich sie behutsam zu überzeugen. «Aber wie wäre es, wenn wir Gorbi zum Einsatz bringen? Du hast ja eben selbst gesehen, wie grimmig er werden kann. Wenn wir deinen Gummi-Ex mit Leberwurst beschmieren und ihn wie einen Vogel in die Luft werfen, geht Gorbi bestimmt auch in die Vollen.»

Karo versprach, darüber nachzudenken.

Der neu erwachte Tatendrang schien sie hungrig zu machen, und sie begann trotz der Smoothiespritzer auf ihren kohlenhydratlosen Nudeln ein paar Happen zu essen. «Ach Anne, gut, dass ich dich habe. Jetzt, wo ich mir den ganzen Mist von der Seele reden konnte, geht es mir schon besser. Danke, dass du mir zugehört hast. Wir Frauen müssen doch füreinander da sein, nicht wahr?»

Ich bejahte, obwohl ich mich immer mehr fragte, ob sie den Ärger mit Mister Ex nicht besser mit einem Therapeuten verarbeiten sollte. Es war ja immer wieder von Frauen zu lesen, die nach der Trennung ihre dunkelste Seite entdeckten. Und Karos aufgestaute Spannung war mit den Händen greifbar.

Gut, dass sie nicht in Polen lebte: Laut Marthas Posting hätte sie dort unter Umständen eine Teufelsaustreibung fürchten müssen.

Am frühen Abend machte ich mich mit gemischten Gefühlen auf den Weg zum Hunde-Yoga.

«Das ist ja ein ausgesprochen schöner Hund», flötete die Frau am Empfang, als ich eintrat. Sie kam mir seltsam bekannt vor. In ihrem langen weißen Leinenkleid schien es, als würde sie mit ihren Füßen gar nicht den Boden berühren, sondern auf einer unsichtbaren Wolke schweben. Sie hatte langes Haar, aus dem die mahagonifarbene Tönung schon weitgehend herausgewaschen war, und roch nach Lavendel und Moschus. Auf Gorbi schien der Duft eine sedierende Wirkung zu haben. Er legte sich flach auf den Boden und begann keine Sekunde später zu schnarchen. Wo hatte ich diese Frau schon mal gesehen?

«Sind Sie Brigitte Meyer?», fragte ich unsicher und blickte mich um. An der gelb gewischten Wand prangte ein meterhohes Porträt von einem betenden kahlrasierten Mönch, zu dessen Füßen ein kleiner Hund auf dem Rücken lag, alle viere von sich gestreckt. War das hier eine Art Schlaflabor für Haustiere?

«Das ist lange her», lächelte sie. «Meinen bürgerlichen Namen höre ich nicht mehr gern. Ich bin Amirata Guru Sant Meyer.» Jetzt fiel bei mir der Groschen: Natürlich! Diese Frau hatte die zweite Trauung von Miss Piggy und Lucky vollzogen! Warum in aller Welt hatten sie dazu eine Hundeyogalehrerin ausgewählt, fragte ich mich. War das Karos Idee gewesen?

«Du bist bestimmt die gute Freundin von Karoline, richtig?», fragte sie mich. Ich beschloss, ihr nicht zu sagen, dass ich sie schon bei der Trauung in Aktion erlebt hatte. Also nickte ich und zeigte auf meinen vierbeinigen Begleiter. «Und das ist Gorbatschow.»

«Na, dann kommt mal mit in den Yogasaal.» Ich ging in die Hocke, gab Gorbi einen Knuff, damit er aufwachte, und folgte ihm und unserer Lehrerin in den anderen Raum. Im Hintergrund lief Meditationsmusik.

Der Saal war hell und gemütlich eingerichtet. Auf dem Boden standen Kerzen und Vasen mit frischen Blumen, was ich angesichts der vierbeinigen Klientel ziemlich riskant fand. Ein großer Wandteppich zeigte einen türkisblauen See inmitten einer Steppe. Und einen ebenso blauen Himmel, über den vereinzelte Wolken segelten. Verblüfft stellte ich fest, dass der Anblick meinen Herzschlag und Atem deutlich verlangsamte. Ob es den Pinschern auch so ging?

«Also, was führt euch her?»

Nachdem sie eine Yogamatte für mich ausgebreitet und ich im Schneidersitz darauf Platz genommen hatte, erzählte ich ihr, dass Gorbatschow unnatürlich viel bellte und überhaupt nicht hörte, seit Martha auf Reisen war. Ich erzählte ihr auch von den Hundeschauen, die meine Tante regelmäßig mit Gorbi besucht hatte. Amirata fragte interessiert nach.

«Das heißt, der Hund hat an Schönheitswettbewerben teilgenommen? War er denn erfolgreich?»

«Oh ja, meine Tante hat ein ganzes Regal voller Pokale, die der Hund gewonnen hat.» Gorbi sah zu uns auf und wedelte mit dem Schwanz, als könnte er unserem Gespräch folgen.

Amirata runzelte die Stirn. Im gleichen Augenblick kam mir der Gedanke, dass Gorbi vielleicht die Wettbewerbe fehlten: der ganze Trubel, das Siegertreppchen, der Applaus. Er war zweifellos eine Rampensau, und Martha bot ihm mit den Schauen mindestens dreimal im Jahr die große Bühne. Ich dagegen hatte mich vehement gesträubt, diesen Affenzirkus mitzumachen. Kein Wunder, dass er mit allen Mitteln die Aufmerksamkeit auf sich lenken wollte! Schuldbewusst erzählte ich Amirata von meiner Verweigerungshaltung, während sie sich neben Gorbi kniete und ihn schweigend mit den Händen abtastete. Nach einer gefühlten Ewigkeit legte sie mir eine Hand auf den Arm.

«So einfach ist es leider nicht. Hunde sind komplexe Lebewesen», diagnostizierte Amirata. «Gorbis Probleme liegen auf einer höheren Ebene.»

Wie bitte?

Mit schnarrender Stimme intonierte sie hintereinander verschiedene Mantras. Ich saß etwas verlegen daneben und beobachtete Gorbi.

Bei der letzten Silbe wedelte Gorbi aufgeregt mit dem Schwanz und kläffte laut gegen die Meditationsmusik an, die im Hintergrund lief. Sie streichelte ihn, woraufhin er sich prompt beruhigte und ihr dankbar die Hand leckte.

«Sein Herzchakra ist aus dem Gleichgewicht», sagte sie in einem Ton, der keinen Zweifel an ihrer Diagnose ließ.

Irritiert sah ich sie an, aber ihre sanfte, helle Stimme ließ ein tiefes Verständnis für die großen Zusammenhänge vermuten.

«Das harmonisieren wir wieder», sagte Amirata.

«Herzchakra?», wiederholte ich immer noch ungläubig.

«Der Energiewirbel, der verantwortlich ist für Sensibilität und Emotionen in Gorbatschows ätherischem Körper.» Hoffentlich wusste sie, wovon sie sprach. Für mich zählte nur, dass der Hund endlich umgänglicher wurde. «Das Atmen wird ihm guttun», prophezeite Amirata.

Ich schweifte in Gedanken ab. Konnte es sein, dass mein Totalausfall bei Felix neulich auch etwas mit einem ausgerenkten Energiewirbel zu tun hatte? Meine verpatzte Coolness-Demonstration in Sachen Mülltrennung war mir immer noch peinlich. Ob er gemerkt hatte, dass ich ihm seitdem aus dem Weg ging? Und wie durcheinander ich seinetwegen war? Ich spürte, dass eine seltsame Spannung in der Luft lag. Wenn ich ihn sah, bekam ich hektische Flecken. Ich winkte dann nur kurz und trat schnell den Rückzug an. Es war, als hätte Lissie mich durch ihren Verdacht, ich sei verknallt in Felix, mit einem Fluch belegt.

Ich beschloss, jetzt beim Yoga gut aufzupassen. Vielleicht konnte ich ja durch gutes Mitatmen meine Chakren gleich mit in Einklang bringen. Dann würde ich Felix gegenüber hoffentlich wieder halbwegs klar und zurechnungsfähig sein.

Nach und nach kamen nun noch andere Hundebesitzer mit ihren haarigen Schützlingen herein. Keiner von den Vierbeinern bellte, nur Gorbi tanzte aus der Reihe angesichts so vieler Artgenossen auf einem Fleck. Er kläffte und hechelte im Wechsel und drehte sich aufgeregt um die eigene Achse, als würde er dafür bezahlt. Die anderen Hundebesitzer straften ihn mit abfälligen Blicken.

Ich hatte Mühe, ihn zu bändigen, als es an die ersten Übungen ging.

«Wir starten zunächst mit dem Beinheber», sagte Amirata.

Beinahe hätte ich laut losgeprustet: Das Bein heben konnte Gorbi nun wirklich schon seit Welpentagen. Es stellte sich aber heraus, dass die Übung etwas anders war, als ich vermutet hatte: Die Hunde sollten jeweils das rechte Vorderbein und das linke Hinterbein gleichzeitig anheben, dann im Wechsel die beiden anderen. Alle Besitzer hielten ihre Hunde fest, damit sie nicht umfielen, während ich vor allem Gorbis Blase im Blick behielt aus Angst, dass er sich beim Beinheben ganz nach den Gesetzen des Pawlow'schen Hundes entleeren statt nur entspannen würde.

Doch dann fiel mir sein verändertes Verhalten auf: Er bewegte sich wie in Zeitlupe, und ich staunte, wie routiniert er die Übungen eine nach der anderen absolvierte – ohne im Geringsten an seine Primärbedürfnisse zu denken.

Es folgten die Kobra, der Herabschauende Hund und am Ende die Welpenhaltung. Ich spürte, dass Amirata Gorbatschow und mich besonders aufmerksam beobachtete. Gorbi machte sich erstaunlich gut – jedenfalls im Gegensatz zu einigen anderen Teilnehmern: Ein adipöser Hush Puppy, dessen Doppelkinn und Bauch schon beim Stehen den Boden schrubbten, fiel um wie ein Stein, sobald er auch nur ein Bein anhob.

«Macintosh, please, stay on your feet!», zischte die in Reiterhosen und rot-weiß kariertem Hemd gekleidete Besitzerin mit aufgesetztem britischem Akzent. Offenbar erzog sie ihren Hund zweisprachig. Ihrem strengen Ton nach zu urteilen, war sie nicht gewillt, seine Trägheit weiter hinzunehmen.

Anders als die rundliche Frau neben ihr. Ihre französische Bulldogge Emma-Sophie schaffte es nicht, in die Welpenhaltung zu gehen, denn dazu hätte sie ihren Kopf zwischen die Vorderbeine legen müssen. Der Kopf war aber schlichtweg zu groß und die Beine zu kurz. Als Trostpflaster gab das Frauchen ihr erst ein Küsschen auf die feuchte Schnauze, dann zog sie ein Wienerle heraus, woraufhin allen Hunden synchron der Sabber aus den Lefzen troff.

«Bitte kein Essen hier im Raum», ging unsere Kursleiterin dazwischen. «Und schon gar kein Fleisch. Das entspricht ganz und gar nicht den ayurvedischen Prinzipien und stört den Energiefluss.» Die Frau packte verschämt ihr Essen wieder ein.

Als die Stunde vorbei war, nahm Amirata mich kurz zur Seite und versicherte mir, dass Gorbi besonderes Talent hätte. «Den Herabschauenden Hund schon nach der ersten Stunde zu beherrschen ist wirklich außergewöhnlich. Das ist eine sehr komplexe Übung, die auch etwas mit Intellekt und einem Gefühl für den eigenen Körper zu tun hat. Gorbatschow hat heute nicht nur erste Blockaden gelöst», resümierte sie, «sondern ganze Energiefelder für sich erschlossen.»

Ich staunte. Da hatte Martha sich wohl wirklich einen ganz bemerkenswerten Hund ausgesucht. Ich war ziemlich stolz auf ihn, obwohl es nicht mein Verdienst war. Wie hatte ich bezweifeln können, dass Gorbi ähnlich besonders war wie sein Frauchen?

Möglicherweise konnte ich noch etwas von ihm lernen.

22. EIN TIPI ZUM VERLIEBEN

Marthas Getzwitscher: ++ Reiseabenteuer? Seit Wochen Fehlanzeige ++ Meine libidinöse «alte» Freundin Sinje schwärmte mir vom munteren Treiben auf einer «sinnlichen Kreuzfahrt» vor ++ Motto: Relight my Fire ++ Zielgruppe: lebens- und liebeshungrige Best Ager ++ Klingt schlimmer als das Loveboat ++ Bevor ich da mitturne, nehme ich die Sache lieber selbst in die Hand ++ Und das meine ich nicht im übertragenen Sinne ++

Die Woche war rasend schnell vergangen. Gorbi verhielt sich noch immer wie ausgewechselt. Er ließ sich durch nichts mehr aus der Ruhe bringen. Flog eine Möwe vorbei oder hielt Maja ihm ein Wurstbrot vor die Nase, hob er mit der mentalen Ausgeglichenheit und Balance eines alten Yogimeisters nur kurz den Kopf, um dann wieder sämtliche Körperfunktionen herunterzufahren und in einen meditativen Bewusstseinszustand zurückzufallen. Das Yoga schien einen anderen Hund aus ihm gemacht zu haben. Doch Amirata hatte mich vorgewarnt und von einer Art Winterschlaf geredet, in den die Hunde nach der ersten Sitzung fielen.

Am Donnerstag traf ich zufällig Felix im Garten. Ich merkte, wie mein Gesicht wieder rot anlief, und auch er sah irgendwie verunsichert aus. Diesmal ergriff ich aber nicht die Flucht, obwohl mir die Erinnerung an unser Müllgespräch immer noch sehr peinlich war.

Seit Tagen kreisten meine Gedanken um ihn. Ich versuchte mir vorzustellen, wie es wohl wäre, ihm meine Lieblingsplätze zu zeigen, die Nordwestspitze der Elbinsel Lühesand, das kleine versteckte Café in Rothenburgsort oder die Aussicht vom alten Bunker in Wilhelmsburg. Ich malte mir aus, mit ihm so langweilige Sachen zu machen wie Briefmarken kaufen, Spülmaschine ausräumen oder Wäsche aufhängen – und konnte mir plötzlich nichts Romantischeres mehr vorstellen.

Dann wieder sah ich mich mit ihm auf dem Sofa sitzen und ihm meine Peinlich-Playlist vorspielen. Bei *True* von Spandau Ballet forderte er mich zum Tanzen auf und schenkte mir genau den Kuss, den ich mir dreißig Jahre zuvor vom Sänger der Band gewünscht hatte. Meine Phantasien trieben die skurrilsten Blüten. Aber je mehr ich mir solche Gedanken verbat, desto stärker drängten sie mir ins Bewusstsein. Und inzwischen konnte ich es nicht mehr leugnen: Ich war verknallt. Unglücklich verknallt.

Denn Felix' Verhalten mir gegenüber machte leider überhaupt nicht den Eindruck, als würde es ihm ähnlich gehen. Im Gegenteil: Er hielt mich auf Abstand und behandelte mich mit der distanzierten Freundlichkeit eines Laubenpiepernachbarn, der zwar höflichen Smalltalk über den Gartenzaun pflegte, aber sein Bier lieber alleine trank.

Während Felix nun auf mich zukam, merkte ich, dass mein Puls bei seinem Anblick mal wieder außer Kontrolle geraten war. Zum Glück hatte ich jetzt ein Mittel dagegen: die Pranayama-Atmung, die Amirata zum Abschluss mit uns Hundebesitzern geübt hatte, damit wir auch in schwierigen Phasen Ruhe bewahren würden. Der Atem ging direkt am Kehlkopf vorbei und verursachte leichte Schnarchgeräusche. Als Felix zögernd auf mich zukam, keuchte ich daher bemüht tiefenentspannt vor mich hin.

«Hallo Anne. Geht es dir wieder besser?», fragte er zur Begrüßung.

«Wie meinst du das? Mir geht es hervorragend», sagte ich mit erschlafften Gesichtsmuskeln.

Felix sah mich forschend an. «Ich dachte nur, weil du neulich ... also du wirktest etwas durch den Wind.»

«Keine Sorge, alles bestens», winkte ich betont lässig ab und atmete weiter geräuschvoll ein und aus.

«Dann ist es ja gut.» Plötzlich hellte sich sein Gesicht auf. «Stell dir vor: Max kommt zu Besuch und darf sogar hier übernachten. Der Richter hatte ein Einsehen und ...» Er stockte und schaute mich besorgt an. «Hast du was verschluckt? Du röchelst so.»

Ich zwang mich zu einem Lächeln. Diese Atmung war wirklich anstrengend. Aber wirksam: Mein Puls hatte sich merklich beruhigt. «Nein, nein, nur eine ... äh, leichte Erkältung», erklärte ich ruhig. «Das ist ja schön mit Max. Freut mich sehr, ihn endlich kennenzulernen.»

Felix nickte. «Ich habe in den letzten Tagen das Gartenhaus aufgepäppelt. Max soll ja nicht in einem Geräteschuppen übernachten müssen», sagte er und warf den Kopf zurück. «Willst du mal sehen?» Dabei grinste er so charmant, dass sich mein Herz zusammenzog.

Die Aussicht auf den Besuch seines Sohnes schien ihn erstaunlich locker zu machen. Stand ihm gut.

«Bisher war die Rumpelkammer ja wenig einladend», sagte er, wohl in dem Bewusstsein, dass mein Besuch mehr als überfällig war.

Tatsächlich wohnte Felix schon drei Monate hier, und ich hatte seitdem noch keinen Fuß in das Gartenhaus gesetzt. Lediglich einen schnellen Blick durchs Fenster hatte ich neulich riskiert, als er nicht zu Hause war.

Neugierig folgte ich ihm in sein Reich. Gorbi blieb seiner neuen Gewohnheit entsprechend einfach liegen.

«Hereinspaziert», sagte Felix lächelnd und hielt mir mit einer einladenden Geste die Holztür auf.

Ich blickte in den gemütlichen, eichenholzvertäfelten Raum. In der einen Hälfte des Zimmers stand ein gebeizter Holztisch vor einer hellgrau lackierten Eckbank. Die hatte ich schon von draußen erspäht. Neben dem alten Kaminofen sah ich Zitronenbaum Norbert, der in voller Blüte stand. Als Küche diente Felix eine alte Werkbank, in die er ein Spülbecken und zwei Herdplatten eingebaut hatte. In die Wand gegenüber war ein Regal aus dunklem Sperrholz eingelassen, in dem neben Architekturbildbänden einige Schwarzweißfotos standen. Vor allem Aufnahmen von einem niedlichen Jungen mit hellem Strubbelhaar, vermutlich Max.

Der Clou aber war die Empore, die Felix unter dem Dach eingezogen hatte und die nur über eine breitstufige Leiter zu erreichen war.

«Darf ich?», fragte ich.

«Äh, klar. Aber ... Also, die Sankt-Pauli-Bettwäsche ist wegen Max.» Vorsichtig kletterte ich gerade so weit hoch, dass ich einen Blick auf sein großes Bett werfen konnte. Als ich wieder festen Boden unter den Füßen hatte, sah ich ihn staunend an. «Das ist fabelhaft, unglaublich. Wann hast du das bloß alles gemacht?»

Felix strahlte. «Freut mich, dass es dir gefällt.»

Sein warmer Blick ging mir durch und durch, mein Gesicht fühlte sich auf einmal glühend heiß an.

«Ich ... Ich mach mich mal eben frisch», sagte ich und eilte zu dem kleinen abgetrennten Raum mit Duschkabine, Toilette und Waschbecken, den Felix so gelassen hatte, wie er einst von Martha eingerichtet worden war.

Um mich abzukühlen, spritzte ich mir mit beiden Händen etwas Wasser auf Wangen und Augen. Dann griff ich nach dem

Handtuch, das auf den Boden neben eine Jeans gefallen war. Zu spät realisierte ich, dass es ein weißes T-Shirt von Felix war. Der Geruch von einem herben Eau de Toilette und würziger Männerhaut stieg mir in die Nase, und mir wurde augenblicklich schwindelig. Rasch legte ich das Shirt wieder neben die Jeans, dabei fiel mein Blick auf eine Visitenkarte, die aus der Hose auf den Boden gefallen sein musste. *Lady BigBoobs – bei Anruf Abenteuer* stand darauf. Das klang ja wie eine Telefonsex-Werbung!

Ich stutzte. Was hatte es denn damit auf sich? Die Vorstellung, dass Felix bei so einer Stöhnstimme anrufen würde, war so abwegig wie der Gedanke, dass der Prachtstaffelschwanz monogam werden könnte.

«Anne?» Felix' Stimme war ganz nah, er musste direkt vor der Tür stehen. «Ich muss jetzt los, Max abholen.»

Ich hob die Visitenkarte auf und steckte sie zurück in Felix' Hosentasche. Gesenkten Hauptes verließ ich das Bad und traute mich nicht, ihm in die Augen zu sehen. Peinlich genug, dass ich seine Sachen angerührt hatte. Aber noch schlimmer war das Gefühl, etwas entdeckt zu haben, das ich lieber nicht erfahren hätte.

«Dann lass dich mal nicht aufhalten», stotterte ich und ging schnurstracks zur Tür.

«Wir ... sehen uns dann später, oder?», fragte Felix mit unsicherer Stimme.

«Klar», rief ich und verschwand in den Garten.

Als ich nachmittags mit Maja von der Vorschule kam, war Max bereits im Garten und spielte mit seinem Vater Federball. Ich war etwas überrascht, denn er sah so ganz anders aus als auf den Fotos, die ich bei Felix gesehen hatte. Seine Haare waren nicht verstrubbelt, sondern merkwürdig platt gekämmt und seitlich gescheitelt. Er trug ein hellblaues Hemd und eine marineblaue Bermuda, das Ganze wirkte fast wie eine Schuluniform. Vermutlich hatte seine Mutter ihn so ausstaffiert. Zu Felix passte dieser Look jedenfalls nicht.

«Ist er das?», fragte Maja skeptisch. Sie hatte sich auf Max' Besuch gefreut und auf dem Rückweg Blümchen gepflückt, um damit die Terrasse zu dekorieren. Jetzt ließ sie den kleinen Strauß hängen. Max entsprach offensichtlich nicht ganz ihren Erwartungen. Gorbi dagegen gähnte bei Max' Anblick nur und setzte sein Dauernickerchen fort.

Felix hielt sich eine Hand an die Stirn, um nicht von der Sonne geblendet zu werden, und winkte uns mit der anderen zu sich. «Möchtest du mich ablösen, Maja?», rief er und hielt ihr den Schläger hin.

«Na gut», flötete Maja mit ihrem hellen Stimmchen.

Von dem Moment an waren die beiden Kinder für uns nicht mehr zu sprechen. Nachdem sie Federball gespielt hatten, steckten sie flüsternd und kichernd ihre Köpfe zusammen und verkündeten kurz darauf: «Wir wollen ein Tipi bauen. Es ist doch noch so viel Holz da von der Buche.»

Felix und ich sahen uns überrascht an.

«Das ist ja eine hervorragende Idee! Die könnte glatt von mir sein ...», witzelte Felix. «Dass ich da nicht selbst draufgekommen bin!»

Die Kinder brachen in Hohngelächter aus. Zur Strafe wurden sie von ihm durch den Garten gejagt. Sie schrien und lachten. Am Schluss lagen die drei zu einem Knäuel verschlungen auf dem Rasen und kitzelten sich gegenseitig durch. Es war schön anzusehen. Schon lange hatte ich Maja nicht mehr so gelöst erlebt. Sie mochte Felix, das war nicht zu übersehen.

Felix rappelte sich als Erster wieder auf. «Jetzt wird aber gearbeitet!»

Zusammen mit den Kindern überlegte er, wie man ein stabiles Tipi bauen könnte. «Was wir noch brauchen, sind kurze Seile, große Jutesäcke und Wäscheklammern. Seile sind dort im Schuppen, die Säcke hole ich euch aus dem Keller.»

Max hatte aufmerksam zugehört. Und während Felix ins Haus ging, zog er sich sein Hemd aus und flitzte im T-Shirt zum Schuppen. Gesicht und Beine waren bereits dreckverschmiert, die Haare verwuschelt.

So gefiel er mir schon besser als in dem Snobby-Look von vorhin, dachte ich und setzte mich in einen Gartenstuhl auf der Terrasse. Ich genoss es, den dreien zuzuschauen, während die Sonnenstrahlen mein Gesicht kitzelten. Es machte mich glücklich, dass die Kinder so gut miteinander auskamen.

Gemeinsam stellten sie drei lange, dicke Äste zu einer Pyramide aneinander, Felix band sie an der Spitze zusammen. Dann kamen drei weitere Äste dazu, und wieder half Felix, sie oben zu befestigen. Die Kinder sahen bewundernd zu ihm auf. Anschließend begannen sie, die Jutesäcke aufzuschneiden und den Stoff mit Wäscheklammern an den Ästen zu fixieren.

«Das schafft ihr jetzt auch allein», befand Felix und ging langsam in meine Richtung.

Maja schnappte sich den Klammerbeutel, den sie zuvor von der Wäschespinne geholt hatte, und lief zu Max, der sich um die Jute kümmerte.

Manchmal hatte ich ein schlechtes Gewissen, weil sie keine Geschwister hatte und oft allein war. Seit wir in Blankenese wohnten und Maja eine neue Vorschule besuchte, hatte sie erst eine Freundin gefunden: Ein Mädchen namens Venus. Für den folgenden Tag war sie dort zum Geburtstag eingeladen. Ich hoffte so sehr, dass sie bald noch mehr Anschluss fand.

Als ich jetzt sah, wie sehr sie sich über Max' Besuch freute, kamen mir fast die Tränen.

«Etwas im Auge?» Felix trat auf die Terrasse und ließ sich in den Stuhl neben mir fallen. «Oder wird da jemand rührselig?»

Ich musste lächeln. «Ich finde es einfach schön, wie gut sich die beiden verstehen. Und wie toll du mit ihnen umgehst.»

Wir sahen uns einen Augenblick an – seltsam lange, ohne dass einer etwas sagte – und mussten schließlich lachen. Es verwirrte mich, wenn wir uns zu weit vorwagten.

Es dämmerte bereits, und die frische Elbluft zog zu uns hinauf. Gorbi hatte sich ein paar Meter bewegt, allerdings wie in Zeitlupe, und lag jetzt zwischen uns auf der Terrasse. Wir sahen zum Himmel. Ein Vogelschwarm flog aufgeregt schnatternd über uns hinweg. Nach wie vor sagte keiner von uns etwas. Man konnte die Stille fast greifen. Aber es war kein unangenehmes Schweigen. Ab und zu blickten wir uns lächelnd an.

«Auch ein Bier?», fragte Felix nach einer Weile.

Als ich nickte, lief er zu seinem Gartenhaus und kam mit zwei Flaschen zurück.

«Meiner Tante würde sicher gefallen, dass die Buche weiterverarbeitet wurde», bemerkte ich amüsiert.

Wir stießen an und nahmen einen Schluck.

«Was die beiden wohl gerade machen?», überlegte Felix.

«Martha und dein Vater?» Ich sah ihn überrascht an. Hatte er denn gar keinen Kontakt zu Elmar? «Also, zuletzt war Martha auf dem Weg nach Polen.» Ich brachte ihn kurz auf den neuesten Stand. Viel wusste ich allerdings auch nicht. Denn die Tzwitscher-Meldungen meiner Tante waren meist recht schwammig.

«Heute Morgen schrieb sie: ‹Relight my Fire›», fügte ich noch hinzu. «Vielleicht war sie auf einer Party mit Disco-Hits gewesen? Ich hoffe jedenfalls nicht, dass das Feuer zwischen Elmar und ihr ausgegangen ist.»

«Erstaunlich ohnehin, dass sie es schon so lange miteinander aushalten, auf engstem Raum», sagte Felix nachdenklich. «Hätte ich ihnen gar nicht zugetraut. Also, meinem Vater jedenfalls nicht.»

«Tja, man muss eben mit allem rechnen – sogar mit dem Guten», lachte ich.

Felix warf mir einen liebevollen Seitenblick zu. Mir wurde schwummrig. Oder lag das am Bier?

«Wo sind eigentlich die Kinder?», fragte ich, um der Verlegenheit zu entkommen. Tatsächlich war von den beiden schon seit geraumer Zeit weder etwas zu sehen noch zu hören gewesen. «Was treiben die bloß?»

Wir standen auf und gingen durch den Garten. Das Tipi war erst halb fertig, überall auf dem Rasen lag Holz herum.

Ich wollte gerade laut nach Maja rufen, als wir leise Stimmen aus dem Gartenhaus vernahmen.

«Jetzt bist du mal die Mama und ich der Papa, ja?», hörten wir Max durch die offene Tür sagen.

«Okay», antwortete Maja. «Was magst du am liebsten: deine Anziehsachen, deine Haare oder deine Haut?»

Felix und ich hielten uns die Hand vor den Mund, um nicht laut loszuprusten.

Dann war Max zu hören, mit verstellter, tiefer Stimme. «Deine Haut, und du?»

«Ich auch. Und was magst du von meinen Anziehsachen am liebsten?»

Kurzes Schweigen – offenbar kam Max etwas ins Schwimmen. «Hm. Den Rock?»

«Ich auch», lachte Maja.

Felix legte den Zeigefinger auf seine Lippen und nahm meine Hand. Sofort fing mein ganzer Arm an zu kribbeln, als würde eine Kolonie Ameisen darauf herumlaufen. Händchen haltend schlichen wir zum Fenster des Gartenhauses und sahen hinein.

Maja hatte Gerdi in der Hand und Max seinen Stoffhund. Die beiden Puppen hatten ihre Arme umeinander geschlungen und küssten sich.

Felix und ich sahen uns überrascht an. Es war, als würde ich mir selbst bei meinen ersten Gehversuchen mit Jungs zusehen. Damals hatte ich aber nur Händchen gehalten. An Küssen war nicht zu denken gewesen.

«Was macht ihr denn da?», fragte ich mit gespielter Empörung durchs Fenster.

Die beiden sahen auf. «Max und ich spielen verliebt, verlobt, verheiratet», sagte Maja begeistert.

Ich wunderte mich fast, dass sie kein «getrennt» hintendran gehängt hatte, schließlich kannte sie es nicht anders von Richard und mir.

«Wenn wir noch mehr Tiere hätten, könnten wir auch noch Kinder haben», sinnierte Maja und sah Max ernst an. «Soll ich welche aus meinem Zimmer holen?»

Doch bevor sie losrennen konnten, hielt Felix sie auf. «Was ist denn mit dem Tipi? Wenn wir gleich noch Einweihungsfest feiern wollen, müsst ihr da noch mal ran. Es gibt ja noch gar keinen Eingang.»

Max und Maja hüpften begeistert auf der Stelle, als wäre der Holzboden des Gartenhauses ein Trampolin: «Au ja, wir feiern ein Fest!»

«Mama, können wir grillen?», bettelte Maja.

Überrascht sah ich sie an. «Tja, eigentlich keine schlechte

Idee. Wir könnten vielleicht noch am Kiosk ein paar Würstchen holen.»

Felix klatschte in die Hände. «Dann los.»

Sofort rannten die Kinder zu ihrem Tipi und machten sich wieder an die Arbeit.

Ich war beeindruckt: Felix sorgte charmant dafür, dass die Kinder am Ball blieben. Ich hatte da weitaus weniger Talent. Wenn ich versuchte, Maja zu etwas zu motivieren, endete es nicht selten damit, dass ich es für sie erledigte und wir beide schlechte Laune bekamen.

Felix machte jedoch keine Anstalten, den Kindern zu folgen. Im Gegenteil. Er drehte sich zu mir um und sah mich mit diesem herausfordernden Blick an. «Was mag ich eigentlich am liebsten an dir? Ich mag deine Klamotten.» Er tat einen Schritt auf mich zu. «Ganz besonders deinen Rock.»

Verlegen sah ich an mir herunter. Den dunkelgrünen Vintage-Rock, der mir knapp über die Knie reichte, hatte ich auf dem Flohmarkt ergattert. Der Kauf hatte sich schon allein für diesen Moment gelohnt. Denn es war, als würde die Welt stehenbleiben. Ich spürte, dass Felix das Gleiche dachte wie ich: Wie perfekt sich dieser Moment anfühlte. Alles stimmte. Keiner von uns beiden konnte aufhören, den anderen anzusehen. Das Herz schlug mir bis zum Hals, als Felix näher kam.

«Äh ... Wusstest du eigentlich», brachte ich mit dem letzten Rest meiner Willenskraft heraus, «dass bei den Indianern die Anzahl der Pferde über die Größe der Tipis entscheidet? Ich meine ... Kein Wunder, dass unseres so klein geraten ist, wir haben ja nur Gorbi und ...»

Doch da hatte Felix schon seine Finger auf meine Lippen gelegt. «Kannst du jetzt einfach mal aufhören zu reden?» Er umschlang mich mit seinen Armen, einfach so, und hielt mich ganz fest. Und dann küsste er mich. Erst vorsichtig, dann leidenschaftlich, und ich hörte augenblicklich auf zu denken und fing an zu schweben.

Ich weiß nicht, wie lange wir so dastanden, ich weiß nur, dass ich mir wünschte, der Moment würde niemals enden. Ich sog Felix' Duft ein, er roch so vertraut, als würden wir uns seit vielen Jahren kennen, und doch war dieser Kuss so aufregend, dass ich Angst hatte, in tausend Stücke zu zerspringen.

«Papa?», hörten wir plötzlich Max hinter uns. Er sah uns erstaunt an, als wir auseinandersprangen und so taten, als wäre nichts passiert.

«Ja, Max, was gibt's denn?»

Vermutlich gaben wir ein ziemlich albernes Bild ab, wie wir so verkrampft nebeneinanderstanden und ihn erschrocken anstarrten.

«Spielt ihr auch verliebt, verlobt, verheiratet?»

«Wir … ich …» Stotternd suchte Felix nach Worten und sah mich hilfesuchend an. Doch sein Sohn hatte längst gecheckt, was los war.

«Schon klar: Ihr habt euch geküsst. Dann musst du Anne jetzt aber auch heiraten, Papa», sagte er entschieden und ging zurück zu Maja.

Die Kleinigkeit, dass Felix bereits verheiratet war, nämlich mit seiner Mutter, hatte Max in dem Moment wohl vergessen.

Felix nahm meine Hand und sah mich liebevoll an. Sein Blick fühlte sich an wie ein Versprechen. Dann gingen wir in den Garten.

Während die Kinder mit Felix' Hilfe ihr Tipi vollendeten, fuhr ich schnell mit dem Auto los, um Grillgut einzukaufen und ein paar Flaschen Limo. Bei so einer Tipi-Einweihung durfte man sich schließlich nicht lumpen lassen. Auf dem Weg fuhren meine Gedanken Karussell: Was war denn da gerade passiert? Hatten wir uns wirklich geküsst? Felix und ich?

Als ich zurück in den Garten kam, dämmerte es bereits. Vor dem Tipi, das etwas windschief, aber trotzdem stilecht aussah, lag eine blau gemusterte Picknickdecke, auf der sich Gorbi breitgemacht hatte. Sein Herzchakra war wohl wirklich mitten im Heilungsprozess. Etwas abseits hatte Felix den Grill aufgebaut, die Kohle war schon fast durchgeglüht. Auch für Teller und Besteck hatte er gesorgt.

Er trug eine Schürze über seinem grauen Shirt und grinste mich breit an. Ich grinste zurück, noch breiter als er. Es war das Einzige, was ich machen konnte.

Als ich näher kam, sah ich, dass er schwitzte. Ein Schweißtropfen lief langsam an seinem Hals herunter. Zu gerne hätte ich meine Hand ausgestreckt, um den Tropfen aufzufangen und dann mit meinen Fingern weiter runterzuwandern ...

Mit einem Räuspern zwang ich mich, in die Realität zurückzukehren. Wir waren schließlich nicht allein.

Gerade kamen Max und Maja aus dem Gartenhäuschen, mit einer Karaffe in der Hand.

«Wir haben Zitronentee gemacht, Mama», rief Maja fröhlich.

Die beiden hatten sogar ein Schild gebastelt und auf die Kanne geklebt: «M&M» stand mit krakeliger Schrift darauf.

Amüsiert sah ich Felix an. «Na, da haben sich ja zwei gefunden.»

Max durfte die Würstchen vorsichtig auf den Grill legen. Mit hungrigen Augen sahen die Kinder zu, wie sie immer brauner und knuspriger wurden. «Wann sind sie endlich fertig, Felix?», fragte Maja und tippelte ungeduldig auf den Fußspitzen.

«Zähl bis zehn, dann sind sie durch», sagte Felix.

Gehorsam zählten Maja und Max herunter. Bei null schnappte sich Max eine Grillzange und verteilte die Würstchen auf unsere Teller. Gierig verschlangen die Kinder ihr Essen, während ich vor Nervosität kaum einen Bissen herunterbekam. Den Rest meiner Wurst reichte ich Gorbi, der sie ohne jede Euphorie in Angriff nahm. Felix zwinkerte mir zu, und mein Herz führte wieder einen Freudentanz auf.

Nachdem wir gegessen hatten und es langsam deutlich kälter wurde, legten wir uns mit vollen Bäuchen ins Tipi und kuschelten uns zwangsläufig aneinander, da es für uns vier etwas zu eng war. Felix hatte Luftmatratzen auf den Boden gelegt. Sie machten den Raum zwar noch kleiner, aber auch gemütlicher.

Während die Kinder Ching, Chang, Chong spielten, griff Felix unauffällig nach meiner Hand und streichelte sie. Wir sahen uns schweigend an. Ich hätte ewig so liegen können, doch langsam wurde es Zeit, die Kinder ins Bett zu bringen.

«Morgen übernachtet Maja übrigens bei Richard», flüsterte ich Felix zu.

«Und ich bringe Max zu seiner Mutter zurück.» Er zwinkerte mir zu. «Darf ich dich dann zu mir in die Laube einladen?»

Ich nickte und spürte, wie ich schon wieder rot anlief.

23. UNTER TAGESDUZERN

Marthas Getzwitscher: ++ Schamanische Hochzeit von meinen alten Freunden Grietje und Piet auf der holländischen Insel Schiermonnikoog gefeiert ++ Tolle Verbindungszeremonie im Einklang mit der Natur ++ hawaiianische Segenstänze und Fairtrade-Ringe ++ Trotzdem wollte keine rechte Romantik beim Brautpaar aufkommen ++ Es ist eben doch was dran an dem alten Spruch: Hinter jedem Gitter schmeckt der Zucker bitter ++

Mein Handy tanzte brummend auf dem kleinen Beistelltisch neben mir. Lissie und ich saunierten im wunderschönen alten Kellinghusenbad und hatten uns gerade auf unseren Ruheliegen niedergelassen, als die SMS kam. Die Frauen um uns herum straften mich mit ihren Blicken. Doch das war mir egal, denn es war Felix' Nummer, die ich auf dem Display sah.

Mein Herz machte einen Freudensprung, als ich seine Nachricht las: «Ich weiß immer noch nicht, was ich besser finde: deine Haare, deinen Rock oder deine Haut. Muss unbedingt heute Abend noch mal einen Blick darauf werfen.»

Kichernd reichte ich das Handy zu Lissie hinüber. Sie las die SMS und stieß einen tiefen Seufzer aus. «Muss Liebe schön sein. Nur schade, dass du nicht verknallt bist. Wo der Felix doch so ein Guter ist.»

Offenbar spielte sie auf mein Dementi von vor zwei Wochen an. Ich knuffte sie in die Seite. «Ich geb's ja zu: Du hattest recht. Ich wollte es eben nicht wahrhaben.»

Lissie und ich saunierten regelmäßig zusammen. Sie kannte mich oft besser als ich mich selbst. Manchmal kam es mir vor, als wären wir durch ein unsichtbares Band miteinander verbunden. Intuitiv wusste die eine, was die andere dachte oder fühlte. «Schon verrückt, dass du vor mir wusstest, wie es um mich steht», fuhr ich fort. «Vielleicht solltest du bei unseren Black-Wedding-Events die Wahrsagerin machen?»

Lissie lachte laut und zog sich damit wieder böse Blicke unserer Nachbarinnen zu.

«Nein danke, da bevorzuge ich doch meinen Buchladen.»

Während wir uns eine Weile schweigend auf unseren Liegen ausstreckten, wanderten meine Gedanken zurück zu dem Kuss vom Vorabend. Voller Sehnsucht dachte ich an Felix' Augen und seine langen schmalen Hände. Allein die Erinnerung an seine Berührung ließ einen Strom von Wohlgefühl durch mich hindurchfließen. Zu gern wollte ich diese Magie wieder spüren!

Eine Stunde hielt ich noch durch, dann, nach unserem dritten Saunagang, packte ich meine Sachen zusammen. Bevor ich Felix sehen würde, musste ich noch Maja vom Kindergeburtstag abholen und zu Richard bringen.

Dankenswerterweise hatte sich Felix heute Morgen spontan bereit erklärt, auf Gorbi aufzupassen, damit ich mal ausspannen konnte. Denn erst am Sonntag stand wieder ein Event an.

Felix wiederum schien ganz froh, mit Gorbi ein bisschen Gesellschaft zu haben, wenn Max wieder bei seiner Mutter war. Sicher hätte er am liebsten ein ganzes Wochenende mit seinem Sohn verbracht. Aber eine Nacht war immer noch besser als gar kein Besuch.

Es dauerte eine gefühlte Ewigkeit, bis ich die halbe Stadt durchquert hatte und mit dem Auto endlich auf der Elbchaussee war. Ich fuhr eine Weile die elegante Straße mit den großen Häusern entlang, bis ich schließlich vor dem richtigen Gebäude hielt. Ich traute meinen Augen nicht: Das war keine Villa, das war ein Schloss. Amaroo wirkte dagegen wie eine alte, verwitterte Hundehütte.

Die doppeltürige Eingangspforte zur Auffahrt wurde von weißen korinthischen Säulen eingerahmt, die eher in die Südstaaten der USA gepasst hätten als ins zurückhaltende Hamburg. Aber hanseatisches Understatement galt offensichtlich nicht für die Familie von der Welden, eine bekannte Hamburger Kaffeedynastie.

Ein paar Meter zurück, gleich neben dem schmiedeeisernen Portal, war ein freier Parkplatz. Ich blinkte und legte den Rückwärtsgang ein. Doch gerade als ich zurücksetzen wollte, sah ich im Rückspiegel einen schwarzen Porsche, der mit einem Affenzahn in die Parklücke fuhr und dort zum Stehen kam, wo ich parken wollte.

Ich drückte wütend auf die Hupe und stieg mitten auf der Straße aus. «Was soll das denn werden? Sie haben mich doch genau gesehen!», rief ich entrüstet.

Durch die Windschutzscheibe sah ich, dass der Fahrer ein rosafarbenes Hemd trug – typisches Beuteschema der hier vorherrschenden Gattung Frau, auch «Elbschnitten» genannt.

Als der braun gebrannte Kerl völlig unbeschwert aus dem Auto sprang, stockte ich. Den kannte ich doch! Es war Nick, mein «Ausrutscher» von Miss Piggys Re-Wedding!

Während mir vor Schreck fast die Beine wegknickten, ging er an mir vorbei, ohne mich eines Blickes zu würdigen.

«Porsche first, Alte», sagte er ungerührt und marschierte durch das Tor.

Hatte er gerade Alte zu mir gesagt? Na toll. Da entspannte ich stundenlang in der Sauna, trug Gesichtspeeling und Anti-Falten-Cremes auf und dann erlebte ich mein erstes Age-Bashing – von dem Typen, mit dem ich gerade mal zwei Monate zuvor geknutscht hatte wie ein Teenie. Und der sich nicht mal mehr an mich erinnerte!

Ich stand wie vom Donner gerührt vor seinem Auto, auf dessen Heckklappe in großen Lettern «Abi 2014» prangte. Auch das noch! Mir gefror das Blut in den Adern. Dann war er ja nur knapp über 20 Jahre alt!

Hinter mir wurde bereits gehupt, weil ich noch immer die Straße blockierte. Aber ich war wie gelähmt. Was hatte mich bloß geritten, mich auf ein Intermezzo mit diesem Jüngelchen einzulassen?

Während ich zurück zum Auto ging, verfluchte ich mich. Denn binnen Sekunden fühlte ich mich um Jahre gealtert. Wie musste es erst Frauen gehen, die mit einem deutlich jüngeren Mann liiert waren. Vermutlich kämpften sie verbissen gegen jede Falte und jede jüngere Frau, redeten plötzlich über Tattoos und illegale Bars und tanzten frühmorgens in Clubs zu schlechter Musik umringt von Leuten, die beim Mauerfall noch nicht mal geboren waren.

Nur gut, dass Felix zwei Jahre älter war als ich. Überhaupt war er nahezu perfekt. Nicht nur küssen konnte er phantastisch, sogar seine SMS waren irgendwie ... besonders. Ich seufzte beim Gedanken daran.

Als ich mich gefangen und den wartenden Autofahrern entschuldigend zugewinkt hatte, suchte ich noch geschlagene zwanzig Minuten nach einem Parkplatz.

Meine Nerven lagen blank, als ich schließlich an der Tür klingelte, um endlich meine Tochter abzuholen.

Eine Frau im schwarzen Hausangestelltenkostüm öffnete mir und nahm mir meinen Mantel ab. Von innen wirkte das Haus, als wäre es nur für Besucher eingerichtet worden. Die Eingangshalle war eine einzige Hommage an Tochter Venus. Wie in einer Gemäldegalerie hing Ölbild neben Ölbild. Mal war die Tochter des Hauses mit wehendem Haar beim Reiten zu sehen, mal romantisch am Kamin oder als schlafendes Engelchen. Jedes Werk war unten rechts neben dem Rahmen mit einem Schildchen versehen, auf dem die Namen der Maler zu lesen waren. Selbst mit meinem begrenzten Wissen über moderne Kunst erkannte ich gleich, dass es sich um bekannte Zeitgenossen handelte.

Tief beeindruckt folgte ich der Bediensteten in den Salon. Auch dort erinnerte alles an ein Museum: In jeder Ecke standen lebensgroße Skulpturen, aber ich konnte kein einziges Buch oder Spielzeug für Kinder entdecken. Ich wunderte mich gerade über den Matisse-Druck an der hinteren Wand, der auch bei mir hing, als mir aufging, dass es sich bei diesem hier vermutlich um das Original handelte.

Auf der Suche nach Maja betrat ich schließlich eine große Freitreppe, die in den Garten führte – oder vielmehr in den Landschaftspark, das traf es besser. Von hier aus hatte man einen unverbaubaren Blick auf die Elbe. Zur Rechten entdeckte ich einen Seerosenteich, aus dem eine meterhohe Fontäne sprudelte. Am Ende des Anwesens war eine Bühne aufgebaut, auf der gerade eine zehnköpfige Jazzband einen Song von Nat King Cole spielte.

Auf dem englischen Rasen und der Terrasse standen teuer gekleidete Männer und Frauen in kleinen Grüppchen unter Heizpilzen an kleinen Stehtischen zusammen und nippten an ihren Gläsern.

Venus' Geburtstag hatte offensichtlich eine Menge illustrer Gäste angelockt. Aber wohin ich auch blickte, von den Kindern war weit und breit nichts zu sehen.

Auf den Tischen lagen mehrere Ferngläser. Ich fragte mich, ob damit die Kinder gesucht werden sollten oder nur auf den einmaligen Elbblick aufmerksam gemacht wurde.

Ich stibitzte eines der Ferngläser und suchte den Garten nach Maja ab. Eine Säule diente mir dabei als Deckung, denn ich verspürte wenig Lust, erneut auf Nick zu treffen – was hatte er überhaupt hier zu suchen?

Fast glaubte ich schon, auf der falschen Party zu sein, als mehrere geschminkte Clowns an mir vorübergingen, die Eistüten auf Tabletts vor sich hertrugen.

Zwei Hostessen in blütenweißer Schürze und mit altmodischer Kopfbedeckung eilten flink durch die Menge und servierten Champagner. Eine trug die Gläser, die andere eine schwere Neun-Liter-Flasche.

«Ein Gläschen DPL für die Dame?», säuselte die Blondine mit den Gläsern, als sie vor mir stand.

DPL? Bevor ich etwas sagen konnte, schob sich eine elegant gekleidete, großgewachsene Frau zwischen uns. «Dom Perignon Luminous, mein Lieblingschampagner. Besonders erfrischend nach einer Partie Tennis.» Offenbar hatte sie mein Zögern richtig interpretiert. «Sie sind Majas Mutter, nehme ich an. Sie bleiben doch auf ein Gläschen?»

«Wenn ich nicht erst ein Match gewinnen muss ...», witzelte ich.

Doch die brünette Schönheit verzog keine Miene – vermutlich war sie dank Botox nicht mehr in der Lage dazu.

«Ich bin Annabelle, Venus' Mutter», sagte sie. «Ich habe Sie gleich erkannt.»

Fragend sah ich sie an.

«Ich habe Ihr Bild in der Zeitung gesehen. Interessantes Business, diese Trennungsagentur, muss ich schon sagen.»

Sie gab den Hostessen ein Zeichen, mir endlich ein Glas einzuschenken.

«Es ist so schwer, gutes Personal zu finden», seufzte sie in gespielter Verzweiflung. «Entweder sind sie unfähig, oder sie klauen einem den Schmuck. Oder den Mann. Oder beides. Sie ahnen ja nicht, wie viele Männer in unserem Bekanntenkreis inzwischen mit ihren Dienstmädchen verheiratet sind.» Ihr Blick folgte abschätzig den beiden Angestellten, die schon die Gäste am nächsten Tisch bedienten.

Ich lächelte unsicher und wechselte schnell das Thema: «Schön haben Sie es hier! Der Garten ist wirklich –»

«Darf ich dir das Tages-Du anbieten?», fiel sie mir ins Wort.

Ich sah sie verdattert an. «Tages-Du?»

«Eine hübsche Gepflogenheit unter uns Golfern. Lockert jedes Fest auf.»

Bedeutete das etwa, dass wir beim nächsten Treffen wieder beim Sie wären? Ich war unsicher. Nicht, dass ich mich in den Umgangsformen vergriff, sollte ich sie demnächst an der Schule treffen. «Äh … Wie ist das denn mit der Duz-Dauer geregelt?» Ich wollte es genauer wissen.

«Normalerweise bis zum 18. Loch, heute bis Mitternacht», antwortete sie mit ernstem Gesicht.

Erstaunlich, was die Etikette in diesen Kreisen so für Blüten trieb. Vielleicht sollte ich Felix heute Abend eine Fortsetzung unseres gestrigen Tages-Kusses anbieten.

Am liebsten hätte ich nun weiter nach Maja gesucht, doch es schien mir angebracht, noch ein wenig Konversation zu machen.

«Sind Sie … Bist du eigentlich gebürtig aus Hamburg?», fragte ich Annabelle, die beim Sprechen einen süddeutschen Einschlag hatte.

«Mein Mann sagt immer, mehr als ein Blankeneser kann ein Hamburger nicht werden», sagte sie ausweichend.

Offenbar ging es nicht darum, woher man kam, sondern dass man es bis in die Hautevolee geschafft hatte. Das *wie* war anscheinend egal. Ich musste lachen über den ausgeprägten

Elb-Dünkel, der mir in diesem Stadtteil häufiger begegnete, als mir lieb war. «Dann hab ich ja alles erreicht», sagte ich etwas spöttisch. «Wir sind nämlich vor kurzem hierhergezogen.»

Annabelle von der Welden nickte ernst. «Ich weiß, ich hab mir neulich mal dein Haus angesehen. Ich will schließlich wissen, mit wem meine Venus so verkehrt. Nettes Grundstück hast du da. Könnte man was draus machen. Der Gärtner immerhin scheint sein Handwerk zu verstehen – und vermutlich auch sonst ganz nützlich zu sein.» Sie zwinkerte mir zu.

Der Gärtner? Meinte sie etwa Felix? Was wusste sie über ihn und mich? Ich musste hier wirklich dringend weg.

«Wo sind eigentlich die Kinder?», fragte ich Annabelle schnell. «Ich hab es nämlich ein bisschen eilig.»

Annabelle wunderte sich offenbar über meine Frage. «Bei der Massage in unserem Spa. Das haben sie sich nach dem anstrengenden Walk auch verdient.» Sie deutete auf ein Nebengebäude, vor dem vier Außenduschen standen.

Ich staunte. «Wie schön, habt ihr eine Schnitzeljagd durch den Park gemacht?»

Meine Frage war offenbar reichlich naiv, denn Annabelle kicherte, als hätte ich etwas Unanständiges gesagt.

«Mitnichten!», rief sie. «Ich spreche von ihrem Walk auf dem Laufsteg, in High Heels, du weißt schon. Für unsere Wahl zu ‹Blankeneses Next Topmodel›.»

Dann deutete sie auf ein hübsches junges Mädchen an einem Stehtisch, keine zehn Meter von uns entfernt.

«Da hinten neben meinem Stiefsohn Nicholas, das ist unser Special Guest: Eva.» Nur kurz wartete sie auf eine Reaktion von mir. «Eva ist die Gewinnerin der letzten Staffel von Heidi Klums Modelshow. Sie saß heute in unserer Jury.»

Ich erschrak – nicht nur über das, was Annabelle mir gerade eröffnet hatte. Sondern über den Mann, der direkt neben dem klapperdürren Model stand. Es war Nick, mit Eva ins Gespräch vertieft! Unwillkürlich duckte ich mich ein bisschen hinter Annabelle. Nick war also der Sohn ihres Mannes? Volltreffer! Ich wollte vor Scham im Boden versinken. Er durfte mich auf gar keinen Fall sehen!

Annabelle sah mich etwas irritiert an, redete dann aber weiter. «Eva hat jedenfalls sofort das Potenzial der Mädchen erkannt.»

Ich musste schlucken. War meine sechsjährige Tochter etwa über einen Laufsteg gestöckelt, vor einer Jury, die über ihr Aussehen geurteilt hatte? Die Vorstellung gefiel mir gar nicht.

«Vor allem natürlich das Potenzial von Venus», fuhr Annabelle vollkommen unbescheiden fort.

«Bei der Mutter ist das doch kein Wunder!» Ein dunkelhaariger Mann im maßgeschneiderten Anzug und mit buntem Schal stand plötzlich neben uns und lächelte breit. Er hatte ein rotes, etwas verlebtes Gesicht, und sein Bauch wippte bei jedem Atemzug. Er hauchte Annabelle einen Kuss auf den Scheitel und legte seine manikürte Hand für einen Moment auf ihrem Po ab.

«Darf ich vorstellen», sagte sie zu mir gewandt: «Das ist Guy, meine Liebe und der Vater von Venus.»

«Anne, sehr erfreut.» Wir gaben uns die Hand.

«Guy von der Welden!», säuselte er nonchalant, womit sich die Frage nach dem Tages-Du zwischen uns wohl erledigt hatte.

Seine Frau erklärte: «Ich hatte dir von Majas Mutter erzählt, sie ist die Frau, die die Trennungspartys organisiert.» Mit unterwürfiger Stimme fügte sie hinzu: «Aber keine Angst, Liebling, deshalb ist sie nicht hier.»

Ich lachte etwas verlegen.

«So eine Party könntest du dir auch gar nicht leisten, *chérie*», erwiderte er von oben herab.

Über Annabelles Gesicht huschte ein bitteres Lächeln, und sie verlangte nach einem neuen Glas Champagner. Kaum war Guy wieder in der Menge verschwunden, steckte sich Annabelle eine Zigarette an und nahm einige hektische Züge. Der Rauch hüllte uns beide in dichten Nebel, ich hustete und wedelte demonstrativ mit den Händen.

«Der Mistkerl betrügt mich seit Jahren.»

Ich glaubte zunächst, mich verhört zu haben. Aber sie fuhr ungeniert fort: «Diesmal ist es die zwanzigjährige Tochter seines Geschäftsfreundes. Und er glaubt, ich weiß nichts davon ... Vielleicht ist es ihm auch einfach nur egal. Wie bei all den Weibern davor.»

Unsicher trat ich von einem Bein aufs andere. Ich hatte nicht damit gerechnet, in Details ihres Ehelebens eingeweiht zu werden. Doch anscheinend war ich in allen Fragen von Beziehungsclinch inzwischen Expertin im Dauerdienst.

«Warum lässt du dich dann nicht scheiden?», fragte ich pflichtschuldig, während sich mein mütterliches Gewissen regte. Eine Trennung würde ich Venus natürlich nicht wünschen.

Annabelle seufzte schwer. «Wie denn? Wir sind doch gar nicht verheiratet.»

«Oje», entfuhr es mir mitfühlend.

«Ach, so schlimm ist es ja gar nicht. Solange ich nichts falsch mache, bekomme ich alles, was ich will: Skiferien in St. Moritz, Silvester in den Hamptons bei den Rothschilds, Sommerferien an der Côte d'Azur ...»

Hatte sie gerade wirklich gesagt: «Solange ich nichts falsch mache»? Unfassbar. Das klang ja nach einer modernen

Form der Leibeigenschaft. Und jetzt verteidigte sie den Typen auch noch!

«Ich kann Guy sogar verstehen», sagte Annabelle und drückte ihre Zigarette aus. «Nachdem er bei der ersten Scheidung sein halbes Vermögen verloren hat, will er den Fehler kein zweites Mal machen.» Auf ihrem Gesicht lag jetzt ein nachdenklicher Ausdruck, dann lächelte sie wieder und streichelte zärtlich mit einem perfekt manikürten Zeigefinger über ihr Glas.

«Tja, von nix kommt nix ... Er ist halt ein Macher, vorausschauend und klug. Ganz im Gegensatz zu seinem Taugenichts von Sohn.»

Ich horchte auf. Jetzt wurde es interessant.

«Tatsächlich? Was ist mit ihm?», fragte ich neugierig und vergewisserte mich noch einmal, dass Nick mit Model-Eva beschäftigt war.

«Nicholas hat sein Abiturzeugnis in der von uns finanzierten Von-der-Welden-Aula seines Internats überreicht bekommen ... Wenn du verstehst, was ich meine.»

Ich verstand sehr gut. Jetzt, wo ich wieder klar denken konnte, musste ich es mir eingestehen: Man konnte Nick schon von weitem ansehen, dass er nicht die hellste Kerze auf dem Kuchen war.

«Wer hat, der kriegt», konstatierte Annabelle. «Nick macht den ganzen Tag nichts, außer Daddys Geld zu verprassen und sich bei teuren Surf- und Kite-Fernreisen zu amüsieren. Ich dagegen stünde vor dem Nichts, wenn ich mich von seinem Vater trennen würde. Das habe ich unterschrieben.»

Ich war entsetzt. «Dein Lebensgefährte ist ja ein echter Sklavenhalter», platzte es wütend aus mir heraus. «Das kannst du doch nicht mit dir machen lassen!»

Doch Annabelle zuckte nur mit den Schultern. «Guy ist

auch nicht schlimmer als all die anderen. Du ahnst ja nicht, was andere so unterschreiben!» Sie deutete auf einen Mann im Rollstuhl und eine Frau im weißen Kleid. «Kennst du Hubertus und Greta von Gering, aus der Reedersfamilie von Gering?»

Ich sah eine blonde Gazelle, Typ Supermodel, die an einem Stehtisch angeregt mit einem jungen Typen sprach, während ein uralter Mann von unten säuerlich zu ihr aufsah.

«Wenn Hubertus demnächst ablebt», sagte Annabelle, «darf sich Greta nicht neu verheiraten, obwohl sie erst 35 ist. Sonst verliert sie alles. Wiederverheiratungsklausel nennt sich das.»

Ich war fassungslos. *Hinter jedem Gitter schmeckt der Zucker bitter.* Martha hatte mit ihrem Getzwitschere heute ins Schwarze getroffen.

Annabelle lachte laut auf, als hätte sie einen Witz gemacht, und hielt nach einem kurzen Blick auf ihr leeres Glas Ausschau nach der Bedienung. Wie aus dem Nichts stand diese plötzlich vor ihr und schenkte ihrer Chefin nach.

Die erschütternde Leere, die Annabelle umgab, weckte meinen mütterlichen Beschützerinstinkt. «Willst du nicht mal was essen zwischendurch?», fragte ich.

Doch sie ignorierte meinen Einwurf und steckte sich mit zittrigen Händen eine neue Zigarette an. «Scheidungen sind einfach irre Vermögenskiller», sagte sie wie zu sich selbst.

Fragte sich nur, was besser war: das Vermögen zu killen oder die eigene Würde, fügte ich im Geiste hinzu.

Insgeheim atmete ich auf bei dem Gedanken daran, dass ich mittlerweile nicht mehr auf Richards Almosen angewiesen war, sondern für mich selbst sorgen konnte.

Plötzlich trat eine ältere Dame, die Lippen zusammengekniffen, zu uns und musterte Annabelle kritisch. «Wieder zu nah am Wasser gebaut oder einen DPL zu viel getrunken, meine Liebe?», sagte sie in eisigem Ton.

«Meine Schwiegermutter», stellte Annabelle mir die dürre Frau mit den silbernen kinnlangen Haaren, dem blutleeren Gesicht und der langen schmalen Nase vor und winkte erneut die Kellnerin heran.

Die Eiskönigin wandte sich mir zu. «Und was macht Ihr Mann?»

«Gärtner», sagte ich, ohne nachzudenken, und erschrak im selben Moment.

Nicht weil ich mich bei Frau von der Welden, ihrem Gesichtsausdruck nach zu urteilen, unwiderruflich disqualifiziert hatte, sondern weil ich Felix gerade zu meinem Mann erklärt hatte, und das nach nur einem Kuss. Ohne ein weiteres Wort drehte sich Annabelles Schwiegerdrache auf dem Absatz um und ging an den nächsten Tisch. Mit Frauen, deren Männer nicht im Vorstand einer Bank saßen, lohnte sich wohl kein Gespräch. Und mein eigener Beruf schien schon gar nicht von Interesse zu sein.

Von weitem sah ich endlich Maja auf uns zukommen. Das war *die* Gelegenheit zu verschwinden!

Da meine Tages-Duzfreundin sich gerade ein neues Glas Schampus zu Gemüte führte, strich ich ihr zum Abschied wortlos, aber freundschaftlich über die Schulter und ging Maja entgegen.

Sie kam aufgeregt auf mich zugesprungen, und ich drückte sie an mich, als hätte ich sie Tage nicht gesehen.

«Fahren wir jetzt zu Papa? Ich will ihm unbedingt erzählen, dass ich beim Modelwettbewerb Dritte geworden bin!»

«Das ist ja ... toll», sagte ich und betrachtete sie näher. Überrascht stellte ich fest, dass meine kleine Tochter übertrieben geschminkt war: Knallroter Lippenstift und grüner

Lidschatten ließen sie ziemlich absurd aussehen. Ihre Haare waren offensichtlich mit einem Lockenstab gestylt worden.

«Ist alles in Ordnung mit dir? Hast du dich wohl gefühlt?», forschte ich vorsichtig nach.

Maja nickte begeistert. «Es war total super! Erlaubst du mir, die nächste Staffel von Germany's Next Topmodel zu sehen? Bitte, Mama.»

«Darüber reden wir noch.» Ich strich ihr über den Kopf. «Hast du dich schon von Venus verabschiedet?»

Maja nickte erneut.

«Wunderbar, dann los. Wir sind nämlich spät dran.» Ehrlicherweise dachte ich dabei weniger an Richard als an Felix.

Ich schob Maja vor mir her in Richtung Freitreppe. Auf den ersten Stufen spurtete sie los.

Leider sah ich zu spät, dass Nick gerade federnd die Treppe runter in den Garten kam, in der Hand eine türkisfarbene Steppweste. Keine Chance mehr, zu verschwinden oder ihm auszuweichen. Er sah mir direkt ins Gesicht. Und diesmal erkannte er mich.

«Hey!», rief er überrascht aus. «Was machst du denn hier?»

Meinen Namen hatte er offenbar nicht mehr parat. Aber sehr viel gesprochen hatten wir ja auch nicht.

«Ich hole meine Tochter ab», sagte ich und wollte Maja schnell folgen. «Schönen Abend noch.»

Doch Nick hielt mich am Ärmel fest. «Ich wusste ja gar nicht, dass du ein Kind hast. Aber bei Lichte betrachtet, passt das schon mit dem Alter.»

Ich schnaubte verärgert und entwand mich mit einer ruckartigen Bewegung seinem Griff.

«Nichts für ungut», sagte er, wobei er affektiert die Augenbrauen hochzog und spöttisch lachte. «Eine MILF bist du trotzdem!»

Mir schoss die Röte ins Gesicht.

«Vergiss es», nuschelte ich, im entscheidenden Moment wie so oft nicht mit Schlagfertigkeit gesegnet, und ging mit schnellem Schritt die Treppe rauf.

Lissie hatte mir erst kürzlich amüsiert von dieser Abkürzung erzählt. MILF stand für «Mom I'd Like to Fuck».

Aber davon konnte dieser Bubi lange träumen.

Als ich eine Stunde später in Amaroo eintraf, hätte ich eigentlich erledigt sein müssen. Denn auf dem Weg hatten Maja und ich noch im Stau gestanden. Und auch die Verabschiedung bei Richard hatte einige Zeit in Anspruch genommen, weil er wieder versucht hatte, mich in ein Gespräch zu verwickeln.

Nun aber spürte ich meine Müdigkeit kaum, denn mir klopfte das Herz bis zum Hals. Den ganzen Tag hatte ich mich auf diesen Augenblick gefreut.

Es war bereits dunkel, als ich auf die Tür zum Gartenhaus zuging. Ich klopfte kurz an und schlüpfte dann hinein.

Drinnen brannten Kerzen. Felix kam mir entgegen und nahm mich wortlos in den Arm. Wir hielten uns eine Weile fest und genossen die Wärme des anderen. Er roch so gut, nach frischgeduschter Männerhaut. Als ich zu ihm aufschaute, nahm er mein Gesicht in die Hände und küsste mich innig. Was für weiche Lippen dieser Mann hatte! Ich brannte lichterloh und schob ihn in Richtung Empore. Unmöglich, noch länger zu warten.

24. EIN LOVERBOY KOMMT SELTEN ALLEIN

Marthas Getzwitscher: ++ Was haben die Leute nur alle mit dem Wort Heimat ++ Heimat ist doch kein Ort in der sächsischen Schweiz oder in der Pfalz, wo man gleich denkt, gleich aussieht und beim Gang vor die Tür schon die Gülle vom Bauern nebenan riecht ++ Heimat ist ein Gefühl ++ und darum kann man sich überall auf der Welt zu Hause fühlen, auf einem Boot, in den Bergen oder eben in der Pfalz: Hauptsache, es sind Menschen da, die einen sein lassen, wie man ist ++ Heimatmenschen halt ++

Am nächsten Morgen räkelte ich mich genüsslich in Felix' Bett. Ich hatte herrlich geschlafen – zumindest in den zwei, drei Stunden, die wir überhaupt zum Schlafen gekommen waren.

Von Felix war nichts zu sehen, er hatte mir bereits angekündigt, dass er an diesem Sonntag auf einer Baustelle nach dem Rechten sehen wollte. Offenbar handelte es sich um ein aufwendiges Projekt, denn er verbrachte viel Zeit dort vor Ort. Dafür lag ein Zettel auf seinem Kopfkissen. Schlaftrunken hielt ich ihn mir vor die Nase. Doch die Buchstaben verschwammen vor meinen Augen. Seit ich neulich im Supermarkt vergeblich versucht hatte, meinen Einkaufszettel zu lesen, wusste ich, dass das Alter wieder zugeschlagen hatte: Ich brauchte eine Lesebrille!

Nun verfluchte ich mich, dass ich aus Gründen der Eitelkeit den unvermeidlichen Gang zum Optiker hinausgezögert hatte, denn ich brauchte eine Ewigkeit, um den richtigen Abstand zwischen Augen und Blatt auszutarieren. Dann endlich las ich:

«*Durch Dich will ich die Welt sehen;*
denn dann sehe ich nicht die Welt,
sondern immer nur Dich, Dich, Dich.
Kuss, Felix.
PS: Frischer Kaffee in der Kanne. Ich hoffe, er ist nicht zu stark!»

Ein Architekt, der Rilke zitierte – was wollte ich mehr? Dafür nahm ich Felix' mangelnde Kaffeekochkompetenz gerne in Kauf. Es war lieb, dass er es für mich versuchte.

Ich küsste den Zettel und ließ mich noch einmal zurück in die Kissen fallen. Bei der Erinnerung an unsere Nacht zog sich mein Bauch vor Glück zusammen – aber ich fühlte auch eine leichte Unsicherheit. War das Ganze jetzt zu schnell gegangen? Konnte das gutgehen mit Felix und mir? Er war nicht gerade der mitteilsame Typ, ich wusste deshalb immer noch wenig von ihm und hatte manchmal das Gefühl, ihn kaum zu kennen. Aber das, was ich von ihm kannte, war dafür umso besser. Ich schnupperte noch einmal am Kopfkissen und sog den Duft dieser Nacht ein.

Dann schwang ich mich widerwillig aus dem Bett, kletterte die wacklige Leiter hinunter und sprang unter die Dusche. In einer halben Stunde wollte mich nämlich Yvonne abholen. Heute war das Event für Karo geplant.

Als ich gerade zur Tür rausgehen wollte, kam Gorbi angeschlurft. Er dachte wohl, es wäre Gassigehen angesagt.

Ich streichelte ihm über sein Köpfchen und vertröstete ihn: «Für Karo bist du leider nicht scharf genug, darum bleibst du heute mal hier und bewachst das Haus. Bin gleich wieder da.» Er blickte mich fragend an, offenbar zu perplex zum Bellen.

Ich war gerade in mein schlichtes schwarzes Etuikleid geschlüpft und hatte die Haare zum Zopf zusammengebunden, als es draußen hupte. Yvonne war auf die Minute pünktlich.

«Na, dann wollen wir deine Freundin mal feierlich scheiden», sagte sie zur Begrüßung, als ich mich auf den Beifahrersitz ihres Landrovers fallen ließ. «Sie hat wirklich Glück, dass sie in dir eine Fürsprecherin hat. Eigentlich hätten wir sie ablehnen müssen – wegen fortgeschrittener Penetranz», brummelte Yvonne. «Eine Stunde bleibe ich, länger nicht!» Sie hatte sich schon geweigert, bei den Vorbereitungen zu helfen. Zum Glück war Leroy eingesprungen und hatte sich um die gesamte Organisation gekümmert: die Herstellung des Lover- und der Heliboys sowie die Buchung der Kirche und der Schafe. Das Scheunenfest würde diesmal ausfallen, weil Karo sich einen intimen Abschied im engsten Familienkreis gewünscht hatte.

Ich legte Yvonne meine Hand auf den Arm. «Ich weiß schon, aber ich hatte eben das sichere Gefühl, dass Karo das jetzt braucht. Das Ritual wird bei ihr Wunder wirken, glaub mir. Sie ist so überzeugt davon, da kann gar nichts schiefgehen. Danke, dass du bereit bist, deinen Sonntag zu opfern.»

Yvonne nickte und drückte aufs Gas.

Eine knappe Stunde später fuhren wir an der umgewidmeten Kirche am Schaalsee vor. Karo winkte uns aufgeregt zu. Neben ihr standen Stefanie und Ludger. Die Puntsch-Schwestern waren dunkel gekleidet, wie es sich für eine Schwarze Hochzeit gehörte. Auch Yvonne und ich hatten den Dresscode eingehalten. Mehr Gäste wurden nicht erwartet. Ich fand es etwas schade, dass Karo nicht mehr Leute dazugebeten hatte, denn erfahrungsgemäß war es sehr heilsam, sich an so einem Tag seiner guten Freundschaften zu versichern. Yvonne hatte böse gemutmaßt, dass Karo wohl einfach keine Freunde hatte.

Yvonne parkte den Landrover und zischte mir beim Anblick von Miss Piggy entsetzt zu: «Wer ist denn dieses Wesen mit dem Architektenhaus auf dem Kopf?»

Tatsächlich hatte Karos Schwester ihren Look verändert. In ihrem blond gefärbten Haar leuchtete eine knallpinke Strähne. Der Nacken war ausrasiert, und während die linke Seite lang geblieben war, trug sie die rechte Seite stufig geschnitten und zu einer Mauer hochgeföhnt. Sie sah aus wie Sharon Osbourne in Blondrosa.

Beim Aussteigen konnte ich mir einen Kommentar nicht verkneifen. «Mutig», sagte ich und deutete auf ihren Kopf.

«Mutig ist gar kein Ausdruck ...», murmelte Yvonne.

Steffi freute sich offensichtlich, dass ich ihre neue Frisur registriert hatte. «Tja, man muss sich für seinen Mann halt immer wieder neu erfinden. Sonst kommt er noch auf dumme Gedanken.» Sie zwinkerte Ludger verschwörerisch zu. Doch der rollte nur genervt mit den Augen.

Selbst ihm schienen die Liebesbezeugungen seiner Frau zu viel zu sein.

Karo zuckte wortlos mit den Schultern. Gegen die Schrullen ihrer Schwester war kein Kraut gewachsen.

«Herzlich willkommen!» Leroy kam soeben aus der Kirche, mit einem großen Paket im Arm. «Hier kommen die Heliboys», verkündete er feierlich. «Der Loverboy steht schon fertig aufgepustet vor dem Altar.»

Karo klatschte in die Hände. «Endlich geht es los! Ich bin schon so gespannt auf das Gesicht von Mister Ex. Kann ich schon mal einen Blick auf die Ballons werfen?»

«Selbstverständlich – Sie sind heute die Königin. Ihr Wunsch ist uns Befehl», sagte Leroy und ging um Yvonnes Wagen herum, um die Ballonpumpe zu holen.

«Der Schlüssel steckt», rief Yvonne ihm hinterher und zückte die Verwünschkärtchen aus ihrer silbernen Clutch. «Füllt doch in der Zwischenzeit schon mal die hier aus, dann können wir nach der Zeremonie gleich loslegen.» Sie kramte drei Stifte heraus und verteilte sie an die übersichtliche Hochzeitsgesellschaft.

«Ich weiß schon, was ich schreibe», sagte Karo siegesgewiss und kritzelte sofort los. Als sie fertig war, las sie feierlich vor: «Aus einer kleinen Liebe ist schneller die Luft raus als aus einem Ballon. Eine große Liebe dagegen hat genug Puste für die Ewigkeit.»

Steffi seufzte und knuffte ihrem Mann in die Seite. «Das hat sie schön gesagt. Nicht wahr, Schatzi?»

Doch Ludger reagierte nicht, sondern starrte ungerührt auf sein Kärtchen, als stünde dort eine weitere Wahrheit.

«Lies du auch vor», forderte Karo ihn nun auf.

«Lieber nicht. Sonst wirkt die Verwünschung nicht», grummelte er.

Miss Piggy schenkte ihm einen spöttischen Blick. «Ach, Schatzi, du bist so abergläubisch!»

Leroy tauchte wieder aus dem Heck des Landrovers auf, zog eine Ballonhülle aus dem Karton und stöpselte die Pumpe an, während Yvonne noch letzte Requisiten in die Kirche schleppte. Gespannt stellten wir anderen uns im Kreis um ihn herum. Das Helium strömte in den Ballon, der schnell Form annahm. Zunächst schien alles ganz normal, doch dann verschlug es mir den Atem.

Irritiert starrte ich auf das aufgedruckte Gesicht und traute meinen Augen nicht. Fast hätte ich laut aufgeschrien. Ich schnappte nach Luft und krallte mich mit einer Hand an Leroys Arm fest. Alle Blicke richteten sich auf mich.

Yvonne trat neben mich. «Was ist los, Anne? Du siehst aus, als hättest du einen Geist gesehen?» Sie folgte meinen Augen und schlug sich die Hand vor den Mund.

Immer noch nach Atem ringend, wandte ich mich an Karo. «Sag mir, dass das nicht der Mann ist, der den Vaterschaftstest gemacht hat!», flehte ich. «Sag mir, dass das nicht der Mann ist, der euer gemeinsames Geld für schnelle Nummern auf den Kopf haut!» In Gedanken fügte ich noch hinzu: Sag mir, dass das nicht der Mann ist, in den ich mich gerade verliebt habe.

«Heißt das, du kennst Mister Ex?», fragte Karo überrascht.

«Und ob!», sagte ich mit zitternder Stimme. «Das ist Felix, mein … Mitbewohner.»

Meine Stimme erstarb zu einem heiseren Flüstern. Ich musste daran denken, wie wenig Felix über seine Ex sprach. Und wie seltsam das Verhältnis zu Max war. Im Grunde wusste ich nichts über seine Familie. Und dann fiel mir die Visitenkarte von Lady BigBoobs ein, die ich in seinem Bad gefunden hatte! Alles ergab plötzlich einen Sinn.

Wie ferngesteuert rannte ich in die Kirche, um Gewissheit zu bekommen. Aber es gab keinen Zweifel: Vor mir stand ein lebensechter Gummi-Felix und grinste mich an. Wütend riss ich ihn aus seinen eisernen Beinverstärkern und starrte in seine ozeangrünen Augen und auf die Grübchen, die ich heute Nacht noch geküsst hatte.

In einer Kurzschlussreaktion schnappte ich ihn mir, lief an den offenen Mündern der schwarz gekleideten Hochzeitsgäste vorbei und rannte zum Auto.

«Was soll das denn jetzt?», hörte ich Karo hinter mir fragen.

Aber ich war unfähig zu antworten. Ich warf Felix auf den Nebensitz, startete Yvonnes Wagen und fuhr mit quietschenden Reifen davon.

Mir war bewusst, dass ich mich vollkommen kopflos benahm, aber es war mir egal. Passenderweise fing es jetzt auch noch an, in Strömen zu regnen.

Ich stöhnte laut auf und versetzte dem Gummimann neben mir einen Fausthieb. «Das ist alles deine Schuld!», brüllte ich.

Keine vierzig Minuten später hielt ich mit quietschenden Reifen in der Einfahrt von Amaroo, zerrte den Gummimann vom Beifahrersitz und lief direkt ums Haus herum. Klatschnass riss ich die Tür des Gartenhauses auf, den enttarnenden Loverboy im Arm. Von Felix keine Spur.

Eilig stapfte ich über den regennassen Rasen zur Villa und sah schon vom Garten aus, dass er in der Küche werkelte.

«Hast du mir vielleicht was zu sagen?», schrie ich mit vor Wut zitternder Stimme, als ich eintrat und auf ihn losstürmte. Die Gummipuppe hielt ich mir wie ein Schutzschild vor den Körper.

Felix, der gerade an der Spüle stand, um Wasser für seinen Tee in den Kocher zu füllen, drehte sich erschrocken zu mir um und blickte zwischen mir und der Puppe hin und her. Selbst Gorbi, der es sich im Körbchen in der Küche bequem gemacht hatte, sah überrascht auf.

«Was soll das?», fragte Felix völlig perplex. «Wo hast du denn dieses Monstrum her?»

«Von deiner Exfrau», presste ich heraus.

«Von Karoline? Was hast du denn mit der zu tun?», staunte Felix.

«Ich kenne sie besser, als mir gerade lieb ist», sagte ich schwer atmend und strich mir eine nasse Haarsträhne aus dem Gesicht.

«Ich ... ich verstehe das alles nicht», stammelte er.

«Dann erklär ich es dir! Du, du ... Lügner.» Ich rang nach Worten. «Du Vaterschaftsverleugner, du Ehebrecher ... du Puffgänger!» Ich merkte, wie ich immer lauter wurde.

Auf Felix' Stirn hatte sich eine Zornesfalte gebildet. Er stemmte die Hände in die Hüften und wollte etwas erwidern. Doch ich war noch längst nicht fertig.

«Das ist so verletzend!», rief ich vorwurfsvoll. «Und mir

spielst du den lieben Papi vor! Wie konntest du mich so täuschen?» Tränen der Wut liefen mir übers Gesicht. «Du bist kein bisschen besser als Richard. Sogar noch schlimmer! Ich will dich nie wieder sehen! Verschwinde hier!»

Gorbi bellte so laut wie vor seiner ersten Yogastunde. Natürlich: Ihm war Felix ja wichtiger als ich.

Felix rieb sich die Augen und schüttelte den Kopf. Langsam ging er auf mich zu, als wollte er mich umarmen, blieb aber direkt vor mir stehen. «Was in Herrgotts Namen erzählst du da?», fragte er ungläubig.

Ich konnte nicht fassen, wie abgebrüht er die Unschuld in Person mimte und dabei auch noch den Allmächtigen mit hineinzog!

«Merkst du überhaupt, was du hier anrichtest?», fragte er. «Mich als Horrorpuppe zu produzieren und dann auch noch als Ballon in die Luft steigen zu lassen, ohne zu wissen, ob überhaupt etwas an diesen ganzen Anschuldigungen dran ist. Das ist Rufmord», sagte er mit mühsamer Beherrschung.

Doch sein rotes Gesicht verriet, wie wütend er war. «Du magst es doch in Paragraphen, Anne. Schon mal was von Paragraph 187 StGB Verleumdung gehört? Es würde mich nicht wundern, wenn eure Agentur bald einen Haufen Anzeigen am Hals hat. Verstehen könnte ich es.» Er schüttelte sich und funkelte mich mit zu Schlitzen verengten Augen an. «Vielen Dank, Anne, aber Schuldzuweisungen und Lügen – die hatte ich zehn Jahre lang zur Genüge.»

Ich war fassungslos. «Wie kannst du es wagen, das Wort *Lügen* nur in den Mund zu nehmen ...!?», schrie ich wutschnaubend. «Überleg dir lieber, wie du deinem Sohn erklärst, wo du deine Freizeit verbringst – ohne zu lügen.»

«Du musst gerade reden! Was machst du denn in deiner Freizeit? Ich sage nur: der Nicki», sagte er verächtlich.

«Wovon sprichst du?», fragte ich. War das jetzt eine Taktik, mich zu verwirren?

Er lachte höhnisch. «Tu nicht so unschuldig. Hör einfach deinen AB ab.» Mit einer dramatischen Geste warf er mir seinen Hausschlüssel vor die Füße. «Hier, den brauch ich nicht mehr.» Er boxte dem Loverboy in die Seite und marschierte zur Tür. Die Hand am Türgriff, drehte er sich noch mal um: «Die Dinge sind nicht so, wie sie sind, Anne», sagte er. Dann zog er mit einem lauten Rums die Tür hinter sich zu.

Verdattert sah ich ihm durchs Fenster hinterher. Hatte er gerade wirklich dieselben Worte benutzt wie meine Mutter, als sie gestorben war? Was sollte das jetzt wieder bedeuten?

Laut vor mich hin fluchend rannte ich zur Tür und warf Felix sein Gummidouble hinterher. Doch Felix war schon mit seinem Fahrrad auf und davon.

Gorbi flitzte bellend an mir vorbei, als hätte unser lautstarker Streit sein Herzchakra erneut aus dem Lot gebracht. Ein paar Meter rannte er hinter Felix her, dann trottete er enttäuscht ins Haus zurück.

Auch mich verließ die Kraft, und ich spürte einen stechenden Schmerz in der Brust. Tränen liefen mir übers Gesicht. Ich schleppte mich zurück ins Haus.

Im Flur sah ich den Anrufbeantworter blinken. Ich drückte auf den grünen Knopf, um ihn abzuhören.

«Hallo Anne, ich bin's, der Nicki. Hat mich gefreut, dich wiederzusehen. Ich würde gern da weitermachen, wo wir aufgehört haben. Gerne auch 'ne Etage tiefer.» Dreckiges Lachen war zu hören. «Also, wenn du den Nicki glücklich machen willst: Call me!»

Angewidert verzog ich den Mund. Kein Wunder, dass Felix irritiert war, wenn er die Nachricht mitgehört hatte.

Erschöpft ließ ich mich aufs Sofa sinken. Was passierte

eigentlich gerade? Was war bloß los? Ich konnte keinen klaren Gedanken mehr fassen.

Da klingelte es an der Tür.

Gorbi bellte aufgeregt und sprang an der Haustür rauf und runter. Er drehte total durch. War Felix zurückgekommen? Mit gemischten Gefühlen riss ich die Tür auf – und stieß einen Schrei aus: Vor mir stand Tante Martha. Sie hatte den Loverboy im Arm und sah mich fragend an.

«Wieso liegt Felix im Vorgarten?»

Schluchzend fiel ich ihr um den Hals, während Gorbi voller Freude an ihren Beinen hochsprang. Ich war so froh, sie zu sehen – und gleichzeitig so unglücklich.

«Ach, Liebelein, schon wieder Katastrophen?» Martha rieb mir den Rücken. «Alles wird gut, jetzt bin ich ja da.»

Ich ließ mich von ihr in die Küche führen und auf einen Stuhl drücken. Den Loverboy platzierte sie in dem großen Ohrensessel im Flur. Dann nahm sie Gorbi auf den Arm, gab ihm einen dicken Schmatzer und setzte ihn wieder ab. Nach einem besorgten Blick auf mich machte sie sich daran, ihren Glückstee zu kochen, den sie seit jeher in schwierigen Lebenslagen auftischte.

«Also, wo brennt's denn?», fragte sie und stellte zwei Teetassen vor uns auf den Tisch.

«Ach Martha, frag lieber, wo es gerade nicht brennt.» Ich seufzte.

Dann erzählte ich ihr in allen Einzelheiten, was passiert war. Ich rechnete ihr hoch an, dass sie nur zuhörte und an ihrer Teetasse nippte, statt Weisheiten vom Stapel zu lassen. Gorbi saß derweil neben Martha und warf ihr verliebte Blicke zu.

Als ich meinen Bericht beendet hatte und schluchzend und mit hängenden Schultern auf meinem Stuhl zusammensackte, nahm Martha meine Hand. «Kindchen, ich schlage vor, du legst dich erst mal ein Stündchen hin. Du wirkst völlig übermüdet und aus dem Gleichgewicht.»

Als ich daran dachte, warum ich so wenig geschlafen hatte, schluchzte ich erneut auf. Ausgerechnet in der Nacht, bevor Felix die Maske vom Gesicht gerissen wurde, hatte ich mit ihm geschlafen!

Willenlos folgte ich Marthas Anweisungen. Ich taumelte die Treppe hoch ins Schlafzimmer und ließ mich aufs Bett fallen. Mein Körper fühlte sich vom vielen Weinen ganz taub an. Auf meiner Lippe bildeten sich die ersten Herpesbläschen. Was soll's, dachte ich, mein Aussehen interessierte sowieso niemanden mehr.

Als ich schon am Wegdämmern war, hörte ich ein vorsichtiges Kratzen an meiner Tür, erst leise, dann immer heftiger. Widerwillig schlurfte ich zur Tür und öffnete. Gorbi lief an mir vorbei, sprang auf mein Bett und sah mich mit traurigen Augen an. Das hatte er noch nie vorher gemacht! Offenbar spürte er, dass ich jetzt Trost brauchte.

«Ach Gorbi», seufzte ich und hatte schon wieder Tränen in den Augen. Ich kuschelte mich neben ihn und versank augenblicklich in komatösen Tiefschlaf.

Einige Zeit später wurde ich vom dringlichen Klingeln des Telefons im Erdgeschoss geweckt. «Oh, hallo Yvonne», hörte ich Marthas Stimme sagen. Ich drückte mir das Kopfkissen auf die Ohren. Bestimmt wollte Yvonne wissen, wie es mir und ihrem Landrover ging. Oder sie wollte von dem verkorksten Event berichten. Egal, was es war: Ich wollte es nicht wissen. Dann hörte ich mein Handy piepsen – eine SMS von Richard.

Seit Tagen bombardierte er mich mit Nachrichten und Essenseinladungen. Konnte er mich nicht endlich in Ruhe lassen?

Verärgert pfefferte ich das Handy vom Bett, grub mich noch etwas tiefer in mein Kissen und versuchte wieder einzuschlafen.

Kurz darauf klingelte es an der Haustür Sturm.

Vor Schreck setzte ich mich im Bett auf. Was war denn nur los? Fiel jetzt die ganze Welt über mich her? Als das Klingeln aufhörte, erkannte ich zu meiner Überraschung Steffis Stimme, doch ich konnte nicht verstehen, was sie mit Martha beredete. Ich hörte nur, dass wenig später eine Autotür zuknallte und jemand mit quietschenden Reifen davonbrauste.

Gorbi stieß einen tiefen Seufzer aus und sah mich ratlos an.

«Du kannst dir auch keinen Reim darauf machen, oder?», sagte ich und kraulte ihn hinter seinen weißen Schlappohren. Ich merkte auf einmal, wie sehr mir der kleine Kerl in den letzten Wochen trotz seines schlechten Benehmens ans Herz gewachsen war. Er war eben eine richtige Persönlichkeit – wie seine Besitzerin.

Was Martha wohl so unerwartet nach Hause geführt hatte?

Ich hörte, wie sich Schritte näherten, dann folgte ein Klopfen.

«Komm rein», rief ich.

Martha steckte ihren Kopf durch die Tür. «Willst du die Kurzfassung oder die ausführliche Version?» Triumphierend sah sie mich an. «Da bin ich gerade mal eine Stunde wieder in Hamburg und schon mittendrin in der herrlichsten Schmierenkomödie!» Sie kicherte.

Mir erschloss sich nicht, was an meiner Misere so komisch sein sollte. «In Ordnung, dann fass dich kurz», brummelte ich.

Martha setzte sich auf den Bettrand. Ihre Haut war bronzefarben von Sonne und Meerluft. Jetzt erst bemerkte ich, dass sie abgenommen hatte. Es stand ihr. Das lange Reisen hatte ihr offenbar gutgetan.

«Ich fange mal mit deiner Freundin Yvonne an», sagte sie. «Sie hat mir eben am Telefon berichtet, dass das Event kurz nach deinem überstürzten Abgang ein abruptes Ende fand. Denn als die Gäste gerade die Felix-Ballons steigen lassen wollten, ist die Karte von Ludgers Ballon abgefallen, und seine Frau hat sie aufgehoben und gelesen. Er wollte es noch verhindern, und es kam zu einem Handgemenge, aber Steffi war zu allem entschlossen und konnte sich freistrampeln. Sie hatte wohl eine Ahnung, dass etwas Verräterisches auf der Karte stehen würde.» Martha legte eine ihrer dramatischen Pausen ein.

«Sag schon, was stand drauf?», drängelte ich leicht genervt.

«Dort stand: Endlich gehörst du mir, Karo», zitierte Martha die Karte.

Ich brauchte einen Moment, um zwei und zwei zusammenzuzählen. «Ludger und Karoline? Aber – er ist doch mit ihrer Schwester –»

«Richtig, Liebelein, die beiden haben wohl seit Jahren schon eine Affäre.»

Ich schlug mir die Hand vor den Mund. Das konnte doch nicht wahr sein! Erst gaukelte Karo mir wochenlang die Betrogene vor und machte einen auf Mitleid. Dabei war *sie* in Wahrheit die Betrügerin!

«Was für eine falsche Schlange», entfuhr es mir.

«Da staunst du, was?» Martha war in ihrem Element. «Eine Dreiecksgeschichte in der eigenen Familie. Wie gerne wäre ich bei dem Showdown dabei gewesen! Absolut filmreif!» Sie hatte sichtlich Freude daran, die Botin solch bahnbrechender Neuigkeiten zu spielen.

«Und das ist noch nicht alles», jubilierte Martha weiter.

«Als Nächstes hatte ich das zweifelhafte Vergnügen, die Gehörnte persönlich kennenzulernen.»

«Steffi», sagte ich.

«In ihrer ganzen Schönheit. Sie stand einfach vor der Tür und hat Sturm geklingelt», erzählte sie weiter.

«Was hat sie gesagt?» Ich musste an die bombastische Inszenierung am Strand denken, als Steffi und Ludger gegenseitig ihr Jawort erneuert hatten. Das alles musste sich für Steffi jetzt wie der reine Hohn anfühlen.

«Also, diese Frau hat einen sehr aufgewühlten – oder besser zerwühlten Eindruck auf mich gemacht», sagte Martha. «Die nassen Haare hingen ihr wild ins Gesicht, die Wimperntusche war bis zum Kinn hinuntergelaufen. Insgesamt sah sie aus wie Majas Puppe nach einer Neunzig-Grad-Wäsche.»

Offenbar war nicht nur Steffis eheliche Fassade zusammengebrochen, sondern auch der Haarturm auf ihrem Kopf.

«Sie hat ziemlich unflätige Sachen über dich gesagt», fuhr Martha fort. «Du hättest versucht, ihre Ehe zu zerstören, et cetera. Die Schimpfwörter, die sie benutzt hat, möchte ich lieber nicht wiederholen.»

«Dann war sowohl die Ehe von Karo als auch die von Steffi eine einzige Lüge», sagte ich gedankenverloren. «Und ich soll an allem schuld sein. Guter Witz.» Ich lachte bitter.

Martha nickte. «Wie Freud schon sagte: Leugnen ist eine Form des Schutzes. Diese Steffi projiziert da jetzt wohl etwas auf dich, um besser mit der Situation klarzukommen. Jedenfalls klang es so, als würde sie ihrem Mann noch eine Chance geben wollen. Schließlich hat er ihr restlos alles gestanden und ihr als Entschuldigung eine Kreuzfahrt auf der Aida durch die Ostsee versprochen.»

«Was?» Ich konnte es nicht fassen. «Sie nimmt ihn zurück? Ehrlich wahr?»

«Du hast richtig gehört. Dabei hat ihr Göttergatte sie bereits auf der eigenen Hochzeit in der Karibik mit diesem Früchtchen von Schwester betrogen. Herrlich delikat, oder?»

Mir fiel Karos blöde Bemerkung über Steffi ein, dass die Karibik ihrer Schwester kein Glück brächte, und ich schüttelte den Kopf über ihre Abgebrühtheit. Ich rechnete nach. «Dann haben die ja seit über zehn Jahren eine Affäre!», rief ich entsetzt. Und das bedeutete, dass Karoline schon etwas mit ihrem Schwager hatte, bevor Felix in ihr Leben getreten war.

Ich schlug mir mit der Hand vor die Stirn. Deswegen hatte er den Vaterschaftstest machen lassen!

«Jetzt wird mir einiges klar», überlegte ich laut. «Felix hat diese Heuchlerin verlassen, weil er Wind von der Sache bekommen hat und –» Ich stockte. «Aber warum hat er mir bloß nichts davon gesagt? Dann hätte ich ihn doch niemals so beschimpft!»

In meinem Kopf drehte sich alles, ich wusste einfach nicht, was ich denken sollte. «Und diese Puff-Geschichte?» Die Vorstellung von Felix und Lady BigBoobs verstärkte das Kribbeln auf meiner Lippe. Der Herpes würde sprießen, das stand fest …

Martha nahm meine Hand. Sie kannte mich in- und auswendig und wusste, wie schlecht es mir ging. «Anne, ich glaube, du hast dich da in was verrannt. Der Felix ist ein feiner Kerl, da bin ich mir sicher. Es mag ja sein, dass er mal im Puff war, aber wenn diese Karoline lieber mit einem anderen Mann ins Bett geht statt mit ihm, dann wundert mich das überhaupt nicht.»

Ich sah sie überrascht an. «Heißt das, du verteidigst ihn auch noch?»

«Ach Liebelein, es ist doch alles eine Frage der Perspektive. Alles darf, nichts muss! Felix war in der Ehe mit Karoline ganz sicher nicht glücklich. Er hat sich eben seine Freiheiten herausgenommen. Ein Lebensverständnis ganz nach meinem Geschmack.» Sie sah mich nachdenklich an. «Natürlich zahlt man dafür einen gewissen Preis ...»

«Was meinst du?»

«Nun, für meine eigenen Freiheiten musste ich auf einiges verzichten. Auf eigene Kinder zum Beispiel.»

Ich war baff. Martha hatte noch nie so offen über das Thema gesprochen. Ich war immer davon ausgegangen, dass es sich bei ihr einfach nicht ergeben oder sie ein klassisches Familienleben schlicht nicht gewollt hatte.

«Das tut mir leid, Martha.»

«Ach was, ich bereue nichts. Immerhin werde ich dafür niemals Oma gerufen! Außerdem habe ich ja dich – eine bessere Tochter hätte ich mir nicht wünschen können.»

Ich war gerührt und umarmte sie. Sie hielt mich fest, als wäre ich immer noch ein kleines Mädchen, das ihren Schutz brauchte. Und so kam es mir auch vor. Wie war ich bloß die ganzen Monate ohne sie ausgekommen?

Mit einem Mal brachen alle Dämme. Ich presste mein Gesicht in Marthas warme Schulter und konnte gar nicht mehr aufhören zu weinen. Ihre liebevollen Worte, Karolines Lügen und vor allem der Streit mit Felix, das war alles zu viel auf einmal.

Martha wiegte mich in ihren Armen wie ein Baby und strich mir sanft über den Kopf. «Weißt du, was Aino immer sagt?»

«Wer ist Heino?», fragte ich, aber sie ging nicht darauf ein.

«*Sisu*, Martha. *Sisu*! Das sagt Aino immer, wenn die Wellen mich und unser Hausboot mal wieder in die Knie zwingen wollen.»

Sisu? Hausboot? Ich verstand überhaupt nichts mehr. Fragend sah ich sie an.

«Das ist Finnisch», erklärte Martha, «und heißt so viel wie: Nicht aufgeben, auch wenn die Situation aussichtslos erscheint.» Sie machte eine Pause und drehte eine meiner Haarsträhnen ein, so wie sie es früher immer gemacht hatte. «Gilt das nicht erst recht für die Liebe? Und für deinen Felix?»

Ich hob meinen Kopf und beruhigte mich langsam.

Finnische Lebensweisheiten waren neu in Marthas Repertoire. «Wer ist denn jetzt dieser Typ mit dem Hausboot?»

Martha kicherte. «Liebelein, kein Wunder, dass du nach dem ganzen Durcheinander ein wenig auf der Leitung stehst. Der Name ist Aino. Und sie ist eine Frau – eine Welt- und Seelenreisende. Wie ich. Wir gehen jetzt ein Stück gemeinsam. Rein platonisch natürlich.»

Wie immer setzte Martha voraus, dass man wusste, wovon sie sprach. Dabei waren ihre Tzwitscher-Einträge teilweise so kryptisch gewesen wie ein Orakel, und diese Aino hatte sie darin mit keinem Wort erwähnt.

«Jetzt mal der Reihe nach, Martha», forderte ich meine Tante auf. Unsere Hände hielten wir fest umschlossen. «Wo ist Elmar?»

Martha sah mich an, als könnte ich nicht Rot von Schwarz unterscheiden.

Ich seufzte. «Tantchen, wenn du mich wie versprochen auf dem Laufenden gehalten hättest, müsste ich dir diese Frage nicht stellen. Also: Wo ist er geblieben, der Mann, in den du bei der Abreise noch so verliebt warst?»

Martha guckte kurz eingeschnappt, fing dann aber an, wie ein Wasserfall von ihren Abenteuern zu erzählen: Wie sie mit Elmar erst nach Österreich und dann gen Osteuropa gefahren war. Wie sie anfangs eine wunderbare Zeit gehabt hatten, sich in dem engen Wohnmobil aber zunehmend auf den Geist gegangen waren. Auf der Überfahrt nach Israel hatte Elmar dann eine jüngere Reiseleiterin kennengelernt und sie spontan gebeten, ihm die schönsten Flecken des Landes zu zeigen. Damit war Martha aus dem Rennen. Vermutlich hatte Elmar wieder auf seine bewährte Liebespoesie zurückgegriffen, um die neue Flamme zu umgarnen.

Als ich mich gerade über diese abgeschmackte Nummer von Felix' Vater entrüsten wollte, winkte Martha nur ab. «Papperlapapp. Ich war doch froh, diesen Schaumschläger los zu sein. Elmar hat längst nicht das Format seines Sohnes. Und ehrlich gesagt konnte er mir auch nicht das Wasser reichen, geschweige denn einen guttemperierten Crémant. Dafür gab es andere auf meiner Reise, die sich sehr gut darin verstanden. Aber davon später mehr.»

Ich musste lachen. Martha war einfach durch nichts zu erschüttern!

«Ich bin dann alleine wieder Richtung Westen gereist bis nach Amsterdam und dort Aino über den Weg gelaufen – in einem Coffee Shop.» Martha kicherte. «Ich hatte Lust auf ein gutes Tütchen. Und ihr ging es genauso. Tja, seitdem sind wir zusammen. Kleine Sünden verbinden eben.»

«Und was hat es mit dem Boot auf sich?», fragte ich, ohne auf ihre Drogengeschichten einzugehen.

«Aino und ich haben ein Hausboot gekauft. Damit sind wir von Holland aus über die Nordsee gefahren, durch Wellen, Wind und Wetter.»

«Ihr lebt also jetzt auf diesem Boot?» Mir schwirrte der Kopf. «In Hamburg? Und wie soll es weitergehen?»

Martha winkte ab. «Jetzt ist jetzt. Wer immer an morgen denkt, lebt in der Zukunft. Ich für meinen Teil bevorzuge die Gegenwart.»

Das verstand ich gut, trotzdem musste ich noch mal nach

der Zukunft fragen. «Aber ihr müsst doch Pläne gemacht haben?»

«Und ob!», sagte Martha aufgekratzt. «Wir wollen ein Badeschiff bauen und Hamburg damit eine neue Attraktion bescheren!»

Ich erinnerte mich, in Berlin mal ein Badeschiff besucht zu haben – die Vorstellung, demnächst in einem Pool direkt auf der Elbe schwimmen zu können, gefiel mir.

«Das ist doch ideal!», schwärmte Martha. «Bald haben wir ein Badeschiff für die bessere Rente und ein Hausboot, auf dem man sich heimelig fühlen, aber mit dem man auch jederzeit wieder aufbrechen kann. Sesshaft werden zählt nun mal nicht zu meinen Talenten, das weißt du doch.» Liebevoll sah sie mich an. «Du bist da ganz anders, Anne. Du willst Wurzeln schlagen. Deswegen liebst du Bäume auch so und hast dich beim Fällen der Buche so schwergetan.»

Ich dachte nach. «Felix hat ein Bäumchen namens Norbert», sagte ich schließlich. «Aber wer kümmert sich jetzt um ihn?»

Ich war mir nicht sicher, ob ich wirklich das Bäumchen meinte oder seinen Besitzer.

25. BESUCH BEI MADAME MÜNCHHAUSEN

Marthas Getzwitscher: ++ Omm … ++ Ruhig bleiben und durchatmen ++ Mit Geduld, Sanftmut und festen WG-Regeln lösen wir unsere Probleme ++ Bei Aino ist das ganze Jahr Weihnachten ++ Sie dagegen stört sich an meinen morgendlichen Pilatesübungen um 5 Uhr an Deck ++ Diplomatischer Kompromiss: Frühsport erst ab 8, dafür schauerlich bedruckte Weihnachtsmarktbecher nur in Ainos eigener Kajüte ++ Getreu der Devise von WG-Experte und Dichter Nazim Hikmet: Einzeln und frei wie ein Baum und brüderlich wie ein Wald, das ist unsere Sehnsucht! ++

Das Hausboot sah heimelig aus – ein bisschen wie Amaroo, mit der gleichen Patina, nur eben seetauglich. Als ich mich dem immerhin zwölf Meter langen neuen Zuhause von Martha näherte, konnte ich sie plötzlich verstehen. Erst war mir ihre Entscheidung seltsam vorgekommen, künftig im Wilhelmsburger Spreehafen zu wohnen. Aber diese Stille direkt hinterm Deich, in der nichts anderes zu hören war als das Glucksen des Elbwassers und Kreischen der Möwen, da hätte ich mir auch gut vorstellen können einzuziehen.

Es war halb neun Uhr morgens, ich hatte Maja zur Vorschule gebracht und war direkt hierhergefahren. Martha schien bereits hellwach und werkelte eifrig an Bord herum. Es gab noch viel zu tun: Sie wollte sich ein eigenes Zimmer an Bord einrichten, und einen neuen Anstrich konnte der Kahn auch vertragen. Die Frau, die gerade dabei war, das Geländer in einem geschmackvollen Rauchblau anzumalen, musste Aino sein.

Das ganze Boot bestand aus weißen Holzpaneelen, nur der Boden war hellblau. An Deck war eine Hängematte angebracht. Daneben hing noch eine kleinere Ausführung, in der Gorbi lag – als er mich bemerkte, streckte er kurz den Kopf aus der Hängematte und sah angestrengt auf den Bootsboden, als suchte er etwas. Ich musste lachen: Es sah aus, als übte er den herabschauenden Hund. Dabei handelte es sich vermutlich nur um ein Ablenkungsmanöver aus Angst, dass ich ihn wieder mit nach Amaroo nehmen könnte. Seit Martha zurückgekehrt war, gab es kein Halten mehr für Gorbi. Er war wieder ganz der Alte, hatte seinen Yogagleichmut über Bord geworfen und jagte Martha auf Schritt und Tritt hinterher. Die beiden waren froh, sich wiederzuhaben.

«Unsere Chill-out-Zone», lachte Aino und begrüßte mich strahlend, nachdem ich über einen knarzenden, schmalen Steg an Bord gegangen war. Ich schätzte sie ein paar Jahre älter als mich. Eine aparte Erscheinung – sie war braun gebrannt und durchtrainiert, ihre raspelkurzen Haare standen ihr ausgezeichnet.

«Nett habt ihr es hier, richtig gemütlich», stellte ich fest.

«Willst du einen Kaffee?», fragte Aino mit finnischem Akzent.

«Woher kannst du Deutsch?», fragte ich bewundernd.

«Ich war zehn Jahre mit einem Düsseldorfer verheiratet», erzählte sie. «Mit der Sprache ist mir von dieser Ehe wenigstens etwas Gutes geblieben ...» Sie lachte.

Martha kam mit einer Tasse dampfenden Kaffee auf mich zu. «Extra stark, wie du es magst, Kindchen. Siehst schon etwas besser aus als die letzten Tage.»

Bevor sie wieder auf ihr Boot gezogen war, hatte Martha mir in aller Ausführlichkeit von ihrer Reise erzählt. Sie ließ keine Einzelheit aus, beschrieb den Geschmack des exotischen Essens, die Gerüche auf den Märkten und die Härte der Matratzen – und der Liebe. Fotos gab es wie immer keine. Mit dem Thema hatte sie abgeschlossen, als sie vierzig geworden war. Seitdem wehrte sie harsch jeden meiner Versuche ab, sie abzulichten. «Bilder von einer alternden Martha wird es nicht geben!» Der Nachwelt sollte das strahlende Bild der hinreißenden Diva in der Blüte ihres Lebens erhalten bleiben. Für alle anderen lautete ihre Begründung: «Ich werde einen Teufel tun, die Magie des Moments zu verbildlichen – wie all diese verlorenen Instagram-Seelen.»

«Hast du was von Felix gehört?», fragte sie nun.

Wie üblich machte sie keine lange Umschweife, wenn sie etwas interessierte, sondern kam direkt zum Thema. Ihre Frage konnte ich nur verneinen. Manchmal schien es mir, als hätte ich Felix und unsere Nacht nur geträumt.

«Sieh zu, dass du ihn bald ausfindig machst, wir brauchen sein Know-how, um unser Badeschiff zu bauen», insistierte Martha. «Es soll ganz aus Holz sein, das ist uns wichtig. Alles naturbelassen. Genau das Richtige für einen Architekten von seinem Format.»

«Ich würde ihn ja gerne finden», sagte ich. «Aber wie? Seit unserem Streit vor vier Tagen habe ich immer wieder versucht, ihn anzurufen. Aber es geht immer nur die Mailbox an. Ich habe es auch schon mit unterdrückter Rufnummer versucht, ohne Erfolg. Sein Mitarbeiter im Büro wusste nur, dass er sich Urlaub genommen hat, offiziell aus familiären Gründen. Ausgerechnet …!» Ich seufzte. «Das Gartenhaus ist jedenfalls verwaist.»

«Vielleicht war er in deiner Abwesenheit dort?», versuchte Martha mir Mut zu machen.

«Nein, ganz sicher nicht.»

«Wie kannst du da so sicher sein?», fragte Aino.

Ich schluckte. «Ich war kurz dort und habe Norbert, sein Zitronenbäumchen, rausgeholt. Das liegt ihm sehr am Herzen. Einer muss sich ja um ihn kümmern. Und dann –» Ich zögerte.

«Was dann?», drängelte Martha.

«Dann habe ich einen Bindfaden zwischen den Türpfosten gespannt», gab ich verlegen zu.

«Wie im Film!» Aino wirkte begeistert. «Und?»

«Er ist noch immer intakt.» Das Ganze war mir unangenehm. «Oh Gott, ich werde noch zum Stalker», sagte ich und verbarg das Gesicht in meinen Händen.

«Ach was, im Krieg und in der Liebe sind alle Mittel erlaubt.» Aino winkte ab, als ich wieder hochsah.

«Mag sein, aber jetzt weiß ich beim besten Willen nicht mehr, wo ich noch suchen soll. Und Karoline kann ich ja schlecht fragen. Ich habe nicht vor, in diesem Leben noch mal mit ihr zu sprechen.»

Martha, die nachdenklich auf das schwappende Wasser geschaut hatte, sah plötzlich auf. «Wieso denn nicht? Ich finde, du solltest sie zur Rede stellen!»

Ich lachte bitter. «Was sollte das bringen? Die lügt doch, wenn sie nur den Mund aufmacht.»

«Und ich dachte, gelungene Abschiede sind dein Beruf? Gilt das nicht auch für abgelegte Freundinnen?» Martha sah mich mit wachen Augen an. «Ehrlich, Anne, du müsstest doch eigentlich wissen, dass man sich einer Geschichte stellen muss, um damit abschließen zu können. Das ist doch euer Mantra in der Agentur, oder nicht?»

Ich nickte.

«Also: kein Verdrängen. Kein harmoniesüchtiges Getue. Sondern volle Kraft voraus! Die ganze Aktion schreit doch danach, dass dieser Karoline endlich mal jemand die Meinung geigt!» Martha ballte kämpferisch die Faust.

Eigentlich hatte ich mir mit ihr und Aino nur einen netten Vormittag machen wollen. Doch der Plan ging nicht auf: Das ganze Dilemma mit Felix und dieser Intrigantin lag vor mir wie ein ausgerollter Teppich.

Ich musste wieder daran denken, dass wir Karoline in der Schule immer Habicht genannt hatten. Inzwischen wusste ich, dass nicht nur ihre Nase der des Greifvogels ähnelte, sondern auch ihr Charakter. Denn mir fiel ein, was Felix mal über diesen Vogel erzählt hatte: «Der Habicht ist ein Einzelgänger, ganz ohne Mitgefühl, kontrolliert und hinterlistig. Er beobachtet unbemerkt aus dem Hinterhalt, spurtet, wenn er sich sicher fühlt, mit wendigen Manövern los und zerlegt dann gnadenlos seine Beute.»

Fast unheimlich, wie sehr diese Beschreibung auf Karoline zutraf. Und wie es aussah, hatte ich Felix an diesen Habicht verloren, der erst die eigene Schwester, dann Felix und schließlich mich zerlegt hatte. Vielleicht wurde es wirklich Zeit, dass diesem Vogel die Flügel gestutzt wurden!

«Du hast recht, ich lasse sie nicht davonkommen», sagte ich entschlossen. «Ich fahre zu ihr und stelle sie zur Rede.»

«Das ist mein Mädchen», lobte mich Martha. «Jetzt nimmst du das Steuer wieder in die Hand!»

«Apropos», sagte Aino, «willst du mal unsere Kommandozentrale sehen?» Ich nickte und folgte ihr ins Innere des Kahns. Sofort entdeckte ich das von Felix geschnitzte Schiffchen, das vor der Frontscheibe platziert war. Maja musste es Martha zur Begrüßung geschenkt haben. Der Anblick seines kleinen Kunstwerks versetzte mir einen Stich.

Steuer und Armaturenbrett unterschieden sich gar nicht so sehr von denen in meinem Auto. Es gab einen Zündschlüssel und einen Hebel, mit dem man Gas geben oder die Geschwindigkeit drosseln konnte.

«Das Ruder brauchst du vor allem zum Anlegen», erklärte mir Aino. «Willst du mal anlassen?»

Ich nickte und drehte auf ihr Zeichen hin vorsichtig den Zündschlüssel. Ein bisschen anders fühlte es sich schon an, so ein Ungetüm zu starten. Ein lautes Stottern ging in ein Röcheln und schließlich in ein gleichmäßiges Tuckern über.

Jetzt einfach ablegen und losfahren und alles hinter mir lassen, dachte ich kurz. Es war, als würde die Kraft der Motoren in mich übergehen und mir Schub geben.

Martha legte mir von hinten eine Hand auf die Schulter. «Na, da will man doch sofort in See stechen, oder?»

«Das kann man wohl sagen», antwortete ich und wunderte mich mal wieder, wie gut sie mich zu kennen schien.

Gedankenverloren schaute ich aufs Wasser. Hier im Führerhäuschen zu stehen, den Blick nach vorn gerichtet, das Steuer fest in der Hand – das hatte etwas von Aufbruch, von Neuanfang. Oder mit Marthas Worten: Es war der perfekte Kraftort für Menschen, die sich in einer Krise befanden.

Kurz entschlossen drehte ich mich zu den beiden um. «Ich glaube, ich fahre jetzt sofort zu Madame Münchhausen. Bin gerade in der richtigen Stimmung», verkündete ich und drückte Martha die halb ausgetrunkene Kaffeetasse in die Hand.

«Gut so. Aber lass dich nicht ausbooten», kicherte Martha.

Ich war nie bei Karoline zu Hause gewesen, aber ihre Adresse hatte auf ihrer Visitenkarte gestanden, die sie mir gleich beim ersten Treffen zum Tausch gegen meine in die Hand gedrückt hatte. Ich fand einen Parkplatz direkt vor dem Eppendorfer Jugendstilhaus, in dem sie wohnte. Das war in etwa so unwahrscheinlich, wie von einem Kometen erschlagen zu werden.

Wenn das kein Zeichen ist, dachte ich. Fragte sich nur, wofür.

Ohne zu zögern, drückte ich auf die Klingel.

Kurz darauf hörte ich Karolines Stimme durch die Gegensprechanlage krächzen. «Hallo?»

«Hier ist Anne.»

Es vergingen etwa zehn Sekunden, bis aufgedrückt wurde. Mit bedachten, aber doch energischen Schritten stieg ich die Treppe hoch.

Im zweiten Stock wartete Karoline bereits an der Tür. «Anne, das freut mich! Ich wollte mich längst bei dir melden», flötete sie und breitete ihre Arme aus.

Doch ich ignorierte ihre überfreundliche Art und blieb im Treppenhaus stehen.

Sie ließ die Arme sinken «Glaubst du, ich nehme dir deinen Abgang vom Event übel?», fragte sie.

Ich sah sie irritiert an. «Was denn – du mir?», fragte ich ungläubig.

«Nichts für ungut», unterbrach sie mich, «wir sind doch Freunde. Ich kann gut verstehen, dass du durch den Wind warst, als du erfahren hast, mit was für einem Menschen du da unter einem Dach gewohnt hast. Mir ging es ja nicht anders!» Nervös trat sie von einem Bein aufs andere.

«Komm, lass dich mal drücken!» Wieder breitete sie ihre Arme aus.

«Nee, lass mal», gab ich zurück. «Aber darf ich trotzdem reinkommen?» Ohne eine Antwort abzuwarten, ging ich an ihr vorbei in den großen lichtdurchfluteten Flur. «Eigentlich will ich von dir nur wissen, wo Felix ist.»

Sie sah mich mit großen Augen an. Einen so angriffslustigen Ton hatte sie wohl nicht von mir erwartet.

«Vermutlich mal wieder in Lappland zum ...» Sie malte Gänsefüßchen in die Luft. «... ‹Nachdenken›. Immer, wenn's schwierig wird, haut er nämlich ab. Das war schon bei unserer Trennung so. Die Gefühle von anderen sind ihm dabei vollkommen egal. Was glaubst du, wie Junior darunter leidet, dass sein Vater seit Tagen nicht für ihn zu sprechen ist. Keine SMS, nichts.»

Sie stöhnte gequält, setzte sich auf den Klavierschemel, der vor dem Flügel in der geräumigen Diele stand, und stützte den Kopf in die Hände. Bevor mir eine passende Erwiderung einfiel, fuhr sie jammernd fort. «Als hätte ich nicht schon genug mit meiner Schwester und der Trennung von Ludger zu tun, jetzt muss ich meinem Sohn auch noch den Vater ersetzen.»

Ich war fassungslos, wie sie sich als Opfer aufspielte. «Und wer soll dir das glauben, Karo? Bis vor kurzem wolltest du den Kontakt zu seinem Vater noch gerichtlich unterbinden», sagte ich bitter.

«Das musst du falsch verstanden haben, Anne. Mir war immer daran gelegen, dass mein Sohn einen guten Kontakt zu seinem Vater hat. Und das habe ich nach Kräften unterstützt. Im Gegensatz zu dir!» Sie sah mich strafend an.

Hatte ich mich verhört? «Was soll das denn heißen, ‹im Gegensatz zu mir›?», gab ich aufgebracht zurück.

Sie zuckte mit den Schultern. «Dass ich es nicht in Ordnung finde, wie du versuchst, deinen Ex aus Majas Leben auszuschließen, und wie schlecht du über ihn redest. Kinder brauchen beide Elternteile!»

Moment mal, spielten wir hier verkehrte Welt?

«Sorry, Anne, das musste ich einfach loswerden. Aber unter Freunden muss man sich so etwas ja auch mal sagen können.»

Unter *Freunden*? Ich war so perplex, wie kaltschnäuzig sie ihre eigenen Taten und Gefühle auf mich projizierte, dass ich nur dastand, unfähig, mich zu bewegen oder zu antworten.

«Weißt du, ich versuche alles, damit die beiden ein gutes Vater-Sohn-Verhältnis aufbauen», dozierte Karoline weiter, «aber wie soll das gehen, wenn Mister Ex immerzu querschießt, unzuverlässig ist und verantwortungslos handelt? Nicht mal bei Juniors wichtigstem Sportturnier in der gesamten Saison hat er zugesehen. Wir waren beide so enttäuscht.»

Langsam bekam ich einen Eindruck davon, durch welche Hölle Felix jahrelang gegangen sein musste. Diese Frau hatte eine ausgewachsene Persönlichkeitsstörung. Sie log, betrog und manipulierte alle um sich herum und fühlte sich auch noch im Recht.

«Mir kannst du nichts vormachen», giftete ich. «Ich weiß, dass du Felix absichtlich auf einen falschen Hockeyplatz ans andere Ende der Stadt geschickt hast.» Ich war entschlossen, Felix' Ehre zumindest meinetwegen wiederherzustellen. Völlig geknickt hatte er mir erzählt, wie er stundenlang von Hockeyclub zu Hockeyclub gefahren war, um Max beim Spielen zuzusehen, nachdem seine Ex ihm die falsche Adresse genannt hatte.

Karoline schüttelte den Kopf. «Dann hatte er mir wohl mal wieder nicht richtig zugehört. Das kennt man ja von den Männern, nicht wahr? Immer die Ohren auf Durchzug. Und überhaupt: Hätte er den Hockeytrainer doch selbst angerufen! Ich kann mich nicht um alles kümmern, ich habe auch noch andere Sachen zu tun.»

Ich lachte höhnisch. «Zum Beispiel mit dem Mann deiner Schwester in die Kiste steigen?» Meine Wut wurde langsam zu einer Welle, die immer höherschlug. Der Zorn richtete sich allerdings nicht nur gegen sie, sondern auch gegen mich. Weil ich ihr das ganze Gefasel über ihren schlimmen Ex einfach abgenommen und mich von ihr hatte einlullen lassen.

«Weißt du denn gar nicht, was du Steffi damit angetan hast?», fragte ich.

Mit leidender Geste fasst sie sich an die Stirn. «Wahre Liebe kennt keine Regeln. Sie ist nun mal stärker als wir, Anne. Ich weiß gar nicht, warum du nicht erkennst, dass ich in Wahrheit die Leidtragende bin. Schließlich hat Ludger mich verlassen. Ich meine, all die Jahre habe ich alles mit ihm durchgestanden und ihm die Treue gehalten, und jetzt will er bei meiner Schwester bleiben!? Aber nicht etwa aus Liebe, nein!» Sie lachte höhnisch und äffte Ludgers Stimme nach. *«Karo-Schatz, das musst du verstehen, in meiner Position kann ich mir eine Scheidung nicht leisten.»*

Sie ballte ihre Hand zur Faust und rief: «Ist das zu fassen? Das Geschäft ist ihm wichtiger als unsere Liebe!» Ihre Augen füllten sich mit Tränen.

«Ich finde es viel unfassbarer, dass deine Schwester diesen miesen Betrüger zurücknimmt», sagte ich ehrlich erstaunt.

«Und was ist mit mir?» Ihre Verzweiflung wirkte echt. «Ich stehe jetzt allein da, ohne Ludger und ohne Mister Ex.»

Ich hustete vor Ärger. «Hast du etwa geglaubt, Felix will zu dir zurück? Nach allem, was du ihm zugemutet hast?»

Gedankenverloren sah sie an die Decke. «Ich war es nicht, die ins Bordell gegangen ist, Anne ... *Er* ist derjenige, der die Regeln gebrochen hat. Wenn er mich wirklich geliebt hätte, wäre sicherlich alles anders gekommen, und wir hätten zusammen glücklich werden können.»

Die Erwähnung von Felix' speziellen Vorlieben versetzte mir einen Stich. «Das ist aber noch kein Grund, ihn jahrelang zu hintergehen», wandte ich ein. «Und sich dann noch zu wundern, dass er einen Vaterschaftstest macht. Ganz ehrlich: Es ist schade, dass aus dir und Ludger nichts wird. Ihr hättet euch wirklich verdient.»

Ich war laut geworden, meine Stimme hallte durch die gesamte Wohnung.

«Man könnte ja fast meinen, du seist in Mister Ex verliebt, so wie du diesen Mistkerl verteidigst!»

Ich schwieg demonstrativ.

Aber Karoline verstand auch so. «Sag, dass das nicht wahr ist, Anne. Nicht auch noch du! Wie kannst du mich so enttäuschen, nach allem, was ich für dich getan habe?»

Sie kam immer näher auf mich zu, und ich wich instinktiv zurück Richtung Tür.

«Jetzt wird mir alles klar», zischte sie. «Deswegen dein seltsamer Auftritt auf meiner Black Wedding!» Ihre Augen funkelten böse. «Und ich dachte, du bist meine Freundin!»

Ich öffnete die Tür und trat ins Treppenhaus. «Karoline, mir scheint, du hattest und hast gar keine Freunde. Das Einzige, was du hast, ist ein ziemlich ausgeprägter Vogel.»

Ihr entgleisten die Gesichtszüge. Doch ich fuhr fort: «Ich kann dir nur raten: Such dir professionelle Hilfe. Tu es Max zuliebe!»

Grußlos drehte ich mich um und rannte die Treppe hinunter.

Als ich wenig später im Auto saß, atmete ich tief durch. Martha hatte recht gehabt: Ich fühlte mich schon viel leichter, auch wenn jedes an diese Frau gerichtete Wort verschwendete Liebesmüh war.

26. MAN TRIFFT SICH IMMER ZWEIMAL ODER DREIMAL

Marthas Getzwitscher: ++ Alter ist einzig eine Frage der Perspektive ++ Rudi ist 93, mein Jungbrunnen und neues Ehrenamt ++ Lese ihm einmal die Woche im Seniorenheim vor und scrabble mit ihm ++ Leider kriegt er keine Wörter mehr zustande, die mehr als vier Buchstaben haben ++ Dafür guckt er mir im Eifer jungenhaften Übermuts in den Ausschnitt und sagt, Liebe kenne keine Grenzen ++ Seit ich klargestellt habe, dass meine Geduld sehr wohl Grenzen kenne und er mein Vater sein könnte, sieht er von weiteren Annäherungsversuchen ab ++

Ich nahm Anlauf und schmiss mich mit meinem ganzen Gewicht auf ihn drauf. Keine Reaktion. Dann stand ich auf und katapultierte ihn mit einem kräftigen Fußtritt in die andere Ecke meines Büros. Immer noch keine Reaktion. Schließlich presste ich seinen Bauch und seinen Rücken so fest zusammen, bis sich die ganze Luft in den Beinen sammelte und diese sich zu dicken Würsten ausdehnten. Doch der Mistkerl war einfach unkaputtbar.

Wie die meisten Typen, dachte ich bei mir, und gab ihm einen festen Tritt in den Hintern.

Nachdem uns ein paar Tage zuvor ein Loverboy beim Aufpusten vor den Augen unserer Kundin in tausend Teile zerplatzt war, hatten wir Sorge, dass es sich um einen Serienfehler in der Gummipuppencharge handeln könnte. Diesem Kerl derart zuzusetzen hatte also rein geschäftliche Gründe – zumindest redete ich mir das ein.

«Musst du deine Wut jetzt am armen Xaver auslassen?»,

fragte Yvonne, die unbemerkt mein Büro betreten hatte. «Er hat doch schon genug mitgemacht. So ein Shitstorm bei Tzwitscher ist nicht gerade ein Vergnügen.»

«Selbst schuld, wenn man so blöd ist, auf der Tzwitscher-Seite einer anderen Frau Liebesschwüre zu posten. Muss man doch mit rechnen, dass alle Freunde mitlesen. Und vor allem die eigene Ehefrau. Zu nichts zu gebrauchen, diese Typen», brummelte ich.

«Das predige ich schon seit Jahren. Aber auf mich hört ja keiner», sagte Yvonne. «Und dann ist die arme Frau Schmidt auch noch doppelt gestraft mit ihrer Wetterpatenschaft.»

Beim Gedanken daran, wie viel sich unsere Klientin vom Tief Xaver versprochen hatte, versetzte ich der Gummipuppe noch einen weiteren Hieb. Seit kurzem boten wir einen Extraservice: Wir vermittelten unseren Kundinnen die Rechte an einem Tiefdruckgebiet, das die Frauen nach ihrem Ex benennen konnten. Sie erhielten dafür eine Urkunde, eine Wetterkarte und die Lebensgeschichte des Druckgebildes.

Das Ganze war nicht wirklich billig: 300 Euro mussten die Frauen berappen, damit wir überhaupt etwas daran verdienten. Der Großteil ging an das Meteorologische Institut der Freien Universität Berlin.

Aber im Falle von Xaver war die Aktion ein echter Fehlschlag. Wenn Frau Schmidt, eine kleine energische Brünette, um diese Jahreszeit schon nicht mit einem Orkan oder Gewitter rechnen konnte, so hatte sie zumindest auf einen zünftigen Schneesturm mit Dauerfrost spekuliert, der ihre polaren Gefühle für Xaver angemessen widerspiegeln würde. Stattdessen wurde das nach ihm benannte Tief aber nach nur einem regnerischen Tag von Dauerhoch Sybille abgelöst, das uns im letzten Monat frühlingshafte Temperaturen beschert hatte. Ein dummer Zufall, dass Sybille auch ausgerechnet der

Name ihrer Nachfolgerin war. Aus Wut über diese Laune der Natur hatte Wetterpatin Schmidt die härteste der Zeremonien nachgebucht: unser Mafia-Ritual.

Was meine persönliche Großwetterlage anbetraf, war eine Vorhersage nicht schwer: Das Dauertief hatte sich festgebissen und würde mir weiter Minusgrade bescheren. Mich fröstelte bei dem Gedanken an meine Misere.

Yvonne verschwand kurz aus dem Raum. Als sie wiederkam, hatte sie eine Flasche *Ex und Hopf* in der Hand.

«Trink erst mal einen Schluck, dann geht's dir besser», sagte sie und deutete auf meine Lippenbläschen. «Soll ja auch dagegen helfen. Allerdings getupft.»

Bier sollte also meinem Lippen- und Seelenleiden ein Ende bereiten? Mir ging durch den Kopf, dass sich bei genauerem Hinsehen die Trennungs- und Herpesphasen gar nicht so sehr voneinander unterschieden. Beide hatten eine beinah identische Leidenschronologie, an deren Anfang das Nichtwahrhaben-Wollen stand und am Ende die Aussicht auf Heilung. Gerade befand ich mich mitten in der Phase, in der alles zwickte und nervte. Yvonnes mitleidige Reaktion auf mein Verhalten war der Beleg dafür.

Aber sie hatte recht, so konnte es nicht weitergehen. Es war Donnerstagabend, und Yvonne hatte darauf bestanden, dass wir uns heute mit den anderen zum Doppelkopfspielen trafen. Martha passte auf Maja auf, es sprach also tatsächlich nichts dagegen. Trotzdem musste ich mich aufraffen.

«Also gut», sagte ich. «Dann schreite ich jetzt zur inneren und äußeren Anwendung.» Ich setzte die Flasche an den Mund und trank.

Die Enttäuschung, dass Felix seit eineinhalb Wochen verschwunden war, setzte mir zu und war mir offensichtlich auf ganzer Linie anzumerken. Er war noch immer nicht in der

Villa aufgetaucht und hatte auch sonst kein Lebenszeichen gesendet. War er wirklich in Lappland, wie Karoline mutmaßte? Aber war ihr überhaupt zu trauen?

Auch Maja fragte immer mal wieder nach Felix und ihrem neuen Freund Max. Der Anblick des Tipis, das die beiden Kinder zusammen gebaut hatten, verursachte mir jeden Morgen aufs Neue ein Ziehen im Magen. Ich wusste, es würde noch eine gefühlte Ewigkeit dauern, bis die Verkrustungsphase einsetzen und der Schmerz nachlassen würde.

Nachdem ich das Bier auf ex geleert hatte, knallte ich die leere Flasche auf den Schreibtisch. «Da haben wir's: Alkohol ist auch keine Lösung!» Ich fühlte mich keinen Deut besser. Niedergeschlagen klagte ich Yvonne mein Leid: «Warum meldet sich Felix nicht? Erst geht er mit mir ins Bett, und dann taucht er ab. Bin ich so schrecklich?», seufzte ich.

«Ganz so war es ja nicht», erwiderte sie. «Nur der Vollständigkeit halber: Zwischendurch hast du ihn immerhin als widerlichen Puffgänger beschimpft.»

Ich warf ihr einen enttäuschten Blick zu. «Entschuldige, aber mich schüttelt's eben beim Gedanken daran, dass er die Dienste einer Lady BigBoobs in Anspruch nimmt.»

«Und ihn schüttelt's vermutlich, wenn er an dein Intermezzo mit diesem Nicki denkt.»

Ich zuckte mit den Schultern. Was konnte ich dafür, wenn er Anrufe mit anhörte, die nicht für ihn bestimmt waren?

«Dieser Karoline ist jedenfalls nicht zu trauen.» Yvonne schnappte sich ihre braune Lederjacke. «Und sie sollte sich hier besser nicht mehr blicken lassen. Dieses verpatze Schaalsee-Event hat uns eine Menge Geld gekostet. Das sehen wir nie wieder.»

Schuldbewusst verzog ich das Gesicht, schließlich war ich es, die sich von dieser unsäglichen Frau hatte blenden lassen.

Aber Yvonne nahm es nicht wirklich tragisch. Vermutlich war sie froh, dass Karoline, die sie ohnehin nie hatte leiden können, endlich aus meinem – und damit auch aus ihrem – Leben verschwunden war.

«Komm schon, lass uns in der Bolly-Bar weiterreden. Sonst müssen die Mädels warten», sagte sie.

Eigentlich hatte ich gar keine Lust auf eine feuchtfröhliche Doppelkopfrunde, denn ich ahnte, dass nicht nur die Karten auf den Tisch kommen würden, sondern vor allem mein aktuelles Beziehungsdrama.

Kurz vor dem Eingang der Bar hielt Yvonne den Wagen an und ließ mich aussteigen, damit ich schon mal unseren Stammplatz besetzen konnte, während sie einen Parkplatz suchte.

Aber wir waren nicht die ersten. Schon vom Eingang aus sah ich Lissie, die gerade auf unseren Tisch zusteuerte.

Die Bar war voller als sonst. Und als ich einen Schritt zurücktrat, um ein paar Gäste rauszulassen, wurde ich ziemlich unsanft von der Seite angerempelt.

«Pardon!», sagte ein Mann im grünen Lodenmantel, der an einer Leine einen cognacfarbenen Jagdhund mit gepflegtem Kurzhaarfell führte. Hinter ihm her trottete eine zierliche, schüchtern dreinblickende Brünette mit einem Bündel Papiere in der Hand. Ganz oben lag ein Exemplar von ‹Fanny lernt Fliegen› in einer mir fremden Sprache.

Ich sah auf und erblickte zu meiner Verblüffung Gregor von Menzel, der gerade die Bar verlassen wollte.

Bei der Frau handelte es sich vermutlich um die neue Verlagspraktikantin. Sie tat mir von Herzen leid. Zum Glück war ich dem Fanny-Albtraum gerade noch entkommen.

Ich versuchte, mich schnell ins Innere der Bar zu drängen, bevor Gregor von Menzel mich erkannte. Aber offenbar hatte ich zu lange gezögert.

«Frau Geiger, was für ein Zufall!» Linkisch hielt er mich am Arm fest und gab mir ein Küsschen auf beide Wangen, als wären wir alte Freunde.

Das letzte Mal hatte ich sein Gesicht mit der runden Brille in Plastikausführung gesehen. Verdammt, dachte ich, war ja klar, dass das irgendwann passieren würde. Seit wir angefangen hatten, bei unserer Hochzeitsvariante Heliboys in die Lüfte zu schicken, wurden wir stets von der Sorge begleitet, irgendwo einmal dem Original zu begegnen.

Immer häufiger fragte ich mich, ob unsere Rituale nicht doch gegen die Persönlichkeitsrechte der Exmänner verstießen. Zumal wir ausschließlich Männer ins Grab, in die Elbe oder in die Luft beförderten. Vielleicht war ich deshalb karmatechnisch ins Minus gerutscht? Erst vor kurzem hatte mich ein netter Mann um die vierzig angerufen, der das Mafia-Paket buchen wollte. Seine Frau hatte ihn mit ihrem Chef betrogen – und das kurz nachdem er ihretwegen von München nach Hamburg gezogen war, seinen Job gekündigt und ein Reihenhaus in Pinneberg gekauft hatte. Ich musste ihm mit der Begründung absagen, dass wir bei *Ex und Hopp* keine Lovergirls führten. Seitdem plagte mich mein schlechtes Gewissen – nicht zuletzt weil auch Felix unser einseitiges Geschäftsmodell angeprangert hatte: Machte es nicht Sinn, unsere Events auch männlichen Betroffenen anzubieten – auch wenn wir ursprünglich als Rächerinnen der Frauen angetreten waren? Ich hatte dem Anrufer versprochen, dass wir eine strategische Neuausrichtung der Agentur diskutieren würden. Seit dem Desaster mit Karoline konnte ich mich nicht länger gegen den Gedanken wehren, dass es immer zwei Seiten der Medaille gab. Gerade in der Liebe lag die Wahrheit im Auge des Betrachters. «Die Dinge sind nicht so, wie sie sind», der Satz, den sowohl meine Mutter als auch

Felix zu mir gesagt hatten, ergab endlich einen Sinn für mich.

«Sie sind mir vielleicht eine», sagte Gregor von Menzel mit strengem Unterton und riss mich damit aus meinen Gedanken. «Fanny und mich in eine solche Lage zu bringen!» Er hatte die Hände in die Seiten gestemmt und sah mich ernst an.

Mir wurde ganz flau im Magen. Wusste er etwa von den Ballons?

Hektisch suchte ich nach einer Rechtfertigung, doch er kam mir zuvor. «Sie ahnen ja gar nicht, was Sie ausgelöst haben.» Er lachte. «Fanny hat den osteuropäischen Markt erobert. An der Hand ihres Erschaffers, also meiner Wenigkeit. Quasi im Flug.»

Ich sah ihn mit großen Augen an. Dieser Mann sprach in Rätseln.

«Und wem habe ich das zu verdanken?», fragte er. «Ihnen und Ihren Luftballons.»

Mit offenem Mund starrte ich ihn an. Hatte er zu viele Gin Lassi getrunken?

«Einer der Ballons hat es bis nach Polen geschafft», fuhr er fort, «direkt in das Büro von Jaroslaw Kowalski.»

«Jaroslaw Kowalski», wiederholte ich – und verstand nur Bahnhof.

«Na, DER Jaroslaw Kowalski: Milliardär, Ölmagnat, Besitzer von Air Polonia und dem AC Mailand und ... Verleger.» Nun sang er die Worte fast.

Von diesem polnischen Abramowitsch hatte ich noch nie gehört. Aber eines wusste ich: Gregor von Menzel hatte definitiv nicht mehr alle Tassen im Schrank. Es wunderte mich immer weniger, warum Sophie das Weite gesucht hatte. Ich wollte es ihr gerade nachtun, da legte er mir seine Hand auf die Schulter.

«Verstehen Sie denn nicht? ‹Fanny lernt fliegen› – und sie beweist es einem Jaroslaw Kowalski, in dem sie bis nach Warschau fliegt und direkt auf seinem Schreibtisch landet. Genial! Genau wie mein kleines Wortspiel gerade.» Er streckte die Brust raus vor lauter Stolz und lachte laut auf.

Ich zwang mir ein Lächeln ab. Offenbar ahnte er nicht, bei welcher Aktion die Ballons mit seinem Konterfei in die Luft gegangen waren. Oder es war ihm egal. Als ich gerade zu einer Antwort ansetzte, unterbrach er mich:

«Bestimmt wollen Sie wissen, was dann passierte, nicht wahr? Kowalski, der Oligarch, erkannte sofort Fannys Potenzial und rief seinen Verlagsleiter an, der wiederum mich anrief, um mit mir über die Lizenzrechte für Osteuropa zu verhandeln. Und das alles innerhalb von einer Woche! Was sagen Sie nun?»

Tatsächlich fehlten mir die Worte. Ausgerechnet ich hatte diesem verzogenen Blag offenbar zu einem fetten Karriereschub verholfen. Ich konnte nur immer wieder staunen, welche Kapriolen das Schicksal so schlug. Von Menzels Praktikantin schaute derweil bewundernd zu ihm hoch und schwieg weiter.

«In weniger als sechs Monaten wird jedes polnische, turkmenische, kirgisische, moldauische, tschechische, armenische und aserbaidschanische Kind *Fannisch* sprechen», triumphierte von Menzel. Er beugte sich zu mir und kam mit seinem Gesicht ganz nah an meines heran. «Und unter uns, ist noch topsecret: Bald tanzt Fanny auch auf dem indischen Markt.» Mit seinem rechten Zeigefinger malte er Kreise in die Luft, als würde er einen Tusch ankündigen. «Morgen werde ich einen Verleger aus Delhi treffen und hier passenderweise mit einem Gin Lassi auf den Vertrag anstoßen. Habe deshalb mit meiner neuen Praktikantin ...» Gönnerhaft tätschelte er ihre Schulter. «... schon mal vorgekostet.»

Ich nickte etwas verwirrt und versuchte, mir seinen Jagdhund vom Leib zu halten, der ununterbrochen an meinen Schuhen schnüffelte. Wahrscheinlich witterte er Gorbis Geruch an mir. Ich spielte kurz mit dem Gedanken, Amiratas Hundeyoga zu empfehlen, als Gregor von Menzel mir zuvorkam: Mit einem kräftigen Ruck zog er die Leine zu sich und pfiff dabei so laut, dass Articus und die Praktikantin vor Schreck die Augen aufrissen. Wobei sich vorerst nur der Hund ehrerbietig vor die Füße seines Herrchens legte. Die Praktikantin konnte von Glück sagen, dass ihr Chef sie noch nicht an die Leine gelegt hatte.

«Hören Sie, Frau Geiger, ich ordere hier und jetzt tausend dieser Luftballons, mit der Option auf mehr. Und ich biete Ihnen einen Job in unserer PR-Abteilung an. In Führungsposition und – aufgepasst! – in Festanstellung! Was sagen Sie jetzt?» Erwartungsvoll sah er mich an.

Ich hätte beinahe laut aufgelacht. Glaubte er ernsthaft, ich würde auch nur in Erwägung ziehen, für ihn zu arbeiten? Ich wollte ihm schon einen Spruch mit auf den Nachhauseweg geben, als mir wieder seine Devise einfiel: «Man sieht sich immer zweimal im Leben.» In diesem Fall hatte sich das leider mehr als bewahrheitet. Ich blieb also höflich. «Vielen Dank für das großzügige Angebot, ich werde darüber nachdenken», erwiderte ich und drängte mich schnell an ihm vorbei ins Innere der Bar. Ich war gerade an unserem Tisch angekommen, hatte Lissie begrüßt und erst mal Luft geholt, als Yvonne heranstürmte: «Ich glaube, ich hab gerade diesen großkotzigen Ex von Sophie gesehen! Der sieht ja in Wirklichkeit noch viel schlimmer aus als auf den Fotos. Und seine neue Tussi hat ja längst nicht Sophies Kragenweite.»

Täuschte ich mich, oder hörte ich einen leisen Anflug von Eifersucht heraus? Ich hatte Yvonne auf ihr Interesse an

Sophie angesprochen. Doch sie hatte sich einsilbig gegeben wie selten. Es sei ein zartes Pflänzchen zwischen ihnen beiden, das behutsam gegossen werden müsse. Da wolle sie nichts kaputtreden. Wenn es etwas zu berichten gäbe, dann wären wir Mädels die Ersten, die es erfahren würden.

Nachdem sich Lissie und Yvonne mit einer Umarmung begrüßt hatten, kam auch Jana hinzu. Ihr Haar war ganz zerzaust, weil sie mit dem Fahrrad hergerast war.

Ich war froh, dass Gregor von Menzel nicht weiter Thema unserer Runde war. Und es vermutlich auch nicht mehr werden würde. Denn kaum hatten wir alle Platz genommen, kam schon Rajan herbeigeeilt, auf einem Tablett vier Gläser Gin Lassi balancierend.

«Fürs Warm-up», erklärte er. «Geht natürlich aufs Haus. Und als Grundlage für alle wie immer die Tagessuppe?»

Wir nickten unisono.

«Alles klar, kommt gleich.» Rajan grinste und verschwand.

«Also, Anne, wie war deine Woche noch so?», fragte mich Jana betont munter, als wir unter uns waren.

Ich zuckte die Schultern. «Wie soll sie schon gewesen sein? Keine Spur von Felix, kein Anruf, nichts. So langsam mache ich mir ernsthaft Sorgen.» Lissie nickte. «Das kann ich gut verstehen. Aber vielleicht braucht er auch einfach nur etwas Abstand nach eurem Streit.»

Ich spürte, wie mir die Tränen kamen.

Yvonne tätschelte meine Hand. «Tief durchatmen, Anne, das wird schon wieder. Wenn nicht, leihst du dir Marthas Hausboot aus und lässt dir eine Weile den Wind um die Nase wehen.» Natürlich hatten meine Freundinnen es sich nicht nehmen lassen, Martha auf dem Hausboot zu besuchen und einen Crémant auf ihre Rückkehr zu trinken.

«Martha macht mir schon die Hölle heiß, dass ich das wieder geradebiegen soll. Sie ist der Ansicht, dass es nicht weiter schlimm ist, wenn ein Mann mal die Dienste einer Professionellen in Anspruch nimmt.» Ich zuckte mit den Schultern. «Aber ich bin da anders, ich kann das nicht einfach so abtun.»

Meine Freundinnen sahen mich mitfühlend an. Nur Jana wirkte irritiert. «Moment mal. Ich dachte, das hätte sich alles zu Felix' Gunsten geklärt?»

Ich seufzte. «Leider nicht alles. Nicht die Sache mit Lady BigBoobs. Und die Beweislage ist erdrückend: Ich hab die Visitenkarte von dieser Frau selbst bei Felix gesehen!» Traurig blickte ich auf den Monitor an der Wand, auf dem sich gerade zwei Liebende vor der Kulisse eines Tempels mit schlängelnden Bewegungen umtanzten.

«Er nimmt tatsächlich die Dienste von Sexsklavinnen in Anspruch?» Jana wurde blass. Offenbar hatte sie von diesem Detail noch gar nichts gewusst. «Ich meine: Jeder weiß doch, wie es in diesem Gewerbe zugeht. Die wenigsten bieten ihren Körper freiwillig an. Junge Mädchen werden mit falschen Versprechungen ins Bordell gelockt, erpresst, gedemütigt und geschlagen. Und Felix unterstützt das noch? Ich kann es nicht fassen!» Jana redete sich immer mehr in Rage.

Tiefes Schweigen machte sich breit. Ich ließ den Kopf hängen. Aus dem Augenwinkel sah ich, dass Rajan und seine Frau im Gänsemarsch auf dem Weg zu unserem Tisch waren, um die Suppe zu verteilen. Als Rajan den Teller vor mir abstellte, nickte ich ihm dankbar zu. Leider war mir der Appetit etwas vergangen.

Yvonne schob ihre Linsensuppe zur Seite, kramte in ihrer Handtasche und packte statt der Spielkarten ihr iPad aus. «Für Journalisten gibt es eine eherne Regel», erklärte sie. «Bevor etwas als Tatsache gilt, muss es mindestens drei unabhängige Quellen dafür geben. Und die werden auf Herz und Nieren gecheckt. Bisher gibt es zwei Quellen für Felix' Vergehen: Karoline und Ludger – beide haben sich bereits als unseriös erwiesen.»

Sie ließ ihre Finger über die Touchscreen-Tastatur fliegen und murmelte: «Mal sehen, was wir über die gute Lady BigBoobs herausfinden können.»

Fragend sah ich sie an. «Worauf willst du hinaus?»

«Ist doch ganz einfach», erklärte Yvonne. «Wenn wir wissen, wo die Dame arbeitet, können wir sie direkt nach Felix fragen und ob sie ihm wirklich ...» Yvonne räusperte sich. «Also, ob sie ihm wirklich zu Diensten war.»

Sie drehte das iPad so, dass wir alle freie Sicht auf den Monitor hatten. Gespannt warteten wir, was die Suchmaschine ausspucken würde.

Als die ersten Bilder von Lady BigBoobs aufpoppten, schlug ich mir vor Schreck mit der Hand vor den Mund. Lissie kreischte auf. Und Yvonne sagte trocken: «Oh. Na, wenn das so ist: Gute Nacht.»

«Liebe kennt tatsächlich keine Grenzen ...», murmelte ich in Anspielung auf Marthas Tagesgetzwitscher.

Angesichts der Fotos blieb uns allen der Mund offen stehen. Und leider konnte es keinen Zweifel daran geben, dass Lady BigBoobs eine Transe war! Und was für eine: Sie schien kaum jünger als Tante Martha und trug eine dunkle Perücke auf dem Kopf, deren Haare sie zum Dutt geschlungen hatte. Ihr Busen war, wie ihr Künstlername schon andeutete, ausgesprochen ausladend. Offenbar hatte sie sich ein Vorbild genommen an Domenica, der wohl berühmtesten Prostituierten auf St. Pauli.

Bei der Vorstellung, dass Felix auf alternde, geschminkte Männer in Frauenkleidung stand, wurde mir ganz anders.

Meine Freundinnen machten betretene Gesichter und rückten ihre Stühle und Mienen zurecht.

«Da tun sich ja Abgründe auf!», rief Jana.

«Hätte ich ihm nicht zugetraut», murmelte Yvonne.

Lissie hatte sich als Erste wieder gefangen. «Kommt schon, das kann doch nicht sein. Felix steht doch nicht auf Transen! Da muss etwas anderes dahinterstecken.» Sie zog das iPad zu sich heran und las schweigend den Artikel aus der Morgenpost, zu dem das Foto gehörte.

«Hmmm ...», machte Lissie, als wäre sie gerade dem Weltgeheimnis auf die Spur gekommen, während wir sie gespannt beobachteten. Schließlich sah sie triumphierend auf. «Wusste ich es doch!»

«Was denn? Jetzt spuck's schon aus», forderte ich ungeduldig.

«Hier steht ...» Lissie genoss sichtlich die Aufmerksamkeit. «... dass Lady BigBoobs sich als Prostituierte zur Ruhe gesetzt hat. Sie lässt ihr Bordell gerade zu einem angesagten Szeneclub umbauen.»

«Ja, und? Dann war Felix eben einer ihrer letzten Kunden», sagte Jana.

«Und wird sich jetzt wohl umorientieren müssen, der Ärmste», ergänzte Yvonne spöttisch.

Ich warf ihr einen strengen Blick zu.

«Unsinn», lachte Lissie. «Jetzt denkt doch mal nach. Umbau! Klingelt bei dem Wort nicht was?»

Yvonne schlug sich mit der Hand vor die Stirn. «Na klar!», rief sie. «Die baut um – und Felix ist der Architekt! Da liegt es doch nahe, was er in dem Gebäude wollte.»

Das war zu viel für mich. Ich kam gar nicht hinterher mit meinen widerstreitenden Gefühlen. Nach dem Schock mit der Transe hätte sich nun eigentlich Erleichterung einstellen sollen. Zumindest Hoffnung, dass Lissie richtiglag und es für alles eine harmlose Erklärung gab. Doch nach all dem Aufruhr konnte ich kaum glauben, dass sich jetzt alles so plötzlich in Wohlgefallen auflösen sollte.

Machte Felix mit seiner Firma wirklich den Umbau für Lady BigBoobs? Das würde jedenfalls die Visitenkarte, den Besuch im Bordell und seine vielen Aufenthalte auf der ominösen Baustelle erklären, von der er nie Genaueres erzählt hatte. Hatte Karoline mir also nur einen Floh ins Ohr gesetzt mit ihrer Anschuldigung?

Bei dem Gedanken, dass Felix vielleicht ganz und gar unschuldig war, krampfte sich mein Herz zusammen.

«Aber ... Das würde ja ... bedeuten», stotterte ich, «dass ich Felix ... völlig zu Unrecht beschimpft habe, oder?» Ich sah in die Runde. Meine Freundinnen blickten mich ernst an, alle nickten.

«Sieht ganz so aus», stellte Jana fest.

«Daran hatte ich nie den geringsten Zweifel», bekräftigte Lissie.

Rajan kam an unseren Tisch, um die Teller abzuräumen und uns indischen Ingwerlikör einzuschenken.

Wieder musste ich an die Worte denken, die Felix zum Abschied gesagt hatte: Die Dinge sind nicht so, wie sie sind. Ich hatte ihn verurteilt, ohne mir seine Sicht der Dinge anzuhören.

«Wie konnte ich ihm bloß so was zutrauen?» Ich grämte mich. «Felix bei einer Prostituierten – das passt doch auch gar nicht zu ihm! Dafür ist er viel zu nett.»

«Nett? Das ist aber nicht gerade ein Kompliment für einen Mann, oder?», fragte mich Yvonne stirnrunzelnd und nippte an ihrem Glas.

«Und ob!», gab ich trotzig zurück. «Weil Felix dazu nämlich noch klug, witzig und sexy ist.» Ich stieß einen lauten Seufzer aus.

«Ich mag *nett* auch nicht», sagte Jana. «Meine Mutter hat

immer gesagt, dass man als Frau nun mal einen Tod sterben müsse: Entweder die Männer hätten kein Geld oder seien zu nett.»

Ich sah sie an. «Ganz ehrlich? Ich würde diesen Tod gerne sterben, wenn er mir Felix zurückbringt.»

Natürlich hatte Janas Mutter nicht ganz unrecht, und ich musste sofort an meinen alten Kumpel aus Studienzeiten denken.

«Könnt ihr euch noch an Freddie erinnern?», fragte ich, dankbar für die kurze Ablenkung.

«Den wir immer Annes Schoßhund genannten haben?» Lissie sah mich belustigt an.

Ich nickte. «Ich glaube, die Kassetten mit den Kuschelsongs, die er mir damals aufgenommen hat, haben sogar den Umzug nach Amaroo mitgemacht.»

«Und ob ich mich erinnere», gluckste Lissie. «Der war so lieb und umsichtig, dass er in seinem Bad sogar eine Tampon-Teebox aus Bambus hatte.»

«Eine was?», fragte Yvonne verblüfft.

«Eine Box mit Sichtfenster, in der er Tampons und Slipeinlagen in allen Größen aufbewahrte. Für die ‹roten› Tage seiner weiblichen Gäste. Ihr kennt doch diese Aufbewahrungskästen für Teesorten, genauso sah das Ding aus, nur ohne Tee.»

Wir prusteten los.

«Er dachte wirklich, mit dieser Serviceorientierung könnte er bei uns landen», erinnerte ich mich.

«Aber es hat merkwürdigerweise keine angebissen», lachte Lissie. «Denn eigentlich war er ja wirklich freundlich und hilfsbereit. Aber nicht mal Anne hatte Erbarmen.»

«Dabei sah er sogar ziemlich gut aus», fiel mir wieder ein.

Lissie nickte eifrig und fuhr fort: «Wenn eine von uns Liebeskummer oder Probleme mit dem Drucker hatte oder die Wasserkiste zu schwer war, um sie in den fünften Stock zu hieven, war er sofort zur Stelle. Doch mit ihm ins Bett gehen? Kein Gedanke.»

Ich stimmte ihr zu und dachte an die vielen Gespräche, die ich mit Freddie geführt hatte. Er hatte immer gesagt, dass er nicht das Arschloch spielen wolle, nur um Frauen zu gefallen.

«Martha konnte sich das Elend irgendwann nicht mehr ansehen», erzählte ich, «und hat sich ihn auf ihre eigene Art zur Brust genommen: ‹Freddie, dir muss mal jemand die Augen öffnen. Wenn du nicht endlich lernst, eine Bierflasche mit den Zähnen aufzumachen, im übertragenen Sinne, wirst du nie eine Freundin finden.›»

Die anderen lachten.

«Was ist aus diesem Frauenversteher wohl geworden, ein Mönch?», fragte Yvonne.

«Wahrscheinlich ist er mittlerweile glücklich verheiratet – mit einer älteren Frau, die vier Kinder von drei Vätern mit in die Ehe gebracht hat und nach vielen schlechten Erfahrungen mit üblen Typen endlich bereit war für einen Mr. Nice Guy.»

«Das Happy End wäre ihm zu gönnen.» Jana kratzte sich am Kopf. «Wäre ja auch schön, wenn jeder aus seinen Erfahrungen lernen könnte. Ich habe das allerdings noch nie erlebt.» Sie nippte am Ingwerlikör. «Mein letzter Dating-Kontakt hat mir vor unserem ersten Treffen gefühlt hundert Komplimente pro Telefonminute über meine inneren Werte und meine angenehme Stimme gemacht. Aber dann fragte er mich, ob ich fürs erste Date mit ihm in den Pferdestall kommen würde, um mit ihm gemeinsam seinen Gaul zu striegeln.» Sie zog ein angewidertes Gesicht, während wir uns vor Lachen nicht mehr einkriegten. «Das war sein Ernst! Er wolle schauen, wie ‹wir drei› miteinander auskämen. Und dann hat er mich nach meiner Abfuhr doch tatsächlich gefragt, was er falsch gemacht habe.»

Wir schüttelten amüsiert die Köpfe.

«Die Krux ist doch», gab Lissie zu bedenken, «dass man oft nur die Dinge oder Menschen schätzt, die schwer zu bekommen sind. Das ist schon immer so gewesen. Männer wie Freddie haben kaum Chancen gegen die Egoisten und die Supermacker dieser Welt.»

«Ja, ja: Willst du was gelten, mache dich selten», kommentierte Yvonne ihren Gedanken trocken.

«Na, das hast du ja zur Perfektion gebracht», neckte ich sie und dachte daran, dass ihre Beziehungen meist nicht über die erste Nacht hinausgingen.

Doch Yvonne lächelte geheimnisvoll und sagte: «Abwarten.» Dann winkte sie Rajan für eine weitere Runde Gin Lassi.

«Mir dagegen ist in Bezug auf Felix gerade überhaupt nicht nach *selten machen*», sinnierte ich. Vielmehr ist er es, der sich hier selten macht – um nicht zu sagen: komplett unsichtbar. Dabei wünsche ich mir nichts sehnlicher, als ihn zu sehen und mich zu entschuldigen.»

Meine Stimmung drohte wieder zu kippen. Es konnte doch nicht sein, dass diese ganzen Missverständnisse unsere Beziehung zerstörten, bevor sie richtig angefangen hatte.

Lissie lehnte sich vor und sah mich eindringlich an. «Anne, da müssen wir uns jetzt echt was einfallen lassen! Mit einer simplen Entschuldigung ist es da, glaub ich, nicht getan.»

«Alles eine Frage der Dramaturgie!», rief Jana. «Überlass das am besten uns mit der Rückeroberungsstrategie.» Als ihr sogar Yvonne zunickte, fuhr sie fort: «Du weißt selbst, dass du noch immer in einer emotional schwierigen Situation steckst, in der deine Gefühle dein Handeln mehr als einmal nachteilig beeinflusst haben. Ich sag es nicht gern, aber du hast in letzter

Zeit kein Fettnäpfchen ausgelassen, Anne.» Sie sah mich fest an. «Darum gilt ab jetzt: Kein Risiko mehr.»

Ich fühlte mich zu Unrecht verurteilt und gab etwas beleidigt zurück. «Jetzt muss also schon eine simple Entschuldigung wie eine Eisrevue durchchoreographiert werden? Ernsthaft?»

Lissie sprang in die Bresche. «Ach komm, Anne», sagte sie sanft. «Ich finde, Jana hat nicht unrecht. Warum sollte man etwas dem Zufall überlassen, das so lebensverändernd sein kann, wenn heute jeder Wochenendausflug, jedes Grillfest mit Freunden oder jeder Einkauf generalstabsmäßig durchgeplant wird. Vertrau uns!»

In dem Moment sprang Yvonne von ihrem Stuhl auf und strahlte übers ganze Gesicht. «Je später die Gäste ...», sagte sie und winkte einer Frau zu, die am Eingang der Bar stand und sich suchend umsah.

Es war Sophie! Sie stürmte an unseren Tisch und gab Yvonne einen langen, leidenschaftlichen Kuss.

Wir anderen waren baff. Noch nie hatte eine von uns gesehen, dass Yvonne in der Öffentlichkeit rumknutschte! Noch dazu mit einer Heterofrau.

Nachdem die beiden voneinander abgelassen hatten, begrüßte Sophie uns alle herzlich. Dann zog sie einen leeren Stuhl vom Nebentisch heran und setzte sich ganz selbstverständlich zu uns.

Lissie und Jana fingen sofort an, ihr neugierige Fragen zu stellen. Angesichts dieser Sensation, so viel war klar, würden die Spielkarten heute unausgepackt bleiben.

Nach einer weiteren Runde Gin Lassi verabschiedeten sich Yvonne und Sophie jedoch schon. Arm in Arm tänzelten sie aus der Bar, und es war nicht zu übersehen, dass sie zu zweit sein wollten.

Kurz darauf knickte erst Jana ein und dann auch Lissie.

«Die Kinder wecken mich morgen wieder um sechs», gähnte sie.

Ich dagegen hatte es ganz und gar nicht eilig, nach Hause zu kommen. Dort erwartete mich nur ein Faustschlag von Erinnerungen.

Als Lissie und ich vor der Bar auf unsere Taxis warteten, sah sie mich von der Seite an.

«Anne?», sagte sie in einem ernsten Tonfall, der mich frösteln ließ.

«Ja?», fragte ich zitternd vor Kälte und zog meinen Mantelkragen noch etwas weiter zu.

«Lass nicht zu viel Zeit mit Felix verstreichen. Es gibt da diese magische Grenze, weißt du? Wenn die überschritten ist, gibt es kein Zurück mehr. Weil jeder enttäuscht ist, dass der andere sich nicht offenbart hat. Lass das nicht zu, Anne. Du musst Felix finden – und zwar schnell!»

27. VON TRANSEN UND TRAUMTYPEN

Marthas Getzwitscher: ++ Großes Frühjahrsanschippern auf der Elbe ++ überall Segler und Motorschiffe ++ Mit dem Hausboot zur Elbphilharmonie gefahren ++ Auf dem Weg dahin fast eine Barkasse gerammt ++ Drinnen tanzten ein paar Dutzend Drag Queens in wahnwitzigen Kostümen zu schriller Musik ++ Haben uns auf ihr Boot eingeladen und uns davon überzeugt, dass sie was vom Feiern verstehen ++ Und wenn das einer beurteilen kann, dann wohl ich ++

Zwei Tage später war meine Stimmung auf dem Tiefpunkt angelangt. Das Warten auf ein Lebenszeichen von Felix hatte mich mürbe gemacht. Er blieb wie vom Erdboden verschluckt.

Meine letzte Hoffnung, bevor ich die Suche und damit auch Felix endgültig aufgeben würde, waren meine Freundinnen. Sie hatten einen Plan – und bestellten mich am späten Samstagnachmittag in Lissies Buchladen.

Ich kam kurz vor Geschäftsschluss, Lissie begrüßte mich mit einem Küsschen rechts und links und kümmerte sich dann weiter um die Tagesabrechnung. Jana und Yvonne saßen bereits in der kleinen Café-Ecke und beugten sich über eine Zeichnung, die aussah wie eine Fruchtbarkeitskurve.

«Was soll denn das für ein Zyklus sein?», fragte ich Jana, bei der ich sicher wusste, dass sie sich mit diesen Dingen beschäftigte. «Etwa deiner?»

Mit einem farbigen Stift markierte sie Kreuze auf den Windungen einer Kurve. «Weit gefehlt, das ist der Dreistufenplan zur Rückgewinnung von Felix.» Sie deutete auf einen Punkt auf der Zeichnung. «Das ist dein Ausgangspunkt – und da ist das Ziel.»

Ich schluckte. Bei genauerem Hinsehen musste ich nämlich feststellen, dass diese Kurve nicht linear verlief, sondern erheblichen Schwankungen unterworfen war. Momentan verorteten die drei meine Situation unterhalb der X-Achse im Minusbereich. Positiv interpretiert bedeutete dies zwar, dass es nur noch aufwärtsgehen konnte, aber der Blick auf den Scheitelpunkt zeigte auch sehr plastisch, wie tief ich inzwischen gesunken war – und wie tief ich fallen konnte, wenn die Wiedereroberung von Felix schieflaufen sollte.

Bevor ich protestieren konnte, ergriff Jana das Wort: «Wir müssen uns ranhalten. Ich hab nämlich gleich einen Termin in Plön und muss pünktlich den Zug erwischen.» Und dann fügte sie noch vielsagend hinzu: «So viel zu *meinem* Zyklus.»

Wir sahen uns ratlos an. Was hatte Janas Hormonstatus mit Plön zu tun?

«Kannst du das vielleicht näher erklären?», fragte ich. «Ich bin heute schwer von Begriff.»

«Klar.» Sie machte ein Gesicht, als ob sie gleich platzen würde. «Wenn alles nach Plan läuft, bin ich morgen Abend schwanger, Mädels!» Sie freute sich diebisch über unsere staunenden Gesichter.

In ungewohntem Gefühlsüberschwang breitete sie freudig die Arme aus und stieß dabei beinahe einen Stapel Bücher um, der auf dem Tisch lag. Dann weihte sie uns in weitere Details ein.

«Ihr habt richtig gehört. Morgen habe ich meinen Eisprung, und ich werde den frischen Samen von Ulf direkt in mich hineinpipettieren.»

Sie hatte also Ernst gemacht und sich mit dem schwulen Paar geeinigt, zusammen ein Kind zu bekommen.

«Warum so kompliziert?», fragte Yvonne. «Kann er nicht sein Erbgut einfrieren, und du taust dann das Ejakulat-Portiönchen bei Bedarf auf, gemütlich bei dir in der Wohnung?»

Yvonne – wie immer sehr pragmatisch.

Aber Jana ließ sich nicht beirren: «Warum Bofrost, wenn du dein Gemüse auch frisch haben kannst?»

Lissie zog ihre Stirn kraus und sah Jana skeptisch an. «Bist du sicher, dass du das wirklich willst?»

«Was guckt ihr denn so?», blökte Jana los, nachdem einen Moment lang Sprachlosigkeit geherrscht hatte. «Was ist daran verkehrt?»

«Grundsätzlich nichts», wandte Lissie vorsichtig ein. «Ich finde nur, dass du … na, dass du das hier gerade so geschäftsmäßig erzählst, als würdest du ein neues Auto bestellen, das blöderweise noch in Plön steht.»

Jana seufzte schwer. «Du weißt, Lissie, dass ich nicht Auto fahre.»

«Dann eben ein fair gehandeltes Soli-Fahrrad», gab Lissie genervt zurück. Aber als sie Janas verletzten Gesichtsausdruck wahrnahm, entschuldigte sie sich: «Sorry! War nicht so gemeint. Trotzdem geht es hier doch um ein Baby, nicht wahr?»

Jana zuckte die Achseln. «Ich kenne eure Bedenken. Aber ihr habt leicht reden, ihr habt ja alle Kinder!»

«Ach ja?», fragte Yvonne sarkastisch. Und setzte noch einen nach: «Hättest du deine Eizellen beizeiten schockfrosten lassen, müsstest du jetzt hier nicht so eine Hektik verbreiten. Social Freezing gehört doch heute schon zum guten Ton.»

Jana überhörte ihre Bemerkung. «Aber was ist denn daran so ungewöhnlich? Es gibt so viele Patchworkfamilien, warum sollte das bei uns nicht funktionieren?», fragte sie in die Runde.

«Ja genau, *Patchwürg*», murmelte Yvonne.

«Quatsch. Wir drei werden gute Eltern sein!», prophezeite Jana und klopfte mit den Fingern auf dem Tisch herum, als müsste sie sich selbst davon überzeugen.

Ich hatte ein schlechtes Gewissen, dass wir sie in dieser Sache nicht mehr unterstützten. «Wir machen uns einfach Sorgen um dich», sagte ich versöhnlich. «Hauptsache ist doch, dass du weißt, was du tust.»

«Das wusste ich noch nie so sehr wie jetzt!» Jana lächelte siegesgewiss. Dann schaute sie auf die Uhr und wurde etwas hektisch. «Wir müssen uns sputen, sonst sind meine Eizellen schon wieder lauwarm, bevor ich im Zug sitze. Also Schluss mit dem Thema.» Sie schob die Zeichnung in die Mitte des Tisches. «Lasst uns den Plan noch mal durchgehen: Objekt finden, Objekt überzeugen und Objekt festhalten.»

Zur Verdeutlichung zählte Jana die einzelnen Punkte an ihren Fingern ab.

«Die erste Stufe unseres Plans müsst ihr allerdings alleine nehmen. Auf dem Weg zur Reeperbahn lasst ihr mich einfach am Dammtor-Bahnhof raus!»

Lissie lachte spöttisch. «Selber Auto fahren ist bäh, aber sich fahren lassen ist voll in Ordnung, oder wie?» Sie scheuchte uns zum Ausgang, zog die Ladentür hinter sich zu und schloss sie mit ihrem laut klimpernden Schlüsselbund ab.

Jana verdrehte die Augen, ging aber nicht auf ihre spitze Bemerkung ein. «Phase eins kann beginnen!», sagte sie stattdessen. Dann wandte sie sich an mich: «Hast du Norbert wie besprochen dabei?»

Ich nickte und holte das Bäumchen aus meinem Auto und trug ihn zu Yvonnes Landrover. Ich hatte ihn mitgebracht ohne eigentlich zu wissen, wofür. Aber wie ich nun erfuhr, sollte er meine Geheimwaffe sein. Mein Ass im Ärmel, um Felix zurückzugewinnen.

Ich setzte mich auf den Beifahrersitz und hielt das Bäumchen fest umklammert auf meinem Schoß.

«Der lässt aber ganz schon seine Blätter hängen», meinte Lissie von der Rückbank.

Ich nickte. «Und das trotz meiner Pflege. Er braucht wohl die Ansprache seines Herrchens.» Aufmunternd strich ich Norbert über die Zweige.

«Keine Angst, gemeinsam werden wir Felix schon finden.»

Wir ließen Jana am Bahnhof raus. Strahlend winkte sie uns nach. Ich versuchte die Sorge um meine Freundin wegzuschieben und wünschte ihr Glück bei ihrem Vorhaben. Dann düsten wir Richtung Reeperbahn.

An der sündigen Meile angekommen, gingen wir zunächst zum Portugiesen gleich gegenüber der Baustelle von Madame BigBoobs zukünftigem Club. Tatsächlich war das Gebäude aus der Jahrhundertwende eingerüstet und mit Gaze verhüllt.

Während ich mich mit einem Glas Chai ans Fenster stellte und das Haus betrachtete, tranken die beiden anderen in Ruhe ihren Galão und aßen die typisch portugiesischen Puddingtörtchen dazu. Ich bekam vor Aufregung keinen Bissen hinunter.

Mit einem Ohr hörte ich, wie Yvonne von ihrem ersten zweisamen Wellnesswochenende mit Sophie auf Sylt schwärmte. Die Frau hatte es ihr wirklich angetan: Sophie war nach der Trennung komplett unabhängig, genoss ihre neue Freiheit und dachte gar nicht daran zu klammern, wie Yvonne es nur zu gut von ihren Sexbekanntschaften kannte. Zum ersten Mal, seit ich mit ihr befreundet war, schien ihr Jagdinstinkt nicht nach der ersten gemeinsamen Nacht abzuebben. Im Gegenteil: Amors Pfeil hatte sie mitten ins Herz getroffen.

Vielleicht waren es aber auch die vielen gefühlsgebeutelten Verlassenen bei *Ex und Hopp*, die Yvonne gezeigt hatten, dass die Berg- und Talfahrten in der Liebe mehr Lebensintensität boten als trunken von einem Date zum nächsten zu eilen.

Zwei Lieferwagen einer Baufirma, die vor dem Haus gegenüber einparkten, rissen mich aus meinen Gedanken. Ich war wie elektrisiert, denn jetzt stieg die Chance, jemanden anzutreffen, der Felix eventuell kannte. Und bei dem Gedanken daran, dass ich ihm vielleicht sogar gleich selbst begegnen würde, wurden meine Knie weich. Darauf war ich gar nicht vorbereitet, ich würde improvisieren müssen.

Es half nichts: Jetzt oder nie! Eilig schüttete ich meinen Tee runter, nickte meinen Freundinnen verschwörerisch zu und marschierte aus dem Laden. Mit Norbert im Arm überquerte ich die Straße.

Wir hatten vereinbart, dass Lissie und Yvonne nur im Notfall eingreifen würden. Sprich: wenn unangenehme Kiezgestalten auftauchen oder sich anderweitige Katastrophen ereignen sollten.

Um das Haus zu erreichen, schlängelte ich mich an einer fleckigen Matratze vorbei, die an der Hauswand lehnte, und hüpfte über eine Ansammlung von weggeworfenen Burger-Verpackungen, Bierdosen und halb aufgegessenen Bratwürsten. Vollgemüllte Straßen gehörten zum Alltag in St. Pauli. Normalerweise mied ich die Reeperbahn, denn seit sich dort immer mehr Gastro-Ketten und Supermärkte angesiedelt hatten, war dem Viertel jegliche Seele geraubt worden.

Endlich stand ich vor dem alten, ziemlich heruntergekommenen Jugendstilhaus. Hier hatte also der Transenclub residiert, der es – wie unsere Recherche ergeben hatte – sogar zu bundesweiter Bekanntheit gebracht hatte. Es war wirklich eigenartig, aber wenn mir überhaupt noch einer weiterhelfen konnte, Felix zu finden, dann vermutlich die Chefin dieses ehemaligen Sex-Etablissements.

Ein Schild, geschweige denn eine Klingel war nicht zu sehen. Beherzt klopfte ich an die große, dunkelrote Pforte mit dem schweren schmiedeeisernen Türgriff.

«Na Süße, was kann ich für dich tun? Willst du dich um 'nen Job bewerben?» Im ersten Stock lehnte sich ein Mann aus dem Fenster. Er trug die typische Bauarbeitertracht: gelber Schutzhelm, weißes Feinrippunterhemd und eine Flasche Astra in der Hand. Mit einem dreckigen Grinsen im Gesicht sah er zu mir runter.

Bevor ich etwas erwidern konnte, kamen neben ihm noch drei andere Gelbhelme zum Vorschein und pfiffen anerkennend durch die Zähne. In jüngeren Jahren hätte ich diese fragwürdige Art der Wertschätzung mit einem genervten Augenrollen quittiert. Da mir aber faktisch kaum noch jemand in meinem Leben hinterherpfiff, nahm ich es einfach als Kompliment und ging nicht näher darauf ein.

«Moin, Jungs», begrüßte ich sie bemüht kumpelhaft und stellte Norbert neben mir auf den Boden. «Wisst ihr zufällig, wo die Chefin steckt? Ich müsste sie mal sprechen.»

Ein weiterer Kopf tauchte im Fenster auf und drängte die Arbeiter zur Seite.

«Wer will mich sprechen?», fragte eine rauchige, tiefe Stimme zu der ein beeindruckendes Dekolleté gehörte. Ich schluckte. Es war unverkennbar Lady BigBoobs.

Ich trat einen Schritt zurück, um besser zu ihr hochsehen zu können. «Guten Tag. Ich ... äh, ich bin Anne Geiger, eine Freundin von Felix. Sie müssen mir helfen, ich suche ihn überall.»

«Gute Frau, *müssen* muss ich gar nix, außer sterben und scheißen», polterte Lady BigBoobs.

Sie streckte ihren Kopf noch weiter heraus, um mich genauer in Augenschein nehmen zu können. Ihren gewaltigen

Busen hatte sie auf dem Fenstersims abgelegt. «Ist das Norbert?» Sie deutete auf das Zitronenbäumchen neben mir.

Ich nickte ergeben – und atmete insgeheim auf. Die Lady war also die richtige Spur zu Felix.

«Ich bin gleich da», sagte sie und verschwand.

Die Minuten vergingen, unruhig trat ich von einem Fuß auf den anderen. Mir kam es vor, als würde ich schon eine Ewigkeit hier warten, und mir wurde etwas mulmig zumute.

Da endlich öffnete sich die wuchtige Eingangstür, und die selbsternannte Lady BigBoobs stand in voller Größe vor mir. Mit ihren roten Stilettos überragte sie mich um zwei Kopflängen. Sie trug ein freizügig geschnittenes rot-schwarzes Dirndl, war stark geschminkt und musterte mich mit unverhohlener Neugier von oben bis unten. Dann murmelte sie: «Aha», und zog genüsslich an einer extralangen Zigarette.

In diesem frühen Abendlicht sah sie noch schräger aus als auf den Internetfotos.

«Du bist also das Felix-Schätzchen», sagte sie. «Kein Wunder, dass du ihm so den Kopf verdreht hast. Bist ja genau sein Typ.»

Ich war baff. Offenbar kannte sie Felix besser, als ich gedacht hatte. Und immerhin wusste sie über mich Bescheid. Das war doch ein gutes Zeichen.

Ich nahm all meinen Mut zusammen und sah ihr direkt in die Augen. «Ich muss Felix unbedingt sprechen. Wissen Sie, wo er ist? Oder haben Sie vielleicht eine Nummer, unter der ich ihn erreichen kann?»

Die Lady wirkte ziemlich einschüchternd auf mich, darum hatte ich Hemmungen, sie zu duzen.

Sie lachte. «Das würdest du wohl gerne wissen, was? Kann ich verstehen, der Felix ist ein lecker Bürschchen.» Sie nahm einen weiteren tiefen Zug von der Zigarette und verschränkte die Arme. «Aber ich erkenne ein gebrochenes Männerherz, wenn ich es sehe. Und darum kann, darf und werde ich dir nicht helfen. Von mir erfährst du nichts.»

Das war ein Schlag ins Kontor. Mit Mühe schluckte ich meine Enttäuschung runter. «Aber ich habe mich doch in seiner Exfrau genauso getäuscht wie er», erwiderte ich bekümmert. «Außerdem ...», fügte ich leise hinzu. «Ich liebe ihn.»

Doch Lady BigBoobs schüttelte den Kopf und wedelte abwehrend mit den Händen. «Liebe? Davon verstehe ich wohl mehr als die meisten, Schätzchen, und deshalb sage ich dir: Liebe kennt keinen Zweifel, kein Zaudern und kein Zurück. Man muss Vertrauen haben. Und Mut.»

Ich zuckte stumm mit den Schultern und spürte, wie mir die Tränen kamen.

Ganz offensichtlich hatte die Lady Mitleid mit mir, denn sie zog aus ihrem Dekolleté ein Papiertuch und reichte es mir.

Ich schnäuzte mich laut. «Es tut mir alles so leid», beteuerte ich. «Wenn ich könnte, würde ich alles rückgängig machen. Meine hässlichen Anschuldigungen zurücknehmen und ihm sagen, wie sehr ich ihn mag.»

«Das glaube ich dir, aber wenn wir alles rückgängig machen könnten, was wir wollten, wäre ich sicher nicht auf dieser Welt. Das hat zumindest mein Taugenichts von Vater behauptet.» Sie lachte höhnisch.

Von Reue hielt sie wohl nicht besonders viel. Mehr denn je hatte ich das Gefühl, auf verlorenem Posten zu stehen.

Eine lärmende asiatische Reisegruppe näherte sich uns, wild durcheinanderplappernd. Einer der Männer zückte einen Selfie-Stick und rempelte mich grob an bei dem Versuch, sich selbst neben Lady BigBoobs aufzunehmen. Empört stupste ich ihm den Ellbogen in die Seite, sodass sein Bild verwackelte. Laut schimpfend und gestikulierend trollte er sich.

Lady BigBoobs ließ ihre Kippe zu Boden fallen und trat sie mit einem ihrer Stilettos aus. Dann machte sie einen Schritt auf mich zu, legte mir eine Hand auf den Arm und sah mir in die Augen. «Was man liebt, soll man loslassen, Schätzchen. Und wenn es zurückkommt, dann bleibt es auch.»

Mit diesem kryptischen Spruch wollte sie sich schon wieder zur Tür drehen. Da fiel mir Norbert ein, der noch neben mir auf dem Boden stand.

«Gilt das auch für Bäume?», fragte ich sie in einem letzten verzweifelten Versuch.

«Wie meinst du das, Schätzchen?», fragte sie verständnislos zurück.

Ich reichte ihr Norbert. «Das ist Felix' Zitronenbaum. Sie wissen offensichtlich, wie wichtig er ihm ist. Ohne die liebenden Hände seines Besitzers wird er sicher eingehen. Ich glaube nicht, dass das in Felix' Sinne wäre.»

Sie seufzte, sah zwischen mir und Norbert hin und her und sagte schließlich: «Na, gib schon her.» Sie nahm das Bäumchen und drehte sich zur Tür.

«Und grüßen Sie ihn von mir, ja?», sagte ich leise und trat ebenfalls den Rückzug an.

Ich war frustriert. Phase eins war schneller beendet, als sie begonnen hatte – und es schien, als sei ich auf ganzer Linie gescheitert.

28. SAG JA, ANNE

Marthas Getzwitscher: ++ Heute Morgen Nachricht von Elmar auf dem AB ++ «Komme zurück nach Hamburg. Ich vermisse Dein Lachen!» ++ Spontan an Wilhelm Busch gedacht: «Eben geht mit einem Teller // Witwe Bolte in den Keller, // dass sie von dem Sauerkohle // eine Portion sich hole, // wofür sie besonders schwärmt, // wenn er wieder aufgewärmt.» ++ Hübsch gereimt, aber Aufgewärmtes schmeckt mir nicht ++

«Nun sag schon ja, Anne.»

Richard stand im Wohnzimmer von Amaroo und redete seit geschlagenen zehn Minuten auf mich ein. Er wollte unbedingt, dass ich ihn zu seiner Lesung begleitete. Nach seinem letzten Flop und der Trennung von Babette hatte er in Rekordzeit einen neuen Steven Stark aufs Papier gebracht. Und nun wollte er durch eine Art Testlesung vor seinen treuesten Fans herausfinden, wie der geläuterte Doktor ankam.

Es war Sonntagabend, Maja übernachtete zum ersten Mal bei Martha auf dem Hausboot, und während halb Deutschland mit dem Liebsten auf der Couch saß und den *Tatort* schaute, hatte ich mich schon den ganzen Tag darauf gefreut, mich mit einer Dose Wasabinüsse und einem Bier vor das *Traumschiff* zu setzen. Das würde mir guttun: vorhersehbare Dialoge, schmalziges Gesäusel, palmengesäumte Pazifikinseln und die Illusion, dass, wenn ich Gast auf diesem Schiff wäre, Felix längst aufgetaucht wäre, um mir bei Sonnenuntergang seine Liebe zu gestehen.

«Nur du und ich und ein Dutzend meiner Stammleserinnen», unterbrach Richard meine schnulzigen Phantasien.

«Bitte, nur dieses eine Mal. Du bringst mir nun mal Glück, Anne, und das brauche ich gerade mehr denn je», bettelte er weiter.

Ich verstand seine Anspannung, schließlich hing seine schriftstellerische Zukunft von dem neuen Roman ab. Außerdem standen wir beide vor dem Scherbenhaufen unserer jeweiligen neuen Liebe – so was verbindet.

Ich gab mir einen Ruck. «Okay. Gib mir fünf Minuten», sagte ich und ging ins Bad. Ein bisschen *Traumschiff* steckte immerhin auch in Richards Büchern.

Als wir eine Dreiviertelstunde später an der Buchhandlung eintrafen, in der die Lesung stattfinden sollte, traute ich meinen Augen nicht. Mitten auf dem Jungfernstieg stand eine riesige Menschentraube und wartete auf Einlass. Es waren vor allem Frauen. Mir schwante nichts Gutes.

Wir befanden uns vor der Hauptfiliale der größten Hamburger Bücherkette, und ich fragte mich, wie es Richard geschafft hatte, nach seiner kürzlichen Pleite überhaupt noch eine Buchhandlung zu finden, die ihn promotete.

Kaum näherten wir uns der Eingangspforte, zeigte eine langbeinige Blondine auf uns und rief: «Da ist er: Richard Surenbach!»

Alle Köpfe wandten sich uns zu. Applaus brandete auf. Richard wurde begrüßt wie der heimgekehrte Messias. Er blieb stehen und badete in der Menge.

Ich kannte dieses Lächeln auf seinem Gesicht: Zusammen mit den feuchten Augen verriet es, wie gerührt er war. Mit so einem Empfang hatte selbst er nicht gerechnet.

Er reckte seine Brust nach vorne und hob seine Hände auf Schulterhöhe nach oben. Richard hielt Hof wie ein Sonnenkönig. Man hätte darüber lachen können, wäre es nicht so peinlich gewesen.

Ich stand hinter ihm und beobachtete ungläubig das Spektakel. So einen Ansturm hatte ich selbst auf dem Höhepunkt seiner Karriere nicht erlebt, aber Frauen liebten ja bekanntlich gefallene Helden. Zwei Fans scherten aus der Reihe aus, kamen auf ihn zu und baten unterwürfig um ein Autogramm. Mich beachteten sie gar nicht.

Richard aber strahlte mich an. «Da siehst du es, Anne», raunte er, als er die Bücher signierte. «Totgesagte leben länger.» Er klang dabei fast wie Steven Stark.

Mein Blick fiel auf das Schaufenster. Dort hingen Ankündigungsplakate für sein neuestes Œuvre, das im nächsten Monat erscheinen würde. Der Titel klang nicht unbedingt vielversprechend: «Hannah, gib mir dein Herz zurück!» Als Lektorin hätte ich ihm diesen Kitsch nicht durchgehen lassen.

Ich spürte den Impuls, mich wegzustehlen, doch Richard legte seinen Arm um meine Schulter und schob mich an der Meute vorbei bis zur Tür.

«Was hat dieser ganze Auflauf zu bedeuten? Du sprachst von ein paar Leserinnen, hier stehen mindestens hundert», stellte ich ernüchtert fest.

«Ist das nicht großartig?», strahlte Richard und winkte erneut seinen Fans zu.

Am Eingang wurden wir bereits vom Buchhändler erwartet, der schnell die Türe hinter uns schloss und uns in den Veranstaltungssaal führte.

«Friedbert Schneider», stellte er sich vor, «und Sie sind sicherlich Frau Geiger.» Er machte eine angedeutete Verbeugung, bei der die kunstvoll um seine Glatze gewickelten Haarsträhnen nach vorne fielen.

Woher in aller Welt wusste dieser Kerl meinen Namen? Aber für ein Gespräch blieb keine Zeit. Er führte uns auf die Bühne des Saals. Dort sah ich, dass direkt neben dem Pult ein schwarzer Ledersessel für mich reserviert war. An der Lehne war ein Blatt mit meinem Namen befestigt.

Richard war sich wohl ziemlich sicher gewesen, dass ich mitkommen würde. Fragend sah ich ihn an: Was sollte ich denn auf der Bühne?

Aber er grinste nur.

Also wandte ich mich an Herrn Schneider: «Ich würde eigentlich lieber ...», begann ich zu protestieren, doch Richard unterbrach mich.

«Komm schon, Anne, ich brauche dich. An meiner Seite.»

Herr Schneider nickte eifrig. Ich zuckte ergeben mit den Schultern. Dann würde ich Richard eben einen letzten Ehedienst erweisen – unserer gemeinsamen Tochter zuliebe.

Ich ließ mich in den Sessel sinken, strich meinen schlichten schwarzen Rock und die geblümte Bluse zurecht und wartete auf den Beginn der Veranstaltung. Währenddessen lief Richard ruhelos auf der Bühne hin und her und versuchte ein paar Atemübungen zur Entspannung zu machen. Dann spuckte er dreimal in die Hände und klatschte laut.

Auf dieses Zeichen hin öffnete Herr Schneider die Tür: Der Einlass konnte beginnen.

Die Frauen strömten in den Saal, und binnen Sekunden war er brechend voll. Die Gäste, die keinen Sitzplatz fanden, hockten sich direkt vor die Bühne. Einige saßen im Schneidersitz auf einem der noch leeren Büchertische oder lehnten an den Wänden. Sogar ein Kamerateam von Hamburgs Lokalsender war anwesend. Ebenso die erste Riege von Richards Verlag. Was für ein Fest für ihn.

«Herzlich willkommen!», begann der Buchhändler, nachdem er sich das Mikrophon gerichtet hatte. Er stellte sich so ungünstig vor mich, dass sein üppiges Hinterteil in der braun karierten Bundfaltenhose direkt vor meinen Augen prangte.

«Ich möchte nichts vorwegnehmen», erklärte er. «Nur soviel: Dr. Steven Stark ist zurück!»

Bei diesen Worten begannen die Zuhörerinnen euphorisch zu klatschen, dröhnend mit den Füßen zu trampeln und lautstark zu pfeifen. Wie mir schien, wurde ich gerade Zeugin von Richards Auferstehung. Die exponierte Position mitten auf der Bühne gefiel mir dabei gar nicht, und ich knibbelte nervös an meinen Fingernägeln.

Einige der Frauen im Saal fragten sich vermutlich, wer ich war und was ich dort zu suchen hatte. Am liebsten wäre ich im Boden versunken.

Bevor der Buchhändler das Wort an Richard übergab, fasste er das neue Werk in knappen Worten zusammen. Im Großen und Ganzen ging es für Steven Stark darum, Hannah nach der Trennung von seiner Kurzzeitaffäre Barbara zurückzuerobern. Bis zur Mitte des Buches war sie offenbar tief verletzt und unempfänglich für seine Reue, aber nachdem sie gemeinsam einen Waisenjungen aus einem brennenden Auto retten konnten, sah sie ihn wieder mit den Augen einer liebenden Frau – denn aufgehört, Steven Stark zu lieben, hatte sie freilich nie. Etwa 150 Seiten lang zierte sie sich noch und rang mit ihren Gefühlen, dann konnte sie sich nicht länger etwas vormachen und landete schließlich in Starks Armen. Um sicherzugehen, dass sie ihm nicht doch noch mal von der Fahne ging, holte Steven im letzten Kapitel dann zum ganz großen Schlag aus.

«Dr. Stark weiß genau, dass er Hannah nach seinem Irrweg etwas ganz Besonderes bieten muss», fasste Herr Schneider die restlichen 100 Seiten zusammen. «Aber Stark wäre nicht Stark, wenn ihm da nichts etwas besonders Romantisches einfiele.»

Einige Frauen klatschten, andere tupften sich verstohlen ein paar Tränen weg.

Was für ein gequirlter Mist, dachte ich.

Endlich war der Buchhändler mit seiner Inhaltsangabe fertig und forderte Richard mit einem aufmunterndem Nicken auf loszulegen.

Nachdem er seine Lesebrille aufgesetzt hatte, blätterte Richard – wie ergriffen von seinen eigenen Passagen – kopfschüttelnd durch sein Manuskript. Dabei markierte ein gelbes Post-it genau die Seite, die er vorlesen wollte. Schließlich fand er die richtige Stelle und nahm noch einmal intensiven Blickkontakt zu seinen Fans auf, bevor er mit dem Lesen begann.

Mir wurde ganz elend zumute. Schon das Setting, ein mit schwimmenden Kerzen erleuchteter See, auf dem Glühwürmchen im Mondlicht den Hochzeitswalzer tanzten, war unterirdisch. Auf einem von Fackeln gesäumten Weg führte Dr. Steven Stark seine Hannah, die mit verbundenen Augen an seinem Arm hing, zu einer venezianischen Hochzeitsgondel. An Bord wartete bereits der Gondoliere. Während ein Quartett aus vier geklonten André Rieus auf dem Steg den *Titanic*-Hit *My Heart Will Go On* anklingen ließ und die Ballettgruppe des ansässigen Kinderheims dazu ein Tänzchen aufführte, nahm der Doktor seiner Liebsten die Augenbinde ab, und der italienische Eros-Ramazotti-Verschnitt ruderte los. Mitten auf dem See zündete Steven dann per Fernsteuerung das vorbereitete Feuerwerk und nahm Hannahs Hände dicht an seine Brust. Ein brennendes «Heirate mich – noch einmal, Hannah!» erschien am Firmament und tauchte den dunklen Himmel in ein Meer aus Farben.

Es war abzusehen, wie die Angebetete darauf reagieren würde. Und ich fragte mich gerade, warum Richard seinen Fans ausgerechnet das Happy End vorlas, als er das Buch zur Seite legte, langsam seine Lesebrille abnahm und die Spannung der Zuhörerinnen ins Unermessliche steigerte.

Ungläubig beobachtete ich die vielen Frauen, die mit offenen Mündern und fragenden Gesichtern vor uns saßen.

Richard gab dem Buchhändler ein Zeichen, und ein langsames Musikstück ertönte. Nach den ersten Takten erkannte ich die Instrumentalversion von *You Are So Beautiful*.

Richard sah ins Publikum: «Wollt ihr Hannahs Antwort wissen?»

Das Kamerateam hatte sich inzwischen direkt vor der Bühne aufgebaut und hielt auf mich drauf. Was ging hier vor? Ich war wie in Schockstarre. Richard drehte sich zu mir und räusperte sich. «Dann frage ich jetzt meine einzige Liebe, die wunderschöne Frau, die hier neben mir sitzt, die Mutter meiner über alles geliebten Tochter Maja und die Frau, die ich durch einen schrecklichen Fehler zutiefst verletzt habe: Anne, willst du meine Hannah sein?»

Bevor ich verstand, was er meinte, stand Richard auf, kniete sich vor mich und streckte seine Hand aus.

«Anne, kannst du mir verzeihen? Bitte gib mir dein Herz zurück und sag noch einmal ja.»

Das Publikum schnappte nach Luft, alle sahen mich gespannt an.

«Oh nein!», entfuhr es mir. Panisch sprang ich aus dem Sessel auf und versuchte, von der Bühne zu flüchten. Dabei prallte ich jedoch ans Rednerpult und riss es mit lautem Poltern um. Ich fiel der Länge nach hin, und die Manuskriptseiten regneten auf mich herab.

Die Zuschauerinnen schrien entsetzt auf. Sofort war Richard an meiner Seite und half mir hoch – ganz der geborene Gentleman. Aber seine Sorge galt nicht wirklich mir. Flehentlich sah er mich an.

Doch ich konnte es nicht ändern: Gleich würden Hunderte von Frauen Zeuginnen meiner Abfuhr werden. «Das ist wirklich … nett von dir, Richard», sagte ich mit belegter Stimme. «Und es tut mir ehrlich leid. Aber ich liebe einen anderen.»

Ich sah die Enttäuschung und die Demütigung in Richards Augen. Mit einem Nein hatte er nicht gerechnet.

Kalter Schweiß legte sich auf sein Gesicht. Er zog ein Tuch aus seiner Jeans und tupfte seine Stirn trocken. «Aber … wer … warum?», stieß er mit einem nervösen Seitenblick aufs Publikum hervor.

«Warum ich ihn liebe?», fragte ich. Und dann flossen die Worte wie von selbst aus mir heraus, als ich an Felix dachte. «Weil er einen kleinen Baum adoptiert hat. Weil er selbst als Gummipuppe unwiderstehlich aussieht. Weil das Grübchen an seinem Kinn so energisch hin und her zuckt, wenn er lächelt. Weil er mich sogar noch liebevoll ansieht, wenn ich mal wieder Majas Ballettschläppchen verlege. Weil er den schlechtesten Kaffee der Welt macht. Ich liebe ihn, auch wenn er mich wahrscheinlich nie wieder sehen will.»

Je länger ich sprach, desto klarer wurde mir, wie wenig ich hierhergehörte. Ich hatte es satt, das alles vor Publikum zu besprechen.

Hastig nahm ich Richard bei der Hand und zog ihn zum Seiteneingang der Bühne, wo uns niemand mehr beobachten konnte. «Hör zu, Richard. Es geht gar nicht darum, dass ich dir nicht verzeihen könnte. Das habe ich längst. Wir waren aber nie Hannah und Steven», sagte ich mit gedämpfter Stimme. «Wir waren ein ganz normales Paar, das sich auseinandergelebt hat. Und etwas aufzuwärmen, was zuletzt nur noch lauwarm war, macht doch keinen Sinn», fügte ich hinzu, als ich an die Tzwitscher-Meldung von Martha heute Morgen dachte. Wie weise sie doch manchmal war.

Als ich Richards trauriges Gesicht sah, tat er mir auf einmal leid. «Schau mal, der ganze Saal ist voll von schönen Frauen, die dich anschmachten. *Dich*, den romantischen Autor, und nicht Steven Stark. Betrachte mein Nein als Chance, dir eine Partnerin zu suchen, die wirklich zu dir passt und nicht zu deiner Idealvorstellung von dir.»

Richard ließ den Kopf sinken. «Vielleicht hast du recht. Ich wollte es wohl nicht wahrhaben, dass es mit uns endgültig vorbei ist.» Er zögerte kurz. «Danke, Anne.»

Ich sah ihn erstaunt an. So viel Größe angesichts dieser öffentlichen Niederlage hätte ich gar nicht von ihm erwartet. Etwas von dem Richard, dem ich mich mal so nah gefühlt hatte, war also noch da.

Ich nahm seine Hand. «Erinnerst du dich noch an die Single, die du mir geschenkt hast, nachdem du an unserem ersten gemeinsamen Weihnachten über dem Autogrammeschreiben eingeschlafen bist?»

«Natürlich. Das war *Don't Look Back In Anger* von Oasis», erinnerte er sich.

Ich sah ihn vielsagend an. «Darauf wollte ich hinaus.»

Er lächelte – und verstand.

Ich gab ihm einen Kuss auf die Wange. Wir würden ohne Gram auf unsere gemeinsamen Jahre zurückschauen können. Würden nicht mehr nur an den Streit, den Betrug und die Verletzungen denken, sondern auch an unsere kleine Familie und die vielen schönen gemeinsamen Momente, die für immer zu unserem Leben gehören würden.

Als ich durch den Hintereingang aus dem Gebäude entkommen war und wieder am Jungfernstieg stand, kam mir ein Gedanke: Vielleicht sollten wir bei *Ex und Hopp* unsere Rituale auch denjenigen anbieten, die sich *nicht* heillos zerstritten hatten. Ich dachte dabei weniger an das fragwürdige «conscious uncoupling», der angeblich so bewussten «Entpaarung» auf einer höheren Beziehungsebene, die Hollywood-Schauspieler so publikumswirksam propagierten. Sondern an Paare wie Richard und mich, die Wut und Enttäuschung hinter sich gelassen und sich letztlich ausgesöhnt hatten. Oder solche, die ganz ohne Streit auseinandergegangen waren, aber nach vorne schauen wollten.

In anderen Kulturen war es schon seit Jahrhunderten üblich, Scheidungen rituell zu begehen. In Japan etwa, das hatte ich in der Zeitung gelesen, waren Scheidungspartys en vogue, bei der die früheren Eheleute mit Freunden Abschied voneinander feierten. Beim finalen Akt zerschmetterten die Expartner gemeinsam ihre Eheringe. Was übrig blieb, stopften sie ins Maul einer Froschfigur. Denn im Japanischen bedeutete das Wort für Frosch auch Veränderung und Neuanfang.

Dass auch hierzulande Bedarf für diese Art der gemeinsamen Trennung bestand, erlebte ich Tag für Tag: Unter den Frauen, die sich bei unserer Agentur meldeten, gab es immer wieder Kandidatinnen, die sich keine bitterböse Abrechnung, sondern einen versöhnlichen Abschied wünschten. Einen Abschied gemeinsam mit dem Expartner.

Bisher sahen unsere Rituale keine leisen Töne vor. Aber ich würde Yvonne bei nächster Gelegenheit vorschlagen, unser Angebot entsprechend zu erweitern.

29. HELICOUPLE

Marthas Getzwitscher: ++ Mein Gott, wie ich mitfiebere ++ Habe zwickendes Verlangen nach einem Happy End ++ Wird dieser Mann die romantische Heldenrolle ausfüllen? ++ Ich hoffe es ++ Hüte dich vor Hollywood-Romantik, mein Freund ++ Herzchenluftballons oder Rosenblätter auf dem Flügel sind tabu ++ Vorhang auf! ++

Es hatte aufgehört zu regnen, und die Sonne schien hell und wärmend durch die Wolken. Typisches Aprilwetter, obwohl es noch nicht mal Ende März war. Und genauso wankelmütig wie meine Stimmung. Richards übergriffiger Antrag vor drei Tagen hing mir immer noch ein bisschen nach. Es tat mir leid, dass ich ihn so hatte bloßstellen müssen. Vor allem aber fühlte ich mich befreit. Mit meinem Nein hatte ich endgültig einen Schlussstrich unter diese Ehe gezogen – und das war gut so.

Im Gegensatz dazu machte mir Felix' Abwesenheit nach wie vor das Herz schwer.

Ziemlich durchnässt stieg ich die Treppen zur Agentur hoch. Auf dem Weg vom Auto zur Eingangstür hatte mich ein Regenguss überrascht, und nun klebten mir die Jeans und meine weiße und damit leider auch sehr durchsichtige Bluse am ganzen Körper.

Ich war froh, dass Yvonne in der Agentur einen begehbaren Kleiderschrank für Notfälle besaß. Da würde ich sicher etwas für mich finden. Denn meine Freundin hatte hier mehr Klamotten gebunkert, als Maja und ich zusammen besaßen. So konnte sie mehrmals am Tag das Outfit wechseln, je nach

Gemütslage oder Termin. Yvonnes nächstes Ziel war ein begehbarer Kühlschrank. «Für Repräsentationszwecke», behauptete sie. Allerdings fehlte uns der Platz: Wir hätten Leroys Büro dafür opfern müssen, weshalb sie sich diesen Wunsch nun in ihrem großzügigen Loft in Winterhude erfüllen wollte.

Gerade steckte ich den Schlüssel ins Schloss, als die Tür schwungvoll von innen aufgerissen wurde. Zu meiner Verwunderung stand Lissie vor mir. «Ups, du bist aber nass. Komm schnell rein, die anderen sind schon da, wir feiern deine Fernsehpremiere», begrüßte sie mich seltsam aufgekratzt.

Ich sah sie verwirrt an. «Wovon sprichst du?»

Ungeduldig zog sie mich am Ärmel in mein Büro, wo Martha, Jana und Yvonne schon auf mich warteten.

«Was macht ihr denn alle hier?», fragte ich verdattert. Ich überlegte: Es war Mittwochmorgen, Lissie machte an diesem Tag immer frei, Jana hatte gerade eine Inszenierung beendet, und Martha lebte ohnehin in den Tag hinein.

«Zieh dir erst mal was Trockenes an», sagte Yvonne und eilte in ihren Kleiderschrank. «Und dann sieh selbst: Du warst in den Morgennachrichten!»

Sie reichte mir ein schlichtes blaues Hemdkleid und ein Handtuch, mit dem ich mir meine Haare halbwegs trocken rubbelte. Dann startete Yvonne auf ihrem Computer die Sendung in der Mediathek eines Regionalsenders.

«Vorhang auf!», sagte Martha und schob mich ganz nah an den Tisch.

Eine blonde, langhaarige Moderatorin in einem azurblauen Anzug stand vor einem roten Hintergrund und begann ihre Anmoderation mit einem breiten Grinsen.

«Ich bin Julia Hamers. Herzlich willkommen, meine Damen und Herren, bei *Morgenstund hat Gold im Mund*. Wer hätte das für möglich gehalten: Richard Surenbach, der König der

Liebeslektüre, ist abgeblitzt. Und zwar bei seiner eigenen Frau!»

Mir wurde ganz flau im Magen. War das etwa ein Bericht über den verkorksten Lesungsabend? Ich dachte an das Kamerateam, das vor der Bühne gefilmt hatte, und ahnte Böses.

Obwohl sie ihre Stirn künstlich in Falten legte, konnte die Moderatorin ihre Schadenfreude kaum verbergen. Ihre Mimik war so überbetont, dass ich mich nicht wunderte, warum sie trotz ihres guten Aussehens beim Hamburger Lokalsender hängengeblieben war.

«Unsere Reporterin Karsta Wrede war zufällig vor Ort», sagte die Moderatorin, dann startete der Beitrag.

Eine Stimme aus dem Off erzählte in knappen Worten, worum es in dem Buch ging, dazu wurden Archivbilder von Richard gezeigt, wie er tippend an seinem Schreibtisch saß. Die Aufnahmen stammten von einer Homestory, die vor etwa drei Jahren in unserer Wohnung gedreht worden war. Dann wurde der Zeitungsartikel zu unserer ersten *Ex und Hopp*-Bootstour auf der Elbe eingeblendet. Die Kamera zoomte ein Foto von mir ganz vorne am Schiffsbug heran, versehen mit dem Hinweis, dass Hamburgs Trennungskönigin Nummer eins wohl nicht mehr auf Singlekurs sei. Die Erklärung ließ nicht lange auf sich warten. Denn kurz darauf wurden schon Richards verpatzter Heiratsantrag und meine Liebeserklärung an Felix gezeigt. Man verstand meine Worte erstaunlich klar und deutlich.

Als der Einspieler beendet war, kam die Moderatorin wieder ins Bild. Hinter ihr sah man ein Standbild von mir auf dem Boden, wie ich auf einem Teppich aus Manuskriptseiten lag, neben mir der kniende Richard.

«Na, wunderbar», seufzte ich.

Die Moderatorin richtete ihren Blick in die Kamera und

sagte, ganz die investigative Journalistin: «Nun fragt sich ganz Deutschland, wer dieser geheimnisvolle Unbekannte ist, der dem Erfolgsautor erst die Frau ausspannt und sie dann wieder fallenlässt.»

Ein neues Bild zeigte mich mit traurigem Gesicht in Nahaufnahme. Darüber eingeblendet war die Tzwitscheradresse des Senders und eine Telefonnummer.

«Liebe Zuschauer, wir bleiben dran und werden Sie auf dem Laufenden halten. Sachdienliche Hinweise zur Person des Unbekannten richten Sie bitte an *Hamburg Life*». Dabei riss die Moderatorin ihre schwarz geschminkten Augen auf und zog die Brauen so hoch, dass ich befürchtete, ihre Stirn würde reißen wie ein Stück Papier.

Yvonne klappte den Computer runter und drehte sich zu mir um.

Ich hielt mich an der Lehne meines Sessels fest und starrte ins Leere. Um zu begreifen, was wir da gerade gesehen hatten, brauchte ich ein paar Sekunden. Unentwegt spulten sich die Fernsehbilder vor meinem inneren Auge ab. Stand ich jetzt etwa da als die herz- und treulose Ex, die diesem Traummann keine zweite Chance gab? Und das für einen Mann, der nichts mehr von mir wissen wollte?

Ich konnte mir gut vorstellen, wie viele Frauen sich vor Schadenfreude ins Fäustchen lachten und schon zur Jagd auf Richard riefen. Und Felix? Was dachte er wohl, wenn er den Beitrag sah? Dass ich meine Chance bei ihm verspielt hatte, weil ich ihm nicht vertraut hatte? Weil ich mich mit diesem unkontrollierten Gefühlsausbruch und den haltlosen Anschuldigungen nicht viel besser benommen hatte als seine Exfrau? Und Maja? Was würde sie in der Schule durchmachen müssen, wenn dieser Film die Runde machte?

Martha zog die Brauen hoch, vermutlich weil sie ahnte,

was mir durch den Kopf ging. Doch meine Freundinnen hatten kein Verständnis für meine Sorgenfalten.

«Was für eine PR für uns!», unterbrach Yvonne meine Gedanken. Voller Vorfreude klatschte sie in die Hände. «Das ist genau das Szenario, von dem unsere Kundinnen träumen: Der Ex, der sie erst schnöde abserviert und dem sie nachgetrauert hat, will sie zurück – und sie weist ihn ab. Stark!»

«Aber –»

«Besser hätte ich es auch nicht inszenieren können», unterbrach mich Jana lachend.

Aber ich war doch die doppelt Verlassene und alles andere als ein glückliches Beispiel für einen Neustart in Sachen Liebe. Sahen meine Freundinnen das denn gar nicht?

«Das muss gefeiert werden!» Yvonne ging zum Kühlschrank und holte eine Flasche Crémant heraus.

«Für mich lieber nicht, man weiß ja nie», sagte Jana mit einem verschmitzten Grinsen. «Der Ausflug nach Plön ... Ihr wisst schon.»

«Für mich bitte auch nicht», erklärte Lissie, als Yvonne vier Gläser auf den Tisch stellte. «Es gibt da jemanden, der etwas dagegen hätte.» Sie strahlte wie ein Honigkuchenpferd.

«Was soll das heißen?», fragte ich überrascht.

«Dass ich ... schwanger bin!», verkündete Lissie feierlich.

Wir kreischten alle auf.

«Seit wann weißt du das?», fragte ich perplex und fast ein wenig beleidigt, schließlich war ich doch sonst immer die Erste, die Nachrichten wie diese erfuhr.

«Erst seit Samstag», sagte Lissie und fügte mit Blick auf mich beinahe entschuldigend hinzu: «Aber da hatten wir andere Themen ...»

Ich nickte. Ja, da hatte sich die letzte Spur zu Felix zerschlagen.

«Jedenfalls wollte ich da nicht mit so einer Nachricht kommen.» Sie sah mich aufmunternd an. «Gestern nun war ich beim Frauenarzt, und der hat bestätigt, dass zwei Herzen in meinem Bauch schlagen.»

Zwei Herzen?

«Zwillinge?» Yvonne trank vor Schreck direkt aus der Flasche.

Auch Jana schüttelte ungläubig den Kopf. «Ist nicht wahr!»

«Unglaublich! Dann seid ihr bald eine richtige Großfamilie! Glückwunsch!» Ich fiel ihr um den Hals.

Auch die anderen gratulierten überschwänglich.

Martha streckte Yvonne ihr Glas hin. «Sehr schön. Dann bleibt für uns mehr von dem guten Tröpfchen», sagte sie, trank das Glas in einem Zug leer und hielt es Yvonne erneut hin.

Yvonne lachte nur. «Martha, du bist wirklich göttlich. Wenn ich mal groß bin, will ich genauso werden wie du.»

«Ich glaube, wir sind uns heute schon nicht ganz unähnlich – und das meine ich im positivsten Sinne, meine Liebe», sagte Martha und ging zum Fenster, um es weit zu öffnen.

Wie aus der Ferne sah ich Martha und meinen Freundinnen zu, wie sie miteinander lachten und ausgelassen feierten. Doch meine Gedanken waren woanders. Während sich alle auf das Kommende zu freuen schienen – auf einen neuen Lebensabschnitt mit Babys, neuer Freundin oder abenteuerlichen Plänen –, musste ich mir eingestehen, dass ich erst einmal einen Strich unter meine Vergangenheit ziehen musste. Unser Wiedereroberungsplan war gescheitert. Felix war Geschichte. Und ich stand erneut vor einem Neuanfang wider Willen.

Ich spürte die frische Brise, die hereinwehte, und drehte mich gedankenverloren zum Fenster um. Ich starrte hinaus – bis ich dort etwas sah, das mich an meinem Verstand zweifeln ließ. Ich rieb mir die Augen und sah noch mal hin. War das eine Fata Morgana oder beugte sich da wirklich gerade ein Loverboy über den Sims? Ein Loverboy mit dem Konterfei von Felix! Ich schrie auf. Gleichzeitig musste ich irgendwie lachen, denn jetzt vernahm ich eine Stimme vor dem Fenster.

«Ich liefere sachdienliche Hinweise zu vermissten Personen ...»

Der Gummimann sprach sogar!

Vorsichtig trat ich näher.

«Und rate mal, wen ich mitgebracht habe: den geheimnisvollen Unbekannten höchstpersönlich!» Das war Felix' Stimme!

Mein Herz schlug einen Purzelbaum.

«Er ist hier», fuhr der Loverboy fort, «und möchte mit seiner Puppe unter vier Augen sprechen – wenn sie ihm die Gunst erweist, ihn anzuhören.»

«Meinst du die hier, Loverboy?», fragte Yvonne und drängte sich an mir vorbei ans Fenster.

In der Hand hielt sie eine aufgeblasene weibliche Gummipuppe mit meinem Gesicht! Sie war gekleidet in die edle Robe, die Yvonne mir zur zweiten Hochzeit von Miss Piggy geschenkt hatte. Ich erschrak. So fühlte es sich also an, sich selbst als Plastikpuppe zu sehen! Ein merkwürdiges Gefühl – als hätte jemand ein intimes Porträt von mir gezeichnet und trüge es nun spazieren.

Ich war unfähig, etwas zu tun oder zu sagen. Hinter mir hörte ich meine Freundinnen und Martha kichern. Es war glasklar, dass sie alle Bescheid wussten.

Yvonne setzte mein Lovergirl so auf die Brüstung, das ein Bein raushing. Den Plastikrücken klemmte sie in den Fensterrahmen. Mit einem Ruck drehte sich Loverboy Felix zu meinem Double. Das Puppenspiel ging weiter.

«Mein Besitzer hat mich vorgeschickt», sagte der Loverboy, «weil er meine Überlebenschancen höher einschätzt als seine.»

Ich lachte.

«Er fürchtet, dass du ihm nicht verzeihen kannst. Es heißt nämlich, du hättest da so eine dumme Angewohnheit, unliebsame Männer in der Elbe zu versenken oder in die Luft zu jagen. Ein paar meiner Kollegen haben das nicht überlebt.»

Bei den Worten ließ Felix den Loverboy vor Angst zittern. Es war herrlich, und mir tat schon der Bauch weh vor Lachen.

«Nichts gegen dich, Puppe», fuhr der Loverboy fort, «aber glaubst du, mein Chef hätte Chancen, risikofrei mit deiner Chefin zu sprechen? Er weiß, dass er nicht so lange hätte wegbleiben dürfen. Er war bei einem Freund an der Ostsee, um dessen Segelboot auf Vordermann zu bringen. Dabei hatte er genug Zeit zum Nachdenken. An seinen Gefühlen für deine Chefin hat sich jedenfalls nichts geändert. Und er hofft, dass es ihr genauso geht.»

Ich traute meinen Ohren nicht. Das war zu schön, um wahr zu sein. Felix ging es also genauso wie mir? Ich sehnte mich so sehr nach ihm, dass ich es kaum noch aushielt, nur Zuschauerin zu sein. Aber etwas hielt mich zurück.

Yvonne stupste Lovergirl an und erklärte mit Piepsstimme: «Vielleicht solltest du sie selbst fragen, Loverboy. Anne steht gleich hinter mir.»

Ruckartig drehte der Loverboy den Kopf und linste mitten in den Raum. Dann zog er sich wieder zurück und blickte nach unten. «Du hast Glück, Alter, sie ist da und will dich sprechen.»

Aus dem Augenwinkel sah ich, wie Yvonne den anderen das Kommando zum Rückzug erteilte.

Ich drehte mich kurz zu ihnen um, flüsterte «Danke!» und warf ihnen einen Handkuss zu.

«Bedank dich lieber bei *Hamburg Life*. Felix hat den Beitrag nämlich auch gesehen», flüsterte Lissie, als sie sich leise aus dem Raum schlich. «Oder besser noch bei Lady BigBoobs, sie hat ihn letztlich wohl umgestimmt.»

Dann schloss sie die Tür, und ich war mit Lovergirl alleine im Zimmer. Der Loverboy war verschwunden.

Als ich näher ans Fenster heranging, sah ich zuerst nur Felix' Kopf, dann tauchte seine ganze Gestalt auf. Er stand auf einem schmalen Baugerüst, das er extra für diesen Auftritt aufgebaut haben musste. Die Puppe hatte er neben sich auf die Holzplanken gelegt.

Mit einem Satz sprang er hoch, kletterte über die Brüstung und sprang über die Fensterbank zu mir ins Büro. Dabei ließ er mich nicht eine Sekunde aus den Augen. Er trug dieselbe bekleckste Arbeiterhose, die er bei unserer ersten Begegnung in meiner alten Wohnung getragen hatte. Bei seinem Anblick bekam ich eine Gänsehaut.

«Guten Tag. Kennen Sie mich noch?», fragte er mit gespieltem Ernst, als wären wir Fremde. «Ich hab gehört, bei Ihnen ist ein Zimmer frei?»

«Ähm ... wie bitte?», fragte ich. Das war alles zu viel für mich. Ich stand auf dem Schlauch.

«Nun, man hat mir gesagt, dass Ihr Gartenhäuschen leersteht.»

«Oh.» Jetzt verstand ich, worauf er hinauswollte. Ich schüttelte den Kopf. «Das können Sie vergessen, damit habe ich schon andere Pläne.»

Felix schluckte. «Darf ich fragen, welche?»

«Sie dürfen. Das wird die Holzwerkstatt meines Freundes.»

«Das ist ja ... fabelhaft. Für Ihren ... Freund, meine ich. Aber wo wird er dann wohnen?»

«Bei mir in der Villa natürlich – vorausgesetzt, dass er das möchte.» Mit fragendem Blick sah ich ihn an. Aber Felix blieb weiter in seiner Rolle.

«Bestimmt, ist ja ein ziemliches Upgrade.» Er räusperte sich. «Da werde ich ja direkt neidisch auf den Glücklichen.»

Dann tat er ein paar Schritte in den Raum, bückte sich und holte etwas unter dem Tisch hervor. Es war ein kleiner Baum im Topf.

«Aber einen letzten Trumpf habe ich noch», sagte er und sah mich eindringlich an. «Vielleicht steigert das ja meine Chancen auf die Wohnung.»

«Eine Buche?», fragte ich und nahm die Pflanze entgegen.

Er nickte.

«Das ändert natürlich alles.» Ich grinste ihn an. Dann konnte ich mich nicht mehr zurückhalten, ich wollte ihn endlich berühren.

Felix ging es offenbar genauso, denn zeitgleich gingen wir aufeinander zu. Er griff nach meiner Hand und drückte sie fest. Ich hätte vor Glück zerspringen können.

«Das Geschenk ist nicht ganz uneigennützig, wenn ich ehrlich bin», sagte er lächelnd. «Du weißt doch, dass ein Mann vier Dinge im Leben tun muss: die perfekte Frau finden, ein Haus bauen, einen Sohn zeugen und einen Baum pflanzen. Mit der Buche hätte ich mein Soll dann wohl erfüllt.»

«Das mit der perfekten Frau hast du aber dazugedichtet», antwortete ich leise, während sein Gesicht meinem immer näher kam. «Ich –»

Doch bevor ich noch etwas entgegnen konnte, zog er mich dicht an sich und küsste und küsste und küsste mich.

Irgendwann musste ja auch mal Schluss sein mit Reden.

DANKSAGUNG

Eingangs danken wir all unseren Verflossenen für ihre Inspiration. Mehr noch aber den beiden Männern, die uns geblieben sind, für ihre Liebe und Unterstützung. Wer über einen so langen Zeitraum all unsere niederträchtigen Rachephantasien so klaglos ertragen hat wie ihr, wird niemals als Gummipuppe in der Elbe oder im Grab landen, versprochen!

Wir danken Elisabeth Ruge, der besten Agentin der Welt, die uns Ahnungslose durch den Dschungel der Verlagswelt geleitet hat.

Ewiger Dank gebührt auch unserer Lektorin Ditta Friedrich vom Rowohlt Verlag, die das Buch nicht nur entscheidend verbessert, sondern uns auch mit ihrer Begeisterung immer wieder befeuert und ermutigt hat.

Wir freuen uns auch, Kristina Dörlitz von der Agentur «Das Vorzimmer» an unserer Seite zu haben. Ihr scharfsinniger Blick auf das große Ganze ist unbezahlbar.

Auf Knien danken wir unseren humorvollen Freundinnen, aus deren Erfahrungen wir unaufhörlich schöpfen konnten. Ganz besonders aber Tina, die in Down Under korrigiert hat, während wir geschlafen haben, sowie Andrea für ihre wertvollen Dienste als Testleserin.

Zu guter Letzt gebührt auch unseren Eltern, Geschwistern und den Kindern Dank für ihren Zuspruch, ihre Fröhlichkeit und ein ermahnendes Wort beizeiten, es auch mal gut sein zu lassen. Ihr seid die Besten!

MIX
Papier aus verantwortungsvollen Quellen
FSC® C083411

Das für dieses Buch verwendete Papier ist FSC®-zertifiziert.